17,95

BUITEN ADEM

Jon Stock

# Buiten adem

VAN HOLKEMA & WARENDORF
Unieboek BV, Houten/Antwerpen

Oorspronkelijke titel: *Dead Spy Running*
Vertaling: Piet Dal
Omslagontwerp: Riesenkind
Omslagfoto: Romilly Lockyer
Opmaak: ZetSpiegel, Best

www.unieboek.nl

ISBN 978 90 475 0996 7 / NUR 330

# 1

De ochtend in het Zuid-Londense Blackheath was helder en al heet, te heet voor tweeënveertig kilometer. Daniel Marchant bekeek de menigte en vroeg zich voor de zoveelste keer af waarom hij een marathon ging lopen. In het licht van de vroege zon waren duizenden mensen aan het stretchen en hun benen aan het masseren of ze namen af en toe een slokje water. Het was net de stilte voor een veldslag. Een vrouw met een baseballpet gespte een iPod aan haar arm. De man naast haar knoopte zijn veters vast en deed het nog eens over. Een andere loper gooide water over zijn haren en schudde zijn hoofd als een hond, waardoor waterdruppels het zonlicht opvingen. Wat ze ook maar nodig vonden, dacht Marchant. In zijn geval was dat de vorige avond te veel Schotse whisky en niet genoeg training.

'Nog één laatste poging,' zei hij, terwijl hij zich omdraaide naar Leila. Ze zat op het gras, leunde achterover op haar handen en keek recht voor zich uit. Waarom vatte ze het zo ernstig op, dacht hij, terwijl hij naar een lange rij voor de mobiele toiletten liep en achteraan aansloot. Als het moeilijk werd, konden ze verder wandelen en genieten van een dag buiten. Zo had ze hem toch overgehaald? Het was een halsstarrigheid die ze gemeen hadden, een stijfkoppigheid die hij soms kon missen als kiespijn.

Hij schuifelde naar voren in de rij. De zoete geur van sportmassageolie bezwangerde de lentelucht en deed Marchant denken aan de kleedkamers op school. Het was net zo'n dreigende nadering van lichamelijke pijn. Hij had dezelfde afkeer gevoeld als hij in Battersea Park ging rennen en die verdween pas als de endorfine door zijn lijf begon te stromen. Endorfine en het geluid van haar ritmische ademhaling en haar lichte pas. Hij vroeg zich nog steeds af waarom hij tweeënveertig kilometer ging rennen en waarom het zo kort van tevoren was besloten. Hun langste training dateerde van het vorige weekend, toen ze negenentwintig kilometer over het jaagpad naar Greenwich en terug hadden gerend. Maar hoe had hij nee kunnen zeggen, terwijl het nauwelijks tot hem was doorgedrongen dat ze hem meevroeg? Dat was tenslotte haar werk: mensen overhalen om te doen wat ze eigenlijk niet zouden moeten doen en ze te laten zeggen wat beter ongezegd had kunnen blijven.

Na vijf minuten in de rij veranderde Marchant van gedachte en keerde terug naar Leila, die nu alleen nog maar haar loopkleren aanhad. Vanaf de dag van hun eerste ontmoeting had hij zichzelf beloofd niet verliefd op haar te worden, maar ze had het hem nooit gemakkelijk gemaakt. Vandaag vormde daar geen uitzondering op. Haar benen waren lang, maar ze kwam gemakkelijk bij haar tenen, waarbij haar korte broek strak om gespierde dijen spande. Hij wendde zijn blik af naar de heteluchtballonnen achter haar die zwaaiden in de lichte bries alsof ze stonden te trappelen om op te stijgen naar de felblauwe lucht. Voor hen stonden vrachtauto's geparkeerd als in een militair konvooi, hoog beladen met plastic tassen van de renners die door Londen naar de finish zouden worden gebracht.

Marchant pakte allebei hun tassen en overhandigde ze aan een begeleider. Hij probeerde zich voor te stellen hoe hij zich zou voelen als ze over drie, of waarschijnlijker vier uur weer met elkaar verenigd zouden worden. Ondanks zijn protesten wist hij dat het goed was, wat hij ging doen. Hoe ontoereikend zijn training ook was geweest, het had hem de laatste paar weken bij zijn verstand gehouden en hem geholpen zich te concentreren op wat er gedaan moest worden.

'Te veel mensen,' zei Leila, die de haren uit haar ogen streek toen Marchant zich weer bij haar voegde. Hij zag dat ze haar mobieltje vasthield. Hij volgde haar blik naar de startlijn, waar een leger van 35.000 lopers zich aan het verzamelen was. Later, dacht hij, zouden de doden en gewonden in glanzend folie worden gewikkeld en in St James's Park worden neergelegd.

'Het zal een leuk wandelingetje in het park zijn,' zei Marchant.

'Precies zoals je had beloofd.' Hij legde een hand op haar schouder, terwijl hij een kuitspier strekte en zoekend in haar grote ogen keek. Het was iets exotisch wat hem de eerste keer had aangetrokken, de donkere, volle haren, haar olijfkleurige huid. 'Je bent toch niet zenuwachtig?' Hij probeerde optimistisch te klinken. Ineens had ze iets afwezigs, een verwarrende afstandelijkheid. Gewoonlijk was ze heel openhartig, recht voor zijn raap.

'Het gaat niet om het rennen,' zei ze.

'Wat dan?'

'Cheltenham heeft afgelopen nacht wat losse flarden opgevangen,' zei ze rustig en ze keek om zich heen.

'Over de marathon?' Marchant liet zijn hand op haar schouder liggen met zijn gezicht dicht bij dat van haar en rekte zijn andere kuit. Leila knikte. 'Vertel op.'

'Je weet dat ik dat niet mag,' zei ze en ze duwde hem weg. 'Paul belde net. Hij had gehoord dat ik meedeed.'

'Paul? Wat doet hij tegenwoordig? Houdt hij zich bezig met de chatrooms van Runners' World?'

'Kom nou, Daniel. Je weet dat ik niets kan zeggen.'

Marchant maakte nu al twee maanden geen deel meer uit van MI6, omdat hij met behoud van salaris als inlichtingenofficier was geschorst. Leila wist hoe kwaad hij zich nog steeds voelde over alles wat er was gebeurd: de dood van zijn vader, de geruchten die niet wilden ophouden. Ze wist ook wat een aanslag het was op zijn gezondheid, die late, eenzame uren in de pub. De jeugdige gelaatstrekken van Marchant kregen vermoeidheidsrimpels rond de ogen en in zijn lichtblonde haren begon grijs te schemeren. Hij was pas negenentwintig, maar soms, als Leila bij een bepaald licht naar hem keek, dacht ze zijn vader te zien.

'Denk eraan, in het begin niet te hard van stapel lopen,' zei ze om van onderwerp te veranderen, toen ze in looppas naar de drukke startplaats liepen. Leila werkte nog steeds voor MI6, hoewel ze zich vaak afvroeg waarom. De Dienst was hen allebei langzaam aan het nekken.

'Dat zou geen probleem moeten zijn.' Marchant keek nu zorgvuldiger naar de zee van mensen om hem heen. 'Vertel me nog eens waarom we dit doen.'

'Omdat je van hardlopen houdt en omdat je van mij houdt.' Leila streek met haar lippen over zijn wang, terwijl een helikopter door de hemel boven Zuid-Londen vloog. 'Meer dan goed voor je is.'

Ze had hem nooit eerder zo gekust. Eerder die dag had ze hem heel anders wakker gemaakt en hem uit de lome uren van de dageraad had getrokken met een passie die hem bijna had beangstigd.

'Hadden we onze energie niet moeten sparen voor de marathon?' had hij achteraf gefluisterd, terwijl de opkomende zon werd gefilterd door de zonneblinden van haar appartement aan Canary Wharf. Zijn ogen hadden zeer gedaan bij de gedachte aan al dat daglicht.

'Mijn moeder heeft altijd tegen me gezegd dat je elke dag moet leven alsof het de laatste is.'

'Mijn vader zei vaak iets dergelijks, alleen dan in het Latijn.'

Ze had met haar hoofd op zijn borst gelegen en met open ogen zijn buik gestreeld. De sirene van een politieauto was weggestorven in de buurt van de Theems.

'Het spijt me zo van je vader.'

'Mij ook.'

Later had hij haar in de keuken gevonden. Ze had in een steelpan staan roeren met pap voor hen allebei, terwijl ze uit het raam naar de $O_2$ Dome keek. Op het granieten kookeiland had een lege fles whisky naast een paar opgestapelde borden en de rest van de grote kom pasta van de vorige avond gestaan. Hij had op de pedaal van de chromen afvalbak getrapt en de fles er rustig in laten glijden, terwijl hij naar Leila bleef kijken. Ze had een korte sportbroek gedragen en een oud T-shirt van de London Marathon met op de rug de tekst: NOOIT MEER... TOT DE VOLGENDE KEER. De whisky was een vergissing geweest, besefte hij nu. De volgende keer zou hij daar eerder aan denken. De pijn achter zijn ogen was zich aan het verspreiden.

'Wat is dit?' had hij gevraagd, terwijl hij een vel papier van het kookeiland pakte.

Ze had zich omgedraaid en toen weer uit het raam gekeken. 'Jij bent nooit echt religieus geweest, hè?' had ze gevraagd.

'Hé, tijdens mijn jaar in India was ik een soefi.'

'Wie niet?'

'Is dit iets van bahá'í?'

'Het is niet zomaar iets, het is een gebed. Van mijn moeder moest ik dat elke ochtend opzeggen voordat ik naar school ging.'

Leila was ook niet bijzonder religieus, maar de laatste maanden had ze belangstelling gekregen voor het bahá'í-geloof van haar moeder. Het weinige dat Marchant ervan wist, was gebaseerd op een interne informatiefolder van MI5 die zijn bureau was gepasseerd en die over Dr. David Kelly ging, de wapeninspecteur en bahá'í-aanhanger die dood in een bos in Oxfordshire was gevonden.

Hij had weer op het vel papier gekeken en een gedeelte van het gebed hardop voorgelezen: '*"Gewapend met de macht van Uw naam kan niets mij schaden, en met Uw liefde in mijn hart kunnen de bezoekingen van de wereld mij op geen enkele manier verontrusten."* Is dat geruststellend?'

'Ze zei dat het ons zou beschermen.'

Marchant dacht dat hij nu wel een beetje bescherming kon gebruiken, terwijl hij omhoogkeek naar de onscherpe rotorbladen van de helikopter boven Blackheath. Ineens voelde hij zich claustrofobisch, ingesloten van boven en van alle kanten. Er was geen plaats voor persoonlijke ruimte. Normale gedragsregels golden niet meer. Een loper naast hem friemelde aan zijn sportbroekje met een lege plastic bidon. Een andere boog zijn hoofd, snoot één neusgat schoon en toen het andere. Iemand anders gilde van vreugde (of was het angst?). De menigte reageerde door als rusteloze dieren terug te roepen. Ze maakten nu allemaal deel uit van de grotere kudde en drongen als één man op naar de startlijn.

Marchant boog instinctief zijn ellebogen toen mensen voordrongen en op zijn oude loopschoenen trapten. Een paar tellen was hij Leila kwijt, maar toen zag hij haar weer. Ze stond vierenhalve meter voor hem en keek over haar schouder om hem te zoeken. Ongewild hield hij meer dan ooit van haar op dat vluchtige moment, toen haar schoonheid werd omlijst door duizend vreemdelingen. Hij liep naar haar toe en gaf een kneepje in haar hand. Ze glimlachte, maar haar blik was afwezig. Het telefoontje van Paul Myers had haar van streek gemaakt.

Boven hen cirkelden nu twee helikopters en het geratel van hun rotorbladen klonk dreigender dan ooit. Er was ook een nieuw geluid, hoge tonen die boven het achtergrondgeraas uit klonken. Marchant wist aanvankelijk niet wat het was, maar toen drong het tot hem door. Overal waren lopers hun piepende stopwatches en hartslagmeters aan het gelijkzetten en instellen. Instinctief wierp hij een blik op de wijzerplaat van zijn eigen stille horloge. Op hetzelfde moment toeterde de claxon van de starter op een vreemd aarzelende manier, als een weifelende aanvalskreet. Het enige wat Marchant kon doen, was rennen.

De marathon was drie kwartier bezig, toen Marchant hem voor het eerst in het oog kreeg. De man – een Aziaat, half dertig, tengere gestalte, zware bril – liep achter een groepje lopers een twintigtal meters voor hen en rende even snel als zij, maar leek zich niet lekker te voelen. Hij struikelde bijna over de keien toen hij rond de boeg van de Cutty Sark liep. Hij transpireerde ook heel erg, zelfs te erg voor deze hitte. Maar het was de riem om zijn middel die de aandacht van Marchants getrainde oog had getrokken.

Leila's gepraat over Cheltenham had ervoor gezorgd dat Marchant gespannen was en dat zijn oude vaardigheden terugkwamen. De wereld om hem heen was plotseling weer vol dreigingen, vertrouwelijke overdrachten en geheime postbussen, en de riem bezorgde hem kopzorgen. Hij bestond uit een stel vakjes die elk een isotone energiedrank bevatten. De drank zat in zachte, opbollende verpakkingen die zilverkleurig waren met een oranje schroefdopje. Hij had andere lopers gezien die bij de start een bidonbelt omdeden, maar geen enkele bevatte zoveel drinkflessen.

Op een hete dag als vandaag was het gewoon een voorzorgsmaatregel, zei Marchant bij zichzelf, terwijl hij zijn pas langer maakte. Hardlopen was hem altijd gemakkelijk afgegaan, een voordeel van zijn lengte. Hij haalde de groep in toen ze Greenwich verlieten en Deptford binnenrenden over de Creed Road. Er waren hier minder toeschouwers, maar ze waren nog steeds luidruchtig en moedigden de lopers aan met de namen die ze op hun T-shirt hadden staan. 'Waar is Ernie?' schreeuwde iemand, toen een loper die was verkleed als Bert, langsrende. 'Hup Dan!' riepen twee jonge vrouwen. Even dacht Marchant dat ze iemand anders aanmoedigden, maar toen herinnerde hij zich dat hij van Leila 'DAN' op zijn eigen shirtje had moeten zetten. Hij blikte over zijn schouder om nog eens te kijken, maar ze waren al opgegaan in de menigte en juichten voor andere vreemdelingen.

'Wat ben je aan het doen?' riep Leila achter Marchant. 'Het gaat goed zo.'

'Laat me even,' zei hij. De groep lopers voor de man zat hem ook dwars. Twee van de mannen waren zwaargebouwd, hadden moeite met de hitte en droegen alle ondubbelzinnige kenmerken – opbollende shirts, gemillimeterd kapsel – van de Amerikaanse Geheime Dienst. De derde man was mager en pezig, een lange, geboren hardloper. Hij zag er bekend uit.

Toen Marchant dichterbij kwam, wist hij meteen dat er iets niet in de haak was. Hij proefde het in zijn mond als wijn met een kurksmaak. Zijn vader had hem altijd geleerd op zijn instinct te vertrouwen, ongeacht of het een slecht gevoel was bij de eerste ontmoeting met een mogelijke agent, of het missen van een rendez-vous om geen andere reden dan dat het niet goed aanvoelde. Het was geen spionagetechniek, het was intuïtie.

Marchant positioneerde zich zo dicht mogelijk achter de man en probeerde beter zicht op de riem te krijgen, maar het rennersveld was nog steeds dicht op elkaar gepakt. Hij telde zes tassen. Ze hadden al dertien kilometer van een hete marathon afgelegd, maar geen enkele tas was geopend.

Toen zag hij aan de pols van de man iets wat leek op een heel groot horloge. Leila had iets dergelijks voor lange wedstrijden. Het was een eenvoudige gps-ontvanger die haar positie en snelheid doorgaf en wanneer ze moest versnellen of vertragen. (Hij herinnerde zich dat ze ooit had gezegd dat het ding onophoudelijk tegen haar piepte wanneer haar tempo beneden een voorgeprogrammeerde snelheid kwam.) Het was niet zo geavanceerd als de militaire apparaten die hij en andere inlichtingenofficieren in Afrika hadden gekregen, maar het was ook geen speeltje.

'Wat is er aan de hand?' Leila verscheen naast hem. 'Het ging zo goed.'

Marchant knikte naar de man vooraan en vertraagde iets om zich uit de groep te laten zakken.

'Zie je die kerel met die riem,' zei hij, terwijl ze allebei vertraagden tot hun eerdere tempo. Marchant was buiten adem toen hij verderging: 'Ik denk dat er geen drinken in die bidons zit.'

'Waarom niet?' wilde Leila weten.

'En die man daarvoor, die lange helemaal in het wit. Is dat niet de Amerikaanse ambassadeur?'

'Turner Munroe? Dan, wat is er?'

Marchant wist wat Leila dacht. Hij maakte zichzelf wat wijs. Hij was nog dronken van gisteravond en zag dingen die er niet waren. Hij had hetzelfde gezien bij andere inlichtingenofficieren die uit het veld waren teruggeroepen en in Legoland (de naam die het personeel aan het hoofdkwartier van MI6 in Vauxhall had gegeven) achter een bureau hadden moeten zitten. Ze hadden zich dood gedronken tegen de verveling van het opgesloten zitten. En hij had niet eens een bureau. Dat was het moeilijkste, de wetenschap dat er misschien nooit meer een weg terug was. En hier rende hij in de marathon van Londen achter een man aan die volgens hem heel binnenkort zichzelf en iedereen in zijn omgeving – onder wie de ambassadeur van de Verenigde Staten – ging opblazen. Hij had agenten aangestuurd die minder paranoïde waren.

'Wat heeft Cheltenham gisterenavond doorgekregen?' vroeg Marchant buiten adem.

'Niet zoiets.' Hij nam aan dat Leila zelf al aan het rekenen was en de risico's probeerde in te schatten. 'Hoe kun je zeker zijn van die riem?'

'Door het hem te vragen,' reageerde Marchant.

'Doe niet zo stom, Dan.'

'Door iets te drinken te vragen.'

'Dan...'

Marchant luisterde niet naar haar en versnelde weer tot hij naast de man liep. Hij had het duidelijk erg moeilijk. Het zweet stroomde van hem af, terwijl zijn hoofd heen en weer schudde als de kop van een ezel.

'Heet, hè?' zei Marchant. De man wierp een nerveuze blik op hem en keek weer voor zich, terwijl hij met de rug van zijn hand over zijn zware wenkbrauwen ging. 'Heb je die laatste drankpost gezien?' vervolgde Marchant. 'Belachelijk. Op zo'n dag als vandaag zou je niet in de rij moeten staan voor water.' Marchant glimlachte tegen de man en knikte naar de riem. Zijn maag draaide om. Hij had gelijk. 'Zou ik er eentje van jou kunnen hebben?'

'Wie bent u?' vroeg de man agressief. Hij had een zwaar Indiaas accent, dus ging het vast weer om een cel van het subcontinent. Marchant wist meteen dat er consequenties zouden volgen, voor hem, voor zijn vader, maar dat zou moeten wachten.

'Niks aan de hand. Enig idee wie dat is?' Marchant wees naar de Amerikaanse ambassadeur. 'Heeft zijn eigen fanclub meegenomen.'

'Blijf alstublieft uit de buurt,' zei de man.

Ze renden beiden zwijgend verder. Marchant dacht snel na. Na de bomaanslagen van 7 juli 2005 was het dikke kleding geweest die de aandacht had getrokken. Hier was een man die de explosieven aan de buitenkant droeg en het was zo verdraaide brutaal dat niemand het had gemerkt. De tassen moesten in de riem met elkaar zijn verbonden, dacht hij. Maar als de man een rennende bom was, waarom had hij zich dan al niet opgeblazen? Waarom waarschuwde hij hem om uit de buurt te blijven? Als de ambassadeur zijn doelwit was, had hij gemakkelijk dicht bij hem en zijn babysitters kunnen komen en ze al veel eerder uit de weg kunnen ruimen.

Hij herinnerde zich de laatste zelfmoordaanslag die hij had meegemaakt. Pratend hadden ze zich in Mogadishu nerveus over het marktplein bewogen. Toen rinkelde er een telefoon. Twee keer. Marchant had voor zijn leven gerend. Het hoofd van de man was teruggevonden op het golfplaatdak van een café in de buurt. De zelfmoordenaar had niet willen sterven, daar was Marchant zeker van. Later, toen zijn bevende hand de Johnnie Walker uit het glas van de bar van de Britse ambassade liet trillen, had hij zich steeds weer ingeprent dat de man niet had willen sterven. Daardoor was het gemakkelijker te begrijpen. De begeleider van de man had het ook geweten en daarom de bom zelf tot ontploffing gebracht.

Deze keer moest hij zijn man aan de praat houden en proberen te ontdekken hoe de bom tot ontploffing zou worden gebracht. Hij kon alleen maar hopen dat het mobiele netwerk te druk was voor een telefoontje van iemand anders. Net als de man in Mogadishu was ook deze geen vrijwilliger. Ze hadden hem gedwongen om de riem te dragen. Het gebeurde de laatste tijd steeds meer, omdat echte zelfmoordenaars moeilijk te vinden waren. Vertrouw op je instinct, had zijn vader gezegd.

'Dat horloge van jou,' zei Marchant. 'Gps?'

'Sat-Runner,' antwoordde de man.

Beter, dacht Marchant, veel beter. Een man die van apparaten en snufjes hield.

'Gemakkelijk ding.'

De man knikte. Toen piepte de gps. Ze keken er allebei naar. 'Alstublieft, u moet gaan,' zei de man tegen Marchant. Het waren niet de woorden van een zelfmoordenaar die zoveel mogelijk mensen mee de dood in wilde nemen.

'Waarom piept hij?' wilde Marchant weten, die opnieuw het gevaar voor hemzelf en anderen probeerde in te schatten. 'Doet hij dat als je langzamer gaat lopen, als je tempo minder wordt?' vroeg hij, terwijl hij zich probeerde te herinneren wat Leila hem erover had verteld. Hij vervloekte zichzelf, omdat hij er toen niet meer belangstelling voor had gehad.

De man knikte. Hij was hiertoe gedwongen, hield Marchant zich weer voor, en dat betekende dat hij omgepraat kon worden.

'En dan?' Marchant wierp weer een blik op de riem.

'Kunt u me helpen?' Ze keken elkaar een ogenblik aan en peilden de angst in elkaars ogen.

'Ik kan het proberen. Hoe heet je?'

'Pradeep.'

'Blijf doorgaan, Pradeep. Je doet het prima. Gewoon prima. Ga nergens naartoe. Ik ben zo terug.'

Pradeep wierp een blik over zijn schouder en struikelde weer, terwijl Marchant zich op zoek naar Leila door het veld af liet zakken. Hij zag haar nergens in de menigte. Hoeveel sneller had hij gerend dan zij? Hij vertraagde nog wat meer en keek naar iedereen die hem inhaalde. Hij had haar niet alleen moeten laten, wist hij nu. Er waren te veel mensen, er was te veel lawaai.

Boven hem waren de helikopters weer laag aan het cirkelen. Met hun gedreun overstemden ze de jazzband die op het dak van een pub speelde. Kinderen aan de kant van de weg juichten en staken zakken met snoep naar voren. Forse vrouwen van het Rode Kruis boden uitgestrekte handen met vaseline aan. En toen zag hij haar helemaal aan de andere kant van de weg verscholen achter een groep clublopers. Hij werkte zich door de stroom mensen om bij haar te komen en struikelde bijna over de hakken van een andere loper. Zijn benen begonnen moe te worden, eigenlijk veel meer dan ze in dit stadium van de wedstrijd hadden moeten zijn. Hij verlangde intens naar meer water.

'Leila, we hebben een probleem,' zei hij buiten adem. 'Een groot probleem.'

'Waar ben je geweest? Ik zag je nergens.'

Tussen grote slokken uit haar drankfles vertelde hij haar van de gps. Hij dacht dat die op de een of andere manier was verbonden met de tassen rond Pradeeps middel en was er nu van overtuigd dat die explosieven bevatten – genoeg om tientallen mensen te doden als hij zich in een dichte groep bevond. Hij wist hoe hij klonk: een uitgerangeerde inlichtingenofficier die alles wilde doen om zich in het veld te bewijzen.

'Ik veronderstel dat de bidons ontploffen als hij beneden een bepaalde snelheid komt,' voegde hij eraan toe.

'Daniel...'

Leila's gezicht vertelde hem dat ze moeite deed om de situatie te begrijpen en probeerde te besluiten of hij overdreef of geloofd moest worden. Even stond het huilen haar nader dan het lachen.

'Je moet dit aan anderen overlaten,' smeekte ze. 'Echt. Je bent niet meer... Ik moet bellen.' Ze pakte haar mobieltje uit een achterzak van haar sportbroek.

'Je krijgt nu geen ontvangst,' zei Marchant met een blik op de telefoon. Met de dikke twee centimeter lange antenne zag het toestel er erg bekend uit.

Ze hield de telefoon voor zich, struikelde en greep Marchants arm om niet te vallen.

'Wie ga je bellen? MI5? Het netwerk zal overbezet zijn,' zei hij. 'Te veel mensen.'

Ze keek hem weer aan. Haar blik was ineens professioneel en ontdaan van alle emotie. Toen belde ze.

'Het is een TETRA-toestel,' zei ze koeltjes. Het beveiligde, versleutelde netwerk dat door nood- en veiligheidsdiensten werd gebruikt, was een van de leuke dingen die Marchant miste. 'Ze nemen niet op. Daniel, alsjeblieft. Dit is jouw verantwoordelijkheid niet en evenmin de mijne. Als je gelijk hebt, is het iets voor MI5, de antiterreurafdeling. We moeten het aan hen overlaten.'

Marchant keek naar de weg voor hen en dacht met een nauwkeurigheid van een paar honderd mensen te weten waar de loper was. 'Ik heb hem aan het praten gekregen. Hij wil er niet mee doorgaan.'

Leila aarzelde en woog de mogelijkheden tegen elkaar af. Had ze zich erbij neergelegd dat hij misschien een rol in deze zaak kon spelen? Ze keek hem weer aan en slikte moeilijk.

'Goed, als jij mijn telefoon neemt, dan stap ik uit om een telefooncel te zoeken en Vijf de situatie uit te leggen. Als de netwerken eruit liggen bel ik je over TETRA.'

Marchant dacht nu snel na, zoals hij ook altijd in het veld had gedaan. Het hoofd van het station in Nairobi had hem ooit een glanzende carrière voorspeld. Hij zou zelfs zijn vader helemaal naar de top kunnen volgen als hij de whisky liet staan en stopte met achter de vrouwtjes aan lopen. Toen ze elkaar weer ontmoetten, was Marchant geschorst en stond hij aan het graf van zijn vader.

'Alarmeer MI5. Ik blijf bij hem,' zei hij en hij probeerde niet te denken aan de begrafenis in de ijskoude Cotswolds en aan de manier waarop ze zijn vader hadden behandeld. 'Volgens mij kunnen we hem niet van de route laten afwijken, ook niet als hij blijft rennen. Het missen van waypoints zou de riem tot ontploffing kunnen brengen.'

'Daniel, je zou dit niet moeten doen.'

'Ik weet het.' Hij wist dat er niet veel alternatieven waren. Als ze allebei uitstapten, zou het bijna onmogelijk zijn om de man terug te vinden. 'Ik zou het tegen de Amerikanen kunnen vertellen. De ambassadeur heeft gezelschap en ik denk dat ze draadloos contact kunnen opnemen.' Leila wierp hem een korte blik toe. Ze hadden allebei weinig zin om de Amerikaanse Geheime Dienst erbij te betrekken, omdat die het spel niet altijd volgens dezelfde regels speelde als de rest. 'Is de ambassadeur hier het doelwit?' vroeg hij.

'Dat moet wel.'

Marchant had de adrenaline gemist, maar die putte ook zijn energie uit. De verzuring begon toe te slaan en zijn benen voelden aan alsof ze van lood waren.

'Hier.' Leila stak hem de telefoon toe. Hun ogen ontmoetten elkaar.

'Geen uniformen en sirenes, niets om ze te alarmeren, goed?' zei hij, terwijl hij het toestel aannam. Hij raakte steeds meer buiten adem. 'Misschien houdt iemand anders zijn vinger op de knop. Dat is me al eens eerder overkomen.'

'Ik weet het,' zei ze. 'Blijf bij hem uit de buurt.'

'Van wie heb je dit ding gekregen?' vroeg hij, terwijl hij nogmaals naar de gsm keek. Het was een Motorola MTH800. 'Precies dezelfde als mijn oude toestel.'

'De dienst. Die van mij had het loodje gelegd. Als je over een kwartier niets van me hebt gehoord, probeer dan het bureau te bellen.' Ze zweeg even. 'Verkort kiezen 1. Zij vinden me wel.'

Marchant wierp een blik achterom naar Leila, die aan de kant van de weg stopte en deed alsof ze een hamstringblessure had. Ze keek naar hem en een ogenblik vroeg hij zich af of ze misschien helemaal niet zou bellen, om hem te laten doorrennen in zijn fantasiewereld van zelfmoordaanslagen en explosieve gordels.

Hij wist dat ze had geprobeerd om zich los te maken van wat ze samen hadden – god wist dat ze het allebei hadden geprobeerd – maar telkens had een van hen zich weer gewonnen gegeven. Het was helemaal niets voor hem. Voor het eerst in zijn leven had een vrouw hem echt te pakken. Nu zaten ze misschien midden in een belangrijk veiligheidsprobleem en zijn betrokkenheid zou haar carrière geen goed doen. De familie Marchant was nog steeds even verdacht als een gifslang.

Ze zwaaide even en verdween in de zee van hardlopers.

# 2

Het kostte Marchant tien minuten om Pradeep terug te vinden. Met gebogen hoofd en voeten die over de weg schuifelden, rende hij als een dronken zwerver. De Amerikaanse ambassadeur liep nog steeds met zijn gezelschap in de groep pal voor hem. Hij liep sterk met de borst vooruit en toonde geen tekenen van vermoeidheid. Erg genoeg leek het rennersveld rond Pradeep dicht aaneengesloten en niet zo verspreid als verder naar achteren. En toen zag Marchant de reden. Verder naar voren, vlak voor de ambassadeur, rende een officiële gangmaker die een bord omhooghield: vijf minuten per kilometer. Blijf achter hem lopen en je doet de marathon in drieënhalf uur. Marchant keek weer naar Pradeep en vreesde dat hij het niet lang meer zou volhouden. Misschien nog hooguit tien minuten.

'Pradeep? Ik ben het. Je doet het geweldig.'

'Het is te laat.'

'Waarom?'

'Ik ben zo moe, te zwak.'

'Wil je stoppen, even rusten?' blufte Marchant. Een laatste controle om zich ervan te overtuigen dat hij het gelijk had wat betreft de gps.

De blik die Pradeep op zijn gordel wierp gaf hem het antwoord. Hij had gelijk.

'En als we blijven rennen, maar een andere weg nemen, daar bijvoorbeeld, bij de pub?'

Pradeep schudde zijn hoofd.

'Is de route van de marathon in jouw gps, in jouw Sat-Runner geprogrammeerd?' vroeg Marchant. Dat was iets anders wat zijn vader hem kort nadat hij bij de Dienst was gaan werken, had verteld: stel nooit een vraag waarop je het antwoord niet weet.

Pradeep gaf geen antwoord. Hij had het nu echt moeilijk en verloor de hele tijd zijn evenwicht. Marchant keek naar zijn magere, pezige gestalte. Onder andere omstandigheden zou hij een natuurlijke marathonloper zijn geweest. Ongetwijfeld was dat de reden waarom ze hem hadden gekozen. Maar de geestelijke druk op Pradeep zoog elk beetje energie uit hem. Marchant voelde dat hij langzamer ging lopen en meteen piepte de gps.

'Kom op, Pradeep, we gaan dit samen oplossen.' Marchant probeerde weer tempo te maken. Ze moesten blijven rennen tot Leila belde – zij zou een antwoord hebben.

'Twee piepjes en we zijn er geweest,' reageerde Pradeep die plotseling grinnikte, bijna lachte. Marchant besefte dat Pradeep zijn beheersing begon te verliezen. 'Je begrijpt het niet, beste vriend,' vervolgde hij. 'De Amerikaan. Ik kan hem niet in de steek laten.'

'De ambassadeur?'

Marchant keek naar Turner Munroe, die vijf meter voor hem liep. De ambassadeur keek op zijn horloge en voor het eerst zag Marchant dat het grote apparaat hetzelfde was als dat van Pradeep.

'Vijf minuten per kilometer. Hij rent altijd met dezelfde snelheid.' Pradeep klonk plotseling als een trainer die een van zijn pupillen bewonderde.

'Drie uur dertig,' zei Marchant. 'Hij volgt een schema van 3.30.'

'Eén uur veertig.'

'Wat?'

'Na één uur veertig minuten is hij bij de Tower Bridge.'

'En?'

Pradeep glimlachte weer, nu met tranen in zijn ogen. Ze hadden één uur en dertig minuten gerend. Marchant wilde wanhopig graag dat Leila belde, nog meer dan na de eerste keer toen ze hadden geprobeerd uit elkaar te gaan, nog meer dan na de eerste keer dat ze hadden afgesproken in het Fort, het trainingscentrum van MI6 in Gosport. Hij keek naar de telefoon in zijn hand en zag dat de openbare netwerken waren uitgeschakeld. Zou hij haar proberen te bellen? Het bureau zou verrast zijn bij het horen van zijn stem, maar zij zou ze hebben ingelicht en ze zouden hem met haar doorverbinden, waar ze ook was. Hij hief zijn hoofd op en een ogenblik lang dacht hij zijn vader te zien die met een voor zijn leeftijd verrassende snelheid voor hem uit rende.

Hij knipperde met zijn ogen, wreef het zweet eruit en keek weer naar het mobieltje. Hij moest de overhand houden: Pradeep droeg een gordel met explosieven die op de een of andere manier was verbonden met de gps-ontvanger om zijn pols. Hij scheen eerder een onwillige deelnemer te zijn dan een zelfmoordenaar. Als hij langzamer ging lopen zouden de explosieven ontploffen. Hetzelfde zou gebeuren als hij afweek van de route van de marathon, waarvan de waypoints waren ingevoerd in de gps. En om de een of andere reden scheen Pradeep in de buurt van de ambassadeur te moeten blijven, waarschijnlijk vanwege een soortgelijke gps-ontvanger aan diens pols.

Plotseling trilde Leila's TETRA-telefoon in zijn hand. Een paar lopers voor hem keken om zich heen bij het horen van de luide ringtone.

'Leila?' Hij hoorde zijn eigen stem van paniek een octaaf stijgen. Hij moest kalm blijven.

'Heb je geprobeerd mij te bellen?' vroeg ze.

'Nee.'

'Moet je ook niet doen, goed?' zei ze met klem. 'Alsjeblieft. Gewoon niet doen. Er is een of ander probleem met TETRA. Ben je nog bij hem?'

'Ja.' Marchant wierp een blik opzij naar Pradeep, slaagde erin een glimlach te produceren en liet zich toen een paar meter buiten gehoorsafstand terugzakken.

'Luister heel goed,' zei Leila. 'Ik sta in het coördinatiecentrum van Thames House. MI5 heeft in Greenwich iemand opgepikt en hem de hele ochtend het vuur aan de schenen gelegd. Je moet de gps van de pols van de ambassadeur overnemen.'

'Waarom?'

'Het is zoals je zei. De gps van die Aziatische knul is via Bluetooth met zijn gordel verbonden. Alleen denken wij dat de gordel ook tot ontploffing kan worden gebracht door de gps van Munroe.'

'Je bedoelt als Munroe zijn tempo ook laat zakken,' zei Marchant.

'Ja.' Marchant dacht aan de woorden van Pradeep, die had gezegd dat hij de ambassadeur niet in de steek kon laten. 'En misschien als de verbinding tussen de twee gps'en wordt verbroken als ze worden gescheiden,' voegde Leila eraan toe. 'De technische dienst is de mogelijkheden aan het uitzoeken.'

Marchant kon op de achtergrond andere mensen horen. Hij maakte zich een voorstelling van het tafereel in Thames House, het hoofdkwartier van MI5, terwijl het nieuws over de situatie de ronde deed, steeds meer hogergeplaatste mensen arriveerden en de officier van dienst plaatsmaakte voor Harriet Armstrong, de algemeen directeur van MI5, die er mede voor had gezorgd dat zijn vader was gewipt. Leila zou steeds minder worden geraadpleegd, vooral omdat zijn eigen betrokkenheid inmiddels duidelijk zou zijn geworden. Het was een nachtmerrie voor MI5. Ze moesten vertrouwen op iemand van MI6 en dat was ook nog eens een inlichtingenofficier die in opspraak was geraakt. Dat was een bevestiging van hun ergste verdenkingen jegens hun rivalen ten zuiden van de rivier. En vervolgens zou de Amerikaanse Geheime Dienst proberen de touwtjes in handen te nemen en de oude tweespalt aanwakkeren.

'Hoe staat het met de Amerikanen?' vroeg Marchant. 'Hebben zij het nu voor het zeggen?'

'Nog niet. Ze willen Munroe eruit halen en het aan ons overlaten de zelfmoordenaar over een zijweg uit de buurt van de menigte te begeleiden, maar het risico van onbekende factoren is te groot. We weten niet hoe snel de gordel tot ontploffing wordt gebracht als we Munroe eruit halen.'

'Dus moet ik de gps van de ambassadeur dragen – en wat dan?'

Leila zweeg even. 'Allebei blijven doorrennen, terwijl Cheltenham de satellietsignalen probeert te onderscheppen.'

'Probeert?'

'Ze willen jou er maar al te graag uit halen, Daniel, en vervangen door iemand anders.'

'Daar durf ik om te wedden.'

'Maar dat zal tijd kosten en die hebben we niet.'

'Pradeep is bijna aan het eind.'

'Ik weet het. We hebben nu beeld van de BBC-helikopter boven jullie.'

Marchant was vergeten dat die hoog boven hem hing. Dus Armstrong kon hem zien, dacht hij. Hij zou haar en anderen binnen MI5 nooit kunnen vergeven wat zijn vader was aangedaan. Stephen Marchant had helemaal geleefd voor de Dienst, om op het toppunt van zijn carrière te worden beschuldigd van iets waarom hij anderen altijd had veracht. Sommige mensen overlijden aan een gebroken hart, zijn vader was binnen enkele weken nadat hij als chef ontslag had moeten nemen, gestorven aan de schande. Voor zijn vader was er niets belangrijker dan loyaliteit. Zelfs de beste mensen die hij had aangenomen en die zijn reputatie hadden gevestigd in Delhi, Moskou, Washington en Parijs, hadden hem vervuld met een diepe verachting voor de mensheid en de bereidheid van die mensheid om anderen te verraden.

'Hebben de babysitters van Munroe geen radioverbinding?' vroeg Munroe. Mogelijk zou het hierna voor Leila en hem gemakkelijker worden. Misschien werd de reputatie van de familie wel hersteld. Misschien kreeg hij zijn oude baan terug.

'Ze hebben verbinding met elkaar,' antwoordde Leila, 'niet met de buitenwereld.'

'Logisch. Is hier al een code voor? Iets om de ambassadeur ervan te overtuigen dat ik niet uit Albanië kom als ik hem zijn horloge ontfutsel?'

'Vertel ze dat het een Defcon Five is. Probeer "Operation Kratos" als dat niet werkt. Zodra je de gps hebt, moet je Munroe overreden de wedstrijd zo snel mogelijk te verlaten. Hij moet daar voor de Tower Bridge weg zijn.'

'Wat is er met de brug?' vroeg Marchant, die zich Pradeeps woorden herinnerde.

'Afgezien van de finish staan daar de meeste mensen. We proberen dat gebied nu te ontruimen. De explosievenopruimingsdienst is onderweg. Geüniformeerde politie verzamelt zich in de zijstraten, van jou tot aan de Tower Bridge.'

De lijn viel plotseling weg. Er was verder niet veel meer te zeggen. Marchant versnelde om zich weer bij Pradeep te voegen.

Hij had wat snoepjes met druivensuiker voor de laatste paar

kilometer, maar hij besloot het zakje nu tevoorschijn te halen en ze Pradeep aan te bieden, die opleefde bij het zien ervan.

'De beste die er zijn,' zei Marchant, die er zelf een paar nam, nadat Pradeep een wanhopige handvol had gepakt. 'Ik ga met de ambassadeur praten en dan kom ik terug,' zei Marchant. 'Alles komt goed. Dat beloof ik. *Sab theek ho jayega*, Pradeep. Het gaat allemaal lukken.'

Marchant hoopte dat zijn roestige Hindi Pradeep gerust had gesteld, toen hij in de richting van de ambassadeur ging. Hij wist wel iets van Turner Munroe. De man was zes maanden geleden in Londen aangekomen, hij was een havik en stond bekend om zijn ongezouten mening over Iran, waar hij het regime het liefst door een militaire interventie omver wilde werpen. En hij had gevochten in de Eerste Golfoorlog en zich daarin onderscheiden. Marchant wist ook dat hij fanatiek aan fitness deed en hardliep met een iPod.

De ervaring had Marchant geleerd om zich aan het protocol te houden als hij met Amerikanen te maken had (het verminderde de kans om te worden neergeschoten), dus benaderde hij eerst het escorte van de ambassadeur. Toen hij uitlegde dat ze midden in een ernstig Defcon Five-situatie zaten, vroegen ze hem om een identificatie. Daar was Marchant op voorbereid. Ze stemden ermee in hem met de ambassadeur te laten praten, nadat hij de naam had genoemd van een van zijn oude CIA-contactpersonen die nog steeds in Londen zat, maar pas nadat ze hun baas hadden ingelicht.

'Hoe ga jij?' vroeg Munroe, nadat hij het oortelefoontje uit zijn rechteroor had gehaald. Marchant durfde er een eed op te doen dat hij naar Bruce Springsteen luisterde. 'Zeg me dat je een grapje maakt over Defcon Five.'

'Nee, meneer, ik ben bang dat het waar is,' zei Marchant, die wist dat Munroe het 'meneer' op prijs zou stellen.

'Besef je wel dat ik nog nooit een 3.30 heb gelopen? Boston: 3.35.10, Chicago: 3.32.20. En nu ben ik op weg naar 3.29.30 en ga jij me vertellen dat ik moet stoppen?'

'U kunt misschien nooit meer hardlopen als u hier blijft rondhangen,' zei Marchant.

'Is dat zo?' zei Munroe sarcastisch.

Marchant wierp een blik op een van de zwetende veiligheidsagenten, die naar de zijkant van de weg knikte.

'Meneer, we moeten hier afbreken,' zei de agent, die naast de ambassadeur kwam lopen. Op hetzelfde moment verscheen zijn collega aan de andere kant.

'Maar ik moet eerst uw Sat-Runner hebben,' zei Marchant.

'Word ik nou ook nog beroofd?' wilde Munroe weten. 'Zo voelt het wel. Beroofd in de marathon van Londen. Het is bijna niet te geloven.'

'Ik moet de gps echt hebben,' zei Marchant, terwijl de babysitters van de ambassadeur hem over de weg begonnen te duwen. 'En ga alstublieft niet langzamer lopen.'

Munroe keek hem aan, toen hij de band losmaakte en hem de ontvanger aangaf. '3.29.30. Ondanks de hitte was ik een persoonlijk record aan het lopen. Iemand gaat dit bezuren.'

Hij zag hoe Munroe bijna de stoep op werd getild en met tegenzin stopte. Toen gespte Marchant de gps aan zijn eigen pols. Pradeep liep voor hem en keek angstig over zijn schouder.

'We zitten er nu samen in,' zei Marchant toen hij naast Pradeep kwam lopen en hem zijn pols liet zien.

# 3

Paul Myers was versleutelde e-mails aan het decoderen en zijn vierde Snickers van de dag aan het eten toen hij Leila's telefoontje aannam. Hij had haar altijd gemogen, vanaf het moment dat ze zijn cursus had bijgewoond over jihadi chatrooms en de eerste vraag had gesteld om de ongemakkelijke stilte te verbreken die onveranderlijk op zijn inleidende praatje volgde. Alle nieuwe rekruten werden een week lang uitgenodigd op het GCHQ (Government Communications Headquarters) in Cheltenham als onderbreking van de training op het Fort en om ze – volgens Myers – te laten zien waar het echte werk werd gedaan.

Paul had de vriend van Leila ook gemogen, al was het in het begin niet van harte gegaan. Oppervlakkig gezien had Daniel Marchant het klassieke voorbeeld van de onuitstaanbare MI6-man geleken: Oxford of Cambridge, bereisd, welbespraakt, knap en goed in sport – alles wat Myers niet was. Maar toen had hij zijn dossier gelezen met alle trieste feiten – de feesten, de knokpartijen, de tweelingbroer die om het leven was gekomen bij een auto-ongeluk in Delhi, de moeder die het nooit te boven was gekomen en van depressiviteit was gestorven – en was hij wat ontdooid. Iedereen moest in het leven moeite doen om de zaak op de rails te houden, dacht hij. Volgens Leila was Marchant nooit over het verlies van zijn broer heen gekomen en was hij bezig geweest zichzelf langzaam dood te drinken tot hij van de journalistiek bij de Dienst was beland. Het moest op een thuiskomst hebben geleken, ook al omdat zijn ouweheer de baas van de zaak was.

Ze hadden misschien eerder vrienden kunnen worden als Paul zichzelf niet om de een of andere reden de overtuiging had aangepraat dat Leila, ondanks de overduidelijke chemie tussen haar en

Marchant, iets voor hem voelde. Hij wist dat het belachelijk was: een aantrekkelijke inlichtingenofficier als zij die zou vallen voor een bijziende, te dikke analist. Algauw had zijn gezonde verstand de overhand gekregen, maar die eerste gevoelens voor haar was hij nooit vergeten. Nu was ze aan de telefoon en stelde hem ademloos een van de interessantste vragen die hij in maanden te horen had gekregen: of hij het gps-netwerk van de Amerikanen een paar minuten uit de lucht kon halen?

Gezien de geschiedenis van het navigatiesysteem en vooral de politiek van 'selectieve beschikbaarheid' in de jaren negentig van de vorige eeuw, toen de nauwkeurigheid van het signaal voor alle andere gebruikers werd verminderd, was het een kans waarvan Myers genoot. Laat Galileo, het eigen Europese netwerk van navigatiesatellieten, maar komen, dacht hij. Hoe eerder Engeland een eind kon maken aan de afhankelijkheid van gps, hoe beter.

'Denk je dat je het zou kunnen?' vroeg Leila, die wist dat de uitdaging hem aan zou spreken. Myers had onlangs deelgenomen aan een oefening in het westen van het land, toen het hele netwerk was gestoord vanwege een gesimuleerde aanval van een Iraanse raket die op gps het Britse luchtruim in zou vliegen. TomToms van auto's sloegen op hol en de volgende dag stonden de kranten vol verhalen over vrachtwagens die zich hadden vastgereden op smalle landweggetjes.

'Technisch is het mogelijk,' zei Myers. 'Elk van de dertig gps-satellieten heeft een eigen atoomklok – nou ja, eigenlijk vier. 2nd Space Operations Squadron in Colorado Springs zendt eenmaal per dag een navigatie-update uit om ervoor te zorgen dat ze allemaal dezelfde tijd aangeven...'

'Paul, we hebben niet veel tijd.'

'Akkoord. We zullen contact opnemen met 2 SOPS om te achterhalen met welke vier satellieten deze kerel contact heeft en kijken of ze de klokken van die satellieten kunnen versnellen.'

'Werkt dat?'

'De ontvanger zal dan denken dat hij sneller over het oppervlak van de aarde gaat dan hij in werkelijkheid doet. De Amerikanen zullen het niet leuk vinden, maar ik ga ervan uit dat als we ze vertellen dat de ambassadeur het doelwit is... Hoeveel tijd heb je nodig?'

'De explosievenopruimingsdienst wil tien minuten.'

'Twee, maximaal.'

'Twee?'

'We zouden in het kanaal te maken krijgen met ernstige scheepvaartongelukken als die klokken te lang uitvallen. Ik wil niet eens denken aan de corridor naar de hoofdlandingsbaan van Heathrow. Hoe gaat het tegenwoordig trouwens met Daniel?'

Myers wist dat Marchant *persona non grata* was in de Dienst, maar hij had zijn vader altijd gemogen en hij was geschokt geweest door de manier waarop het hoofd van de Dienst was vertrokken en het daarop volgende nieuws van zijn overlijden. Daardoor was Marchant wees geworden en dat had bij Myers iets wakker gemaakt. Hij was zelf geadopteerd en had altijd aangenomen dat zijn eigen ouders dood waren.

'In feite loopt hij naast de vent met de gordel.' Leila had het hem niet willen vertellen, maar ze moest ervoor zorgen dat hij zich concentreerde.

'Daniel?' Het was even stil op de lijn. 'Christus, wat doet hij daar? Ik dacht dat hij geschorst was.'

'Niet nu, Paul.'

'Natuurlijk.' Paul was overgeschakeld op een hogere versnelling. '2 SOPS komt nu binnen op de andere lijn. Ik zal ze doorschakelen.'

Marchant luisterde zorgvuldig toen Leila hem vertelde wat hij moest doen. Haar stem klonk anders, weifelend, zonder haar gebruikelijke zelfvertrouwen. Al het publiek was van de Tower Bridge gehaald, zei ze. Achthonderd meter voor hem, op het twintigkilometerpunt, was een wegversperring van politieagenten in burger die het hesje van wedstrijdcommissaris droegen. Zodra hij in de buurt kwam zouden ze een cordon over de weg vormen en met megafoons de hardlopers om veiligheidsredenen vanwege de grote hitte laten stoppen. Het zou de eerste keer zijn dat de marathon van Londen werd gestopt, maar het was geen ongekende maatregel. In 2007 was de marathon van Rotterdam vanwege de hitte afgebroken. Met andere woorden, er was een kleine kans dat de wegversperring geen argwaan zou wekken bij de persoon die Pradeep aanstuurde, wanneer die stond toe te kijken.

'Alles goed met jou?' vroeg Marchant na weer een aarzeling van Leila.

'Natuurlijk niet, verdorie,' zei ze.

Marchant legde het plan in grote lijnen uit aan Pradeep, aan wie hij meteen een paar snoepjes gaf. Het nieuws deed hem zichtbaar goed. De politie zou zo lang mogelijk wachten met de blokkade, om te voorkomen dat er een opstopping voor hen ontstond die hun tempo zou vertragen. Ze moesten aan de rechterkant van de weg en zo dicht mogelijk bij het trottoir gaan lopen, waar een corridor zou worden gevormd om hen door te laten. Om te voorkomen dat ze per ongeluk werden tegengehouden, moest Marchant roepen dat hij arts was en doorgelaten moest worden.

'Heb je dat allemaal?' vroeg Leila.

'Wat gebeurt er als we door de wegversperring zijn?' wilde Marchant weten. Zijn moeder had altijd gehoopt op een arts in de familie.

'Als jullie bij de Tower Bridge komen, passen de Amerikanen de klokken van de vier gps-satellieten aan die 19.000 kilometer boven jullie hangen. Op een teken van mij moeten Pradeep en jij geleidelijk langzamer gaan lopen tot een wandelpas. De explosievenopruimingsdienst komt dan naar jullie toe om de gordel zo snel mogelijk te ontmantelen.'

'Hoe lang hebben ze?'

'Twee minuten vanaf het moment dat jullie langzamer gaan lopen.'

Marchant zei een paar tellen niets. Voor het eerst besefte hij dat de kans dat hij dit zou overleven, gering was. Op de een of andere manier had hij aangenomen dat alles goed zou komen, maar nu begreep hij dat hij Leila misschien nooit meer zou zien. Zij had dat al beseft. In zulke ogenblikken van acuut gevaar had hij normaal gesproken het gevoel dat het leven eerlijker was. Sinds die vreselijke dag in Delhi was hij gebukt gegaan onder schuldgevoelens: waarom was zijn broer om het leven gekomen, terwijl hij het ongeluk zonder een schrammetje had overleefd? Hoe groter het gevaar, des te dichter voelde hij zich bij Sebastian en des te beter hij in staat was hem onder ogen te komen.

Maar dat was nu niet het geval. Er was geen huivering van een hogere gerechtigheid of een voorbeschikte euforie. Zijn lichaam voelde alleen vermoeider aan dan het ooit in zijn hele leven had gevoeld, zelfs nog erger dan toen ze hem op zijn laatste nacht als journalist stomdronken op zijn buik in een goot van Nairobi hadden gevonden.

'Ben je daar nog?' vroeg Leila.

'Ik ben er.' Weer een stilte. Hij keek opzij naar Pradeep, die zo te zien in een soort trance was geraakt. Met recht voor zich uit starende ogen leek hij zich niet bewust van de buitenwereld. Maar hij rende nog steeds en dat was het enige wat telde. 'Ze hebben jou dus de microfoon laten houden,' ging Marchant verder.

'Ja. De omstandigheden in aanmerking genomen werd dat beschouwd als de beste optie.'

Laat de formele toon varen, dacht hij, maar hij wist dat ze dat niet kon doen. Alle diensten zouden intussen rechtstreeks meeluisteren: Thames House, Cheltenham, Langley.

Marchant stelde zich voor hoe hij er van boven uit zou zien, in een opname uit een van de satellieten ver boven Zuid-Londen. Hij kon zich een beeld vormen van de hardlopers, figuurtjes die over speelgoedstraten bewogen en voor de politie die uit het niets was verschenen begonnen samen te drommen. Bij het inzoomen op het beeld werd het voor hem meteen duidelijk dat er geen doorgang was. Op een afstand van vijftig meter hoorde hij zichzelf uit alle macht roepen dat hij een dokter was. Maar verder hoorde niemand hem. Wat was er mis met zijn stem? Die klonk zo zacht en ging verloren in de consternatie van de menigte, die joelde en protesteerde omdat de wedstrijd werd stilgelegd. Hij schreeuwde weer, maar zijn stem was te zwak, nauwelijks hoorbaar boven het geluid van zijn eigen ademhaling, de megafoons, de helikopter boven hem. Pradeep keek hem wanhopig aan toen ze begonnen te vertragen. En toen piepte de ontvanger van Pradeep.

'Leila, Leila, er is verdomme geen doorkomen aan!' schreeuwde

Marchant in de telefoon. Zijn handen waren nat van het zweet. Onder het rennen greep hij het toestel stevig vast als een estafettestokje. Hij kon haar dringend horen praten met andere mensen op de achtergrond. 'Jezus, Leila, we worden opgehouden door vijfhonderd lui die voor ons niet verder kunnen.'

'Naar links, naar links!' zei een stem plotseling. Het was niet die van Leila. Links? Een ogenblik lang kon Marchant alleen maar denken aan de schoenen van blauw geruite stof die hij als kind had gehad en waarop in het rood een 'L' en een 'R' op de tenen geborduurd stond. Toen wees Pradeep naar voren, waar een wedstrijdcommissaris wild stond te wenken. Hij probeerde hen naar de zijkant van de menigte te leiden, waar wedstrijdcommissarissen de lopers terugduwden om een doorgang te maken.

Marchant kon geen woord meer uitbrengen en zeker niet roepen dat hij een dokter was, maar uiteindelijk bleek het niet nodig te zijn. Plotseling waren ze door de wegversperring en renden alleen, terwijl het lawaai van de menigte achter hen snel minder werd. Het marathonmonster had hen uitgespuwd.

De Tower Bridge lag met wapperende vlaggen en griezelig verlaten bijna zevenhonderdvijftig meter voor hen. Marchant kon een voorzichtige glimlach opbrengen, maar niet voor lang. Tot aan de wegversperring had de missie van Pradeep voor een toeschouwer nog uitvoerbaar kunnen lijken. Nu ze met hun tweeën over een lege weg renden, was de zelfmoordoperatie ontmaskerd. Het enige waarop Marchant kon hopen, was dat Pradeeps meerdere, als die in de buurt was, zou wachten tot het bekende decor van de Tower Bridge om nog iets van zijn verlies goed te maken. De ambassadeur zou niet sterven, er zouden geen koppen van 'Bloedbad in de Londense marathon' komen, maar een zelfmoordaanslag op een van de beroemdste monumenten van de hoofdstad zou nog steeds enige waarde hebben.

'Leila?' vroeg Marchant, die nog steeds buiten adem was en moeite had om de telefoon vast te houden.

'We horen je,' zei een Amerikaanse mannenstem.

'Waar is Leila?' schreeuwde hij. 'Geef me Leila weer, heb je me gehoord?'

'Het is in orde, Daniel,' zei een stem. 'Ze is hier nog. We hebben je rechtstreeks doorgeschakeld met Colorado Springs. Je spreekt nu met mij, Harriet Amstrong, in Londen.'

Kreng van een wijf, dacht hij, maar hij zei niets. Hij was te moe.

'Ze gaan je over een paar minuten vertellen om langzamer te lopen,' vervolgde Amstrong. 'We hebben twee mensen van de explosievenopruimingsdienst die aan de noordzijde van de brug staan te wachten. Zodra jullie een wandeltempo hebben, komen zij eraan. Probeer meer uit Pradeep te krijgen. Celnamen, contacten, wie hem aanstuurt, wat dan ook. We bellen je over twee minuten terug.'

Het voelde vreemd aan om de marathon van Londen te lopen door verlaten straten. Hij had altijd gehouden van lege ruimtes, grote open luchten, bergen, de open zee. In steden voelde hij zich opgesloten, maar als het altijd was zoals nu, zou hij hier kunnen leven. Plotseling moest hij denken aan de Tharwoestijn, waar hij met Sebbie op een kameel naast hem over de zandduinen was gesjokt. Hun ouders hadden voor hen gereden en glimlachend achteromgekeken.

Voorzover Marchant kon nagaan, had de politie een corridor vrijgemaakt van honderd meter aan weerszijden van de route. Een ogenblik stelde hij zich voor dat hij met Pradeep aan de leiding liep nadat ze zich hadden losgemaakt van de voorste groep in een laatste ongenadig snelle sprint naar de finish. Toen herinnerden zijn benen hem eraan hoe moe hij zich voelde.

'Waar kom jij vandaan, Pradeep?' vroeg hij. 'Uit welk deel van India?'

'Hoe weet je dat ik uit India kom?'

'Ik heb daar vroeger gewoond.'

'Welke plaats?'

'Delhi. Chanakyapuri.'

'Heel mooi,' zei Pradeep, die zijn hoofd heen en weer bewoog en een vage glimlach tevoorschijn toverde. Praten over thuis leek hem sterker te maken.

'Het enige wat ik me herinner is de bloesem van de goudenregen. Ik was erg jong.'

Een paar tellen gingen hun passen synchroon en kwamen hun benen tegelijk omhoog en omlaag. Ze merkten het allebei en verkeerden even in een trance.

'Gaan we sterven?' vroeg Pradeep.

'Nee, dat gaan we niet.'

'De plaats waar ik vandaan kom heet Kochi.'

'Kerala?'

'Mijn vrouw komt daar ook vandaan. We hebben één zoon, die bij ons in Delhi woont. Ze zullen hem doden als ik dit vandaag niet doe.'

'Wie zijn "zij"?'

Pradeep gaf geen antwoord. In plaats daarvan haalde hij een fotootje uit een tasje aan de voorkant van zijn gordel en liet het aan Marchant zien.

Marchant keek naar het jonge, glimlachende gezicht. Dit had hij niet meegenomen in zijn berekeningen. Pradeep mocht dan tegen zijn zin een aanslag hebben willen plegen, maar nu had hij een motief om ermee door te gaan. Zijn moed zonk hem in de schoenen. Pradeep had zijn doelwit, de ambassadeur, gemist maar hij kon zich nog steeds aan zijn woord houden door zich op de Tower Bridge op te blazen en zijn zoon te redden. Marchant wierp een blik op zijn horloge: één uur en negenendertig minuten.

'Maar je wilt hier toch niet mee doorgaan, hè?' vroeg hij. 'Je wilt niet sterven.' Voordat Pradeep antwoord kon geven, begon Marchants telefoon te rinkelen. Het was Colorado Springs.

Weer stelde Marchant zichzelf voor vanaf een grote hoogte, waarop de brug er nog meer als een speelgoedmodel zou uitzien dan hij vanaf de grond al deed. Hij luisterde naar de jonge Amerikaan aan de telefoon, die kalm en met gezag praatte tegen hem, tegen Armstrong en tegen iemand anders. En toen was eindelijk het moment aangebroken om langzamer te gaan lopen.

'Als de gps ook maar het geringste geluid maakt, moet u de snelheid meteen verhogen, hebt u dat begrepen?' vroeg de Amerikaan.

'Begrepen.'

'Nu rustig langzamer gaan lopen, meneer. Uw venster is geopend. Twee minuten en het aftellen is begonnen.'

Marchant keek naar Pradeep en was ineens niet meer zeker van zijn medewerking. De hele tijd had hij gewild dat hij door bleef rennen en nu bad hij dat hij langzamer zou gaan lopen. Maar het tempo van Pradeep bleef constant en zijn ogen staarden recht vooruit. Hij leek steeds sterker te worden. Hij zou volhouden tot ze bij de brug waren.

'Denk eraan dat u tijd hebt om weer te versnellen als de gps het niet leuk vindt,' zei de Amerikaan. 'Rustig aan nu. Eén minuut vijfenveertig.'

Marchant bewoog naar Pradeep toe en greep zijn arm. 'Oké, we kunnen langzamer gaan lopen. We kunnen stoppen. Het is ons gelukt.' Ze waren bijna op de brug en naderden nog steeds zonder te vertragen de eerste toren. Marchant wist dat tranen zich mengden met Pradeeps zweet toen hij zich voor zijn jonge zoon verder probeerde te worstelen naar het midden van de brug. Maar zijn benen begonnen het te begeven, eerst het ene en toen het andere, en weldra lag hij snikkend in Marchants armen, terwijl ze vertraagden tot een wandeltempo. Marchant wierp een blik op zijn ontvanger om zijn snelheid te controleren. Die gaf aan dat ze nog steeds aan het rennen waren met een snelheid van vijf minuten per kilometer.

Marchant kon later nooit navertellen in welke volgorde alles precies gebeurde. Hij herinnerde zich twee mannen van de explosievenopruimingsdienst in hun zware beschermende kakipakken die van de andere kant van de brug aan kwamen rennen en naar hem schreeuwden te blijven waar hij was. En later hoorde hij dat tegelijkertijd ergens in de lucht boven Heathrow twee passagiersvliegtuigen te vroeg aan hun landing begonnen en dat een botsing slechts was voorkomen door een extra oplettende luchtverkeersleider.

Het dubbele geweerschot dat op de brug knalde en Pradeeps hoofd naar achteren rukte, moest zijn afgevuurd vlak voordat de mannen van de explosievenopruimingsdienst hen bereikten. Marchant herinnerde zich dat hij het slappe lichaam van Pradeep een seconde vasthield en toen samen met hem op het asfalt in elkaar zakte. De twee dumdumkogels waren in Pradeeps schedel uit elkaar gespat in plaats van erdoorheen te gaan. De achterkant van zijn hoofd voelde aan als vochtig mos.

In de daaropvolgende wazige momenten werd de gordel losgesneden en onschadelijk gemaakt, maar terwijl Marchant in een kakofonie van sirenes werd weggeleid kon hij alleen maar denken aan Pradeeps zoon en of die nu zou mogen blijven leven.

# 4

Daniel Marchant keek uit over de glooiende vallei en zag een vlucht Canadese ganzen van het kanaal opstijgen om dat even te volgen en dan rechts af te slaan in de richting van het dorp. Er hing een lichte nevel boven het water, met hier en daar een streep blauwe rook uit de fornuizen van de woonboten die aan de andere oever lagen afgemeerd. Naast het kanaal lag de spoorweg naar Londen en een boemeltrein met drie wagons stond op het station te wachten op de eerste forenzen van de dag. In de bossen op de heuvel erachter hamerde een specht in korte salvo's. Verder heerste er stilte.

Marchant had ondanks zijn uitputting erg onrustig geslapen; hij wist dat hem een dag van verhoren wachtte. Hij was nu tenminste uit Londen en zat in een veilig huis ergens in Wiltshire. Na de marathon had een onopvallende auto hem van de Tower Bridge naar Thames House gebracht, waar hij zich had gedoucht en de kleren had aangetrokken die Leila uit zijn flat had gehaald. Hij had haar even gesproken en de mobiele telefoon teruggegeven, maar hun gesprek was moeizaam verlopen. De blik op haar gezicht was een verrassing geweest. Hij had uitgezien naar de ontmoeting om haar te bedanken dat ze hem door de wedstrijd had geholpen, maar hij was dankbaar voor haar afstandelijke houding. Daardoor was hij op zijn hoede geweest.

Hij had echt niet verwacht dat hij als een held zou worden binnengehaald, maar hij had evenmin gedacht dat hij naar de kelder van het hoofdkwartier van MI5 zou worden gebracht voor een urenlang verhoor in een bedompt kamertje. Een ondervraging in Legoland zou meer in de lijn hebben gelegen, omdat hij nog steeds op de loonlijst van MI6 stond. Maar vanaf het ogenblik dat hij in Thames House was aangekomen, was het duidelijk dat er een andere agenda werd gevolgd. Hij wist alleen niet precies wat die inhield.

Zijn rol bij de bomaanslag op de marathon stelde de inlichtingendiensten voor een probleem en dat accepteerde hij. Het zat hem ook dwars. Waarom was hij daar ter plaatse geweest, waarom had niemand anders argwaan gekoesterd over de gordel? Een toevallige held had een ramp voorkomen, alleen was hij geen gewoon lid van het publiek, maar een geschorste medewerker van MI6, een officier wiens overleden vader onder verdenking van verraad had gestaan, een zoon die de naam van de familie wilde zuiveren.

Hij wist dat MI5 achter de beslissing had gezeten om hem te schorsen, net zoals die dienst de drijvende kracht was geweest achter het ontslag van zijn vader als de chef van MI6. Dat alles had extra spanning toegevoegd aan zijn ondervraging in de kelder.

'Je beseft toch wel hoe het er vanuit ons standpunt uitziet,' zei zijn ondervrager, terwijl hij kauwgum kauwend om Marchant heen liep in de kale, witgepleisterde kamer. Marchant, die op de enige stoel zat, had de man die zichzelf Wylie noemde niet herkend. Kort na het gedwongen ontslag van zijn vader was Marchant in Thames House verhoord door een groep beambten, maar daar was deze man niet bij geweest. Wylie was eind veertig, had platvoeten, dun rood haar, een bleke, te droge huid en flaporen. Wanneer je hem op straat tegenkwam, dacht Marchant, zou je kunnen denken dat hij een overwerkte politieagent was of een leraar uit de binnenstad, iemand die meer papierwerk dan daglicht te zien kreeg en zijn collega's beter kende dan zijn vrouw.

'Twee mannen die samen hardlopen en met alle geweld de Tower Bridge willen bereiken voor een maximum aan publiciteit. Een van hen is net uit India gekomen en heeft een gordel met explosieven. De andere' – Wylie zweeg even, alsof zijn minachting voor Marchant hem plotseling had overweldigd – 'de andere, een voormalig lid van de inlichtingendienst met "problemen", zorgt ervoor dat hij zijn doel bereikt.'

'Op non-actief gesteld, niet voormalig,' zei Marchant kalm. 'Zijn doelwit was Turner Munroe, de Amerikaanse ambassadeur.' Marchant wist dat Wylie een standaard verhoortechniek toepaste: volg de minst waarschijnlijke van jouw twee voornaamste theorieën (ex-MI6'er met een wrok) zo ver mogelijk en kijk in hoeverre jouw betere theorie (ex-MI6'er redt MI5) wordt bevestigd door de antwoorden van de ondervraagde. Samen met Leila had hij dat op het Fort geleerd.

'Toen het bevel werd gegeven om langzamer te gaan lopen, bleven jullie allebei in hetzelfde tempo doorrennen om jullie doelwit te bereiken en dat was de Tower Bridge,' vervolgde Wylie. Hij kwam op gang en begon sneller op zijn kauwgum te kauwen. Zijn enthousiasme werkte aanstekelijk voor Marchant, tot zijn oren het onderliggende sarcasme opvingen. 'In feite heb jij geholpen om die man door te laten lopen. Op een gegeven moment heb je zijn arm vastgehouden om hem te ondersteunen.'

Wylie gooide een zwart-witfoto van een bewakingscamera op de tafel. Het was een ingezoomde opname van Marchant en Pradeep die op de brug af liepen. Marchant schrok van de uitgeputte aanblik die hij bood. Pradeep leek hem overeind te houden. Zijn ledematen voelden weer slap aan, toen hij zijn benen onder de tafel verschoof.

'Waarom ben je niet langzamer gaan lopen, zoals je werd bevolen?' vroeg Wylie, die nu achter Marchant stond.

Marchant pakte de foto op en nam zijn tijd voor het antwoord. Hij probeerde de persoon achter hem in te schatten, terwijl hij zijn gedachten ordende. De precieze gebeurtenissen van het laatste gedeelte stonden hem nog steeds niet helder voor de geest. Hadden zij op Pradeep geschoten, omdat hij niet langzamer ging lopen? Hij had gedacht dat de schoten later hadden geklonken, toen ze al in wandeltempo liepen.

'Pradeep wilde zichzelf helemaal niet opblazen,' zei Marchant over zijn schouder. 'Ik had heel sterk het gevoel dat hij hiertoe gedwongen werd. Toen ik hem voor het eerst aansprak, was hij blij om te worden geholpen. Het was een primitieve reactie: "Hoe kan ik voorkomen dat ik word gedood?" Nadat zijn primaire overlevingsinstinct was aangesproken, begon hij aan anderen te denken, in dit geval zijn zoontje, dat zou worden gedood als hij zijn missie niet doorzette. Toen we de brug naderden, begon deze zorg zijn hele wezen in beslag te nemen. Hij ging niet langzamer lopen toen ik hem dat vroeg en zoals je kunt zien, moest ik tussenbeide komen om hem af te remmen.'

Marchant gooide de foto weer op de tafel. Zwijgend zagen ze hoe die rondtolde en tot stilstand kwam. Marchant wenste dat er een ventilator in de kamer was.

'Is het ooit bij je opgekomen dat je geen gezag had om die acties te ondernemen?' vroeg Wylie, die nog steeds achter hem stond. 'Je was tenslotte geschorst.'

Marchant hoorde dat zijn ondervrager van koers veranderde. 'Ik gedroeg me als een verantwoordelijk lid van het publiek.'

'Verantwoordelijk?' Wylie lachte. 'Iedereen weet dat jij op een zijspoor was gerangeerd, Marchant.'

Marchant keek voor zich uit en zei kalm: 'Ik zag iets verdachts en in dit geval was bellen naar het Meldpunt Terrorisme niet echt een optie.'

'Waarom niet?' blafte Wylie, terwijl hij om Marchant heen liep tot hij voor hem stond. Zijn stem had de vreemde eigenschap te gaan krassen en in toonhoogte te stijgen als hij kwaad werd. Het effect had grappig kunnen zijn, maar het was verontrustend.

'Waarom niet?' herhaalde Marchant nu luider omdat hij Wylie weer kon zien. 'Omdat ik verdomme geen telefoon bij me had.'

Marchant onderdrukte de neiging om te gaan schreeuwen. Er was geen reden om Leila hierbij te betrekken. Zij zou hun in een apart verhoor over haar TETRA-telefoon vertellen. Hij sprak langzaam en duidelijk en hij benadrukte elk woord alsof hij het tegen een kind had. 'Ik koos ervoor om in de buurt van Pradeep te blijven. Ik weet niet zo zeker of het erg gemakkelijk was geweest om hem terug te vinden. Er waren daar 35.000 lopers.'

'Waaronder enkele agenten van ons,' zei Wylie.

Die helemaal achteraan sjokten met de lui die tien minuten over een kilometer deden, dacht Marchant.

'Deze aanval kwam niet als een volledige verrassing,' voegde Wylie eraan toe.

'Uiteraard.' En als Marchant het hele gebeuren op ging schrijven, dan zou dat ook heel duidelijk uit zijn verslag blijken: MI5 had het zien aankomen en het toch verknald.

'Jij wist er dus ook al eerder van?' vroeg Wylie met krassende stem. Hij haalde een astma-inhaler tevoorschijn en zoog er een keer hard aan.

'Dat heb ik niet gezegd.'

'Maar jouw voormalige collega's wisten het wel. Ze vinden het alleen niet leuk om informatie uit te wisselen, hè?'

Toen dacht Marchant het te begrijpen. Wylie wilde beweren dat zijn betrokkenheid een vooropgezet plan was, een onderdeel van een samenzwering van MI6 om het gebrekkige functioneren van MI5 aan de kaak te stellen, zodat hij zijn baan terugkreeg.

'Ik kan niet voor MI6 spreken,' zei hij.

'Nee, gelijk heb je, dat kun je niet. Maar dat zou je wel leuk vinden. Voor Zes werken hield je nuchter. Maar we zien nu de echte Marchant, nietwaar? Kom op, je hebt een tip gehad. Een van je oude "maten"' – hij benadrukte het woord spottend – 'vertelde het liever tegen jou dan tegen ons. Jij bent daar vanochtend naartoe gegaan om uit te kijken naar een man met een gordel. Je bent niet toevallig tegen hem op gelopen, die ene hardloper van de 35.000 die zichzelf wilde opblazen.'

Marchant dacht aan Leila en aan wat ze had gezegd over Paul Myers, die vlak voor de marathon wat losse flarden had opgevangen. Hij voelde zijn handpalmen vochtig worden. Had iemand het telefoontje van Myers met haar geregistreerd? Zijn toevallige ontmoeting kon er dan heel anders uit gaan zien: Cheltenham vertelt het tegen MI6, MI6 brengt een geschorste agent op de hoogte, die onder de neus van MI5 een bomaanslag voorkomt. Maar Wylie had geen idee van de bange gedachten die door Marchants hoofd schoten.

'Goed, wat heeft die tulband jou over zichzelf verteld?' veranderde Wylie met de volgende vraag weer van onderwerp.

Tulband? Marchant verbaasde zich erover dat MI5 nog altijd zo onaangepast was. Hij had gedacht dat er intussen sprake was van een grotere etnische diversiteit. 'Hij zei dat hij Pradeep heette. Hij kwam van oorsprong uit Cochin in Kerala. Hij noemde het Kochi, de plaatselijke naam, waaruit bleek dat hij Indiër was.' Marchant had altijd een voorkeur gehad voor gegevens, harde feiten, onweerlegbare statistieken – in zijn veranderlijke wereld waren ze bemoedigend.

'Zuid-India,' zei Wylie. 'We hoopten allemaal dat die kleine terreuroperatie zijn tijd had gehad.'

Meng mijn vader hier niet in, dacht Marchant. Er werd aangenomen dat de bomaanslagen van vorig jaar waren georganiseerd in Zuid-India, maar ze waren gestopt toen zijn vader met Kerstmis zijn functie als chef had neergelegd, een gegeven dat zijn vijanden bij MI5 niet was ontgaan.

'Pradeep kende ook New Delhi goed,' zei Marchant, vastbesloten om kalm te blijven. 'Hij woonde daar met zijn vrouw en zoontje. Hij leek Chanakyapuri, de diplomatieke enclave in het zuiden van de stad, te kennen.'

'Ongebruikelijk om een stadsdeel te kennen waar alle buitenlandse ambassades liggen.'

'Misschien. Dat is moeilijk te zeggen. Hij liet erg weinig over zichzelf los. Hij sprak goed Engels met een zwaar Indiaas accent. Zijn zoontje was vier, misschien vijf, en droeg een bruine schooltrui op de foto die hij me liet zien. Als jullie hem niet hadden neergeschoten, had hij misschien wat meer over zichzelf kunnen vertellen.'

Marchant zag de stomp aankomen – die was al op komst sinds de eerste keer dat MI6 zijn universitaire neus had opgehaald voor MI5 – en bracht zijn linkeronderarm snel genoeg omhoog om hem af te weren. Zijn instinct, dat was getraind op het Fort, vertelde hem om op hetzelfde ogenblik terug te slaan met zijn rechterhand, maar in plaats daarvan greep hij Wylies arm. Hun gezichten waren heel dicht bij elkaar en toen liet Marchant hem los.

'De volgende keer leggen we jullie allebei om,' zei Wylie en hij zoog hard aan zijn inhaler.

# 5

Paul Myers nam een flinke slok van zijn derde pint London Pride. 'Nog dertig seconden en de vliegtuigen zouden op elkaar zijn gebotst,' zei hij. 'Het ministerie van Verkeer en Waterstaat is het overzicht kwijt en wil weten hoeveel andere bijna-botsingen er in Engeland zijn veroorzaakt door het geklungel van Colorado met de atoomklokken.'

'En?' vroeg Leila. Ze wierp een blik door de pub. De Morpeth Arms, vanuit Legoland aan de overkant van de rivier, was een stamkroeg voor agenten van MI5 en MI6. Ze herkende een of twee collega's die aan de bar stonden te wachten tot ze werden geholpen door de Tsjechische en Russische barmeisjes.

'Vertrouw gewoon niet op je TomTom als er een oorlog aan de gang is.'

Leila glimlachte en nipte van haar glas sauvignon. Ze was moe. MI5 had haar laat in de middag laten gaan na een tweede dag van verhoren. Vandaag waren de Amerikanen erbij geweest: James Spiro, het hoofd van de CIA in Londen, had een heleboel vragen over Daniel Marchant gesteld, maar niemand wilde haar vragen beantwoorden. Ze wilde bij hem zijn, met hem praten over de gebeurtenissen tijdens de marathon, zijn kant van het verhaal horen, maar niemand wilde toegeven dat ze wisten waar hij was. Myers was een troostprijs. Hij had die dag zijn rol gespeeld en was het bewijs dat het allemaal echt was gebeurd. Maar het waren de losse flarden waarin ze belang stelde.

'Het was aardig van je dat je me gisteren hebt gebeld,' zei ze en ze raakte even zijn sproetige onderarm aan. Myers droeg een fleece vest dat te groot was en waarvan hij de mouwen had opgerold.

'We kennen elkaar al heel lang, hè? Ik herinner me nog de eerste dag dat je op het Fort aankwam...'

'Weet je nog wat je precies hebt gehoord? De losse flarden?'

Myers leunde ongemakkelijk naar achteren. 'Waarschijnlijk was het niets. Iemand uit Zuid-India die we in de gaten hielden. Hij had het over "35.000 hardlopers". Heb je dat aan iemand verteld?'

'Alleen aan Daniel. Heel even, vlak voor de start van de marathon.'

Myers glimlachte en wist niet goed waar hij moest kijken. Net als de meeste inlichtingenanalisten die Leila op GCHQ kende, was hij sociaal onaangepast en hing zijn hoofd te ver boven zijn pint bier, die hij vastklemde in grote handen met afgekloven nagels. Maar hij kon goed luisteren en niet alleen naar jihadi gepraat, maar ook naar oude vrienden of vriendinnen als Leila. Ze wist dat hij nog steeds een zwak voor haar had, deels vanwege zijn nauwelijks verholen blikken op haar borsten, maar ook omdat hij er heel snel mee had ingestemd om naar Londen te komen toen zij met iemand moest praten. Ze wist ook dat het verkeerd van haar was om misbruik te maken van zijn enthousiasme, maar ze had geen keus. Na de marathon had ze wanhopig behoefte aan gezelschap.

'Ik probeer nog steeds op een rijtje te zetten hoe het allemaal is gelopen en waarom hij degene was die de gordel in de gaten kreeg,' zei Leila, die begon te beseffen dat ze geen glas wijn meer moest drinken.

'Kom nou, Leila, hij is altijd een mazzelkont geweest. Sommige mensen krijgen de beste posities, veranderen verlies in winst, krijgen het meisje.'

Myers hief even zijn hoofd op en zijn dikke brillenglazen schitterden in het lamplicht. Hij werd altijd erg poëtisch als hij wat bier ophad, dacht hij, en hij wierp weer een steelse blik op Leila's zware borsten.

'Ik maak me zorgen om hem,' zei ze, 'na wat er met zijn vader is gebeurd.'

'Hij zal zijn baan terugkrijgen. Hij heeft de zaak gered, nietwaar?'

'Ik hoop dat de Amerikanen het zo bekijken. Zij hebben Stephen Marchant nooit gemogen en Daniel vertrouwen ze niet. Ik denk dat we allebei beter niets over de losse flarden kunnen zeggen. Anders zou het er misschien niet al te best voor hem uitzien.'

'Vind ik best. Ik had het je helemaal niet moeten vertellen. De jongens in Colorado Springs vonden hem een verrekte held,' vervolgde Myers, terwijl hij zijn glas leegdronk. 'Is het mogelijk om vannacht bij jou te pitten? De laatste trein naar Cheltenham is al vertrokken.'

'Je kunt op de bank slapen.' Leila was verrast door zijn zelfvertrouwen.

Terwijl ze het lege Embankment op liepen en uitkeken naar een taxi, keek Leila Myers aan. 'Jij hebt nooit gedacht dat het waar was wat ze over zijn vader zeiden?'

'Nee. Wij zouden het hebben geweten. Vroeger of later horen we in Cheltenham alles. Het was opportunistische politiek. Ze vertrouwden hem niet. De eerste minister. Armstrong. Het hele zootje. Niet omdat hij een verrader was. Ze begrepen hem gewoon niet. Hij was van de oude stempel, niet hun type.'

'Ik vraag me soms af of er echt een mol was,' zei Leila, die over het water naar Legoland keek, dat als een soort ruwe piramide oplichtte tegen de nachtelijke hemel.

'Stephen Marchant was het niet, dat is het enige wat ik weet,' zei Myers, die even wankelde toen hij zijn ogen te goed deed aan haar benen. 'En zijn zoon ook niet. Ik begrijp nog steeds niet waarom ze hem hebben geschorst. Nee, Daniel is een van de goeie jongens. Goeie smaak ook als het om vrouwen gaat.'

Een halfuur later lag Leila in haar flat in Canary Wharf in bed naar het plafond te staren en had er spijt van dat ze het goed had gevonden dat Myers op haar bank sliep. Hij was al diep in slaap; zijn lichaam lag erbij alsof hij van grote hoogte op de bank was gevallen en hij snurkte luid.

Leila dacht weer aan haar moeder en hoe zij de avond ervoor over de telefoon had geklonken. De arts die ze een keer in het verpleegtehuis had gesproken, had haar gezegd dat ze zich geen zorgen moest maken en dat ze mocht verwachten dat haar moeder steeds verwarder ging klinken, maar het bleef verontrustend. Zondag was gewoonlijk geen dag dat ze haar belde, maar door de marathon van die ochtend was ze angstig en moe geweest. Alleen in haar flat na een ondervraging van vier uur in Thames House had ze zich weer kind gevoeld.

Toen ze jonger was en soms behoefte had aan praten, had ze nooit aangeklopt bij haar vader, die weinig moeite had gedaan om haar te leren kennen. Ze had zich altijd tot haar moeder gewend, maar nu joeg haar stem Leila zelfs nog meer angst aan.

'Ze zijn vannacht met hun drieën gekomen,' was haar moeder in traag Farsi begonnen. 'Ze hebben de jongen meegenomen – je weet wel, die voor me kookt. Voor mijn ogen hebben ze hem afgeranseld.'

'Hebben ze jou pijn gedaan, mama?' vroeg Leila, bevreesd voor het antwoord. De warrige verhalen over mishandelingen werden elke keer erger. 'Hebben ze jou wat aangedaan?'

'Hij was als een kleinzoon voor mij,' was ze verdergegaan. 'Ze hebben hem bij zijn voeten weggesleept.'

'Mama, wat hebben ze met jou gedaan?'

'Jij had gezegd dat ze niet zouden komen,' had haar moeder gezegd. 'Anderen hier hebben er ook onder geleden.'

'Nooit meer, mama. Ze zullen niet meer komen. Dat beloof ik.'

'Waarom zeiden ze dat het de schuld van mijn familie was? Wat hebben wij ze gedaan?'

'Niets. Je weet hoe dat gaat. Ben je nu veilig?'

Maar haar moeder had al opgehangen.

Leila wilde nu bij Marchant zijn, hem vasthouden en over haar moeder praten. Hadden ze elkaar maar onder andere omstandigheden, in een ander leven ontmoet. Marchant had vaak hetzelfde gezegd. Maar hun wegen waren met elkaar verweven geraakt en konden niet meer worden ontward, ook al hadden ze allebei geleerd iets van zichzelf achter te houden waar niemand – geen agent, collega of minnaar – ooit bij kon komen. Marchant was echter totaal anders dan alle anderen die ze voordien had ontmoet. Hij was fanatiek en dreef zichzelf tot aan de grenzen van succes en mislukking. Niets in zijn leven gebeurde ooit halfslachtig. Als Marchant dronk, bleef hij drinken tot hij nauwelijks nog op zijn benen kon staan. Als hij behoefte had aan slaap, kon hij tot ver in de middag in bed blijven liggen. En als hij moest studeren, kon hij de hele nacht doorwerken.

Ze herinnerde zich de dag toen ze twee weken bezig waren met hun cursus voor nieuwelingen in het Fort. Ze was na een onrustige nacht tegen het aanbreken van de dag wakker geworden. De wind had de hele nacht uit de richting van het Kanaal geblazen en de oude vensters van het sombere trainingscentrum, een voormalig Napoleontisch fort op de punt van het schiereiland van Gosport, rammelden als melkflessen op een kar. De drie vrouwelijke rekruten deelden een grote kamer aan de noordzijde van de centrale binnenplaats, terwijl de mannen in een blok met aparte zit-slaapkamers en uitzicht op zee aan de oostzijde zaten. Ze liep naar het raam en zag een brandende lamp. Ze kon er niet zeker van zijn dat Marchant hem had aangedaan, maar ze trok een trui aan, wikkelde zich in een ochtendjas en liep stil over de koude stenen binnenplaats.

Toen ze bij de rij kamers van de mannen kwam, wist ze meteen dat het zwakke lamplicht dat onder de oude houten deur door scheen, van Marchant was. Ze aarzelde en huiverde. De dag ervoor was gegaan over de theorie van het rekruteren van agenten. Mensen konden vaak worden overgehaald hun land te verraden met als reden Geld, Ideologie, Dwang of Ego: GIDE. Ze hadden een lange dag in de klas gezeten en achteraf slechts even iets gedronken in de bar. Marchant had haar toen angstvallig gemeden, hoewel ze de hele dag in dezelfde groep hadden gezeten en volgens haar betekenisvolle blikken hadden gewisseld.

Ze klopte één keer en wachtte. Er klonk geen geluid en een ogenblik lang dacht Leila dat hij sliep. Of misschien was hij aan het feesten in Portsmouth en had hij het licht aangelaten als een soort camouflage. Maar toen ging de deur open en stond Marchant daar in een verschoten surfersshirt en een boxershort.

'Ik kon niet slapen,' zei ze. 'Mag ik binnenkomen?' Marchant zei niets, maar deed een stap opzij en liet haar binnen in de kleine kamer. 'Heb jij het niet koud? Het is ijskoud in deze tent.'

'Het voorkomt dat ik in slaap val.' Marchant pakt een broek die op het onopgemaakte bed lag, liet die in een hoek vallen en ging weer aan zijn bureau zitten. 'Doe of je thuis bent. Ik ben bang dat er maar één stoel is.'

Leila liet zich op de rand van het bed zakken. Op Marchants bureautje lag een stapel papieren in de lichtkring van een geblutste bureaulamp. Naast de papieren stond een halflege fles whisky. Enkele ogenblikken zei geen van beiden iets; ze luisterden naar het klagende geluid van de wind buiten.

'Wat ben je aan het lezen?' vroeg ze. Hij draaide zich iets van haar af en bladerde door de bedrukte vellen.

'Beroemde landverraders. Wist je dat Ames nog 2,1 miljoen dollar te goed heeft van de Russen? Ze bewaren het voor hem op een buitenlandse rekening voor het geval dat hij ooit ontsnapt uit zijn cel in Pennsylvania. Er was geen hoger ideaal, alleen de behoefte aan geld. Zijn vrouw gaf bij het winkelen meer uit dan zijn salaris van de CIA. Zo simpel.'

'Het is vier uur 's nachts.'

'Ik weet het.'

'Waarom nu?'

Marchant draaide zich weer om en keek haar aan. 'Gewoon slagen is voor mij niet genoeg. Ik moet met vliegend vaandel deze verrekte plaats verlaten.'

'Vanwege de functie van jouw vader?'

'Je hebt gehoord wat de instructeur gisteren zei. Het is heel duidelijk dat hij niet denkt dat ik hier op eigen verdienste ben. Mijn pappie is de baas.'

'Zulke dingen gebeuren niet meer. Dat weet iedereen.'

'Hij niet.'

Marchant draaide weer terug naar zijn bureau en keek uit het raam in de dikke stenen muur. In de verte knipperden de lichten van de aankomende ferry Bilbao-Portsmouth in het vage licht van de dageraad. Daarachter, aan de overkant van de doorgang, onderscheidde hij het vage silhouet van de achtbaan waar ze twee dagen geleden allemaal naartoe waren geweest als een vorm van teambuilding. Leila stond op, liep naar hem toe en begon zijn schouders te kneden. Het was de eerste keer dat ze hem aanraakte. Hij deinsde niet terug.

'Een schoonheidsslaapje zou je geen kwaad doen,' zei ze dicht bij zijn oor.

'Ik wilde vanavond echt niet doen of je lucht was,' reageerde hij en hij tilde een hand langzaam op naar de hare.

'Jij was met je vrienden, jongens onder elkaar. Ik had je alleen moeten laten.'

'Dat was het niet.'

'Nee?'

Hij zweeg even. 'Ik zal in de nabije toekomst geen echt prettige persoon zijn om in de buurt te hebben.'

'Moeten anderen dat niet beoordelen?'

'Misschien. Maar wij gaan de komende zes maanden leren hoe we moeten liegen, bedriegen, verraden en verleiden. Ik weet niet zeker of ik dat wel wil combineren met wat er misschien tussen ons is.'

'En wat is er dan misschien tussen ons?' vroeg Leila. Haar handen bewogen langzamer.

Marchant stond op, draaide zich om en keek haar aan. Zijn ogen stonden bezorgd en zochten in de hare naar een antwoord dat ze nooit kon geven. Ze leunde naar voren en kuste hem. Zijn lippen waren koud, maar algauw waren ze op zoek naar warmte.

Marchant maakte er een eind aan. 'Het spijt me.' Hij ging aan zijn bureau zitten. 'Ik moet dit vannacht afmaken.'

'Je klinkt niet erg beslist.'

'Ben ik ook niet.'

'Moet ik gaan?'

'Nee. Blijf alsjeblieft. Ga wat slapen.' Hij knikte naar het bed.

Tien minuten later lag ze ingestopt onder zijn oude wollen dekens en deed moeite om de kou te verdrijven, terwijl hij bleef lezen over de motieven om verraad te plegen. Hij had de bureaulamp verder naar beneden getrokken om het licht in de kamer wat te dimmen. Ze vroeg zich af of hij wat warmte kon voelen van de lampenkap dicht bij zijn wang. De zeelucht was ijskoud.

'Waarom heb jij je ingeschreven?' vroeg hij met een blik in haar richting. Ze toonde een slaperige glimlach.

'De behoefte om mezelf te bewijzen, net als jij. Jouw vader is de baas, mijn moeder werd geboren in Isfahan.'

Later merkte ze dat hij naast haar in bed lag en haar vasthield voor de warmte, terwijl natte sneeuw tegen het raam sloeg. Ze hoopte dat hij mis had als het om hen ging, dat wat zij hadden op de een of andere manier de maanden die voor hen lagen, kon overleven.

# 6

Marchant zag in zijn slaapkamer in het veilige huis de trein naar Londen uit het station vertrekken. Hij dacht weer aan Pradeep, die op de brug was gestorven. Een ogenblik lang vroeg hij zich af of een van de twee kogels het doel had gemist. Waren ze van plan geweest om hem samen met Pradeep neer te schieten? Het was het juiste moment geweest om te schieten – Pradeep die in zijn armen in elkaar zakte – als ze zich niet druk maakten om de nasleep.

Beneden hem reed een Land Rover over de weg door het dal. Hij nam aan dat die op weg was naar het dorp, maar de bestuurder draaide het pad naar het huis op. Het was een afgetakelde, donkerblauwe Defender en toen die zich hotsend een weg zocht naar het huis, kon Marchant aan beide zijden het logo van de plaatselijke elektriciteitsmaatschappij onderscheiden. Beneden hoorde hij beweging. Zijn babysitters roerden zich en maakten zich klaar om de bestuurder te ontmoeten en de smoes op te geven die in hun instructies stond.

Naast het huis lag een transformatorhuisje voor het dorp binnen een groen metalen hek met punten. Ernaast stond een mast met een oranje windzak die een beetje opbolde in de ochtendbries. Het complex bevatte ook een oude atoombunker. Een bordje dat was aangebracht door de plaatselijke historische vereniging vermeldde dat de bunker tijdens de Koude Oorlog was gebruikt door het Royal Observer Corps en dat er een maand lang drie mensen in konden verblijven.

Het omliggende gebied bestond alleen uit akkers en velden. Marchant nam aan dat de Land Rover van de onderhoudsdienst van de elektriciteitsmaatschappij was. Het moest gaan om een routinecontrole van het transformatorhuisje, nam hij aan, maar toen de auto onder zijn raam stopte, herkende hij de passagier die uitstapte. Het was Marcus Fielding, de opvolger van zijn vader.

Vanaf het moment dat hij vijftien jaar geleden bij de Dienst was gekomen, stond al bijna vast dat Fielding ooit aan het hoofd ervan zou staan. De media hadden hem beschreven als de leider van een nieuwe generatie spionnen, arabisten die tijdens de Koude Oorlog in dienst waren gekomen en die waren opgegroeid met Al-Qaida. Zij hadden het vak geleerd in Kandahar in plaats van in Berlijn, zij hadden ervaring opgedaan in Pakistaanse trainingskampen en niet in Moskouse parken en zij hadden een tulband gedragen in plaats van een regenjas.

'Ik geloof niet dat iemand je al bedankt heeft,' zei Fielding, terwijl ze een pad af liepen in Savernake Forest.

Marchant liet zich niet voor de gek houden door zijn jovialiteit. Fielding had Marchant altijd gesteund en zijn schorsing afgedaan als een tijdelijke tegenvaller in de oplaaiende belangenstrijd tussen MI5 en MI6. Maar de gebeurtenissen tijdens de marathon waren een bewijs geweest van zijn trouw en ze zouden de spanning tussen de diensten nog iets verder hebben opgedreven.

Overal om hen heen droop regenwater van de bladeren en het getik weerklonk als een beleefd applaus tussen de bomen. Marchant keek achterom naar de plaats waar de Land Rover geparkeerd stond. Twee mannen uit het huis stonden rustig aan de voet van een monument voor George III midden op een open plek in het bos.

'Je hebt er een aardige vertoning van gemaakt,' vervolgde Fielding. 'Het heeft een heleboel levens gered. De eerste minister heeft me gevraagd je zijn persoonlijke dank over te brengen. Turner Munroe zal ook contact opnemen.'

'Hij wil waarschijnlijk alleen zijn horloge terug. MI5 was niet zo erkentelijk.'

'Daar weet ik alles van.'

Ze liepen een poosje samen door het oude bos, in de gaten gehouden door de eiken. Fielding was lang en slank met een hoog, kalend voorhoofd en haar dat opzij naar achteren was gekamd, wat hem een professoraal uiterlijk gaf. Zijn gezicht was vreemd kinderlijk, bijna engelachtig. Ter compensatie droeg hij een bril met een dun stalen montuur dat zijn intellectuele voorkomen versterkte en een onderbreking vormde van zijn hoge voorhoofd. Collega's hadden hem al snel de bijnaam de Dominee gegeven. Hij had een beurs voor Eton gehad omdat hij in het universiteitskoor zong en het was gemakkelijk om je hem voor te stellen in toog en boord. Hij dronk niet en hij was ook niet getrouwd. Gebeden hadden echter een geringe rol gespeeld in zijn gang naar de top.

'Het spijt me van zondag,' ging hij verder. 'We hebben geprobeerd je zo snel mogelijk uit Thames House te krijgen, maar, nou ja, op dit moment ben je strikt genomen niet een van ons. MI5 stond erop dat je hun gast bleef.'

'Je zou bijna denken dat ik de gordel had gedragen.'

'Het was niet al te onplezierig, hoop ik?'

'Een amateuristisch verhoor van zes uur. Eerst suggereerden ze dat ik de aanslagpleger had geholpen en toen dachten ze dat de actie was opgezet door MI6 om mijn baan terug te krijgen. Geen wonder dat ze niets in de gaten hadden.'

'Dat is het juist, ben ik bang. Ze slaan bij deze hele zaak geen goed figuur. En eerlijk gezegd, wij ook niet. Iedereen was ervan uitgegaan dat er een eind was gekomen aan de aanvallen van afgelopen jaar. Niemand heeft dit zien aankomen. Weet je zeker dat hij uit Zuid-India kwam?'

'Geboren en getogen in Kerala.'

'We hoopten allemaal dat de dreiging voorbij was. De enige die hier positief uit tevoorschijn komt, ben jij en jij had daar helemaal niet moeten zijn.'

'Kan het niet worden voorgesteld als een gezamenlijke operatie van de inlichtingendiensten?'

'De media zijn het probleem niet. Het is de eerste minister. Hij kan er met zijn verstand niet bij dat een geschorste agent als enige een bloedbad tijdens de marathon heeft kunnen voorkomen. Ik weet ook niet zeker of ik het wel helemaal begrijp.'

Zo had Fielding het altijd gedaan. De mensen met wie hij sprak hadden nauwelijks door dat ze werden verhoord, omdat hij zo beleefd leek. Maar net wanneer je niet meer op je hoede was, kwam hij keihard door met een verhulde opstoot die uiterst nauwkeurig gericht was.

'Leila heeft ons op het laatste moment ingeschreven. Een vriend van haar werkt voor een van de sponsors. Het was stom, omdat we niet genoeg hadden getraind. Op de dag van de wedstrijd zag ik een rare gordel en daar reageerde ik op. Ik begin langzamerhand te wensen dat ik het niet had gedaan.'

'En je was niet gewaarschuwd? Je hebt gehoord dat Cheltenham zaterdag een paar losse flarden had opgevangen?'

'Niet gewaarschuwd, nee.' Het had geen zin om Leila erbij te betrekken, dacht hij. Het zou een verkeerde indruk maken. Alsof zij meer had gezegd dan ze had moeten doen, terwijl ze hem in feite nauwelijks iets had verteld. Het was een terloopse opmerking geweest, geen harde informatie. Wat hem echter bezorgd maakte, was dat Fielding er ook aan twijfelde of het wel een totaal toevallige ontmoeting was geweest.

'Zonder Leila had ik trouwens niets kunnen beginnen,' voegde Marchant eraan toe. 'Dat weet u toch?'

'Ze heeft het erg goed gedaan. Ze gaat een stralende toekomst tegemoet. Jij ook trouwens, als je dat zou willen.'

Marchant wist dat Fielding verwees naar zijn gedrag van de afgelopen paar maanden, toen oude demonen weer de kop hadden opgestoken, omdat ze niet meer in toom werden gehouden door de discipline van het inlichtingenwerk.

Fielding bleef bij een van de oudste eiken van Savernake staan. Stormen hadden de bovenste takken weggeslagen, zodat alleen de stam nog over was, die er verwrongen en krom uitzag, alsof hij pijn leed. Hij boog zich voorover om naar de voet van de boom te kijken en legde een hand onder in zijn rug. Soms was zijn pijn zo erg dat hij in zijn kantoor moest gaan liggen en op zijn rug liggend vergaderingen leidde.

'Lentemorieljes,' zei hij en hij trok wat bramentakken opzij om ze beter te zien. Marchant hurkte om ze van dichterbij te bekijken. 'Heerlijk als ze in boter worden gefruit.' Iedereen in Legoland wist hoe belangrijk Fielding eten vond. Een uitnodiging voor een van de culinair hoogstaande diners in zijn flat op Dolphin Square werd hoger aangeslagen dan een salarisverhoging. Hij kwam weer overeind, nu met allebei zijn handen tegen zijn onderrug gedrukt, alsof hij op het punt stond zijn congregatie toe te spreken. Allebei staarden ze naar het bos, waar de zon door gaten in het bladerdak scheen en felle vlekken licht op de bodem vormde.

'Vertel me of je nog steeds van plan bent jouw eigen onderzoek in de zaak van jouw vader voort te zetten.'

Marchant was niet ingenomen met zijn toon. Op een rustig ogenblik tijdens de begrafenis van zijn vader twee maanden eerder had Fielding hem gezegd zijn kantoor op de hoogte te stellen als hij iets ontdekte. Het enige wat hij hem had gevraagd, was geen ruchtbaarheid aan zijn onderzoek te geven. Wanneer hij een klokkenluider werd als Tomlinson of Shayer, zou hij hem keihard aanpakken. Zijn vader zou hetzelfde hebben gezegd. Ook die verachtte verraders. Slechts één keer was Marchant over de schreef gegaan, in een pub in de buurt van Victoria Station, toen een avond was geëindigd in een vechtpartij. Een lagere kantoormedewerker was naar het politiebureau gestuurd om hem vrij te krijgen en alles glad te strijken.

'Zou u dan niet willen weten wat er is gebeurd?' reageerde Marchant.

'Ik heb al een aardig idee. Tony Bancroft is bijna klaar met zijn rapport.'

'Maar hij gaat de naam van mijn vader niet zuiveren, hè?'

'Niemand van ons wilde zijn ontslag, dat weet je toch? Hij was een erg geliefde chef.'

'Waarom hebben we ons dan door MI5 laten inpakken? Er is nooit een flintertje bewijs tegen hem geweest.'

'Ik weet dat je nog steeds kwaad bent, Daniel, maar de snelste manier om jou weer aan het werk te krijgen is je gedeisd te houden en Tony zijn werk te laten afmaken. MI5 wil jou niet terug, maar ik wel. Zodra Bancroft officieel heeft gezegd dat jij geen bedreiging vormt, kan niemand er meer iets aan veranderen.'

'Maar Bancroft zal de naam van mijn vader niet zuiveren, hè?' herhaalde Marchant.

Ze liepen verder, Fielding een stukje voor hem uit. Marchant had Lord Bancroft en zijn team ontmoet en hun vragen beantwoord. Hij wist dat er geen antwoord op die vraag zou komen. Hij wist ook dat zijn vader onschuldig was, maar de eerste minister had een zondebok willen hebben. Engeland was het afgelopen jaar het doelwit geweest van een golf van terroristische aanslagen. Niets spectaculairs, maar de publieke verontrusting was groot genoeg geweest om MI5 in een hoge alarmfase te houden: verdeelstations van het elektriciteitsnet, spoorwegemplacementen, parkeergarages. Het bewijsmateriaal duidde op een terroristische cel in Zuid-India die medewerkers rekruteerde onder arbeiders met slecht betaalde baantjes in de Golfregio.

De druk om de bedreiging te neutraliseren was toegenomen, maar het leek wel of de terroristen iedereen steeds een stap voor waren. Er werd algauw gesproken over een mol met een hoge functie bij MI6. Daniels vader was geobsedeerd geraakt door de theorie, maar hij had die nooit kunnen bewijzen en evenmin had hij een eind kunnen maken aan de bomaanslagen. Ten slotte was de verdenking op hem gevallen. Toen zijn positie als chef van de Dienst onhoudbaar werd, had het Joint Intelligence Committee aan de leiband van Harriet Armstrong, de algemeen directeur van MI5, de aanbeveling gedaan hem met vervroegd pensioen te sturen. De aanslagen waren opgehouden.

Fielding bleef staan op het punt waar hun pad een ander pad kruiste. Toen Marchant zich bij hem voegde, keken ze allebei instinctief naar beide kanten, hoewel er niets of niemand in het bos was. In de verte burlde een hert.

'Drink je nog?' vroeg Fielding.

'Als ik kan,' zei Marchant.

'Ik weet niet zeker of we jou een tweede keer uit de nesten kunnen halen.'

'Hoe lang moet ik in dit huis blijven?'

'Het is voor je eigen veiligheid. Iemand daarbuiten vindt het niet leuk dat je zijn aanslag hebt verijdeld.'

Ze liepen samen door en voelden zich allebei gerustgesteld door het luidruchtige gedruppel van het bos. 'Er staan geen verrassingen in het rapport van Bancroft voorzover ik het heb gelezen. Er wordt geen mol ontmaskerd,' zei Fielding, terwijl ze in een boog begonnen terug te lopen naar de auto. 'Dat is Tony's stijl niet.

Daarom werd hij niet benoemd. Gewoon een opsomming van wat er is gebeurd terwijl jouw vader in functie was en een afgewogen oordeel of er meer gedaan had kunnen worden. Er waren te veel aanslagen, dat weten we allemaal.'

'En iemand moest de gifbeker leegdrinken.'

'De voormalige minister van Binnenlandse Zaken. Hij heeft altijd de voorkeur gegeven aan MI5 boven ons.'

Marchant had het allemaal al eerder gehoord, maar de houding van Fielding vertelde hem dat hij nog niet alles had verteld.

'Helaas wilden de Amerikanen het daar niet bij laten. Dag en nacht hebben ze geprobeerd om te bewijzen dat het een samenzwering was en geen zelfgenoegzaamheid van de kant van jouw vader. Wij hebben natuurlijk verzet geboden, maar de eerste minister heeft ze hun zin gegeven. En nu lijkt het erop dat ze hem hebben overgehaald om de publicatie van het rapport uit te stellen, omdat de CIA iets bijzonders zou hebben.'

'Over mijn vader? Wat?'

'Hoeveel weet jij van Salim Dhar?'

'Dhar?' Marchant aarzelde en probeerde helder te denken. 'Staat hoog op de lijst van de mensen achter de bomaanslagen in Engeland van afgelopen jaar, maar er is geen bewijs dat hem er rechtstreeks mee in verband brengt. Hij is altijd meer anti-Amerikaans dan anti-Brits geweest. Het is een poos geleden dat ik zijn dossier heb gelezen.'

'Opgeleid in Delhi, de Amerikaanse school, en toen verdwenen,' zei Fielding. 'De Indiërs hebben hem twee jaar later in Kasjmir gearresteerd en opgesloten in een detentiecentrum in Kerala, waar hij nu nog zou moeten zitten. Alleen zit hij er niet.'

'Nee?'

'Hij was een van de gevangenen die werden vrijgelaten bij de ruil na de Bhuj-kaping van eind vorig jaar.'

Het was niet zijn terrein, maar Marchant wist dat het voorval een bijna exacte kopie was geweest van de kaping van het toestel van Indian Airlines in Kandahar in 1999. Toen was Omar Sheikh vrijgelaten, ook al werd dat internationaal sterk veroordeeld. Er was nooit openbaar gemaakt wie door de kaping in Bhuj vrij was gekomen.

'Al-Qaida moet hem hoog hebben aangeslagen,' zei Marchant, die zich afvroeg hoe zijn vader in het plaatje paste.

'Tot Bhuj hadden wij Dhar ingeschat als een kleine terrorist. Ze wilden iets spectaculairs in ruil voor zijn vrijheid. Binnen een maand schoot Dhar met een raketwerper granaten in de Amerikaanse basis in Delhi.'

Marchant had in een waas van verdriet over de aanval gelezen. Die had plaatsgevonden na het overlijden van zijn vader, maar voor de begrafenis. Negen Amerikaanse mariniers waren erbij om het leven gekomen.

'Wat heeft dat met mijn vader te maken?'

Fielding wachtte even voordat hij antwoord gaf, alsof hij niet goed wist of hij verder zou gaan. 'De Amerikanen zouden Salim Dhar heel graag vinden. Na Delhi heeft hij een aanval gedaan op hun basis in Islamabad en zes personen gedood. En nu heeft de CIA vastgesteld dat een hooggeplaatste medewerker van MI6 Dhar kort voordat hij bij de gijzelaarsruil werd vrijgelaten, in Kerala een bezoek heeft gebracht.'

Marchant keek op. 'En ze denken dat het mijn vader was?'

'Ze gaan uit van de theorie dat hij het was, ja. Het spijt me. Er is geen officieel verslag van een bezoek. Ik heb alle logboeken vele keren doorgenomen.'

Marchant wist niet wat hij moest denken. Het zou niet ongebruikelijk zijn geweest als het hoofd van het plaatselijke station van bijvoorbeeld Chennai zich een weg naar binnen had gebluft om iemand als Dhar te spreken, maar een heimelijk bezoek van de baas van MI6 vanuit Londen zou bijzonder onorthodox zijn.

'Binnen de context van het eigen onderzoek van MI5 ben ik bang dat het er niet goed uitziet,' voegde Fielding eraan toe. 'Er zijn mensen die ervan overtuigd zijn dat Dhar, ondanks zijn voorkeur voor het doden van Amerikanen, het brein was achter de aanslagen in Groot-Brittannië.'

'Wat denkt u?' vroeg Marchant. 'U kende mijn vader beter dan de meesten.'

Fielding bleef staan en keek Marchant aan. 'Hij stond het afgelopen jaar onder grote druk om de naam van MI6 te zuiveren. Vergeet niet dat toen de hele tijd werd gepraat over een informant van binnenuit. MI6 zou op het hoogste niveau zijn geïnfiltreerd door terroristen die in verbinding stonden met Zuid-India. Maar waarom moest er dan met Dhar persoonlijk worden gepraat?'

'Omdat hij niemand anders kon vertrouwen?' opperde Marchant. Wat de reden ook was, hij wist dat het een wanhoopsdaad van de kant van zijn vader moest zijn geweest.

'Het goede nieuws is dat de details van dit bezoek nog niet op het bureau van Bancroft zijn beland en dat het misschien ook nooit zal gebeuren,' zei Fielding. 'Zijn opdracht was een streep onder het vertrek van jouw vader te zetten en de hele geschiedenis niet opnieuw op te rakelen. Hij zal zeker moeten zijn van het bewijsmateriaal voordat hij het voorlegt aan het JIC en veel is er niet op het moment.'

'Is er eigenlijk wel wat?'

'De gevangenbewaarder van Dhar, de plaatselijke politiecommissaris in Kerala. Iemand chanteerde hem om toegang te krijgen tot Dhar. Het had alle kenmerken van een valstrik uit de oude school.'

'Volgens de regels van Moskou?'

'Helemaal uit het boekje. De Indiase inlichtingendienst vond de compromitterende foto's verborgen in de bureaula van de politieman. Ze waren genomen met een van onze camera's. Een oude Leica.' Hij zweeg even. 'De laatste keer dat die werd uitgegeven, was in Berlijn in het begin van de jaren tachtig van de vorige eeuw. Jouw vader heeft hem nooit teruggebracht.'

# 7

Marchant wist dat er iemand in zijn kamer was toen hij de uitgesleten houten trap van het veilige huis op liep. Het was een van die intuïtieve dingen die ze je niet op het Fort konden leren. Nadat Fielding hem op de terugweg naar Londen had afgezet, had Marchant zijn twee babysitters gedag gezegd, die in de kleine zitkamer naar porno zaten te kijken. Ze hadden nauwelijks gereageerd bij zijn terugkeer, dus maakte hij zich niet echt zorgen toen hij de deurkruk van de slaapkamerdeur naar beneden drukte. Bovendien kon hij Leila's parfum al ruiken.

'Dan,' zei ze, terwijl ze opstond van de hoek van het bed, waar een krant open op de dekens lag: twee pagina's over de mislukte terroristische aanslag op de marathon. 'Ik begon me al af te vragen wat jij met de Dominee in het bos aan het doen was.'

Traag bedreven ze de liefde, met ledematen die nog gevoelig waren van hun ochtend op de straten van Londen.

'Een echte debriefing,' had hij geglimlacht toen ze zijn boxer uittrok en zich op hem liet zakken.

Geen van beiden wilden ze praten over wat er was gebeurd tijdens de marathon. Toen hij nog had gewerkt, hadden ze steeds wanneer de gelegenheid zich voordeed een weekend samen doorgebracht, in Bern, Sevilla, Dubrovnik, maar nooit op eigen terrein. En altijd hadden ze zich aan de regel gehouden om niet over het werk te praten, wat inhield dat ze een heleboel tijd spendeerden aan het liefdesspel, omdat er nauwelijks sprake was van een leven buiten het werk. Pas op het vliegveld, minuten voordat ze elk hun eigen weg gingen, begonnen ze elkaar erover te vertellen. Vandaag zou anders zijn, dat wisten ze allebei.

Maar eerst viel Marchant in een diepe slaap, iets waartoe hij de laatste maanden zelden in staat was geweest. Zijn brein moest tot de conclusie zijn gekomen dat dit bed in een veilig huis in de binnenlanden van Wiltshire met Leila aan zijn zijde de veiligste omgeving was waarop hij kon hopen. Fielding had toestemming gegeven voor haar bezoek, zei ze, wat het gevoel van veiligheid nog vergrootte.

Toen hij wakker werd, voelde hij zich minder uitgerust dan hij had gehoopt. Geen nachtmerries, maar een knagende herinnering aan Leila's hete tranen die vaag voelbaar waren geweest door de lagen van vermoeidheid die zijn pijnlijke ledematen hadden omhuld. Hij ging rechtop zitten, bezorgd omdat hij niet in staat was geweest te reageren. Leila was een douche aan het nemen. De deur van de badkamer stond open en vanwaar hij lag kon hij vaag de bruine vorm van haar borsten en een donzige pluk schaamhaar zien, alles onscherp gemaakt door het beslagen glas van de douchecel.

Toen ze haar hoofd ophief om haar lange haren naar achteren te laten spoelen door de waterstraal, herinnerde hij zich de eerste keer dat hij haar had gezien, toen ze beiden zaten te wachten op een sollicitatiegesprek in Carlton Gardens in Londen. Er was iets misgegaan met de tijden en hij had naast haar in de receptie gezeten. Hij had vermoed dat ze daar om dezelfde reden was als hij, maar hij had het niet kunnen vragen. In plaats daarvan hadden ze pijnlijk formeel over het weer, de architectuur en allerlei andere dingen gepraat, alleen niet over dat ene onderwerp dat hun beider gedachten bezighield.

Toen ze elkaar weer hadden ontmoet op de eerste dag van de training in het Fort in Gosport, was er bijna voelbaar een vonk tussen hen overgeslagen. De vrijheid om te praten over wat ze leuk vonden, was verrukkelijk. Een instructeur had hun om de beurt gevraagd om op te staan en zich voor te stellen. (MI6 verschilde niet van andere werkgevers als het om dat soort tenenkrommende gebruiken ging.) Leila sprak eerst in het Engels en daarna kort in vloeiend Farsi. Ze legde uit dat haar vader een Engelsman was die als technicus werkzaam was geweest in de olie- en gaswinning. Toen hij gestationeerd was geweest in Teheran had hij haar moeder ontmoet en getrouwd. Zij was aanhangster van het bahá'í-geloof en gaf les op de universiteit. Na de revolutie van 1979 waren ze samen met veel andere bahá'í-aanhangers naar Groot-Brittannië gevlucht, omdat ze werden weggepest door de republikeinse garde, die een hekel had aan niet-erkende religieuze minderheden.

Leila werd geboren en door haar moeder grootgebracht in Hertfordshire, terwijl haar vader verschillende banen vervulde in de Golfregio. Soms voegde zijn gezin zich daar voor enige tijd bij hem. Haar eerste herinneringen als kind gingen over de hitte van vijftig graden in Doha. Toen ze acht was, hadden ze allemaal samen twee jaar in Houston gewoond. Zolang de ayatollahs de scepter zwaaiden, was er echter geen enkele kans om ooit naar Teheran terug te keren, want de bahá'ís bleven vijanden van een islamitische staat.

Ze vertelde de klas – in het Engels – dat ze in haar laatste jaar op Oxford had gesolliciteerd bij de Dienst, nadat het hoofd van haar college, een voormalige directeur van de Dienst (de voorganger van Stephen Marchant), haar had uitgenodigd voor het diner. Ze vreesde het ergste en was er niet van overtuigd of ze zich wel wilde aansluiten bij de organisatie, die nog steeds rekruten leek te werven bij een glas Oxbridge Amontillado, maar ze werd verrast doordat hij helemaal niet gewichtig deed. Bovendien waren er vier andere jonge mensen op hetzelfde diner uitgenodigd, wat het erg levendig maakte. Slechts één van hen was blank, een demografische verhouding die op die dag ook was te zien in het vertrek met mogelijk toekomstige spionnen in het Fort. Het deed haar denken aan de keer dat ze een bezoek had gebracht aan BBC's World Service in Bush House.

'Omdat ik van nature argwanend ben, ging ik na het diner terug naar mijn kamer om de hele nacht door te brengen met het lezen van de website, die verkondigde dat ook mensen met een andere etnische achtergrond welkom waren bij MI6. Ik wist dat MI5 multiraciaal aan het rekruteren was, maar ik dacht dat de Dienst het laatste bastion was van blanke mannen in safaripak uit de middenklasse. Mensen zoals Daniel hier.' Gelach vulde de ruimte. 'Maar zoals we allemaal weten, zat er een addertje onder het gras: je moest minstens één Britse ouder hebben. Gelukkig heeft mijn moeder altijd iets gehad met Engelse mannen.' Meer gelach. 'Maar het onderzoek duurde wel een eeuwigheid, vonden jullie ook niet? Ze hebben mijn moeder wekenlang ondervraagd. Dat zal wel zijn gekomen door de waterpijp die ze maar bleef aanbieden.'

'Ben je ooit terug geweest naar Iran?' vroeg de instructeur. Hij was de enige die niet lachte.

'Terug? Ik heb daar nooit gewoond.'

'Maar het moet soms toch wel als thuis hebben gevoeld,' hield de instructeur aan. De losse sfeer in het vertrek raakte gespannen.

'Ik ben daar één keer geweest, in mijn stagejaar,' zei ze en ze keek de instructeur strak aan. 'Ik veronderstel dat iedereen hier bij het eerste gesprek dezelfde vraag kreeg, namelijk of ze ooit iemand hadden overgehaald om iets illegaals te doen. Nou, ik heb ze verteld over mijn reis naar Iran en hoe ik een douanier aan de Turkmeense grens heb overreed om me door te laten zodat ik een bezoek kon brengen aan de rozenoogst in Qamsar voor mijn tentamen over parfum. De tuinen waren prachtig. Ik zal het nooit vergeten – hele families die in de nevel van de vroege dageraad rozen plukten, waarvan de geurige bloemblaadjes nog vochtig waren van de dauw.'

Marchant kwam als volgende aan het woord en wist dat hij Leila nooit kon evenaren. Haar vlotte glimlach, de seksueel getinte houding, die wereldse, kosmopolitische stem: eerder beheerst in alles dan arrogant. Hij legde uit dat hij in het buitenland was opgegroeid en via de ene ambassade na de andere de wereld was rondgetrokken, tot hij op dertienjarige leeftijd naar een kostschool in Wiltshire was gestuurd. Hij had te horen gekregen dat hij open moest zijn over zijn vader, die kort geleden chef van de Dienst was geworden, dus maakte hij de grap dat hij het in de familie wilde houden. 'Spionnen zijn net begrafenisondernemers, ze zien het als een familiebedrijf,' vervolgde hij. 'En ik ben in goed gezelschap, denk ik. De vader van Kim Philby, St. John Philby, is een hooggeplaatste medewerker van de Dienst geweest.' Het was een geestigheid die hij later betreurde.

'Na Cambridge heb ik een paar jaar als onderbetaalde buitenlandse correspondent gewerkt. Vanuit Afrika schreef ik verhaaltjes voor verschillende Britse kranten en ik dronk te veel goedkope Schotse whisky. Een paar van mijn beste artikelen, waaronder een grote kop op de voorpagina over Gadaffi, had ik te danken aan een contactpersoon bij de High Commission in Nairobi. Pas later ontdekte ik dat hij werkte voor de afdeling Internationale Operaties in Legoland. Ik was toen jong en naïef en besefte niet dat het zijn taak was de media verhalen toe te spelen die de nationale zaak ten goede kwamen. Op zijn advies keerde ik ten slotte naar Londen terug om te solliciteren.'

Hij keek om zich heen naar zijn nieuwe collega's en probeerde in te schatten hoe eerlijk hij moest zijn. Er was een ongemakkelijke stilte over het vertrek neergedaald. 'Eerlijk gezegd was ik er slecht aan toe. Stuurloos. Platzak. Jullie weten hoe het is om een broodschrijver te zijn. Er waren ook een paar persoonlijke kwesties die opgelost moesten worden.' Weer zweeg hij even en hij besloot niets te zeggen over zijn broer. 'Die kerel van Internationale Operaties vond me op een nacht in het centrum van Nairobi op het randje van de afgrond. Hij zei tegen me dat ik moest stoppen met mezelf voor de gek te houden en dat ik moest solliciteren. Ik had altijd mijn eigen weg in het leven willen zoeken zonder te steunen op mijn ouders, op mijn vader, maar ik veronderstel dat de roep van de familie uiteindelijk toch te sterk was.'

Leila kwam de slaapkamer in het veilige huis weer in met een handdoek als een tulband om haar opdrogende haren.

'Weet je nog, die eerste dag op het Fort, toen we allemaal om de beurt ons verhaal moesten vertellen?' vroeg Marchant, terwijl hij zich hulde in een katoenen ochtendjas.

'Ja, waarom?'

'We hebben nooit ontdekt wie loog.'

Nadat iedereen was uitgesproken, had hun instructeur gezegd dat het levensverhaal van één persoon in de klas volledig uit de duim was gezogen. Ze hadden te horen gekregen dat ze moesten opschrijven wie ze dachten dat het was en waarom.

'Ik denk niet dat het een van ons was,' zei Leila. 'De enige die op die dag loog, was die rotzak van een instructeur.'

'Was jij het dan niet?' vroeg Marchant.

'Ik? Heb je mij opgeschreven?'

'Dat bahá'í-geloof als achtergrond. Het verbaasde me dat ze jou hadden toegelaten.'

'Het is toevallig waar, gemene kerel,' zei ze en ze drukte een kus op zijn voorhoofd. Hij lag languit op bed te kijken hoe ze een broek aantrok. 'Mijn moeder is een verbazingwekkende vrouw. Zij is de enige reden dat ik Cambridge heb gehaald. Ik vond dat hele doorlichtingsproces met het beantwoorden van al die vragen over haar, het meer te weten komen over de bahá'í-religie en over haar loyaliteit tegenover Groot-Brittannië erg therapeutisch.'

'Maakten de lui die jou en haar hebben doorgelicht, zich dan zorgen?'

'Niet meer tegen de tijd dat ze klaar waren. Ze had vijfentwintig jaar in Engeland gewoond.'

'Je praat nooit over haar.'

Leila zweeg. Hij herinnerde zich haar tranen weer en stak een hand uit naar haar middel om haar zacht naar beneden te trekken tot ze naast hem op bed zat.

'Wat is er?' vroeg hij kalm.

'Niets,' zei ze en ze streek met de rug van haar hand over de wang onder een oog.

'De marathon?'

'Nee. Het is niets.' Ze legde haar hoofd op zijn schouder en probeerde haar zelfbeheersing niet te verliezen en troost te putten uit zijn warmte.

De enige keer dat Marchant Leila had zien huilen, was in de eerste dagen van hun training op het Fort na een telefoontje met haar moeder. Ze had er niet over willen praten. Toen hij had geprobeerd het later weer ter sprake te brengen, had ze er niet op gereageerd.

'Gaat het over je moeder?' vroeg hij. 'Heb je onlangs nog met haar gesproken?'

Leila bleef in zijn armen liggen. Ze had hem ooit verteld dat haar moeder vaak zei dat ze op een dag wilde terugkeren naar Iran.

Ze wilde weduwe zijn te midden van haar eigen familie, haar volk, en voor haar eigen oude moeder zorgen. Maar Leila had haar verteld dat het voor een bahá'í te gevaarlijk was om naar Iran terug te keren zolang aanhangers van haar godsdienst systematisch werden vervolgd.

In plaats daarvan was ze na de eerste symptomen van alzheimer opgenomen in een verpleeghuis in Hertfordshire. Volgens Leila was ze daar vreselijk ongelukkig en algauw begon ze te klagen dat ze slecht werd behandeld door het personeel, maar het was onmogelijk om iets te bewijzen of te achterhalen in hoeverre het een gevolg was van haar verwarde geestestoestand. Marchant had aangeboden Leila tijdens een bezoek te vergezellen, maar zij wilde niet dat hij zich een indruk van haar moeder vormde terwijl die zichzelf niet was.

'Je hebt gisteren goed werk geleverd, ik hoop dat Fielding je dat heeft verteld,' zei Leila, terwijl ze nu weer beheerst naar de toilettafel liep. 'Jij hebt een achterlijk plan verijdeld.'

'Zonder jouw hulp was het me niet gelukt.' Marchant zweeg even. 'Pradeep had een zoontje. Hij liet me een foto zien.'

De gebeurtenissen tijdens de marathon begonnen eindelijk ook hun weerslag op hem te krijgen. Leila merkte de verandering in zijn stem. Ze liep terug naar het bed en streelde zijn nek.

'Ze zouden de jongen vermoorden als hij er niet mee doorging,' vervolgde Marchant. 'Denk je dat ze het hebben gedaan?'

'Hij is gestorven bij de poging om zijn missie uit te voeren en voor het eerst in de geschiedenis is de marathon van Londen afgebroken. Waarschijnlijk niet.'

Leila praatte weer even emotieloos als altijd. Marchant voelde zich opgelucht. Haar professionele houding zorgde voor een afstand tussen hen. Het herinnerde hem eraan dat hij niet mocht toelaten dat ze zijn hart brak. Hij was in de war gebracht door de emoties die ze eerder had getoond. Daardoor had hij meer over de wedstrijd willen praten, over het onophoudelijke gepiep van Pradeeps gps, over de mogelijkheid dat zo'n onschuldig geluid hun beider dood had kunnen aankondigen, over het opgetogen gevoel weer met een operatie bezig te zijn, het verrassend zware gewicht van Pradeeps dode lichaam in zijn armen. Maar haar koelheid zorgde er nu voor dat hij een grotere afstand voelde tot de gebeurtenissen van gisteren. Hij wist dat het de enige manier was om in hun werk te overleven.

'Fielding had het ook over mijn vader.' Marchant tilde zijn pijnlijke ledematen op en liet ze weer zakken. 'Mijn benen doen verrekte zeer.'

'Nog iets nieuws?' Leila stond op en liep terug naar de toilettafel, waar ze haar haren begon te drogen.

'De Amerikanen zijn Bancroft onder druk aan het zetten. Het ziet ernaar uit dat ze misschien toch iets hebben.'

'De Amerikanen?' Ze draaide zich naar hem om. 'Wat hebben zij ermee te maken?'

Marchant vertelde haar wat Fielding had gezegd, de druk die MI5 op Lord Bancroft uitoefende om zijn vader aan te wijzen als de mol, de overtuiging van de Amerikanen dat hij een ontmoeting had gehad met Salim Dhar voor de aanslagen op de ambassade in Delhi en Islamabad.

'Ik herinner me de Leica,' ging Marchant verder. 'Het was net een museumstuk, prachtig gemaakt, hij heeft hem me één keer met Kerstmis laten zien, vlak nadat hij was aangenomen bij de Dienst.' Hij zweeg even. 'Ik ben niet echt goed voor jouw carrière, weet je. Ik vind dat je een poosje uit mijn buurt moet blijven.'

Ze wierp een blik op hem in de spiegel en haar ogen gingen over zijn lichaam. 'Ik ben niet van plan om vanwege MI5 niet meer met jou de koffer in te duiken.'

'Ik stel je loyaliteit op prijs, maar ik zeg alleen dat het voor jou niet gunstig zal zijn.' Hij kwam overeind en liep naar Leila tot hij achter haar stond. Hij nam haar blote borsten in zijn handen, terwijl ze naar elkaars spiegelbeeld keken. Zijn kin rustte op haar schouder. 'Als ze mijn vader kunnen verdenken, kunnen ze mij ook verdenken.'

'Ik dacht dat de Dominee jou terug wilde,' zei Leila, die haar gezicht opzij draaide om hem te kussen. 'Vooral na gisteren.'

'Dat is ook zo, maar misschien is het niet aan hem om daarover te beslissen als Bancroft iets tegen mijn vader vindt.'

'Jouw vader heeft mij nooit gemogen, hè?' zei Leila, die zich uit Marchants armen losmaakte om wat mascara aan te brengen.

'Dat is niet waar.'

'Die keer dat we bij hem thuis buiten de stad gingen lunchen, deed hij niet erg aardig tegen me. Bijna bot.'

'Hij was op zijn hoede voor al mijn vriendinnen, argwanend tegen vrouwen in het algemeen. Twee zonen en geen dochters, weet je. En een koele vrouw.'

'Ik kan niet zeggen dat het in de familie zit.'

'Hoe bedoel je?'

'Het "argwaan jegens vrouwen"-gen. Ik weet niet of hij dat wel heeft doorgegeven.' Ze glimlachte tegen hem en zoals ze daar stond in het avondlicht, wist hij dat ze gelijk had. Nog nooit in zijn leven had hij zo weinig argwaan tegen iemand gekoesterd.

# 8

Het was een al lang bestaande gewoonte dat de eerste helft van de wekelijkse vergadering van het Joint Intelligence Committee in de Cabinet Room in Downing Street werd bijgewoond door hooggeplaatste medewerkers van de Amerikaanse, Australische en Canadese inlichtingendienst. Bij de tweede helft waren alleen Britten aanwezig. Marcus Fielding kon nauwelijks wachten tot het buitenlandse contingent was vertrokken, maar de komende paar minuten zou hij moeten luisteren naar James Spiro, hoofd van de CIA in Londen, die met zijn gebruikelijke overdreven houding van de harde kerel had aangekondigd 'zwaarwichtige inlichtingen van menselijke bronnen' ter tafel te willen brengen. Fielding had de kern ervan eerder die ochtend al te horen gekregen dankzij een van de nieuwe afluisterapparaten die waren geïnstalleerd in de onlangs geopende Amerikaanse ambassade in Acton, maar hij zat daar kaarsrecht, alsof hij alles voor het eerst hoorde.

'We zijn er nu zeker van dat Stephen Marchant naar Kerala is gereisd en in de gevangenis een ontmoeting heeft gehad met Salim Dhar,' begon Spiro, die net als altijd erg van het geluid van zijn eigen stem genoot. 'Ik begrijp dat de rol van Dhar bij de bomaanslagen in het Verenigd Koninkrijk van afgelopen jaar allesbehalve duidelijk is, maar er kan absoluut geen twijfel over bestaan dat hij heeft geprobeerd om onze ambassades in Delhi en Islamabad kapot te gooien. Vraag maar aan de familie van de vijftien doden.'

Tot dusver niets nieuws, dacht Fielding. Hij keek de tafel rond, die de vorm van een doodskist had. Eromheen zat de gebruikelijke mengelmoes van Whitehall-types, onder wie de hoofden van MI5 en Cheltenham en bureaucraten van verschillende departementen; en dat alles onder voorzitterschap van Sir David Chadwick, de voorzitter van het JIC, die helemaal aan het hoofd zat, voor de dubbele ramen die waren ontwricht toen de IRA een mortiergranaat in de rozenperken van Downing Street had geschoten. Iedereen had zich op de vloer geworpen en de notulist was naast de eerste minister beland.

Als het vanochtend weer gebeurde, dacht Fielding afwezig, dan zou Harriet Armstrong, de algemeen directeur van MI5, haar best doen om languit naast Spiro terecht te komen. Ze wierp een korte blik op Fielding alsof ze zijn gedachten las. Ze hadden elkaar nooit gemogen en de betrekkingen waren nog verder bekoeld toen zij Spiro's hulp had ingeroepen om Stephen Marchant te wippen.

'Wat we nu dankzij Harriet hier echter ook weten, is dat Dhar achter de verijdelde bomaanslag op de marathon van afgelopen zondag zat. En ik hoef jullie er niet aan te herinneren dat onze ambassadeur in Londen het doelwit van die aanslag was.'

Fielding keek op. Dit had niet in het afschrift gestaan dat hij tijdens de autorit van Vauxhall naar hier had gelezen. Hij wierp een blik op Armstrong, die nadrukkelijk zijn blik vermeed. Het was doorgestoken kaart. Tot nu toe was elke verbinding tussen Dhar en de marathon van Londen zuiver op vermoedens gebaseerd vanwege de aard van het doelwit en Dhars voorkeur voor aanvallen op Amerikanen. Als zijn betrokkenheid kon worden bewezen, zoals Spiro beweerde, zou dat Stephen Marchant en zijn zoon – nogmaals en nu veel sterker – verdacht maken.

'De interne gevolgen hiervan moeten jullie maar bespreken tijdens de tweede helft van de vergadering, maar het is duidelijk dat Dhar net een heel belangrijk doelwit is geworden en ik zou jullie dankbaar zijn als de Dienst hem voor deze gelegenheid aan ons zou willen overlaten.'

'Marcus?' vroeg Chadwick. Hij klonk alsof Spiro een louter formeel punt ter sprake had gebracht, terwijl hij het juist aanzienlijk waarschijnlijker had gemaakt dat het voormalige hoofd van MI6 koningin en vaderland had verraden. Zijn heimelijke ontmoeting met Dhar had twee weken voor de aanslag op de Amerikaanse ambassade in Delhi plaatsgevonden.

'Dhar is ook van groot belang voor het Verenigd Koninkrijk,' zei

Fielding om tijd te winnen. 'Gegeven het feit dat hij – kennelijk – een rol heeft gespeeld in de beraamde aanslag op de Londense marathon zou ik minstens een gezamenlijke operatie verwachten.'

'Het spijt me, Marcus, maar dit is een persoonlijke zaak geworden,' zei Spiro. 'Het probleem van Dhar ligt duidelijk bij ons: de aanslagen op de ambassades van afgelopen jaar en nu op onze ambassadeur in Londen.'

'Een aanslag die werd verijdeld door een van onze agenten,' reageerde Fielding.

'Met enige hulp van Colorado Springs, neem ik aan,' vervolgde Spiro, terwijl hij zich tot Chadwick wendde. 'Wat mij op het volgende punt brengt. Kunnen wij een gesprekje voeren met die geschorste superheld van jullie?'

'Daniel Marchant? Dat zou geen probleem moeten zijn,' zei Chadwick. 'Harriet?'

'Marcus?' schoof Armstrong de vraag door.

'Zit hij niet bij jullie?' vroeg Chadwick.

'Op dit moment zorgen wij voor hem,' kwam Fielding tussenbeide. 'Hij staat nog steeds bij ons op de loonlijst.'

'Nou, Marcus, dan zal ik mijn vraag voor jou herhalen,' zei Spiro. 'Kunnen wij met Marchant junior praten? Bij voorkeur wanneer hij niet te diep in het glaasje heeft gekeken?'

'Als we met Dhar samen optrekken, kunnen we zeker met Daniel Marchant samenwerken,' reageerde Fielding koeltjes.

Spiro keek steun zoekend naar Armstrong.

'Wij zouden ook graag nog eens met Marchant praten in het licht van Dhars rol in de marathon,' viel Armstrong hem bij. 'Misschien kunnen wij voor hem zorgen?'

'Onze eigen verhoren zijn nog niet afgesloten,' weerde Fielding af.

'Ontluizen jullie hem dan ook meteen?' vroeg Spiro, terwijl hij glimlachend de tafel rondkeek. Alleen Armstrong glimlachte terug.

'Wij zullen onze bevindingen natuurlijk laten circuleren zodra we met hem klaar zijn,' zei Fielding. Hij had altijd geweten dat hij weinig zou kunnen doen voor Stephen Marchant, wiens reputatie uiteindelijk in de handen van anderen lag, maar hij had gehoopt iets voor zijn zoon te kunnen betekenen. MI6 had Daniel Marchant uit de internationale vijver van drankverslaafde broodschrijvers gevist en van hem een van de beste agenten van de Dienst gemaakt. Fielding was niet van plan hem zomaar op te geven, al was het maar omwille van zijn vader. Marchants aanwezigheid in de marathon begon echter te veel op een meer dan toevallige samenloop van omstandigheden te lijken. Hij betwijfelde of Armstrong harde bewijzen had – het was te vroeg – maar de verbinding met Dhar was gelegd en zou uiteraard worden opgenomen in de notulen van het JIC. In het licht van de ontmoeting die zijn vader met Dhar had gehad, begon Daniel Marchants rol er met de minuut minder heroïsch uit te zien.

Na nog een paar norse opmerkingen en een aanbod van Chadwick om de meningsverschillen tussen Fielding en Spiro glad te strijken verlieten de buitenlanders het vertrek, om het aan de Britten over te laten zich een oordeel te vormen over de 'zwaarwichtige inlichtingen' van Spiro.

'Goed. Heren, Harriet, geloven we hem?' begon Chadwick, die het vertrek rondkeek en nog steeds heel bedaard klonk.

'Er is geen reden waarom ze over Stephen Marchant zouden liegen,' zei Armstrong.

'Tenzij ze zelf achter Dhar aan willen gaan,' reageerde Fielding. 'Tot we het bewijsmateriaal hebben gezien, weten we niet met zekerheid of Stephen Marchant een ontmoeting heeft gehad met Dhar.'

'Laten we hier duidelijk over zijn,' zei Chadwick. 'Als ze het bewijsmateriaal overhandigen, harde bewijzen dat Marchant een ontmoeting heeft gehad met Dhar, dan moeten we dat doorgeven aan Bancroft. In plaats van een rapport te schrijven moet hij dan nagaan of er een postuum onderzoek moet worden gestart naar de mogelijkheid dat het voormalige hoofd van MI6 verraad heeft gepleegd.'

'Dat zou de eerste minister niet pikken,' zei Bruce Lockhart, de buitenlandadviseur van de eerste minister. Fielding kon goed met Lockhart opschieten en hield van zijn onbehouwen Schotse manier van doen. 'Ik dacht dat Bancroft deze opdracht had gekregen om rust te brengen, en niet om van alles op te rakelen.'

'De Amerikanen willen geen problemen veroorzaken,' zei Armstrong. 'Het is heel redelijk dat ze willen voorkomen dat Dhar aanslagen pleegt op hun mensen en bezittingen en dat ze willen vaststellen waarom de familie Marchant hem lijkt te helpen.'

'Hem helpen?' wierp Fielding tegen. 'We moeten ons niet zo laten meeslepen. Bancroft heeft tot dusver niets gevonden om de verdenking te staven dat mijn voorganger meer was dan alleen maar zelfingenomen. Voor alle duidelijkheid, ik denk ook dat de Amerikanen gelijk hebben; waarschijnlijk had Stephen Marchant een ontmoeting met Dhar. Ik weet alleen niet waarom. Tot we dat hebben achterhaald, blijft het allemaal giswerk en moet Bancroft erbuiten blijven.'

'Laten we Dhar dan over aan de Amerikanen?' vroeg Armstrong.

'Wij moeten hem ook vinden, aangezien hij achter de mislukte aanslag op de marathon zat.' Fielding richtte zich tot Armstrong en voegde er rustig aan toe: 'Aardig van je om dat door te geven.'

'Ik was vergeten hoe graag jij informatie deelt,' reageerde Armstrong.

'Ik vind dat Marcus gelijk heeft,' zei Chadwick. 'Wij moeten Dhar vinden.' Hij was altijd van mening geweest dat het vastberaden negeren van de spanning tussen de diensten die leek te verminderen. 'Dhar had verdorie de marathon van Londen en de Tower Bridge op het oog. Als dat geen aanval is op het wezen van dit land, dan weet ik het niet meer. En het is ook de enige manier om ooit een streep onder Stephen Marchant te zetten. Als die twee elkaar inderdaad hebben ontmoet, wat waarschijnlijk lijkt, dan moeten we achterhalen waarom en wat er is besproken.'

'Weten we zeker dat er niet ergens gegevens zijn dat Stephen Marchant of iemand anders Dhar heeft gerekruteerd?' vroeg Lockhart. 'Bij deze ontmoeting of daarvoor? De eerste minister wil absolute zekerheid op dit punt.'

'We hebben alle dossiers van Marchant vele keren doorgenomen,' zei Fielding. 'We hebben elke verwijzing in elke database gevolgd. Niets. Niemand anders in MI5 of MI6 heeft Dhar ooit benaderd. Wij denken dat de Indiërs ooit een onofficiële benadering hebben geprobeerd, maar zonder succes.'

Armstrong knikte instemmend en wierp een blik op Fielding.

'En hoe staat het met zijn zoon?' wilde Chadwick weten. 'De Amerikanen willen met hem praten. Je kunt je hun standpunt indenken: Stephen Marchant ontmoet Dhar, Dhar pleegt aanslagen op Amerikaanse ambassades, Daniel Marchant ontmoet de hardlopende vriend van Dhar, de vriend van Dhar probeert de Amerikaanse ambassadeur te doden.'

'En Marchant houdt hem tegen,' zei Marcus. 'Dat is het punt hier.'

Maar hij wist dat het een zwak punt was.

# 9

Later die dag accepteerde Fielding Chadwicks aanbod om een aperitief te gaan drinken in de Travellers Club op Pall Mall. Hij was niet iemand die zelf lid zou worden van een club, maar toen de positie aan de top van Stephen Marchant de afgelopen jaren begon te wankelen, was Fielding door verscheidene hoge ambtenaren van Whitehall, onder wie Chadwick, uitgenodigd voor een wijntje en een dinertje, waarbij zijn eigen geschiktheid als hoofd van de Dienst werd beoordeeld. Hij wist dat de oude garde zich wat onbehaaglijk voelde over het feit dat hij niet was getrouwd, maar de tijden waren aan het veranderen en algemeen werd aangenomen dat de Dominee eerder celibatair dan homoseksueel was. Fielding kon daarmee leven.

De Travellers Club had vroeger dienstgedaan als een soort tweede personeelsbar van MI6 toen de Dienst nog zetelde in Century House, het lelijke onderkomen in Southwark. Sinds de verhuizing naar Legoland met de weelderige bar op de eerste verdieping en het terras met uitzicht op de Theems, waar mensen 's zomers wat konden drinken, was de Travellers Club minder in trek geraakt bij het lagere personeel. Maar de hogere beambten konden moeilijk afscheid nemen van de oude gewoontes. Fielding zag dan ook een paar bekende gezichten toen hij plaatsnam in de gelambriseerde bibliotheek.

'Ik wil een afspraak met je maken,' zei Chadwick. Hij liet zijn Talisker in het glas ronddraaien. Als een van de betrouwbaarste gezagdragers van Whitehall was hij aan het eind van een succesvolle maar onopvallende carrière aangezocht om het inlichtingenschip in veilig vaarwater te loodsen na het debacle van Marchants vertrek. Het duidelijke bewijs, concludeerde Fielding, dat middelmatigheid je verrassend ver kon brengen in grote organisaties als de civiele dienst.

'De Amerikanen hebben ermee ingestemd hun onderzoek naar een ontmoeting tussen Dhar en Stephen te laten vallen als ze toegang kunnen krijgen tot Daniel Marchant en we Dhar aan hen overlaten.'

'Toegang?'

'Ze willen hem het vuur na aan de schenen leggen.'

'Waarom?'

'Kom nou, Marcus. Ik weet dat hij een van jouw beste medewerkers was, maar het is verrekte vreemd dat hij daar bij de marathon was. Ze denken dat hij ze misschien iets kan vertellen over Dhar. En eerlijk gezegd klinkt het idee dat iemand Marchant van ons overneemt, heel aantrekkelijk. We weten allemaal dat hij te veel drinkt. Het laatste waaraan de eerste minister nu behoefte heeft, is weer een loslopende afvallige spion.'

Fielding dacht erover Daniel Marchant weer te verdedigen. Misschien kwam het door zijn gin met limoen, maar hij werd niet meer zo verontrust door Chadwicks voorstel als hij had moeten bezijn. Deels had hij geen zin meer om Marchant nog langer te beschermen, gezien de koppijn die zijn schorsing hem had bezorgd. Chadwick had gelijk, Marchant was de meest veelbelovende inlichtingenofficier van zijn generatie geweest, precies het jonge bloed dat de Dienst probeerde aan te trekken. Maar Fielding wist ook dat zijn schorsing louter was gebaseerd op de beschuldigingen die tegen zijn vader waren geuit. En die beschuldigingen moesten van tafel. Ze bleven de Dienst schade berokkenen. Hoe eerder de Amerikanen alles vergaten over een ontmoeting tussen de voormalige chef en Dhar, des te beter het was voor iedereen.

Er was slechts één vervelende bijkomstigheid en dat betrof de 'uitgebreide' verhoortechnieken waaraan de CIA de voorkeur gaf. Ondanks alles behoorde Marchant nog steeds tot zijn mensen en op dit moment was hij niet sterk.

'Hij mag het land niet uit.' Fielding dronk zijn gin op. 'En ik wil hem levend terug hebben.'

# 10

Leila keerde die avond terug naar Londen en liet Marchant alleen achter om met een fles malt die ze naar binnen had gesmokkeld, na te denken over het bezoek van Fielding. Hij wist dat hij te veel dronk. De hardlooptrainingen met Leila en de impulsieve beslissing om mee te doen met de marathon waren een poging geweest om enige regelmaat in zijn leven te krijgen, dat sinds de dood van zijn vader aardig was ontwricht. Hij was nooit zo fit geweest als toen hij voor MI6 werkte. De drank verdoofde de pijn van het verlies, maar sleepte hem ook terug naar een ander leven, naar de losbandige, zorgeloze dagen op de Nairobi Press Club.

De eerste weken na zijn schorsing waren de moeilijkste geweest. Als hij even nuchter was, had Marchant alleen gedacht aan de mol die vermoedelijk was binnengedrongen bij MI6. Zijn woede kanaliseren was zijn manier om verdriet te verwerken. Als hij bij het aanbreken van de dag met een barstende koppijn was opgestaan, had hij over de stille straten van Pimlico gelopen, de geruchten over zijn vader tegen het licht van de vroege ochtend gehouden en ze van elke mogelijk kant bekeken. Hij had dan op Vauxhall Bridge gestaan en de voorbij varende aken onder hem gadegeslagen, voordat hij zich omdraaide en omhoogkeek naar Legoland en de ramen van het kantoor van de chef. Was de hele zaak in elkaar gedraaid als een machiavellistische manier om zijn vader buitenspel te zetten of was het echt mogelijk dat Al-Qaida MI6 had geïnfiltreerd?

Zijn schorsing hield in dat hij Legoland niet binnen mocht en ook niet met collega's over het werk mocht praten of naar het buitenland mocht reizen. Alle paspoorten van zijn dekmantels waren ingenomen. Zijn ochtenden had hij doorgebracht in internetcafés in de buurt van Victoria Station (hij vertrouwde de computer in zijn flat in Denbigh Street niet) en hij had steeds weer de gegevens van alle aanslagen bekeken op zoek naar iets wat een cel uit Zuid-India mogelijk in verband bracht met iemand in MI6, een collega uit Legoland met connecties op het subcontinent.

Nu had hij eindelijk die verbinding, maar die was tussen zijn eigen vader en Salim Dhar. Het was nooit bij Marchant opgekomen dat zijn vader zichzelf verdacht had gemaakt. Fielding had gelijk: een privéontmoeting was iets wat niet had mogen gebeuren. En terwijl de whisky van Leila in zijn keel brandde, wist Marchant dat hij hem ook zou moeten spreken, waar hij ook was. Het was de enige manier om de naam van zijn vader te zuiveren. Hij moest Dhar vragen waarom de chef van MI6 het risico van een ontmoeting met hem had willen nemen. De consequenties van een dergelijk treffen zouden voor hem even rampzalig kunnen zijn, maar feitelijk had hij niet veel te verliezen.

Hij staarde uit het raam over het landschap van Wiltshire naar de bossen aan de overkant van het kanaal en zag een reiger, die zich moeizaam van het water verhief en opsteeg naar de hemel. Zijn vader zei altijd dat reigers net B-52's waren, maar zijn vader had dan ook altijd iets met bommenwerpers gehad. Tijdens de Cubacrisis was hij naar Fairford gereden en had hij gekeken hoe ze met draaiende motoren aan het begin van de startbaan hadden staan wachten op de order om op te stijgen.

Marchant herinnerde zich de ochtend toen zijn vader hem had gebeld met het nieuws dat hij ontslag moest nemen. De kracht en autoriteit waren uit zijn stem verdwenen, alsof hij heel zijn leven een megafoon had gebruikt, die iemand ineens had uitgeschakeld. Op de terugweg van Mogadishu naar Londen voor de kerst had Marchant het telefoontje ontvangen op luchthaven Heathrow.

'Ben je al door de douane?' had zijn vader bijna afwezig gevraagd.

'Ik sta op een taxi te wachten. Waarom? Is alles in orde, pa?'

'Neem de ondergrondse tot Hammersmith en daarna een minitaxi vanaf die plaats aan Fulham Palace Road die we vroeger altijd gebruikten. Vraag naar Tarlton. Zij zullen het weten.'

'Pa, wat is er? Is alles in orde?'

'Ik ben op stal gezet. Kijk goed uit.'

Marchant was meteen weer op zijn hoede geweest, alsof hij op een buitenlandse luchthaven stond. Hij was snel afgedaald naar de ondergrondse en probeerde de gevolgen van hun gesprek in te schatten, voor zijn vader, voor hem. Hij wist van de druk die de afgelopen weken steeds groter was geworden. Er waren vragen in het parlement gesteld over de incompetentie van de Britse inlichtingendiensten, er waren agressieve krantenkoppen geweest over de golf van aanslagen en wat er allemaal gedaan had moeten worden om die te voorkomen.

Zijn vader betaalde de minitaxi contant en stond erop de twee tassen van zijn zoon te dragen. Het was een koude decemberdag en de appel- en kersenbomen voor het huis waren behangen met bevroren spinnenwebben. Een dun sliertje rook kwam uit de schoorsteen. Het huis in de Cotswolds bestond uit twee cottages die bij elkaar waren getrokken en werden omringd door gazons en een slingerende stenen muur. Het was een afgelegen plek op minder dan een kilometer van Tarlton, een gehucht in de buurt van Cirencenster. Marchant kreeg altijd een raar gevoel als hij hier was. Het huis was de enige constante factor geweest in een wisselvallige jeugd, een plaats waar ze gedurende de korte periodes voor weer een verblijf op een andere buitenlandse standplaats woonden, een thuis dat hij ooit met zijn broer had gedeeld. Het Engelse karakter ervan was overweldigend, niet vanwege de mooie Cotswolds, maar omdat het alles was gaan vertegenwoordigen wat hij in zijn eigen huis miste: pasgemaaid gras, een kampvuur in de herfst, boomgaarden. En natuurlijk was het altijd een teleurstelling geweest, omdat het niet kon voldoen aan de dromen over het Engeland uit zijn kinderjaren.

'Fijn dat je bent gekomen,' zei zijn vader, die voor Marchant door de achterdeur naar binnen liep. 'Vind je het goed als we een stukje gaan rijden?'

Tien minuten later reden ze door het koude open platteland in zijn Lagonda uit 1931. Ze konden elkaar nauwelijks verstaan boven het gebrul van de tweelitermotor. De vorst had de hagen hoekiger gemaakt en de weg was zwart van de verborgen plekken met ijs. Maar met zijn dikke wollen sjaal en handschoenen scheen Stephen Marchant er geen aandacht aan te schenken. Daniel zat naast hem. Hij was vergeten hoe koud het in een auto kon zijn.

'Ik kan het huis niet vertrouwen,' zei zijn vader en schakelde terug bij het naderen van een kruising. Marchant wist dat het huis was voorzien van afluisterapparatuur die paste bij het weekendverblijf van de chef. Nu werkte die beveiliging tegen hem.

'MI5?' vroeg Marchant. De geur van muf canvas en hete olie voerde hem terug naar een ander ver verleden uit zijn jeugd. Zijn vader en hij hadden altijd een nauwe band gehad. Ze voelden zich op hun gemak in elkaars gezelschap en hoefden zelden woorden te gebruiken om iets te verduidelijken. Zelfs toen Marchant van school was gestuurd, was zijn vader niet kwaad geworden. Hij had zich alleen geërgerd aan het feit dat zijn zoon was betrapt.

'Ik ben een bedreiging van de nationale veiligheid geworden!' schreeuwde hij en hij liet de remstang opzij van de auto los toen ze snelheid meerderden in de richting van Avening. Marchant hoopte dat hij even prettig oud zou worden als zijn vader, wiens zilvergrijze haren wapperden in de harde wind. Hij had dikke, lichte wenkbrauwen en een compact, vierkant gezicht – als van een kerkuil, dacht Marchant altijd. En dan waren er die beroemde familieoren, die met het ouder worden alleen maar langer en gedistingeerder waren geworden. Stamoorlellen had zijn vader ze ooit genoemd.

Na twintig minuten bracht Stephen Marchant de Lagonda tot stilstand op een parkeerplaats boven op Minchinhampton Common, op een heuvelrand met uitzicht naar het zuidwesten, richting Bristol. Hij zette de motor uit en ze bleven daar een paar minuten zwijgend zitten. Ze namen het tijdloze landschap in zich op, terwijl stoom oprees van de motorkap. Onder hen strekten de Cotswolds zich uit als een halsketting van ijzige gehuchten aan een snoer van stille landweggetjes, elk met zijn mooie herenhuis, eeuwige kerk en beijzelde brink. Een dunne laag stuifsneeuw bedekte de schaduwrijke hoeken van de akkers.

'Ik kijk hiernaar en vraag me af uit welke porie van ons mooie land het sijpelt,' begon Stephen Marchant. Er had zich een druppel gevormd aan het puntje van zijn koude neus. 'Weet je wat ze zeiden?'

'Vertel het me.' Marchant hoorde de emotie in de stem van zijn vader.

'Ze kunnen er niet langer zeker van zijn dat mijn belangen overeenkomen met die van het land.' Hij wachtte even, omdat hij moeite moest doen om beheerst te blijven. 'Dertig jaar in overheidsdienst en ik moet luisteren naar een stelletje omhooggevallen zakken in korte broek die me dat vertellen.'

'En het komt allemaal van de algemeen directeur?' opperde Daniel.

'Natuurlijk. Kennelijk raak ik geobsedeerd door de vijand in ons midden en heb ik niet meer in de gaten dat er een grotere bedreiging is.'

'Een dinertje in de Travellers Club werkte dus niet meer.'

'God nee. Het is één grote ramp. Ze lijkt niet op de vrouwen die jij en ik kennen, Daniel. Zij heeft ballen en ik ben goed en grondig genaaid. Ze willen me na de kerst niet meer op kantoor hebben. Ik ben bang dat ze er ook over denken om jou te schorsen. De zonden van de vader. Het spijt me heel erg.'

Daniel keek voor zich uit. Zijn malende hersenen berekenden automatisch de bedreiging en maakten een schatting van de schade. Hij had niet verwacht dat het hem zou raken. Toen stopte hij die gedachtegang en schaamde zich, omdat hij meteen aan zichzelf dacht en niet aan zijn vader, wiens carrière na een half leven in overheidsdienst aan diggelen lag.

'Maak je geen zorgen over mij. Je weet dat ik nooit om hulp heb gevraagd. Ik kan op mezelf passen.'

'De Dienst kan dat niet. Als MI5 zijn zin krijgt, zal Legoland morgen aan de Japanners worden verkocht om te worden verbouwd tot een hotel aan de oevers van de Theems. Kom, de idioten zijn er al.'

Marchant keek achterom en zag een witte sedan langzaam de helling op rijden.

'Weet je wat de beste manier is om een schaduw af te schudden?' vroeg zijn vader, terwijl hij de Lagonda weer startte in een wolk van blauwe rook. 'Beter dan alles wat ze je op het Fort hebben geleerd?'

'Wat dan?' wilde Marchant weten. In het spiegeltje zag hij dat de auto vierhonderd meter achter hen stapvoets ging rijden; de uitlaat vormde een pluimpje in de koude lucht.

'Harder rijden dan zij.'

# 11

De groep jongens uit de vijfde klas in de hoek van de speelplaats wist alles van de helikopters die door het luchtruim van Wiltshire boven de basisschool vlogen. Het mooist vonden ze de Chinooks die laag over het kanaal kwamen, terwijl het geluid van de twee rotors als de donder weerkaatste tegen hun gevoelige trommelvliezen. Ze konden de Merlins onderscheiden van de Sikorski Puma's en maakten tegenwoordig nog maar nauwelijks een opmerking over de zwart-gele helikopter van de politie van Wiltshire die elk vrijdag laagvliegen oefende boven Bedwyn Brail. Dus toen de jongens de MD Explorer van Hungerford naar het dorp zagen vliegen, was dat zo'n vertrouwd gezicht dat niemand in de gaten had dat het donderdag was en niet vrijdag.

Een halve kilometer ten zuidwesten van de school stak Daniel Marchant de twee bruggen over en sloeg rechts af het jaagpad van het Kennetkanaal op. Hij glimlachte inwendig toen hij zich herinnerde hoe zijn vader met meer dan 150 km per uur Minchinhampton af was geraasd. Het lage chassis van de Lagonda dreigde uit elkaar te trillen toen ze zonder echte remmen in vliegende vaart tussen de beijsde hagen door vlogen tot hun achtervolgers uiteindelijk hadden opgegeven.

Marchant wist niet zeker of hij sneller kon lopen dan zijn oppassers, maar hij was van plan erachter te komen. De marathon was vijf dagen geleden en dit was de eerste keer na zijn aankomst in het veilige huis dat hij ging hardlopen. Hij wist dat hij zo niet door kon gaan: drinken gevolgd door hardlopen uit schuldbesef. Een van beide moest de overhand krijgen. De babysitters van MI6 waren de vorige avond vervangen door zwaarder gebouwde types van MI5. De betrekkingen waren overeenkomstig verkild en van gesprekken was nauwelijks nog sprake.

Marchant maakte zich niet echt bezorgd om de wisseling van de wacht. Hij nam aan dat hij in het ergste geval weer te maken kreeg met Wylie, de man die hem in Thames House had verhoord. Verontrustender was de stilte van de kant van Leila. Hij had geen mogelijkheid om contact op te nemen met iemand van de buitenwereld. Er was geen telefoon, computer of internetverbinding in het huis en de babysitters hielden hun mobieltje aan de riem om hun ruime middel.

Zijn plan van deze ochtend was geleidelijk zijn tempo op te voeren en de twee van MI5 op de proef te stellen om te zien hoe lang ze een tempo van een kleine vier minuten per kilometer konden volhouden. Ze waren niet enthousiast geweest over het idee om te gaan hardlopen, maar ze hadden toegegeven toen Marchant hun op een kaart zijn exacte route naar het buurdorp Wilton en terug wilde laten zien. Zij gaven de voorkeur aan een kortere ronde langs het jaagpad van het kanaal, omhoog door het bosgebied dat bekendstond als Bedwyn Brail en dan terug over de landweggetjes naar het dorp. Marchant had ermee ingestemd, omdat hij het idee om deze twee tot het uiterste op de proef te stellen wel amusant vond. De mensen van MI6 waren altijd fitter geweest dan die van MI5. Hun fitnessruimte was absoluut niet te vergelijken met wat er buiten het zicht van de cententellers van Whitehall in de kelder van Legoland stond te glimmen.

Maar het bleek lang niet zo leuk te zijn als Marchant had gehoopt. Zijn hele lichaam deed pijn. En beide mannen van MI5 reageerden verontrustend gemakkelijk op zijn begintempo. Algauw liepen ze naast hem.

'Gedraag je niet als een muppet, marathonman,' zei een van hen nauwelijks buiten adem.

Zonder antwoord te geven voerde Marchant het tempo op. Hij verliet het jaagpad om volgens afspraak schuin over de helling een stuk af te snijden naar de Brail. Bij de top van de heuvel wierp hij een blik over zijn schouder en zag dat de voorste oppas nog aan de voet van de helling strompelde. Het zag ernaar uit dat hij was uitgegleden. Opgetogen omdat hij voor het eerst sinds zondag alleen was, voerde Marchant het tempo verder op.

Pas boven op de heuvel werd hij zich bewust van de zwarte MD Explorer die links achter hem boven het veld hing. Hij ging iets langzamer lopen en nam het tafereel in zich op om de situatie te beoordelen. Toen hij de gele letters op de zijkant van de helikopter zag, was zijn eerste gedachte dat hij toevallig was terechtgekomen in een reddingsactie. Maar enkele tellen later, toen zijn twee oppassers op gelijke hoogte waren gekomen, zweefde de helikopter niet meer, maar volgde hem over het veld.

Marchant keek uit over het akkerland dat zich voor hem uitstrekte. Het was bijna tweehonderd meter naar het bos aan de andere kant, maar hij dacht de veiligheid van de bomen te kunnen halen als hij een sprintje trok. Hij wierp een blik omhoog en zag het gezicht van de piloot met helm en bril, die op hem neerkeek met de onverschilligheid van een wesp. Op hetzelfde moment voelde hij de hand van een oppasser op zijn schouder en hij schudde hem af. De man bleef achter en vloekte toen hij struikelde, maar voordat Marchant kon versnellen, zat de andere oppasser op zijn rug en trok hem naar de grond.

Ze leken te vertragen toen ze vielen. Marchant rolde de man om, zodat hij boven lag toen ze de grond raakten. Overal om hen heen danste het gras, dat werd platgedrukt door de luchtstroom van de helikopter. Hij greep de man bij zijn haren en duwde zijn gezicht hard op een stuk vuursteen dat op de aarde lag. Een ogenblik lang was er stilte. Marchant stond op en begon te rennen. Hij was zich bewust van de eerste man die achter hem aan kwam, de helikopter boven hem. Het bos leek ineens wel een kilometer ver weg.

Op twintig meter van de bomen begon Marchant te denken dat hij het kon halen. Zodra hij in de Brail was, zou de helikopter waardeloos zijn – als hij maar in de dekking van de bomen bleef. Maar daar was de man rechts van hem nog. Vijf meter voor de bomen zag hij een tak op de grond liggen die zwaar was van de winterse regens. Hij week af van zijn lijn, pakte hem op en zwaaide het doorweekte stuk hout in dezelfde beweging naar achteren. Toen die opzij tegen het gezicht van de man kwam en hem naar achteren sloeg, leek het lawaai van de rotors boven hem luider te worden. Marchant rende het donkere bos in en zigzagde tussen de bomen als een straatdief die aan zijn achtervolgers probeert te ontkomen.

Hij had nauwelijks vijfentwintig meter gelopen toen de bomen plaatsmaakten voor een kleine open plek. De helikopter dook omlaag en landde lang genoeg op het stuk gras voor hem om twee andere mannen af te zetten, die eruit sprongen. Marchant voelde zich moe worden. Hij draaide zich om en liep het bos weer in, maar algauw werd hij naar de helikopter gesleurd, die de lucht vulde met de stank van vliegtuigbrandstof.

Marchant berekende dat ze een kwartier in de lucht waren geweest voordat de helikopter weer aan de grond werd gezet. Dat maakte Fairford tot het waarschijnlijkste vliegveld. Daar waren de Amerikanen de baas, omdat ze negentig miljoen dollar hadden besteed aan het verlengen van de hoofdbaan om die geschikt te maken voor de B-2 Spirit Stealth bommenwerper en de Space Shuttle. Vermoedelijk zou hij in iets kleiners reizen. Hij kon geen zekerheid krijgen over het vliegveld door de kap over zijn hoofd en het was niet mogelijk cockpitgesprekken te horen vanwege de koptelefoon die over de kap op zijn oren was gezet. Zijn handen waren stevig achter zijn rug gebonden en ook zijn voeten waren gebonden. Maar echt ongemakkelijk voelde hij zich niet, nog niet.

Geestelijk was hij zo rustig als iemand kon zijn die wist dat hij door de CIA overgebracht ging worden naar een plaats waar mensenrechten niet telden. Het was de enige logische verklaring voor de toestand waarin hij zich bevond, aangezien het onwaarschijnlijk was dat MI5 of zelfs MI6 zulke buitensporige middelen zouden gebruiken tegen een van hun eigen mensen. Tijdens de korte vlucht was hij tot de conclusie gekomen dat Fielding om redenen die nu nog onduidelijk waren, ermee moest hebben ingestemd om de sleutels van het veilige huis in Wiltshire te overhandigen aan MI5, die meteen de Amerikanen toestemming had gegeven hem op te halen voor hun eigen verhoor. Wat zijn maag nu deed verstrakken, terwijl hij op de koude metalen vloer van de stilstaande helikopter lag, was de gedachte aan de lichamelijke en geestelijke pijn die hem te wachten stond.

# 12

De onbetwiste wereldkampioen waterboarding moest Khalid Sheikh Mohammed zijn. Marchant wist dit dankzij een grappig bedoelde e-mail, die vanuit Langley zijn weg had gevonden naar Legoland. 'KSM' (zoals de CIA hem noemde), de architect van 9/11, de bomaanslag op de nachtclub op Bali en een verijdelde aanslag op Canary Wharf, verdiende wat ijzerwerk voor zijn inspanningen, maar in plaats daarvan moest de nummer drie van Al-Qaida het stellen met het onwillige respect van zijn ondervragers. Twee minuten en dertig seconden – er waren geen officials, maar dat was de tijd die werd geklokt toen hij begin maart 2003 op een waterboard werd gelegd. Na twee minuten en eenendertig seconden brak hij, omdat hij geloofde dat hij op het punt stond te verdrinken. Hij gilde als een baby en vulde zijn luier. Zoals de e-mail concludeerde: de geur van de overwinning bestaat uit de stank van stront.

Marchant wist alles wat er te weten was over waterboarding, een ondervragingsmethode waaraan de Gestapo de voorkeur had gegeven en die zich de laatste jaren dankzij de CIA in een hernieuwde belangstelling kon verheugen. Het gevoel dat er water in zijn mond en neus werd gegoten overtuigde het slachtoffer ervan dat hij op het punt stond te verdrinken, waar hij onwillekeurig op reageerde door te kokhalzen. Doordat de voeten hoger lagen dan het hoofd, stroomde er echter geen water in de longen, werd overlijden voorkomen en konden regeringen de methode aanduiden als een intensieve ondervragingstechniek die niet viel onder marteling.

Marchant wist alles van de drie verschillende niveaus, dezelfde onverbiddelijke boodschap die elk daarvan naar de hersenen stuurde, de prettige afwezigheid van lichamelijke littekens en het acute geestelijke trauma dat jaren later ineens de kop kon opsteken bij het nemen van een douche, afwassen of de bloembak water geven.

Wat zijn ondervragers niet wisten, was dat Marchant het record van KSM had gebroken tijdens de survivaltraining op het Fort. Het was geen officieel record, omdat Marchant voordat het water begon te stromen had geweten dat het een oefening was. KSM had gedacht dat hij doodging. Maar twee minuten en vijftig seconden was nog steeds een soort record en het was goed genoeg om hem de gevierde man van het Fort te maken. Achteraf had Marchant te horen gekregen dat geen enkele CIA-agent die de techniek op zichzelf had getest, het langer dan veertien seconden had volgehouden.

Marchant maakte graag de grap dat zijn vermogen om waterboarding te doorstaan er bij de geboorte in was gegoten – hij was onder water geboren. Zijn moeder had hem verteld dat hij met open ogen ter wereld was gekomen en had gekeken als een geschrokken karper. Anderen, zoals Leila, zeiden dat het kwam door zijn jeugd in India: een typisch geval van een geest die uitsteeg boven materie. Zoals hij nu in het donker op een koude metalen tafel lag met zijn stevig gebonden voeten hoger dan zijn hoofd onder de kap, probeerde hij zich de grapjes achteraf in de pub in Portsmouth te herinneren: zijn stem die grappig klonk vanwege het water dat nog steeds zijn neus verstopte, de tederheid van Leila onder haar bravoure, de kus van haar vochtige mond waarvan hij dacht dat die hem zou verstikken.

Hij vermoedde dat hij in Polen was of misschien Roemenië. Na de landing van de helikopter was hij – nog steeds geblinddoekt – over het asfalt naar een ander vliegtuig geëscorteerd, een Gulfstream V, veronderstelde hij. Het was net de Guantánamo Bay Express voor vijandelijke strijders, alleen duurde zijn vlucht twee uur, ook al leek het voor Marchant, die in de arrestantenklasse reisde (gratis overall en luier voor volwassenen), een heel leven te duren.

Hij hoorde de twee mannen zijn cel binnenkomen en de deur achter zich sluiten. Waterboarding was gewoon een bedrieglijk geintje van je hersenen, zei hij tegen zichzelf, terwijl hij onwillekeurig zijn vingers boog. Ze zeiden niets toen ze zijn polsen controleerden, die stevig met boeien naast zijn zij waren geketend, en trokken de kap verder over zijn hoofd. Over enkele ogenblikken zouden ze doorlopend water over zijn poreuze kap gieten.

Toen het water eerder dan verwacht kwam, probeerde Marchant instinctief zijn hoofd weg te draaien, maar de man links van hem hield zijn kaak stevig vast, terwijl de ander water over zijn gezicht goot en toen over zijn borst en benen, waardoor zijn overall doorweekt werd. Hij kon de paniek voelen opkomen. Daar was zijn tweelingbroertje die op de bodem van de vijver in Delhi lag en door het heldere water naar hem omhoog staarde. Hij gilde om de *ayah*, sprong in het water en probeerde de arm van zijn broertje te grijpen. Sebastian, nauwelijks zes jaar oud, staarde naar hem met haren die uitwaaierden als de tentakels van een zeeanemoon en besefte niet dat hij op het punt stond te verdrinken.

De waterstroom was constant, zei Marchant bij zichzelf en hij deed moeite om zijn ademhaling te beheersen. Dat duidde erop dat ze een slang gebruikten en geen waterkan, de methode waaraan ze op het Fort de voorkeur gaven. Hij gilde weer, tegen zijn ondervragers, naar zijn moeder die uit het huis was komen rennen, maar zijn kreten werden gedempt door de natte katoenen kap die op zijn gezicht drukte. Hij kon voelen dat het water erdoor begon te sijpelen en zijn neus en mond in liep. Het was warm, net zoals in het trainingshandboek stond. Dit was een oefening, zei hij bij zichzelf; ze gingen hem niet doden.

'Waar is Salim Dhar?' riep een van de Amerikanen, die Marchants kaak met geweld naar hem toe draaide. Wat Marchant een schok gaf, was dat de stem – uit het Midwesten – zo jong klonk. 'Vertel ons waar hij is en jouw broertje blijft leven.'

Marchant zei niets. Hij wachtte tot Sebastian weer begon te ademen en keek naar zijn moeder, die zich over het lichaampje boog. 'Komt het goed?' vroeg hij haar smekend. 'Komt het goed met Sebbie?'

Zijn ondervrager hield de slang dichter bij zijn mond. 'Waar is Salim Dhar?' herhaalde hij.

Waarom vroegen ze hem dat? Hij was zijn vader niet. Het water begon door de katoenen kap te komen. Marchant klemde zijn lippen stevig op elkaar en ademde langzaam door zijn mond, maar dat was juist de bedoeling, want het water stroomde zijn neusgaten in. Zijn longen stonden op springen, hunkerden nu wanhopig naar lucht. Hij probeerde zijn hoofd weg te draaien en zag toen dat Sebastian proestend weer tot leven kwam, met zijn zwoegende kleine borst het vijverwater uitbraakte en begon te hoesten in de geparfumeerde omhelzing van zijn moeder.

Marchant herinnerde zich wat zijn instructeur hem had verteld: 'De grootste angst van jouw ondervrager is dat je misschien op de plank sterft voordat je uit de school kunt klappen. Houd je daaraan vast. Het is de enige macht die je hebt.' Hij klemde zich aan deze gedachte vast, terwijl hij stil bleef liggen en het water door zijn neus en achter in zijn keel omhoog voelde komen. De kokhalsreflex overmande hem toen het water over zijn strotklepje spoelde. Hij wist dat het zou klinken alsof hij stikte. Zijn ondervragers trokken zijn kap af toen hij begon over te geven en draaiden zich om, zodat hij hun gezicht niet kon zien. Ze vloekten, want ronde één was voor hem.

Waterboarding op niveau twee vereiste dat één luchtweg helemaal werd afgesloten. De grootste van de Amerikanen gaf hem een zwembril aan en beval hem die op te zetten, terwijl hij de hele tijd zijn gezicht verborgen hield. Ze moesten zich beschaamd voelen, dacht Marchant, omdat ze dit met een van hun eigen mensen deden. Hoe stond het met de echte vijanden? Het Westen had genoeg vijanden om dit niet met elkaar te doen.

De glazen van de bril waren zwart geverfd en hij vond de duisternis een opluchting. Waar het gebouw waarin ze zich bevonden ook lag, het was ongastvrij en anoniem. Hij had vier vuilwit gepleisterde muren gezien, een laag plafond en een ruw soort waterleiding in een hoek. Boven de deur zat een kleine opening met tralies. De leegte van de kamer maakte dat Marchant zich alleen en kwetsbaar voelde en het versterkte zijn indruk dat hij overal op de wereld kon zijn. Zijn twee ondervragers droegen het gewone werktenue van het leger, maar de felle oranje kleur van zijn eigen overall had hem verrast.

Hij sloot zijn ogen achter de bril, maar voordat hij troost kon ontlenen aan de duisternis, werd een lap stof zo ver mogelijk in zijn mond geduwd. Marchant kokhalsde toen de lap tegen zijn strotklepje kwam. De Amerikaan was tevreden dat de lap op zijn plaats zat, maar duwde hem toch nog verder naar binnen. Hij vloekte de hele tijd tegen hem met zijn jonge stem en werkte de lap met een draaiende beweging tegen de achterkant van zijn keel. Marchant kokhalsde weer en voor het eerst dacht hij dat hij ging sterven.

In plaats daarvan dwong hij zichzelf in gedachten te houden wat zijn instructeur hem had verteld, dat er slechts twee soorten mensen waren die de kokhalsreflex konden beheersen: zwaardslikkers en deep-throathoertjes. Toen Marchant met een verkrampte maag en een onderrug die loskwam van de tafel weer kokhalsde, spoot de slang weer op hem, met deze keer meer druk en kouder water. Marchant kon voelen dat de lap opzwol door het water en tegen de zijkanten, het verhemelte en de achterkant van zijn mond drukte. Instinctief probeerde hij door zijn neus te ademen, maar dat zorgde er alleen maar voor dat zijn neusgaten zich weer vulden met water. Paniek overvleugelde de uitlopers van zijn bewustzijn. Hij dacht aan zijn vader, die in de zonneschijn van een heldere ochtend de Lagonda poetste. Als kind stond hij vaak naar hem te kijken met het ene been voor het andere gekruist en een vuile hand die tegen het glanzende portier aan de passagierskant steunde.

'Blijf met je vuile handen van mijn auto af!' riep een stem. 'Waar is Salim Dhar?'

Marchant kon voelen dat hij ronde twee begon te verliezen. Zijn misselijkheid ging nu gepaard met een intense claustrofobie, een gevoel dat hij nooit zou kunnen ontkomen aan de lap die achter in zijn keel opzwol, aan het water, aan de voortdurende dreiging te verdrinken. Hij concentreerde zich op de vragen die ze hem stelden en de logica ervan. Het was geen vergissing. Ze vroegen hem naar Dhar, omdat iemand hem in verband moest hebben gebracht met de aanslag op de marathon.

'Vertel ons over die verrekte hardloopmaat van jou,' riep de kleinste van de twee en tegelijk duwde hij de lap dieper zijn mond in. 'Hoe lang kende hij Dhar?'

Het geheim van het overleven van waterboarding, hield Marchant zichzelf weer voor, terwijl hij de consequenties van de rol die Dhar blijkbaar bij de aanslag op de marathon had gespeeld, op een rij probeerde te zetten, was er niet voor te vallen. Want waterboarding was niets anders dan een streek die je hersens je leverden. Het lichaam stond niet op het punt om te verdrinken, de hersenen dachten dat alleen maar. In het Fort was hij de enige geweest die zich bewust was gebleven van het trainingselement. Nu zijn hele bovenlichaam schokte van het kokhalzen, hield hij zichzelf voor dat hij in eenzelfde veilige context werd ondervraagd: de CIA zou geen agent van MI6 doden, zelfs niet de geschorste zoon van een vermoedelijke verrader. De worsteling die nu plaatsvond, speelde zich af in zijn hoofd en niet in de kamer. Zijn amygdala, het oudste en primitiefste gedeelte van het menselijke brein, voerde een wanhopige dialoog met zijn meer naar rede luisterende solar cortex. Dat was toch wat de psychiater in het Fort had gezegd?

De veerkracht van Marchant bracht de twee Amerikanen tot aan de grens van hun getrainde zelfbeheersing en ze scholden hem nu de hele tijd uit. Een van hen ging ten slotte door het lint, rukte de bril van Marchant af, greep hem achter bij zijn nek en tilde zijn hoofd van de tafel. Een ogenblik lang keken ze elkaar in de ogen. Marchant zag meer angst dan hij zelf voelde in het gezicht van de jonge CIA-agent. Hij trok de prop uit Marchants mond. Ronde twee was ook voor hem.

'Hij is niet normaal, Joey. Die kerel is niet normaal,' zei de Amerikaan, die Marchants hoofd wegduwde, omdat hij het oogcontact niet kon verdragen. Marchant genoot even van de pijn toen zijn achterhoofd op de tafel sloeg. Hij klemde zich vast aan de pijnscheut en betastte zijn hoofd met zijn handen alsof het een hete kool was. De bult was echt, lichamelijk en zou het bewijs leveren dat dit was gebeurd en niet alleen maar plaatsvond in zijn hoofd. Hij draaide zijn hoofd opzij, spuugde wat speeksel uit en slaagde er toen in een vertwijfelde kuchende lach te uiten.

'Kan ik misschien wat water te drinken krijgen?' vroeg hij. 'Mijn keel is nogal droog.'

Marchant wist dat het erg belangrijk was om de schijn te wekken dat hij zichzelf geestelijk in de hand had, ook al klopte dat helemaal niet. Daarbij moest hij zijn ondervragers niet zo ver drijven dat ze hem uit frustratie doodden. Hij moest ook hun belangstelling vasthouden. Een gezicht achter een bivakmuts was achter de tralies van de kleine opening boven de deur verschenen en verdween weer zodra Marchant het had gezien. Hij slaagde erin tegen zijn ondervragers te glimlachen, ook al wist hij wat de gevolgen waren, en hij liet zijn tong als een hijgende hond uit zijn mond hangen.

'Als je iets te zeggen hebt, bewaar het dan voor Petrus,' zei Joey, die het overnam van zijn collega. Hij draaide zich om alsof de dag er voor hem op zat, maar Marchant wist dat hij nog niet klaar was. Joey zwaaide zijn arm in een lange boog en sloeg Marchant met de rug van zijn hand hard in het gezicht.

In het Fort hadden ze huishoudfolie gebruikt voor niveau drie. Dat werd strak rond het gezicht gewikkeld, waardoor het onmogelijk was om door mond of neus adem te halen. Er werd een gat in gemaakt voor de lippen – niet om te ademen, maar om het slachtoffer vol te gieten met water. Net als waterboarding zelf was deze aanpak niet nieuw. In de zeventiende eeuw gingen ze bij voorkeur meteen over tot niveau drie – uiteraard zonder het huishoudfolie – waarbij de lichamen van de slachtoffers tot drie keer de normale omvang konden opzwellen.

Maar Marchant bereikte niveau drie nooit.

# 13

Vijftienhonderd kilometer ten westen van Polen haalde Marcus Fielding diep adem. Met een lange, vlakke duik schoot hij het water van vierentwintig graden in. Het zwembad in de kelder van Legoland was in Whitehall een bron van discussie geweest toen het hoofdkwartier werd gebouwd en het budget daardoor met verscheidene miljoenen werd overschreden. Hetzelfde gold voor de fitnessruimte ernaast, maar deze voorzieningen waren elke cent waard geweest, dacht Fielding, toen hij halverwege het zwembad boven water kwam en water uit zijn mond blies. Hij zwom nooit met zijn bril op. Die liet hij op zijn keurig gevouwen handdoek naast zijn telefoon liggen. Een vaag blikveld zorgde voor een geconcentreerde geest, had hij ontdekt, en zijn beste denkwerk deed hij in het zwembad.

Het document van MI5 dat rond lunchtijd op zijn bureau was beland, had duidelijk gemaakt wat hij al had vermoed, namelijk dat de rol van Dhar in de verijdelde aanslag op de marathon allesbehalve zeker was. Er was een Zuid-Indiaas element in het spel, zoals dat ook bij de aanslagen van vorig jaar het geval was geweest, maar er was geen direct bewijs om de voorbereiding van de aanslag met hem in verband te brengen en er bestonden ook andere verdachten.

Rapporten van Arabische specialisten uit het hulpstation van GCHQ in Scarborough hadden het over mogelijke verbindingen met het grotere gebied van de Golfregio. Kortom, er was nog steeds niet genoeg materiaal om de aanslag – ondanks de Zuid-Indiase verbinding en zijn anti-Amerikaanse kruistocht– in de schoenen van Dhar te schuiven. Harriet Armstrong had een vlieger opgelaten in de hoop de Amerikanen een plezier te doen. Fielding was niet van plan deze informatie met iemand te delen. Nog niet. Het gaf hem een beter gevoel als het om Daniel Marchant ging, maar tegelijk voelde hij zich schuldig dat hij hem zo snel aan Spiro had overgedragen.

Zijn medewerkers wisten dat ze de chef niet moesten storen wanneer hij elke middag om drie uur zijn baantjes trok in het zwembad, dat inmiddels was verlaten door de mensen die er tijdens de middagpauze gebruik van maakten. (Fielding wist niet dat het leeg was omdat niemand in het zwembad wilde zijn als hij in de snelle baan heen en weer zwom.) Maar nu gaf zijn telefoon de ringtoon van een interne oproep. Hij zwom naar het trapje en nam het telefoontje aan, omdat hij erop vertrouwde dat het belangrijk was. Het was Fieldings tweede man Ian Denton, voormalig hoofd van de afdeling Oost-Europa en een van zijn naaste medestanders. Hij wilde dringend een gesprek. Druipend zei Fielding tegen hem naar zijn kantoor te gaan en daar te wachten. Hij wist dat Denton zoveel mogelijk dagelijkse zaken van de chef probeerde af te handelen en hem nooit lastig zou vallen tenzij er een ernstig probleem was.

'We hebben een onaangekondigde vlucht naar Szymany in Noordoost Polen ontdekt,' zei Denton tien minuten later, Fielding keek uit zijn raam naar een eenzame strandloper die op de modderige Theems dobberde. Denton had een groot deel van de eerste jaren van zijn carrière doorgebracht achter het IJzeren Gordijn, waar de angst om te worden afgeluisterd voor westerse inlichtingenofficieren een obsessie was geworden. Als gevolg daarvan klonk zijn stem zo zacht dat het iedereen moeite kostte om hem te verstaan. Maar Fielding had een goed gehoor en hij ging er prat op dat hij Denton nooit had hoeven vragen harder te spreken.

'Cheltenham heeft de gegevens geanalyseerd,' vervolgde Denton fluisterend. 'Vliegveld van vertrek was Fairford en er werden later meer nepvluchtplannen ingediend. Het vliegtuig vloog onder een speciale status.'

'Dat is verrassend,' zei Fielding met zijn rug nog steeds naar Denton, die op het verkeerde been werd gezet door het schijnbare gebrek aan belangstelling van zijn baas. Denton – atheneum in het noorden van het land, Oxford, enthousiast sportvisser – begon zijn verzoek om een gesprek te betreuren. Alle onaangekondigde CIA-vluchten, waar dan ook in Europa, waren een prioriteit geworden voor MI6 na een persoonlijk verzoek van de eerste minister, die er minder ontspannen mee omging dan zijn voorganger.

'Wat ik vreemd vind, is dat het hier niet werd opgepikt,' vervolgde Denton. 'Meestal heeft MI5...'

'Ik weet het.' Fielding draaide zich om en keek Denton met een wrange glimlach strak aan. 'Laat het aan mij over, Ian. Bedankt.'

Denton was zo grondig, dacht Fielding toen hij het kantoor verliet. Dat stond hem aan in een agent. Zijn grote doorbraak was gekomen in Boekarest, waar hij in de jaren tachtig met een diplomatieke dekmantel werkte als jong agent en elk weekend had doorgebracht bij een meer aan de rand van de hoofdstad om op karper en brasem te vissen. Niemand wist waarom, tot hij negen maanden later het hoofd van de Roemeense Geheime Dienst, een collega-visser, aan de haak sloeg.

Fielding glimlachte. Misschien was dat de reden waarom Denton fluisterde: hij wilde de vissen niet verjagen. Onder hem kwam een gele London Duck druipend uit de Theems en reed de oprit op naast de buitenmuur om het terrein van Legoland. Het was de enige plaats waar het amfibievoertuig uit de Tweede Wereldoorlog in en uit het water kon komen. Fielding had zich altijd afgevraagd wat de kapitein de passagiers bij het passeren van Legoland vertelde. Op een dag zou hij een ritje meemaken om daarachter te komen. Denton kon ook meekomen, met zijn hengel.

Harriet Armstrong pakte het telefoontje van Fielding op in haar officiële Range Rover onderweg naar Chequers, het buitenverblijf van de eerste minister, om daar het weekend door te brengen. Fielding had van de uitnodiging gehoord, iets wat hem nog niet te beurt was gevallen.

'Ik hoop dat ik je niet heb gestoord,' begon Fielding, die niet echt oprecht klonk.

'Als je over Marchant belt, dan kan ik je niet helpen,' zei ze kortaf. 'Wij hebben hem doorgegeven aan Spiro.'

'Dat weet ik. En omdat jij hem dit weekend spreekt, vond ik dat jij moest weten dat we de eerste minister een rapport zullen sturen over een onaangekondigde CIA-vlucht die vanochtend van Fairford naar Polen is gevlogen. Ik meen me te kunnen herinneren dat hij erg graag van dergelijke vluchten op de hoogte wordt gesteld.'

'Zo graag dat hij deze zelf afgetekend heeft,' zei Armstrong. 'Ik zal hem vertellen dat je hebt gebeld.'

Fielding dacht er even over om Sir David Chadwick te bellen om hem te herinneren aan hun afspraak in de Travellers Club dat Marchant niet het land zou verlaten, maar nu waren andere maatregelen vereist. De steeds nauwere betrekkingen van Armstrong met Spiro en de eerste minister begonnen hem te ergeren. Ze mocht Stephen Marchant dan hebben gewipt, hij was niet van plan haar dezelfde voldoening te schenken als het zijn eigen persoon betrof.

Hij belde via zijn secretaresse. 'Wil je brigadier Borowski van de AW in Warschau voor me bellen?'

# 14

Leila draaide de sleutel in het slot van de voordeur en glipte Marchants kelderappartement binnen, dat aan de andere kant van de rivier tegenover Legoland in Pimlico lag. Ze schrok van de rotzooi, het onopgemaakte bed, kleren die over de vloer lagen, flessen die uit de prullenbak onder zijn bureau puilden. Was de woning doorzocht? Ze was hier vroeger regelmatig op bezoek gekomen en het appartement werd altijd smetteloos onderhouden, bijna te schoon. Toen hij werd geschorst, waren ze opgehouden met bij elkaar te logeren, behalve dan de nacht voor de marathon, toen ze erop had gestaan dat hij bleef slapen. Marchant was vastbesloten de schade van het ontslag van zijn vader te beperken tot hemzelf en niemand anders. Ze hadden af en toe een nacht op het platteland doorgebracht, maar Marchant had het moeilijk gevonden zich te ontspannen. Tot hij de naam van zijn vader had gezuiverd, kon hij zichzelf niet zijn.

De persoon voor wie ze in die eerste dagen was gevallen, keek haar nu glimlachend aan van de foto van hun laatste dag op het Fort die op zijn bureau in de hoek van de kamer stond. Hun groep stond in de SOE herdenkingskamer en poseerde voor de muur waar vroegere leden van de Dienst waren geëerd. Marchants arm hing nonchalant om haar schouders alsof hij een schoolvriend was. Uit niets bleek dat ze de vorige nacht voor het eerst met elkaar hadden geslapen. Zoals Marchant had gevreesd, waren ze al aan het leren zichzelf en elkaar in de liefde te misleiden, waardoor hun werk hun privéleven dwarsboomde.

Naast de groepsfoto stond een foto uit gelukkiger dagen van zijn vader op een ladder in de boomgaard in Tarlton in de idyllische Cotswolds. Een acht jaar oude Marchant in korte broek lag in een hangmat die tussen twee appelbomen was gespannen en grijnsde vol zelfvertrouwen in de camera. Zijn tweelingbroer Sebastian lag naast hem. Ze waren geen eeneiige tweeling, maar hadden wel dezelfde glimlach. Sebastian keek naar zijn moeder, die onder aan de ladder stond met een mand vol fruit in haar armen. Ze was opvallend mooi en zelfbewust: het moederschap paste bij haar.

Marchant had maar één keer over het ongeluk gepraat en dat was nadat ze allebei tijdens een survivaltraining op het Fort bijna waren verdronken. Sebbie, zoals Marchant hem soms noemde, moest enkele weken na het maken van de foto bij een verkeersongeval zijn overleden, nadat ze aan het eind van de Engelse zomer naar Delhi waren teruggekeerd. Marchant zat ook in de jeep toen die frontaal op een regeringsbus botste, maar zijn moeder en hij hadden de klap ongedeerd overleefd.

Het gezin was tot het einde van zijn vaders stationering in Delhi gebleven, wat collega's had verbaasd. Later had hij Marchant verteld dat hij niet meteen naar huis had willen terugkeren, omdat zijn gezin dan de rest van hun leven India was blijven haten; en dat kon hij niet toestaan.

Marchants schijnbaar losse houding dateerde van die dagen in Delhi, wist Leila. Iedereen die hem nu ontmoette, vond hem ongedwongen, charmant en gezellig (zijn *ayah* had hem omschreven als 'zorgeloos blij'), maar dat was zijn manier om een plaats te beschermen waar hij met niemand naartoe wilde, een plaats waar hij nog steeds een achtjarig kind was dat naar zijn broertje naast het wrak van de auto stond te staren en die de chauffeur van de bus zag wegvluchten. Ze wist dat hij die plaats weer had bezocht nadat zijn vader was gestorven. De dood van zijn vader had betekend dat Marchant als enige van het gezin was overgebleven. Soms had zij hetzelfde gevoel, dat haar moeder voor haar zo goed als dood was en haar vader niet langer leefde. In haar jeugd was zijn aanwezigheid nooit een vrolijk gebeuren geweest, want hij was ofwel weg voor zijn werk of afstandelijk als hij thuis was. 's Avonds dronk hij te veel en toonde te weinig respect voor haar moeder.

Leila liep naar Marchants onopgemaakte bed en ging erop liggen. Ze draaide haar hoofd opzij en ademde zijn vage geur op het kussen in. Hij zou proberen contact te maken om haar te laten weten dat het goed met hem ging. Opgesloten zitten in het veilige huis zou hem gek maken, maar het was voor hem beter dat hij daar zat dan dat hij vrij rondliep. Hij was nu een getekend man: niet alleen MI5 wilde hem hebben, maar ook de organisatie die Pradeep had gestuurd.

Soms, als ze na het liefdesspel naast elkaar lagen, in die korte ogenblikken voordat ze weer op weg gingen naar het vliegveld en hun afzonderlijke leven, hadden ze erover gepraat waar ze het liefst op de wereld zouden willen zijn. Marchant begon altijd en sprak dan over dromen van de Tharwoestijn, de Afrikaanse savanne – grote open ruimtes, weidse luchten – of soms over de schaduwrijke appelboomgaarden van Tarlton in de zomerse Cotswolds. Als het haar beurt was, kon ze eerst geen woorden vinden, omdat de herinnering aan haar enige, veel te korte bezoek aan Iran haar met zijn schoonheid het zwijgen oplegde, maar dan begon ze te praten over de kale bergen rond de vruchtbare vlaktes van Qamsar, de geur van rozenwater, de mensen uit de dorpen met stoffen zakken vol geurende bloemblaadjes om hun nek.

Haar moeder had andere beelden van Iran geschilderd toen ze jonger was, omdat ze het land voor haar dochter levend wilde houden. Ze vertelde haar voor het slapengaan verhalen over Isfahan en droeg gedeelten uit de gedichten van Hafiz voor. Toen ze ouder was, had ze het over thee drinken in cafés in Teheran met oudere academici in baret en zwart pak. Maar Leila keerde in gedachten steeds terug naar de rozentuinen van Qamsar en de glimp van verlangen naar wat had kunnen zijn.

Leila moest minstens een uur hebben geslapen, toen haar telefoon haar wekte. Een ogenblik lang verwachtte ze haar moeder aan de lijn, maar het was Paul Myers die haar versleuteld belde met zijn mobieltje.

'De Amerikanen hebben Daniel,' zei hij.

'Wat?' Leila schoot overeind op Marchants bed. Ze was nauwelijks wakker en voelde zich verward door haar omgeving en nu door het geluid van Myers' stem.

'Meer kan ik niet zeggen.' Hij koos zijn woorden zorgvuldig. Zelfs bij een versleuteld telefoontje konden bepaalde woorden iemand alarmeren. 'Kennelijk is hij vertrokken met een vlucht naar Polen.'

'Wanneer?' Fielding moest zijn gezwicht voor de Amerikanen, omdat ze hem hadden overtuigd dat er een verbinding bestond tussen de familie Marchant en Dhar.

'Moeilijk te zeggen. Laatste paar dagen?' Myers zweeg even. 'Het is niet echt een toeristisch reisje.'

'Nee.'

'Zal hij het redden?' vroeg Myers, verrast door de plotselinge grote bezorgdheid van Leila. 'Hij is een hele taaie. Dat zegt iedereen toch?'

Leila dacht terug aan die avond in het Fort toen hij nog beverig naast haar in de pub zat en nauwelijks kon praten na zijn training in waterboarding.

'Ik bel je nog wel.' Ze stopte even. 'Paul?'

'Ja?'

'Bedankt.'

Leila hing op en keek om zich heen in de rommelige kamer. Haar ogen bleven rusten op de foto van haar en Marchant in het Fort. Ze liep naar het bureau in de wetenschap dat ze hem misschien nooit meer zou zien. Als Fielding hem had laten gaan, konden de Amerikanen hem jarenlang vasthouden. Ze voelde haar ogen vochtig worden. Vooroverbuigend legde ze de foto met het beeld naar beneden plat op het bureau en ze glipte stilletjes het appartement uit.

# 15

Een ogenblik lang wist Marchant niet zeker of de ontploffing deel uitmaakte van de ondervraging. Zijn gezicht was zo strak in huishoudfolie gewikkeld dat zijn neus naar opzij werd platgedrukt, toen hij links van hem een luide klap voelde gevolgd door geschreeuw in het Pools. Hij kon niets zien, doordat hij de bril weer ophad, maar het ontging hem niet dat de Amerikanen naar adem snakten. Even later werd hij losgemaakt van de tafel, werden zijn boeien verwijderd met een betonschaar en werden bril en folie van zijn gezicht gehaald.

Hij telde zes mannen in legeruniform en met gasmasker in het vertrek, ieder met een halfautomatisch wapen. Een van hen drukte een gasmasker op het gezicht van Marchant op het moment dat de ranzige stank van traangas zich opdrong, terwijl een ander de twee Amerikanen controleerde op levenstekens.

Toen werd hij de kamer uit gebracht en achter in een wachtende zwarte bestelauto gezet.

'Hugo Prentice,' zei de man met een verweerd gezicht die tegenover hem zat. 'Station Warschau. Ik heb met jouw vader in Delhi gewerkt. Ik moet je de groeten doen van Fielding, met zijn excuses voor de klappen en het gekietel.'

Fielding keek op zijn horloge, telde er voor Polen een uur bij en vroeg zich af hoe lang het zou duren voordat Spiro belde. Geef hem een halfuur, dacht hij, met een blik op de dossiers die op zijn bureau uitgespreid lagen. Personeelszaken had de laatste personeelsprofielen van Leila en Daniel en Stephen Marchant uitgeprint en hij had ook gevraagd om Salim Dhars dossier van de afdeling Zuid-Azië. Hij wierp een blik op de eerste bladzijde met het stempel VERTROUWELIJK, ALLEEN VOOR BRITSE MEDEWERKERS en dacht niet voor het eerst dat hij iets miste, een stuk informatie dat Dhar in verband bracht met zijn voorganger als hoofd van MI6. Wat had Stephen Marchant ertoe gebracht een vlucht van achtduizend kilometer te maken om hem in zuidelijk India een bezoek te brengen?

Dhar was volgens het dossier op 12 november 1980 in Delhi geboren als Jaishankar Menon, zoon van hindoes uit de middenklasse. Zijn vader had gewerkt voor de administratieve dienst van de Britse hoge commissaris. Kort voor de geboorte van Dhar was zijn contract opgezegd, maar algauw had hij een soortgelijke baan kunnen krijgen op de Amerikaanse ambassade. Dhar was later naar de Amerikaanse school in Delhi gegaan – iemand had met de hand 'secundaire arbeidsvoorwaarde?' in het dossier geschreven onder de aantekening 'gepest?' van een ander – maar hij was met zestien jaar van school gegaan.

De volgende keer dat Dhar opdook was het twee jaar later en was hij in Kasjmir, waar de politie hem arresteerde voor de poging een legerbasis op te blazen. Op de aanklacht stond 'Salim Dhar' als zijn naam. Ergens tussen Bangalore en Srinagar was hij bekeerd tot de islam en geradicaliseerd. Zijn haat tegen het Westen richtte zich op Amerika.

Op dit punt was de RAW, de Research and Analysis Wing van India, op het toneel verschenen tijdens een kortdurende poging hem te rekruteren, omdat er een mogelijkheid werd gezien hem te laten infiltreren in de afscheidingsbeweging van Kasjmir. Maar Dhar wilde daar niets van weten. In een ander rapport dat de RAW had gestuurd als onderdeel van Bancrofts onderzoek naar Stephen Marchant werd de conclusie getrokken dat Salim Dhar 'absoluut niet overreedbaar' en 'totaal ongeschikt voor rekrutering' was. Zijn toewijding aan de vestiging van een islamitisch kalifaat – te beginnen met de hereniging van Kasjmir en uitlopend op de vernietiging van Amerika – was absoluut. Een jaar later ontsnapte hij uit de gevangenis, dook onder in Pakistan en kwam later in Afghanistan weer tevoorschijn.

Er was slechts één ding dat Fielding opviel: in het psychologisch profiel van Dhar was aandacht besteed aan zijn slechte relatie met zijn vader, die in tegenstelling tot zijn zoon van alles hield wat Amerikaans was en hoopte op een dag naar New York te kunnen emigreren. Dit werd aangehaald als een mogelijke reden dat Dhar van school was gegaan en Delhi had verlaten. Als Stephen Marchant om wat voor reden dan ook had geprobeerd Dhar te rekruteren, had hij dan informatie gehad over Dhars vader? Het was het enige mogelijke pressiemiddel dat Fielding in het dossier kon vinden. Salim Dhar leek een onbesproken leven te hebben geleid, waarin de enige conflictpunten eerder door ideologie dan door iets platvloers waren ingegeven. Geen vrouwen, drank, diefstal, corruptie – niets om hem mee te chanteren.

Voorzover Fielding zich kon herinneren, had Stephen Marchant aan het eind van de jaren zeventig van de vorige eeuw, toen Jimmy Carter in het Witte Huis zat, een termijn in Delhi doorgebracht. En daar, in de nasleep van 'Glimlachende Boeddha', de eerste atoomproef van India, had Marchant naam gemaakt. Weinig mensen in de Dienst hadden niet van hem gehoord. Deels kwam dat door zijn gewaagde rekrutering van een hoge ambtenaar op de Russische ambassade in Delhi die na zijn terugkeer naar het Dzerzjinskiplein opklom naar de top van de KGB, maar het kwam ook door het gezinsdrama dat hem ten deel was gevallen.

Fielding sloeg Marchants dossier weer open en keek naar zijn standplaatsen. Zoals hij had vermoed, was Marchant in augustus 1977 als inlichtingenofficier in India aangekomen en was hij in juli 1980 naar Engeland teruggekeerd voor de geboorte van zijn tweeling (zijn vrouw had een moeilijke zwangerschap gehad en veel tijd in Londen doorgebracht om de drukkende hitte van Delhi te ontlopen). Maar Marchant was vijf jaar later naar India teruggekeerd, dit keer als hoofd van het station en met zijn jonge gezin op sleeptouw. In 1988 had de ramp van het verkeersongeval plaatsgevonden waarbij Sebastian om het leven was gekomen.

Fielding herinnerde het zich nu weer helderder. Iedereen in de Dienst had zich ellendig gevoeld vanwege Marchants verlies, de daaropvolgende verslechtering van de geestelijke gezondheid van zijn vrouw en zijn stoïcijnse weigering Delhi te verlaten tot zijn termijn erop zat.

Fielding keerde terug naar het leven van Dhar en controleerde de datums waarop zijn vader in dienst was geweest van de Britse hoge commissaris in Delhi. Hij was daar begonnen in januari 1980, wat voor Marchant en Dhars vader een overlapping van zes maanden inhield. Delhi was een groot gezantschap, dat in omvang meteen na de Britse ambassade in Washington kwam, maar er was een kans dat de twee met elkaar in contact waren gekomen. Het was niet veel om mee te werken, maar Fielding wist dat het een begin was. Hij pakte de telefoon en vroeg naar Ian Denton.

# 16

Na een bottenbrekende rit van honderdvijftig kilometer door het Poolse platteland kwam Marchant aan in de bar van de gloednieuwe Britse ambassade in Warschau, waar hem een glas Tyskiebier in zijn hand werd gedrukt. Hij was het grootste deel van de rit niet in staat geweest te spreken, doordat hij steeds moest kokhalzen van het water dat nog in zijn lijf zat. Bovendien hadden de wegen vol gaten gezeten en was hij af en toe ingedut. Maar hij had wel de uitleg van Prentice meegekregen dat zijn ondervraging had plaatsgevonden in Stare Kiejkuty, een voormalige voorpost van de inlichtingendienst van de SS in de Tweede Wereldoorlog.

De plaats lag op een kwartier van de luchthaven Szymany en was daarna gebruikt door het Sovjetleger, toen Brezjnev voorbereidingen trof om een eind te maken aan de Praagse lente. Sinds kort werden de gebouwen gebruikt door een geheime afdeling van de Wojskowe Służby Informacyjne, de Poolse militaire inlichtingendienst, die met alle plezier was ingegaan op een verzoek van de CIA, die een beveiligd gebouw zocht waar ze hun zeer belangrijke gevangenen konden ondervragen. Een en ander uiteraard tegen betaling. Het was een slimme, zij het nogal ironische keus van de Amerikanen, had Prentice uitgelegd. De WSI was niet onderworpen aan dezelfde politieke controle als burgerinstellingen zoals de nieuwe Agencja Wywiadu, en de agenten – onder wie veel overlevenden van het oude communistische tijdperk – konden vanwege hun militaire status onder de NAVO aanspraak maken op bescherming.

'Je bent in goed gezelschap – Stare Kiejkuty gaat prat op een paar fraaie oud-ingezetenen,' had Prentice eraan toegevoegd. 'Daar hebben ze in 2003 KSM onder handen genomen.'

De bedompte cel waar Marchant aan waterboarding was onderworpen, vormde een hemelsbreed verschil met het ruime gebouw van glas en staal waarin hij zich nu bevond. Hij wist dat het mooie nieuwe gebouw een blauwdruk was voor Britse ambassades in de toekomst. Na de bomaanslag op het consulaat in Istanboel was de bouw uitgesteld voor het nieuwe ontwerp. Het nieuwe gebouw bleef toegankelijk voor het publiek, maar was geschikt gemaakt om een grote terroristische aanslag te doorstaan. Het bevatte ook een veiligheidskenmerk dat nu in alle gebouwen van Buitenlandse zaken vereist was. In het geval van een daadwerkelijke aanval waren er 'uienschillen' van deuren en muren die een binnenste heiligdom beschermden en minstens veertig minuten zouden standhouden. In die tijd konden gevoelige documenten versnipperd en harde schijven gewist worden.

Afgezien van Marchant en Prentice en een paar plaatselijke ambassademedewerkers was de bar leeg. Ze wisten niet zeker wat ze moesten denken van de gast die vreemd door zijn neus sprak en een paar met water doordrenkte luiers van de grootste maat in de prullenbak van zijn gastenkamer had achtergelaten.

'Kom, we moeten even fatsoenlijk praten,' zei Prentice. Hij drukte zijn Marlboro-sigaret uit. Marchant volgde hem door de grote ingangshal van de ambassade en een stel maagdelijk witte gangen. 'Het gebouw is net helemaal doorgelicht, maar we kunnen toch beter de veilige stille kamer gebruiken.'

Elke ambassade had een kamer voor geheime gesprekken, waarvan de muren onder het pleisterwerk waren bekleed met lood. Zelfs de krachtigste microfoons kwamen daar niet doorheen. Marchant had de afgelopen jaren een heleboel tijd erin doorgebracht en sommige waren eenvoudiger dan andere. Deze, met de helderwitte muren en indirecte verlichting, gaf je het gevoel van een kruising tussen de kluis van een Zwitserse bank en de spreekkamer van een arts in Harley Street.

'We zijn nog steeds allemaal ondersteboven van wat er met jouw pa is gebeurd,' zei Prentice. Hij wees naar een van de twee stoelen aan weerszijden van een rechthoekige glazen tafel, waarop een vaas met bloemen stond; een duidelijk teken dat er hier geen sprake van waterboarding was. Prentice sloot de zware deur en toetste een code in het paneeltje bij de deurkruk, waardoor een extra schil met elektronische bescherming werd geactiveerd. 'In Warschau werd verteld dat de Amerikanen erachter zaten. Zonder hun steun zou Armstrong nooit haar zin hebben gekregen.'

'Dat zou heel goed kunnen.' Marchant was zich nog steeds bewust van de nasale toon van zijn stem. Ondanks de bloemen waren de twee stoelen en de tafel uiterst functioneel.

'Dus stel je onze vreugde voor toen we het telefoontje uit Londen kregen,' zei Prentice.

'En waren de Polen even verrukt?'

'De nieuwe regering heeft het gehad met die geheime vluchten en zat al sinds de terugtrekking van hun troepen uit Irak op een excuus te wachten. Stare Kiejkuty stond onder het beheer van de WSI, geharde communisten die wisten dat hun tijd voorbij was en die dankbaar waren voor de dollars. Wat kan de CIA doen? Bij de VN protesteren dat een van hun geheime martelkampen is ontmaskerd?'

Marchant schatte dat Prentice eind vijftig was. Dat hij op die leeftijd stationshoofd in Polen was, duidde niet meteen op een briljante carrière, maar Marchant had van Hugo Prentice gehoord. Iedereen bij de Dienst kende zijn naam. Hij was in de jaren zeventig van Eton getrapt, omdat hij marihuana aan zijn medestudenten verkocht, hij had een zwierig voorkomen, een volle kop grijzend haar en een dure smaak op het gebied van platina manchetknopen en Patek Philippe-horloges.

Hij was nooit een carrièreman geweest die per se promotie wilde maken, maar een van die zeldzame types die bij de Dienst was gekomen omdat hij hield van het leven als spion, omdat hij in het veld mensen wilde laten overlopen en de weifelaars met een traditioneel mengsel van ideologie, halve waarheden en desnoods geweld wilde overhalen zich in te zetten voor een hoger doel. Prentice gaf de voorkeur aan een onkostenvergoeding boven een salaris en aan maîtresses boven een huwelijk.

'Hoe is het leven in Legoland trouwens?' vervolgde hij terwijl hij Marchant een sigaret aanbood, die er een aanpakte. 'Is het waar dat de Dominee saffies in de bar verboden heeft?'

'Alleen binnen. Op het terras mag gerookt worden. Dat kwam niet van Fielding, maar van de regering.'

'We kunnen het wel schudden als spionnen naar politici gaan luisteren. Hemel, wie gaat dat controleren? Volksgezondheid? Jouw vader zou nooit naar de regering hebben geluisterd. "Over mijn lijk," zou hij hebben gezegd.' Het gesprek stokte. 'Het spijt me. Dat was grof.' Prentice leunde achterover en blies rook in de lucht boven hem.

'Maakt niet uit,' zei Marchant. 'Echt niet.'

'Je lijkt een beetje op hem, weet je. Dezelfde kaaklijn,' ging Prentice verder. 'Ik zal blij zijn als maar een kwart van de mensen die hem de laatste eer bewezen op mijn begrafenis komt. Wat had de eerste minister trouwens? Waarom was hij er niet?'

'Officieel had hij het te druk.' Marchant dacht terug aan de mensenmassa die de dorpskerk in Hampshire uit was gestroomd. Hij kon zich niet herinneren dat hij Prentice daar had gezien, maar medewerkers waren vanuit de hele wereld aan komen vliegen. Hoge regeringsfunctionarissen waren echter merkbaar afwezig geweest. Een mogelijke verrader wilden ze liever niet eren.

'De klootzak.'

'Ga je me terugsturen naar Engeland?' Marchant stelde de solidariteit van Prentice op prijs, maar hij wilde weten waar het gesprek naartoe ging.

'Nee, niet precies,' zei Prentice op rustiger toon, alsof hij zich ineens herinnerde dat hij slecht nieuws had.

Marchant hoorde de verandering in zijn stem en ging verzitten op zijn stoel. De metalen tafel had zijn onderrug geschaafd.

'Londen stuurt je dit.' Prentice haalde een bruine A5-envelop uit zijn jaszak en overhandigde hem aan Marchant. Deze wierp er een blik in: dollars, een Iers paspoort, vliegticket, een paar formulieren visa. 'We kunnen je verder niet meer helpen. Je bent te heet.'

'En dat wil zeggen...?'

'Dat mag je mij vertellen. Jij bent de eerste agent van MI6 die ik ben tegengekomen die wordt gezocht door zowel de CIA als MI5. Wees op je hoede. Over een paar uur zal het in Warschau krioelen van de yanks die naar jou op zoek zijn. De WSI zou misschien ook een praatje willen maken.'

'Is er nog een boodschap van Fielding?' vroeg Marchant.

Prentice leunde naar voren. 'Zorg dat je Salim Dhar te pakken krijgt.'

'Waar is hij?' vroeg Harriet Armstrong.

Fielding leunde achterover in zijn stoel en keek de rivier af in de richting van haar kantoor in Thames House. 'Daar moet ik net zoals jij naar gissen,' antwoordde hij met de telefoon op de luidspreker.

'Ik heb net Spiro aan de lijn gehad,' zei Armstrong, 'en hij dreigt de relatie tussen Dhar en jouw voorganger openbaar te maken.'

'Dat zou gênant kunnen zijn, maar niet zo vervelend als een lid van de Britse inlichtingendienst dat door de CIA naar Polen wordt overgebracht om daar te worden gemarteld. Vooral wanneer de eerste minister er zijn goedkeuring aan had gehecht. Ik zou het erg vervelend vinden om dat naar de pers te laten lekken.'

'Waar is hij, Marcus? Hij is een bedreiging voor de nationale veiligheid.'

'Daar zet ik mijn vraagtekens bij. Heb je mijn memo over Dhar gezien? Het ziet ernaar uit dat hij toch niets te maken had met de aanslag op de marathon. Maar om jouw vraag te beantwoorden, ik heb geen idee waar hij is. Jij hebt hem toch als laatste gehad?'

Armstrong had al opgehangen.

Fielding draaide rond in zijn stoel, zette de luidspreker uit en las het memo door dat voor hem lag. De Poolse economie zou een tik krijgen wanneer de Amerikanen zakelijke contracten begonnen in te trekken. Deze vertrouwelijke commerciële informatie doorsturen naar brigadier Borowski, hoofd van de AW en zijn tegenpool in Warschau, was wel het minste wat hij voor een vriend kon doen. De AW was verwikkeld in een felle competentiestrijd met de oude communistische garde van de WSI. Borowski en anderen leken aan de winnende hand te zijn, en dat ondanks de inspanningen van de CIA. Dollars en de zeer belangrijke gevangenen hadden veel bijgedragen aan het verlengen van de carrière van de vroegere Poolse vijanden uit de Koude Oorlog.

De informatie moest een van de grootste Poolse IT-bedrijven een voorsprong geven wanneer die volgende maand in Brussel een offerte uitbracht voor een Europees contract van vele miljoenen euro's. De inlichtingenrapporten van MI6 stonden nog steeds bekend als 'CX' in navolging van de chef, Mansfield Cummings ('Cummings Exclusief'). Fielding pakte een groene pen en zette in groene inkt weer een merkteken van Cummings. Borowski zou dat leuk vinden.

# 17

Marchant wist dat de beste dekmantel van een spion zeer nauw overeenkwam met zijn of haar eigen leven. Na eindeloze uren staand en zonder slaap te zijn verhoord raakte zelfs de geest van de sterkste agent in de war en keerde terug naar de basisinstelling. Hoe minder die verschilde van de dekmantel, hoe beter. De namen van vroegere vriendinnetjes, seksuele voorkeuren, reizen, favoriete muziek, zelfs het aantal klontjes suiker in de thee – dat moest allemaal hetzelfde zijn als van de spion zelf. Marchant lag in zijn pension in Warschau op bed, las zijn nieuwe verleden door en glimlachte, want hij ging terug naar India.

Prentice had Marchant afgezet om de hoek bij het Oki Doki Hostel op Plac Dabrowskiego in het centrum van de hoofdstad. Het was een populair trefpunt voor backpackers en er stonden er een heleboel – Engelsen, Fransen, Italianen – in de bar toen Marchant zich als David Marlowe, de naam in zijn Ierse paspoort, had ingeschreven bij de receptie.

Het hostel had een chique hippiesfeer die Marchant deed denken aan een plaats in Haight-Ashbury waar hij ooit had gelogeerd. Elke kamer of slaapzaal was ontworpen door een andere plaatselijke kunstenaar. Prentice had voor Marchant Dom Browskiego geboekt, de enige eenpersoonskamer die was geschilderd in lentekleuren. Een ogenblik wenste hij dat Leila hier bij hem was, maar die gedachte duwde hij even snel weg als ze was opgekomen. Hij zette zijn rugzak met een zwaai op het voeteneind van het bed. David Marlowe kende niemand die Leila heette.

Hij keek in de kamer om zich heen en zag de wasbak in de hoek. Toen hij zijn gezicht waste en naar zichzelf in de spiegel keek, terwijl druppels water van zijn ongeschoren kin vielen, was hij weer terug in Stare Kiejkuty. Hij dwong zichzelf aan iets anders te denken. Kennelijk was hij het onderwerp van een machtsstrijd tussen MI6 en MI5 en was hij in het veilige huis overgedragen aan de CIA. Dat Prentice aan de achterdeur was komen kloppen, hield in dat Fielding hem niet helemaal had losgelaten, wat bemoedigend was. Maar Prentice had hem duidelijk gemaakt dat de hulp van MI6 beperkt was. Paspoort, geld (duizend dollar), een ticket naar Delhi, zijn dekmantel, meer kon Fielding niet doen. Verder was hij op zichzelf aangewezen.

Hij ging op bed liggen met zijn voeten op de rugzak en bekeek zijn nieuwe leven: David Marlowe (dezelfde initialen als zijn eigen naam) wilde een jaar lang over de wereld rondreizen, te beginnen in Europa, na de studie moderne geschiedenis aan het Trinity College in Cambridge die hij zelf ook had gevolgd. Marchant wist dat MI6 een regeling had met verschillende colleges in Oxford en Cambridge en ook met andere universiteiten als er telefonisch of schriftelijk om informatie werd gevraagd. Wanneer iemand Trinity belde om te vragen of daar een zekere David Marlowe had gestudeerd, dan zou een van de conciërges die naam op een lijst vinden. Als iemand schreef zou de post worden doorgestuurd naar de postbus van Legoland.

Na zijn eigen afstuderen had hij slechts een kort bezoek aan Polen gebracht. Hij moest bepalen waar Marlowe naartoe was geweest (de dekmantel ging niet in op details): een verblijf van een week in Krakau om zich te amuseren in de jazzcafés, gevolgd door een paar dagen Warschau. Hij was van plan geweest nog wat verder rond te trekken (de reisgids van Polen was zichtbaar beduimeld), maar had toch besloten richting India te gaan, omdat hij genoeg had van het koude weer – de gesprekken in de bar waren over bijna niets anders gegaan.

Hij ging rechtop zitten en keek naar de rugzak, omdat hij zich steeds meer bewust werd van de geur die ervanaf kwam. Prentice had het ding een uur eerder in de ambassade aan hem gegeven. Hij was goed vol, veel gebruikt, en onder de bovenflap zat een feloranje slaapzak.

'Dat ding slingert hier al maanden rond, je kunt hem net zo goed meenemen,' had Prentice terloops gezegd.

'Van wie is hij?' had Marchant gevraagd met een blik op de verschillende insignes die erop genaaid zaten: Parijs, Praag, München.

'Student die in zijn tussenjaar door Europa aan het reizen was. Is zes maanden geleden overleden.'

'Echt?'

'Overdosis drugs. We hebben zijn lichaam teruggevlogen, maar de rugzak heeft het niet gehaald. Is achtergehouden als bewijsmateriaal. De politie hier dacht dat hij een koerier was en deel uitmaakte van een netwerk. Hun honden hebben eraan geroken en niets gevonden. Je kunt het beter even controleren.'

'Hoe oud was hij?'

'Iets jonger dan jij, even lang, niet zo knap, maar ik heb hem eigenlijk alleen in het mortuarium gezien.'

'Familie?'

'Ouders uit de middenklasse. Hampshire. Blijkbaar wilden ze hem niet meer kennen. Ze hebben ons nooit gevraagd om persoonlijke bezittingen terug te sturen.'

Marchant begon de rugzak uit te pakken met de zorgvuldigheid van een douanier. Zoals hij had vermoed waren de kleren vies en vet en onthulden ze weinig meer over de eigenaar dan dat hij tijdens zijn jaar reizen geen bezoek aan een wasserette had gebracht. Hij zou het merendeel van de fleece vesten en truien weggooien – in India had hij alleen dunne kleren nodig – maar de hemden zonder kraag en de katoenen lange broeken kon hij in de wasmachine van het hostel stoppen. De reisgids van Polen kon ook weg. Maar de surfarmbanden zouden nuttig zijn als hij in India was, hoewel hij ze niet half zo stijlvol vond als de exemplaren die hij ooit zelf had gedragen.

Hij keek weer naar zijn paspoort en herkende zichzelf nauwelijks op de foto: geschoren hoofd, een oranjegeel, vlekkerig geverfd T-shirt, knopje in het linkeroor, schelpensnoer losjes om zijn nek. De knutselaars in G/REP, de afdeling van Legoland die was gespecialiseerd in vervalste documenten, hadden zichzelf overtroffen. Zijn trekken waren wat ouder gemaakt in vergelijking met de oorspronkelijke foto, die was genomen tijdens zijn sabbatsjaar in India. Hij wist dat zijn trekken in werkelijkheid nog meer verouderd waren, maar hij vertrouwde erop dat hij nog steeds kon doorgaan voor een student. Misleiding was evenzeer gebaseerd op loop, houding en manier van spreken als op uiterlijke gelijkenis.

Zijn eigen sabbatsjaar was een zorgeloze tijd geweest. Hij had alleen maar opluchting gevoeld toen zijn moeder tijdens zijn laatste studiejaar eindelijk was gestorven. Door haar dood kon hij vrijer reizen dan hij anders misschien had gedaan. Achttien maanden lang had ze aan kanker geleden, maar al tien jaar eerder, toen Sebastian was overleden, was het bergafwaarts gegaan met haar gezondheid. Ernstige aanvallen van depressie hadden haar leven geteisterd – en dat van hem.

Zijn vader had zijn hele sabbatsjaar op de avond voor zijn vertrek nog bijna gesaboteerd. Ze hadden aan de keukentafel in hun Londense appartement in Pimlico gezeten, toen hij tegen hem had gezegd dat hij zich moest laten gaan en een beetje moest gaan leven. Bij een andere vader en een andere tienerzoon had het de doodskus kunnen zijn, maar zij waren tijdens de ziekte van zijn moeder naar elkaar toe gegroeid, dus had zijn vader nog een Bruichladdich voor hem ingeschonken en gelachen.

'Voor het geval dat je ooit een carrière bij de Dienst zou overwegen, moet je weten dat er slechts twee dingen zijn waar de keuringscommissie nerveus van wordt,' was zijn vader doorgegaan. 'Heroïne en hoeren.'

'De volmaakte kwalificaties voor een journalist.'

'Dat wil je nog steeds, hè?'

'Iemand moet al die corruptie in Whitehall toch aan de kaak stellen,' had hij gegrinnikt.

'Je moeder wilde altijd een arts in de familie, dat weet je.'

Marchant had toegekeken, terwijl zijn vader zijn whisky achteroversloeg met een lichte beving in zijn anders vaste hand. 'Omdat ze dacht dat Sebbie gered had kunnen worden?'

'De artsen waren erg aardig en zeiden dat er niets aan te doen was geweest, maar zij gaf zichzelf altijd de schuld van het ongeluk.'

De eerste jaren na Sebastians dood waren vaag; hij herinnerde zich die als een vreemde tijd, een deel van zijn leven dat in een mist dreef en losstond van de rest van zijn verleden. De openlijke vriendelijkheid van zoveel mensen, zijn vader met wie hij meer tijd doorbracht, zijn moeder die vreemd teruggetrokken was en Sebastian vreselijk miste. Zijn vader had ooit iets laten doorschemeren van een geestesziekte, maar het was het enige onderwerp waarover hij niet met hem kon praten. Zijn eigen verdriet had zich bijna achterstevoren afgespeeld, omdat hij met ieder jaar dat verstreek, Sebastian meer was gaan missen.

Marchant dacht weer aan zijn broer toen hij meer over zijn eigen dekmantel las: de gegevens over het gezin (Engelse vader, Ierse moeder), school – alles hetzelfde als zijn eigen leven, met uitzondering van de beslissing om op een Iers paspoort te reizen. Hij wist dat die om operationele redenen was genomen: het zou minder de aandacht trekken dan een Brits paspoort. Soms was het frustrerend dat hij er niet langer zeker van kon zijn welke herinneringen van hemzelf waren en welke waren gevormd door familiealbums. Hij herinnerde zich Sebastian die in de boomgaard in Tarlton speelde en appels op het slapende hoofd van hun vader in de hangmat liet vallen. Hij kon hem nog steeds met gekruiste benen in hun kamer op de zolder van de cottage zien zitten, terwijl ze zoveel mogelijk geluid uit hun Indiase dhooltrommels probeerden te halen. Daar waren geen foto's van geweest.

De dood van zijn moeder was er en ook die van zijn vader, net als een neiging om te veel te drinken (een aardig gebaar van de knutselaars), maar de vader van David Marlowe had gewerkt voor de British Council. Het waren echter de eerste jaren van Marlowes leven die Marchant hun gebrek aan verbeelding deed vervloeken. Marlowe had ook zijn broertje verloren bij een verkeersongeval in Delhi, waar zijn vader gestationeerd was geweest. De naam, Sebastian, was dezelfde, maar had Marlowe ooit hetzelfde zware verlies gevoeld, de felle steken uit de schaduwen die zich elk moment van de dag of nacht lieten gelden? Marchant frommelde het vel papier op tot een stevige bal. Als er één ding was dat ze uit Marlowes leven hadden mogen schrappen, was het Sebastians dood geweest. Maar er hoefde tenminste niet geveinsd te worden.

Hij nam de kleren in een plastic zak mee naar beneden en betaalde aan de receptie voor een paar muntjes en waspoeder. De jonge vrouw achter de balie zag de zak en glimlachte om zijn huiselijke inslag. Ze had een bloem achter een oor gestoken, stelde zichzelf voor als Monika en zei voor de grap dat Ierse reizigers de schoonste kleren droegen. Marchant wist dat het riskant was om met wie dan ook te praten, maar zij was het gesprek begonnen en het zou nog meer argwaan wekken als hij niets terugzei. Bovendien was Monika knap, begin twintig en zag ze er een beetje uit als een bohemienne – precies Marlowes type.

'Leuke bloem,' zei hij, ook met een glimlach. Hij sprak met een zacht Dublins accent, net als zijn moeder.

'Dank je.'

'Mijn kamer is ervan vergeven.'

'O, je zit in Lente. Vind je het leuk? Dom is een vriend van mij. De kunstenaar.'

'Groovy,' zei hij.

Monika lachte vrolijk toen hij door de gang naar de wasserette liep.

'Groo-vy,' hoorde hij haar het woord langzaam hardop herhalen.

Onder het kopje seksualiteit was David Marlowe omschreven als een 'promiscue hetero'. Hij vroeg zich af of dat ook in zijn eigen beoordelingsdossier stond. In de begintijd in het Fort had hij echt geprobeerd om te voorkomen dat zijn relatie met Leila te serieus werd en was hij opzettelijk met andere vrouwen uitgegaan. De spionnenschool, had hij voor de grap gezegd, was geen plek om een eerlijke vrouw van haar te maken, want daar leerden mensen liegen en bedriegen en niet liefhebben. Marchant was evenwel steeds bij Leila teruggekomen, die niet verbaasd en evenmin verbolgen leek te zijn. Tot voor kort. In de maanden voorafgaand aan zijn schorsing, net toen hij eindelijk bereid was hun relatie te accepteren (en er behoefte aan had), was zij het geweest die had geaarzeld om de volgende stap te zetten. Ze was vreemd veranderlijk geweest in haar emoties, had hem het ene ogenblik naar zich toe getrokken, om hem het volgende weer af te stoten.

Terwijl hij zijn zak met kleren in een van de lege wasmachines van het hostel deponeerde, wist Marchant dat het David Marlowe niet veel moeite zou kosten om achter een andere vrouw aan te gaan. Voor hem zou het echter moeilijker zijn, ook al oefenden de hippiecharmes van Monika een zekere nostalgische aantrekkingskracht op hem uit. Hij moest gebruikmaken van zijn eigen verleden en eventuele schuldgevoelens onderdrukken met de ergernis die hij had gevoeld als gevolg van Leila's negatieve houding van de laatste tijd.

Het was al weer een paar jaar geleden dat hij zich had ingelaten met iemand als Monika of had gelogeerd in zoiets als de Oki Doki, maar hij vond het bemoedigend dat oude gewoontes heel gemakkelijk terugkwamen zodra de schakelaar in zijn hoofd was omgezet. Hij dacht erover weer een joint te draaien, iets wat hij niet meer had gedaan sinds hij bij de Dienst was gekomen. Seks was zo lekker als je stoned was.

Maar zijn glimlach verdween snel toen hij naar het draaien en tuimelen van de lading was keek. Door de gang kwam de geur van Poolse gerechten uit de keuken van het hostel: *bigos* of misschien *flaki*. Zijn reflex om te kokhalzen speelde weer op. Met een heel kort knikje voor zijn nieuwe vriendin achter de receptie liep hij snel de straat op om wat frisse lucht te krijgen. Zijn maag keerde om bij de gedachte aan het water, de paniek.

Hij boog dubbel boven de goot en gaf over. Diep inademend kwam hij overeind en hij liep in een stevig tempo de stille straat af, terwijl hij zoveel mogelijk in de schaduw van het licht van de vroege avond bleef. Toen hoorde hij een ogenblik later een stem achter zich. Het was Monika.

'Is alles goed met jou? Je ziet er vreselijk uit. Heel erg on-groo-vy.'

De bloem zat nu achter haar andere oor, maar Marchant zei niets, want Marlowe zou het niet opgevallen zijn.

'Het gaat best met mij,' zei hij en voor het eerst nam hij haar bevallige figuur op. 'Is er hier ergens een kapper? Niets speciaals, ik wil alleen een crew hebben.'

'Crew?'

'Alles eraf,' zei Marchant met een glimlach. 'Zoem, weg... kaal... crew cut.'

Een halfuur later zat hij op een kruk in de zit-slaapkamer van een studio om de hoek van het hostel met een whisky in zijn hand. Monika leunde tegen hem aan terwijl ze de laatste plukken blond haar van zijn hoofd schoor. Haar blote navel met de piercing drukte tegen zijn rug. In haar ene hand hield ze de tondeuse en in de andere een grote joint. Vashti Bunyan klonk uit de cd-speler. Monika had aangeboden Marchants haar zelf te knippen en hij kon geen goede reden bedenken om dat te weigeren. Haar diensttijd in het hostel zat erop en de anonimiteit van haar zit-slaapkamer stond hem wel aan.

'Ik ben klaar.' Monika schudde wat losse plukken af. 'Mag ik er crème op smeren? Jouw huid is erg droog.' Terwijl ze dat zei, boog ze naar voren. Haar glimlachende gezicht verscheen naast dat van hem in de spiegel en ze stopte de joint tussen zijn lippen.

'Natuurlijk, doe maar,' zei Marchant, die aannam dat de droogte kwam van iets wat de Amerikanen in het water hadden gestopt. Voordat het stickie zijn zintuigen verdoofde, wierp hij een blik door de kamer en liet zijn gedachten nog een keer teruggaan naar de laatste paar uren om zichzelf gerust te stellen over haar en hun ontmoeting. Al met al was het gunstig. De CIA zou zoeken naar een man alleen en niet naar een paartje. Monika had behoefte aan gezelschap, omdat ze het net had uitgemaakt met haar vriend. Ze had het er al over gehad om de volgende paar dagen samen door te brengen, te gaan kijken naar antiquiteiten in Kolo Bazaar en wat te drinken in de barretjes op het Stare Miasto, hoewel ze wist dat hij voor de volgende ochtend een vlucht had geboekt.

'Ik zou willen dat je niet zo snel naar India ging, meneer de Engelsman.' Ze liep om hem heen om op zijn schoot te gaan zitten en hem aan te kijken. Ze haalde het stickie uit zijn mond en trok er zelf aan. Marchant sloeg zijn armen om haar onderrug en trok haar dichter naar zich toe. Een ogenblik lang kon hij alleen maar Leila zien die naakt onder de douche naar hem keek. Hij sloot zijn ogen, haalde diep adem en dacht ingespannen aan David Marlowe.

Hij streelde over haar wang en probeerde de risico's en voordelen te berekenen als hij zijn vlucht verzette en bij haar bleef. Het begon kalmer te worden in zijn hoofd. Zijn gedachten vertraagden nog meer toen ze zich naar voren boog en hem kuste, terwijl haar hand zonder het stickie in zijn Levi's gleed.

'Blijf hier nog een dag extra,' zei ze rustig, terwijl ze hem stevig vasthield. 'Dat zou ik fijn vinden.'

'En mijn ticket dan?' vroeg hij onder het langzaam losmaken van de parelmoeren knoopjes van haar blouse.

Leila stapte nu onder de douche uit met haar haren in een handdoeken tulband gewikkeld. 'Geen probleem. Ik heb een vriendin die niet ver hiervandaan een reisbureautje heeft. We sturen al onze gasten daarheen. Zij kan het ticket omwisselen. Ze kent iedereen op het vliegveld.'

Maar David Marlowe had geen enkele belangstelling meer voor zijn ticket, of voor Daniel Marchant, of voor Leila toen hij Monika uit haar blouse hielp.

# 18

Sir David Chadwick had een heel leven besteed aan het smeden van compromissen in de vergaderzalen van Whitehall, maar zelfs hem kostte het veel moeite om Marcus Fielding en Harriet Armstrong uit elkaar te houden.

'Voordat dit wordt doorgegeven aan de eerste minister, wat zeker zal gebeuren, moet ik precies weten wat jij hiermee wilt beweren,' zei hij. Ze zaten in zijn kantoor met eiken lambrisering. Hij keek naar Armstrong, die op het puntje van haar stoel zat.

'De Polen moeten van iemand een tip hebben gekregen,' zei Armstrong met een blik naar Fielding. Hij zat op veilige afstand en even rechtop, maar niet helemaal op het puntje. Op zijn schoot lag een klembord met een mengelmoes van blauwe en gele Post-it-briefjes. Armstrong had zich vaak afgevraagd wat Fielding erop schreef. Geen geheugensteuntjes om boodschappen voor zijn vrouw mee naar huis te nemen, want hij had nooit een vrouw gehad, een feit dat haar nog steeds intrigeerde.

'Marcus?' vroeg Chadwick.

'Ik denk dat we onze vrienden in Warschau onderschatten. De nieuwe regering zoekt al enige tijd naar een manier om een eind te maken aan deze geheime illegale vluchten met gevangenen. Ik neem aan dat iemand het vliegveld in de gaten heeft gehouden en besloot niet langer te dulden dat Amerika zeggenschap had over een stukje van hun land.'

'Marcus, jij hebt me over de vlucht gebeld,' zei Harriet. Fieldings kalme houding ergerde haar. Alles aan hem ergerde haar, zijn gelijkmoedigheid, het Oxford/Cambridge-intellect, die safaripakken. En hoe kon iemand 'celibatair' zijn, terwijl hij zijn seksuele geaardheid voor de beoordelingscommissie had omschreven met de verklaring dat hij gewoon geen belang stelde in seks van welke soort of met wie dan ook? Haar ex-man had haar ooit van iets dergelijks beschuldigd, maar zij had er niet bewust voor gekozen om hem aan de kant te schuiven. Dat was een gevolg geweest van de lange werkuren.

'Echt?' vroeg Chadwick.

'Zoals jullie weten, volgen we alle vluchten die Groot-Brittannië in en uit gaan, vooral als er een vluchtplan is ingediend dat niet klopt. Om verwarring te voorkomen, stel ik voor dat iemand de beleefdheid toont ons het te vertellen wanneer de eerste minister weer eens besluit een onaangekondigde CIA-vlucht door het Britse luchtruim te autoriseren.'

'Harriet?' vroeg Chadwick. Hij keerde zich naar haar als een scheidsrechter op het Centre Court.

'Er was afgesproken dat de Amerikanen met Marchant konden praten,' zei ze.

'Praten is niet hetzelfde als proberen hem te verdrinken,' merkte Fielding op. 'En volgens mij hadden we afgesproken dat het in dit land zou gebeuren.'

De laatste opmerking van Fielding was tegen Chadwick gericht. Deze was niet blij met de blik waarmee die vergezeld ging. 'Ach, kom nou, Marcus,' zei Chadwick met een nerveuze glimlach die zijn bleke onderkin rimpelde. 'Afgaande op het aantal Polen daarginds, moet het als thuis hebben aangevoeld.'

Harriet beantwoordde de glimlach, maar Fielding staarde uit het raam naar Whitehall en zag een lege bus 24 naar Trafalgar Square rijden. Hij had geen tijd voor goedkope grapjes over immigranten. Hij had geen tijd voor Chadwick die achter zijn heel grote bureau zat als een kind dat had ingebroken in het kantoor van het schoolhoofd.

'Goed, waar is hij nu dan?' vroeg Fielding hem.

'Ik hoopte eigenlijk dat jij ons dat zou vertellen.'

'Ik wil mijn man levend terug. Dat was een ander onderdeel van de afspraak.'

'Als jij Marchant niet hebt, wie heeft hem dan wel?' Chadwick wendde zich weer tot Armstrong.

'Spiro is vanmiddag naar Warschau gevlogen. Ze denken dat hij nog steeds in Polen is.'

'Hij is hem kwijtgeraakt, dus hij mag hem ook terugbrengen.' Fielding stond op. 'Ik heb station Warschau gevraagd hun ogen open te houden.'

'Prentice,' zei Armstrong koeltjes.

'Ken je hem?' Fielding stond nu bij de deur met het klembord onder zijn arm.

'Alleen van reputatie.'

'Mooi. Een van de besten in het vak.'

'En als Marchant is gevonden?' vroeg Chadwick, die ook was gaan staan en een volgende botsing voelde aankomen.

'Dan is het onze beurt om hem over Dhar te ondervragen,' vond Armstrong.

Fielding opende de deur om te vertrekken.

'Zorg er dan wel voor dat je hem niet weer verliest,' zei Chadwick. 'Tweemaal zou erg slordig zijn. Dank je, Marcus.'

Fielding sloot de deur achter zich en liet Armstrong en Chadwick alleen.

Chadwick was blijven staan. 'Wat voor meningsverschillen jullie ook hebben, ik wil niet dat die tijdens mijn wachtdienst van invloed zijn op de operaties, Harriet.'

'Spiro is razend.'

'Dat zal best. Maar het zou niemand moeten verbazen dat de Dienst voor haar eigen mensen zorgt. Zo is het altijd gegaan. Beschermt die Prentice hem?'

'Heel goed mogelijk. Als we willen kunnen we Prentice een douw geven. Hij is eerder met Spiro in botsing gekomen. Hij is met iedereen in botsing gekomen. Elke andere dienst zou hem al jaren geleden de bons hebben gegeven.'

'Ik zal met Spiro praten.' Chadwick zweeg even en schoof overbodig wat met de papieren op zijn bureau. 'We willen dit stilhouden, Harriet. De Amerikanen moeten Marchant terugkrijgen.'

Fielding zag dat Ian Denton met een dossiermap in zijn hand op hem stond te wachten in het vertrek voor zijn kantoor, waar hij rustig stond te praten met zijn secretaresses. De chef van MI6 had recht op drie secretaresses: zijn persoonlijke assistente, een brievensecretaresse en een agenda-assistente. Anne Norman was de persoonlijke assistente geweest van de vorige vier hoofden. Allemaal hadden ze haar bruuske optreden aan de telefoon gewaardeerd, vooral wanneer het moeilijke telefoontjes van Whitehall waren. Na de affaire met Stephen Marchant had ze haar ontslag ingediend, maar Fielding had haar tijdens een lange lunch bij Bentley overgehaald te blijven. Ze was een formidabele oude vrijster van eind vijftig, de typische blauwkous, zij het dat ze altijd een felrode maillot droeg, meestal met rode schoenen. Fielding had haar vaak willen vragen waarom, maar na zijn ontmoeting met Armstrong en Chadwick was hij niet in de stemming om zomaar wat te kletsen.

'Kom mee,' zei hij en hij liep door naar zijn kantoor. Denton volgde hem en sloot de deur achter zich. 'Wat heb je?'

'Marchant zit bij de AW,' zei Denton, nog stiller dan anders.

'En de Amerikanen?'

'Spiro is Warschau op zijn kop aan het zetten. Prentice zegt dat hij hem niet zal vinden.'

Fielding aarzelde een ogenblik. 'En Salim Dhar? Enige vooruitgang?'

Denton haalde een stapeltje papieren uit de map die hij vasthield. Net als Fielding leidde hij een geordend leven en hij had de vellen gesorteerd in doorzichtige plastic mapjes. De bovenste overhandigde hij aan Fielding, met het vertrouwen van iemand die weet dat hij goed werk heeft geleverd. Het was de afdruk van een oud bankafschrift.

'Dhars vader, zijn lopende rekening in Delhi,' zei Denton. 'Deze storting hier was zijn maandsalaris van de Amerikaanse ambassade.'

'En deze?' Fielding wees op een andere betaling, die met rode ballpoint was omcirkeld.

'De manager van zijn kantoor in Delhi wist niet beter dan dat het een regelmatige betaling was van familieleden in Zuid-India. De betaling was in roepies van de staatsbank van Travancore, Kottayam. Het zou tegenwoordig neerkomen op ongeveer honderd pond per maand.'

'Niet slecht voor een administratieve kracht. Je zou verwachten dat iemand met een baan in Delhi geld naar zijn familie in het zuiden zou sturen, en niet omgekeerd. Goed, wie betaalde hem?'

Denton zweeg even, omdat hij wist dat hij op een indirecte manier de schuld zou krijgen voor wat hij ging zeggen. 'We hebben het financiële spoor verder terug gevolgd.'

'En?' Fielding keek geërgerd naar hem op.

'Kaaimaneilanden, een van de oude buitenlandse rekeningen van de Dienst.'

'Hemel.' Fielding wierp het mapje op zijn bureau.

'In 1980 geopend door Stephen Marchant.' Denton pakte een ander mapje, met vellen die nog meer vervaagd waren dan de eerste. Hij overhandigde dat aan Fielding, in de hoop dat dit het nieuwe richtpunt voor zijn woede zou worden. 'We hebben dit gevonden in de personeelsdossiers van Buitenlandse Zaken. Het ziet ernaar uit dat de eerste betaling kort na het ontslag van Dhars vader door de Britse hoge commissaris werd gedaan. Er was een korte disciplinaire zitting waarop verscheidene rapporten werden voorgelezen, waaronder deze van Marchant. Hij had er een erg slecht gevoel over, vond dat hij schandalig was behandeld.'

'Zo slecht dat hij hem een geïndexeerd pensioen heeft gegeven.' Fielding duwde zijn stoel achteruit in de richting van de grote erker met uitzicht over de Theems op de Tate Britain galerie. Denton stond nog steeds. 'Het klopt niet. Een lagere administratieve beambte van de commissaris – een heel fatsoenlijke man, daar ben ik zeker van, maar niet direct een zeer waardevolle inlichtingenagent. Zijn er gegevens van hem dat hij inlichtingen aan de Dienst heeft doorgegeven?'

'Tot dusver niet. Voor wat het waard is... de maandelijkse betaling was ongeveer gelijk aan het verschil tussen zijn Britse salaris en zijn nieuwe, lagere inkomen van de Amerikaanse ambassade.'

'Heel eerlijk. Alleen had Marchant niet het gezag om zoiets te regelen. Zelfs in die tijd niet.'

'Onze accountants is het nooit opgevallen.'

'Hij heeft altijd geweten hoe hij de cententellers moest aanpakken. Vinden de betalingen nog steeds plaats?'

'Nee, ze zijn gestopt. In 2001.'

'Waarom?'

Denton schudde zijn hoofd. 'Dat weten we nog niet. Maar er is nog één ander ding. We hebben een tweede betaling gevonden, waarvoor Marchant een verzoek had ingediend na zijn vertrek uit India. Aan zijn chauffeur, een zekere Ramachandran Nair. Zelfde rekening. Hij gaf hem een pensioen van vijftig pond per maand.'

'En betalen we hem nog steeds?'

'Kennelijk wel.'

'Lieve god, geen wonder dat we ons budget altijd overschrijden. Doe wat je moet doen, Ian. Ik moet weten waarom Marchant de vader van Dhar betaalde. Wat heeft die voor hem gedaan?'

# 19

Hassan was de enige informant met wie Leila ooit naar bed was geweest. Meestal was het niet haar stijl, maar hij was tenminste jong en knap. De meeste agenten werden betaald, maar Hassan was altijd een uitzondering geweest, sinds de keer dat hij genoeg had verteld om een aanslag op een passagiersvliegtuig boven Heathrow te verijdelen. Daarna kon hij zijn prijs noemen en hij verkoos harde seks boven harde munt.

Volgens Fielding wezen flarden van inlichtingen naar een soort verband tussen de Golfregio en de mislukte aanslag op de marathon. Er was opdracht gegeven om alle informanten, hoe onbeduidend ze ook mochten zijn, uit te melken als het om inlichtingen ging. Hassan wist meer over wat er in de Golf gebeurde dan welke westerse analist in Whitehall ook, doordat hij zijn Wahabitische wortels gebruikte om op de hoogte te blijven van het complexe terreurnetwerk in de regio. Hij was zogenaamd een journalist die reisartikelen schreef voor een van de vele Engelstalige kranten in Qatar, maar hij hoefde geen salaris te hebben. Zijn familie was meer waard dan het jaarbudget van MI6, wat de reden was waarom hij van Leila wilde weten of ze een vroeg einde kon maken aan het diner waarop de mediaprijzen werden uitgereikt, om daarna haar eerste thuiswedstrijd te spelen.

'Je hebt altijd uitwedstrijden gespeeld,' zei hij en hij vulde tegelijk haar glas mineraalwater bij. Het diner in de balzaal van het Hilton was drooggelegd, wat de reden was waarom een horde westerse journalisten gestaag aan het verhuizen was naar de bars van het hotel. Ook in andere opzichten was het een dorre bedoening. Er was weinig intercultureel contact, ondanks het feit dat wereldeenheid het thema van de avond was en ondanks alle moeite die de vrouwelijke ceremoniemeester deed, een half Iraanse, half Britse comédienne op de controversiële toer. ('Als ik tegen mensen zeg dat mijn biologische klok tikt, maakt iedereen dat hij wegkomt.')

Leila had haar willen opzoeken om haar te zeggen hoezeer ze van de voorstelling had genoten, maar Leila was ook aan het toneelspelen. Ze woonde de avond bij in de vermomming van een reisagente die was gestationeerd in de Golfregio, een van haar gebruikelijke dekmantels. Het was de eerste keer dat ze die op Britse bodem gebruikte en ze voelde zich nerveuzer dan anders.

'Ik heb hier een kamer geboekt,' zei Leila, die de plotselinge aandrang moest onderdrukken om zich bij de lui aan de bar te voegen. Ze was eraan gewend om nuchter seks met Hassan te hebben, maar vanavond had ze behoefte aan een borrel.

'Leila, dat is heel erg attent, maar zal ik je wat zeggen? Ik heb genoeg van het Hilton. Ik heb genoeg van hotels. Ik breng mijn hele leven in hotels door. Laten we naar jouw huis gaan. Waarom niet? Het is jouw eerste keer op eigen bodem.'

Hassan stelde haar voor om een grens te passeren die ze nog nooit had overschreden. Afgezien van problemen met veiligheid als ze een informant mee naar huis nam, waren er ook nog persoonlijke kwesties. Seks in een hotelkamer was één ding, maar thuis, de plaats waar ze zich terugtrok na Legoland, het heiligdom waarnaar ze terugkeerde na opdrachten in het buitenland? Dat was anders.

'Het spijt me, Hassan. Ik heb betaald voor de kamer. En het is een heel eind naar mijn huis.' Maar ze wist meteen dat ze de verkeerde argumenten had gebruikt.

'Jij hebt betaald voor een kamer?' lachte hij. 'Nou en? Ik betaal wel.'

Ze keek opzij naar de vele tafeltjes, elk met kaarsen en een royaal bloemstuk, die verspreid op de vloer van de balzaal stonden als een verlichte boomgaard. Ze had er een hekel aan om het initiatief uit handen te geven.

'Het zal het waard zijn.' Hij boog naar voren om haar arm aan te raken. 'Ik weet wie de verpakkingen voor de isotone drank heeft geleverd.'

Eerder die dag was Leila na haar laatste verhoor in Thames

House voor het eerst sinds de marathon teruggekeerd naar haar bureau in Legoland. Het gebouw gonsde nog van de verijdelde aanslag. In de kantine ving ze de blikken en hoorde ze mensen over haar praten, iets wat niet paste bij spionnen. De afdeling Golfregio, waar zij werkte was net een handelshoek op de beurs. Er waren geen knipperende internationale aandelenkoersen, maar het gerinkel van telefoons en de grote kaarten voor gegevensanalyses aan de muren die honderden namen over de hele wereld met elkaar verbonden, ademden eenzelfde chaotische urgentie. Haar manager vertelde dat het nog drukker was dan in de dagen meteen na 9/11.

Het was een opluchting geweest toen Marcus Fielding haar naar zijn kantoor had laten komen om haar over Marchant te vragen. Hij nodigde haar uit te vertellen hoe ze hem de dag ervoor had gevonden. Hij prees Leila ook voor de manier waarop ze zich weer op het werk had gestort en herhaalde dat ze geduld moest oefenen. Marchant, zei hij, zou worden ondervraagd door de Amerikanen, wat niet ideaal was, maar hij had er alle vertrouwen in dat hij weer gauw terug zou zijn. Het was wel beter als zij en hij elkaar een paar dagen niet zagen.

Leila vond het beter om niet te informeren wat hij met 'ondervraagd' bedoelde, omdat ze bang was Paul Myers te verraden. Bovendien moedigde Fieldings houding een verder gesprek over Marchant niet aan. In plaats daarvan wilde hij dat ze zich concentreerde op Hassan, om te achterhalen wat hij wist van de aanslag op de marathon. Zijn inlichtingen waren in het verleden nauwkeurig geweest.

'Knijp hem uit,' had Fielding gezegd op een manier die haar deed twijfelen aan zijn veelbesproken celibaat. Ze wisten allebei dat ze nooit een formulier had ingevuld met het verzoek Hassan uit te betalen en daar was verder nooit over gepraat. Leila dacht daar nu aan toen ze Hassans polsen aan de koperen stijlen van haar bed bond. Ze was ervan geschrokken hoe snel ze eraan gewend was geraakt om naar bed te gaan met een man van wie ze niet hield en het kostte haar moeite om het leuk te vinden. Na de eerste keer had ze het tegen Marchant verteld, maar hij wilde het niet weten. Het was haar werk, ze zouden allebei af en toe met anderen moeten slapen. De enige reden om er tegen elkaar iets van te zeggen, zei hij, zou zijn als het meer inhield dan alleen maar seks.

Leila vond het niet zo eenvoudig en het ergerde haar dat Marchant er zo luchtig over kon doen. Ze herinnerde zich de keer dat een vrouwelijke instructeur haar en drie andere vrouwen uit de lichting van dat jaar op een avond aan het eind van hun zes maanden op het Fort had meegenomen om wat te drinken en hun allemaal een paar persoonlijke tips te geven. Ze was ervan uitgegaan dat ze als vrouw zelf zouden letten op de gezondheidsrisico's. Haar advies had uitsluitend betrekking gehad op de emotionele schade die het gevolg kon zijn van professionele seksuele betrekkingen. Waar het om draaide, had ze gezegd, was dat ze zichzelf moesten beschouwen als actrices die een scène in een film speelden.

Leila keek om zich heen in haar vaag verlichte appartement en probeerde zich de cameramensen voor te stellen. Hassan had bij hun laatste ontmoeting in Doha voorzichtig aangegeven dat hij wel in was voor wat minder orthodoxe seks, maar zij was toen niet van de gebaande wegen gegaan. Vannacht zou het anders zijn, iets waarmee de filmkeuring problemen zou hebben.

'Leila, dit is heerlijk,' zei hij. Hij lag naakt op zijn rug op de lakens en zijn polsen en enkels waren met dassen stevig aan alle vier de bedstijlen vastgebonden.

'Dat is wat ze thuisvoordeel noemen,' zei ze en ze pakte twee grote aangestoken kaarsen die ze van Marchant had gekregen. Nog steeds gekleed in haar ondergoed liep ze ermee naar het bed. Allebei zaten ze tot de rand vol met gesmolten bijenwas, die heter brandde dan gewone kaarsenwas. Ze zette de kaarsen voorzichtig op het nachtkastje en liep naar de cd-speler om Natasha Atlas op te zetten. Buiten verspreidden de lampen van Canary Wharf Tower, waar tot laat in de avond bankiers zaten te werken, een helder licht. Een ogenblik lang wenste ze een normale baan te hebben. Ze trok de gordijnen dicht die haar moeder in een soek had gekocht, pakte een andere das uit een la en bond die over Hassans ogen. Hij zuchtte instemmend en tuitte zijn lippen tot een kus. 'Lieve Leila,' fluisterde hij, maar ze legde haar vinger op zijn lippen.

'Ssst,' zei ze en ze gaf hem het mondstuk van de *ghalyoon*, de Iraanse waterpijp die in haar appartement stond. Haar vader had hem in 1979 meegebracht uit Teheran. Terwijl Hassan het mengsel van tabak en hasj naar binnen zoog, stapte zij op het bed en liet zich schrijlings op zijn borst zakken met haar rug naar hem toe. Op de een of andere manier was het dragelijker als ze zijn gezicht niet kon zien. Ze nam hem in de ene hand en stak haar andere hand uit naar de kaarsen op het nachtkastje.

'Ben je er klaar voor?' vroeg ze rustig, terwijl ze hem stevig bewerkte. Ze draaide zich om en haalde de waterpijp uit zijn mond.

'Ik ben er nooit in mijn leven meer klaar voor geweest,' zei hij.

In weerwil van zijn bravoure vermoedde Leila dat Hassan in zijn hart een lafaard was. Te veel pijn en hij zou om zijn moeder roepen. 'Hoe dapper voel jij je?' vroeg ze en ze hield een kaars twintig centimeter boven hem. Toen halveerde ze de afstand zodat de bijenwas minder tijd had om af te koelen.

Hij gilde zoals ze had geweten dat hij zou doen, hij kronkelde een paar tellen toen de bijna kokende was op zijn gevoelige huid druppelde. Maar zijn glimlach keerde terug toen de was hard werd. Ze besefte dat Hassan nog gekker was dan ze had gedacht. Ze ving de geur op van zijn zoete eau de cologne toen ze meer kokende was op hem liet druppelen. Plotseling was zijn aanwezigheid in haar huis overweldigend. Ze had een hekel aan hem, aan haar werk, aan de compromitterende positie waarin ze zich bevond. Maar toen dacht ze aan wat ze met Marchant aan het doen waren, waar hij dan ook mocht zijn, en bracht de kaars nog lager.

Een halfuur later begon Leila aan het eind van haar kunstjes te komen en had Hassan haar nog steeds niets verteld. Eerder had hij in de taxi van Park Lane naar de Docklands nadrukkelijk gezegd dat zijn informatie mogelijk zo gevaarlijk was voor hem en zijn land, dat hij als afsluiting van hun huiselijke bezigheden iets heel speciaals moest hebben. Alleen dan zou hij praten.

Ze stopte de waterpijp weer in zijn mond en zei tegen hem dat hij diep moest inhaleren. Een ogenblik vreesde ze dat ze hem verkeerd had beoordeeld en dat hij misschien van zijn stokje zou gaan voordat hij haar iets had verteld. Maar Hassan deed wat hem werd gezegd zoals hij dat de hele avond al had gedaan en schonk haar een stoned glimlach. Ze liep naar haar koelkast en opende het vriesvak.

Een steward had haar op een nachtvlucht van Abu Dhabi naar Londen ooit verteld hoe je een man kon laten snikken van genot. Hij was homo, maar hij veronderstelde dat 'de Narcissus' wel bij de meeste mannen zou werken. Het boorde hun fundamentele ego aan, had hij gezegd, vooral als ze van de afwisseling van heet en koud hielden. Om die reden had Leila na Hassans aanvankelijke kreten van pijn de harder wordende was om hem heen gekneed. Zodra de was hard was, had ze de koker voorzichtig van hem af geschoven en die met water gevuld. Dat water was nu bevroren en stond rechtop naast een zak doperwten. Ze haalde de was eraf, keek met enige voldoening naar wat ze in haar hand hield en keerde terug naar Hassan in de slaapkamer.

'Draai je om,' zei ze, terwijl ze zijn handen losbond. Het was tijd om te achterhalen wat hij van de marathon wist.

# 20

Spiro hield niet van de CIA-afdeling in Warschau. Hij hield niet van de koffie, hij hield niet van het vermoeide, afgeleefde ambassadegebouw uit de jaren zeventig van de vorige eeuw waarin de CIA was ondergebracht (een mening die nog werd bevestigd toen de chauffeur hem langs het glinsterende nieuwe onderkomen van de Britse ambassade reed), maar bovenal hield hij niet van het hoofd van de vestiging. Eigenlijk had Alan Carter al jaren geleden ontslagen moeten worden. Hij had na 9/11 een bende gemaakt van de vluchten met gevangenen naar Stare Kiejkuty, een programma dat was gebaseerd op nauwe samenwerking tussen de CIA en de WSI. De basis daarvan was volstrekte ontkenning, maar toch was het nieuws over de praktijken naar buiten gelekt en volgens Spiro was dat de schuld van Carter.

Nu had hij er weer een rotzooi van gemaakt. Door het vrijkomen van Marchant dreigde een drievoudige diplomatieke rel tussen Polen, Amerika en Groot-Brittannië te ontstaan. De nieuwe eerste minister van Polen had al contact opgenomen en gezegd dat het een geval van persoonsverwisseling was. Zijn kantoor had een rapport ontvangen van een westerling op een afgelegen vliegveld en een team van commando's was ernaartoe gestuurd om te kijken. Toen de Polen onder vuur kwamen te liggen hadden ze op een gepaste manier gereageerd en was de gevangene ontkomen. Spiro had nog nooit zulke grote onzin gehoord, maar hij kon niets doen. Zijn bondgenoten bij de WSI kregen steeds minder te zeggen en er was gewoon geen protocol om een klacht in te dienen over een project als Stare Kiejkuty, dat officieel niet bestond.

Spiro keek om zich heen naar de batterij schermen in de vaag verlichte kamer achter in de Amerikaanse ambassade. Een groep van vijf lagere beambten boog het hoofd toen hij zijn ongenoegen kenbaar maakte.

'Hebben we ogen op de luchthaven?' blafte hij tegen Carter.

'We hebben een lijntje opgepikt van het gesloten televisiecircuit van Immigratie,' zei Carter. 'We zullen hem zien als hij een paspoort heeft.'

'En de Britse ambassade?'

'Zijn we nog aan het proberen. Het is daar behoorlijk beveiligd.'

In tegenstelling tot hier, dacht Spiro.

'We hebben ook live beeld van het station en van de meeste winkelcentra in de stad,' zei een andere man.

'Wat hebben we over hem?' vroeg Spiro.

Een foto van Marchant en Pradeep die naast elkaar in de marathon renden, werd op de muur voor de computers geprojecteerd. Op de voorgrond was Turner Munroe, de ambassadeur van de VS in Londen, duidelijk herkenbaar.

'Dicht bij zijn doelwit, hè?' zei Spiro. 'Veel te dichtbij, verdomme.'

'Meneer,' vroeg een van de jongste mannen aarzelend, terwijl hij naar Carter keek alsof hij steun zocht. 'Zou Londen ons hierbij niet moeten helpen?'

'Denk daar niet aan,' snauwde Spiro. 'We vliegen solo, meer hoeven jullie niet te weten.' Hij keek Carter aan. 'Waar kan Marchant nog meer naartoe gaan? Krakau? De grens? Waarom zijn we er zo zeker van dat hij naar de stad komt?'

'We hebben een agent in een dorp zes kilometer ten zuiden van Stare Kiejkuty. Hij zegt dat een militaire truck zonder verdere kentekens om vijftienhonderd uur over de hoofdweg naar Warschau door het dorp reed. Onze mannen op de luchtbasis sloegen gisterenavond om twintighonderd alarm, ongeveer vijf uur nadat Marchant werd bevrijd.'

'Vijf uur later pas? Wat waren ze verdomme aan het doen? Fijn met het waterboardingbad aan het spelen?'

'Meneer, ze waren gedrogeerd, gebonden en gekneveld door de Polen – en dat waren Grom, elitecommando's. Het was helemaal te danken aan hun training dat ze erin zijn geslaagd zichzelf te bevrijden.'

'Is dat zo? Nou, het is niet te danken aan jullie training dat we geen enkel idee hebben waar Marchant nu is.'

'We hebben een verbinding met de verkeerscamera's van de politie,' meldde een ander, die hoopte zijn baas uit de penarie te halen. Ze werkten hard voor Carter en vonden het niet leuk als hij werd gekleineerd.

'Scherm één,' zei Carter. Een ogenblik later werden zwart-witbeelden van langzaam rijdend verkeer op de grote muur geprojecteerd.

'Files,' zei Spiro. 'Net als Route 28 na een wedstrijd van de Red Sox.'

'Als de truck naar Warschau ging, moet hij de stad over de weg Moskou-Berlijn zijn binnengereden,' zei Carter, die over de schouder van zijn ondergeschikte weer op het computerscherm keek. Hij vermeed oogcontact met Spiro zoveel als hij kon. Het scherm was verdeeld in drie stukken: het belangrijkste verkeersbeeld, een stadsplattegrond en een database met een lijst van cameraposities in de hele stad. 'Schakel over naar camera 17,' zei Carter. Zijn medewerker scrolde over de lijst naar beneden.

Een nieuw beeld, minder korrelig dan het eerste, werd op de muur geprojecteerd. De file de stad uit reed langzamer dan de auto's die ernaartoe reden.

'Hoe lang duurt het om met een vrachtwagen van Stare Kiejkuty naar Warschau te komen?' vroeg Spiro.

Carter stootte zijn medewerker aan, die weer op de kaart keek en van de stad uitzoomde naar een beeld van het noorden van het land. Een route die rood oplichtte, kronkelde bijna meteen van de luchtbasis naar Warschau.

'Twee uur vijftien minuten,' las Carter van het scherm.

'Kun je in het verkeersarchief komen?' vroeg Spiro hem.

'Het zal even tijd kosten.'

'Ik wil alles hebben van achttien- tot eenentwintighonderd uur. Laten we kijken of die truck afgelopen nacht de stad in is gekomen. We moeten ook passagierslijsten hebben van de luchthavens van Warschau, Krakau en Gdansk. En ik wil de naam van elke Brit die er ook maar over denkt om Polen uit te vliegen. Daarna laat je

Langley die namen door de mangel halen. Hoeveel man hebben we op de luchthaven?'

'Twee eenheden. We hebben ruggensteun opgeroepen uit Berlijn.'

'Marchant mag dit stomme land niet uit, is dat duidelijk?'

# 21

Marchant lag op bed naar Monika te kijken die zich uitkleedde en helemaal geen moeite had met haar naaktheid toen ze naast hem tussen de lakens schoof. Eerder had ze aangeboden met zijn ticket naar haar vriendin te gaan en zijn vlucht een dag te verschuiven. Hij had haar met alle plezier laten gaan en was in een verrassend diepe slaap gevallen. Hoe minder tijd hij in Warschau op straat doorbracht, des te beter. Alle luchthavens werden natuurlijk in de gaten gehouden. Door zijn vertrek uit te stellen won hij misschien wat tijd. Prentice had duidelijk gemaakt dat de Dienst niet meer kon helpen.

Monika bleef heel lief, maar Marchant was er allesbehalve zeker van of ze daar niets voor terug hoefde te hebben, vooral niet toen ze aankondigde met hem mee te komen naar de luchthaven.

'India roept je, dat merk ik,' zei ze. 'Maar eerst...'

Ze haakte een been over hem heen, maar net toen ze Marchant begon te kussen, stopte hij haar, omdat hij ineens zijn rugzak zag die in een hoek van de kamer stond.

'Is er iets mis?' vroeg ze.

'Heb je mijn rugzak meegenomen?' Hij kwam kwam op een elleboog overeind.

'Natuurlijk. Je zou hier logeren, weet je nog?'

'Heeft iemand gezien dat je ermee liep?'

'Nee, waarom? Is er een probleem?'

Hij zei niets en liet zich op bed terugvallen. Tot dusver had hij vermeden iets tegen Monika te zeggen wat haar argwaan kon wekken en was hij zo dicht mogelijk bij zijn dekmantel gebleven: hij was door Europa aan het trekken, had een kamer genomen in het Oki Doki voordat hij naar India vloog, maar was opgehouden doordat hij was gevallen door de charmes van een knappe receptioniste. Paste precies bij David Marlowe. Maar hij wist dat hij gauw meer moest zeggen, omdat ze nogal heimelijk naar de luchthaven moesten gaan. Hij besloot te kiezen voor de waarheid –met een paar kleine aanpassingen.

'De Amerikanen zijn naar me op zoek.' Hij pakte een sigaret uit een pakje van haar op het nachtkastje en stak op. Hij was vergeten hoe het voelde om te beginnen met een leugen, dat intense ogenblik wanneer je vanuit het gewone leven de schaduwen van het bedrog in stapt waar plotseling alles mogelijk is. Even was de sensatie bedwelmend.

'Waarom?' Ze leek oprecht verbaasd en steunde met haar kin op allebei haar handen om te luisteren.

'Ik had dollars nodig voor India en de nieuwe bank in de Amerikaanse ambassade bood de beste koers, dus ging ik daarheen. Maar ze wilden me niet binnenlaten zonder mijn rugzak te doorzoeken.' Hij zweeg even, genoot van de mogelijkheden en vroeg zich af welke kant zijn verhaal op zou gaan. 'Ik kreeg ruzie.'

'Je had je rugzak ergens achter moeten laten, bijvoorbeeld in het station. Het is overal hetzelfde.'

'Ik weet het. Maar ik was net in Warschau aangekomen. Goed, ik had ook wat stuff bij me. Ik wilde geen drukte.'

'Was het alleen een ruzie?' vroeg Monika. Ze legde een hand tegen haar mond om een lach te onderdrukken.

'Wat is daar zo grappig aan?' vroeg hij.

'Niets. Ik kan me jou alleen niet kwaad voorstellen. Werd je erg nijdig? Echt woest?'

Haar manier van doen was koket, speels, en hij vroeg zich af of zij ook met een spelletje bezig was. 'Er werd van twee kanten wat geduwd. Jullie politie werd gebeld, maar die had er geen belangstelling voor.'

'Maar de Amerikanen wel?'

'Misschien ben ik paranoïde. Ik had die rugzak bij me, meer niet. En zij begonnen te vragen wat erin zat, toen ik het ze niet wilde laten zien.'

'Niemand heeft me gezien, meneer Boze-man. En nu ben je bij mij. Ik heb je uitgecheckt.' Hij staarde haar door de rook aan. 'Uit het hostel,' voegde ze eraan toe en ze kuste hem.

# 22

Leila had Rufus, een jongen van zes met een verwarde kop haar, één keer eerder ontmoet, maar dit was de eerste keer in het London Eye. Fielding had haar eerder op de dag de ongebruikelijke plaats en tijd gemaild, met de verklaring dat hij een peetzoon op sleeptouw zou hebben. Iedereen binnen de Dienst wist dat de Dominee een ongelooflijk aantal petekinderen had (veertien bij de laatste telling). Minder bekend was hoe hij de tijd vond om ze allemaal te zien. Ze waren toch maar goed af, dacht ze, toen Fielding door de schaduwen met hen naar een lege capsule liep zonder achteraan aan te sluiten bij de lange rij. Hij schoof Leila en Rufus voor zich uit en knikte tegen een bewaker toen de deuren dichtgingen. Fielding was hier blijkbaar vaker geweest.

Terwijl Rufus aan de metalen reling hing en onbevreesd naar de Theems onder hem keek, nam Leila Londen in zich op vanuit een nieuw perspectief. Bijna onmerkbaar stegen ze omhoog de nachtelijke hemel in en overal om haar heen onthulden gebouwen schuchter gedeeltes die voordien zelden door het publiek waren aanschouwd: spitse dakramen, dakgoten, gebogen koepels.

'We proberen altijd een ritje te maken bij zonsondergang,' zei Fielding. Hij keek naar het westen, waar de stapelwolken waren doorspekt met rood. 'Is het niet zo, Rufus?'

Maar Rufus had te veel aandacht voor een passagiersboot die de rivier op kwam varen met een kielzog dat leek op gemorst zout.

'Hij is aardig gegroeid sinds ik hem voor het laatst heb gezien,' merkte Leila op. Ze betwijfelde of Fieldings poging om zijn peetzoon bij hun gesprek te betrekken gemeend was.

'Ja, dat doen ze nu eenmaal,' zei hij, terwijl hij naar het westen bleef kijken. 'Sorry dat ik je hierheen heb laten komen.'

'Het is geweldig. Ik ben hier nog nooit geweest.'

'We kunnen op het moment gewoon niet zeker zijn over Legoland.'

'Nee?'

Ze nam aan dat hij op MI5 doelde, maar Fielding ging er niet op door. 'Als je uit de buurt van de deuren blijft, zijn deze gondels bijna ondoordringbaar,' ging hij verder. 'Tenminste als je helemaal boven bent. Gebogen glas, weet je. Ik denk wel eens dat er meer inlichtingendiensten van het Londen Eye gebruikmaken dan toeristen. Het begint bekend te raken.'

'Oom Marcus?' vroeg Rufus zonder op antwoord te wachten. 'Gaan we sneller dan een klok?'

'Een klok? Nou, we gaan sneller dan de grote wijzer en langzamer dan de secondewijzer.'

'Hoe laat is het nu dan?'

'Hoe laat?' herhaalde Marcus bijna zonder aarzeling. Het was de reden waarom hij altijd een uitnodiging om peetvader te worden accepteerde. De willekeurige gedachtepatronen van kinderen hielden zijn geest alert. 'Bijna twaalf uur,' zei hij met een knipoog naar Leila. 'Als we boven zijn, is het precies middernacht.'

'En dan veranderen we op de weg naar beneden allemaal in pompoenen?'

'Allemaal.'

'Hassan was op veel manieren een teleurstelling,' zei Leila nadat ze had gekeken of Rufus weer werd afgeleid. De jongen scheen zich diep in gedachten voor te bereiden op zijn komende gedaanteverandering.

'O ja?'

'Ik denk dat hij gewoon eenzaam was.'

'Heb je...?'

'Hem uitgeknepen? Heel zeker.'

'En?

'Toen hij werd geduwd... geknepen... noemde hij de Russen, zei dat ze erg ingenomen waren geweest met de instabiele situatie van afgelopen jaar en het wankelen van de Dienst.'

'Daar ben ik zeker van. Het waren de Russen niet.'

'Nee.' Ze zweeg even en knielde naast Rufus. Ze was vergeten hoe bruusk Fielding iets kon afwijzen.

'Wat is dat?' vroeg de jongen, die bijna recht naar beneden wees.

'Dat heet een carrousel,' zei ze met een blik op een veelkleurige schijf ver beneden hen. Ze zaten nu bijna boven op het reuzenrad. Middernacht naderde. 'Paarden en muziek en...'

'O ja, dat hebben we beneden gezien.' Hij keek al weer naar iets anders, over de rivier naar de Big Ben.

'Er is nog iets waarover ik met u moet praten,' zei Leila. Ze kwam overeind en liep naar Fielding, die nog steeds stroomopwaarts keek.

'Natuurlijk.'

'Ik moet even afstand nemen. Van Engeland, van alles wat er is gebeurd.'

'Wat mij betreft kun je zo lang vrij nemen als je wilt. Maak een reis, bekijk de wereld een poosje als toerist. Ik dacht dat Personeelszaken het daarover met jou had gehad?'

'Ik wil geen vakantie. Ik moet mezelf bezighouden zolang hij weg is. Maar niet hier.'

'Wanneer is jouw volgende buitenlandse stationering? Volgend jaar?'

'Juli.'

'Ik weet zeker dat we die kunnen vervroegen.'

'Ik had iets anders in gedachten. Het CIA-uitwisselingsprogramma. Ze hebben net een andere positie bekendgemaakt.'

Hij keek even scherp naar haar gezicht. Ze was opvallend mooi, dacht hij, vooral in het zachte oranje licht van de ondergaande zon. 'Is dat echt wat je wilt? Het verbaast me. Echt. Langley is helemaal niet zo leuk, dat weet je.'

'Het is niet in Amerika. Een verblijf van drie maanden op het subcontinent. India, Pakistan, Sri Lanka. Ik zou beginnen op het station in Delhi.'

Een gedachte schoot door Fieldings hoofd met de snelheid van iets wat even ongrijpbaar en vergankelijk was als een van invallen van Rufus. Maar die gedachte liet een spoor na dat veel langer zou blijven hangen dan hem lief was.

# 23

Spiro keek weer naar het korrelige beeld van een donkerblauwe militaire tweetonner in het drukke verkeer aan de noordelijke rand van Warschau.

'Grom. Poolse commando's. Wanneer werd dit opgenomen?' vroeg hij, hard aan zijn sigaret trekkend.

'20.30 uur,' zei Carter.

Het was stil geworden in de kamer. Iedereen staarde naar de truck.

'Zoom verder in.' Spiro liep naar de muur toen het beeld groter en minder scherp werd. 'Dit gedeelte hier, de voorruit.'

De voorruit van de truck werd met een rechthoekige stippellijn geselecteerd voordat hij werd uitvergroot om de hele muur te vullen. Aan de rechterkant van de cabine was de chauffeur duidelijk zichtbaar. De contouren van een andere persoon waren zichtbaar op de passagiersstoel. Maar Spiro had vooral belangstelling voor het profiel van de derde persoon tussen hen in.

'Kunnen we dit opnieuw opbouwen?' vroeg hij.

De sfeer werd gespannen toen Carter en zijn team elkaar aankeken in het besef dat Spiro hen in een moeilijk parket ging brengen. Ze hadden meer belangstelling gehad voor de bestemming van de truck en daarom hadden ze willen weten of een van de andere onbetrouwbare camera's van de stad de rest van de route had vastgelegd.

Enkele ogenblikken later was het beeld genoeg verbeterd om de onscherpe trekken van een bekend gezicht herkenbaar te maken. Spiro draaide zich met zijn rug naar de muur, waardoor een zijkant van het geprojecteerde gezicht op dat van hem scheen. 'Hugo Prentice, medewerker van Harer Majesteits Geheime Dienst, standplaats Warschau. Ik neem aan dat zijn moeder van hem hield. Maar Langley wil hem in mootjes hakken.'

Hugo Prentice wandelde door Kolo Bazaar en wist dat hij door minstens één team werd geschaduwd. Hij had al drie mannen geteld en ontdekte een vierde in de antieke spiegel op het stalletje voor hem. Ze hadden hem opgepikt toen hij na de lunch met zijn auto uit de ambassade was vertrokken en waren hem op een veilige afstand gevolgd. Hij wist wat hun aanwezigheid betekende: ze hadden hem herkend op de beelden van de verkeerscamera's. Tijdens de rit van Stare Kiejkuty naar Warschau had hij voor bijna alle verkeerslichten in de Grom-truck naar voren geleund, in de hoop dat minstens één van de antieke camera's van de verkeerspolitie werkte.

Hij liep naar het eind van de markt en bleef af en toe staan bij voorwerpen die echt zijn aandacht trokken: Russische samovars, ijzeren kruisen, oude leren sofa's. Het was belangrijk dat zijn schaduwen dachten dat hij ze niet in de gaten had. Als hij in actie kwam, dan moest hij het doen voorkomen alsof hij iemand van de inlichtingendienst was die de gebruikelijke voorzorgen nam voordat hij een ontmoeting had met zijn agent. Het laatste wat hij moest doen was paniek tonen omdat hij werd geschaduwd.

Spiro keek opgewonden naar Prentice op het hoofdscherm en zag op de versnipperde beelden van het gesloten tv-circuit van de binnenstad hoe hij over de markt liep.

'Hij gaat kijken of hij wordt geschaduwd,' zei hij. 'De werkwijze van Moskou met een Britse stijl. Ze zouden die kerel in een museum moeten opbergen.'

Spiro wist wat Prentice ging doen. Marchant vormde een te groot risico om hem in de Britse ambassade onder te brengen – ze moesten elke betrokkenheid kunnen ontkennen – dus was hij op een geheime plaats in de stad ondergebracht. Marchant was nu op weg om hem te ontmoeten. Spiro had oude vrienden bij de WSI om assistentie gevraagd, maar hij wist niet zeker of ze na het fiasco van Stare Kiejkuty in de positie verkeerden om hem te helpen.

'Ogen op de tram, eenheid drie,' zei hij toen Prentice wat sneller ging lopen.

Lijn twaalf stopte net bij de halte toen Prentice daar aankwam.

Hij stapte in en wierp tegelijk een terloopse blik op zijn horloge. De tram zat vol met middagforenzen en er waren geen zitplaatsen, maar hij ging niet ver. Bij de volgende halte zou hij uitstappen en de trap af gaan naar de onderdoorgang om bij uitgang vier, een van de zes mogelijke uitgangen op straatniveau, weer naar boven te komen. Het was een straat met eenrichtingsverkeer – de verkeerde richting voor een auto die misschien achter lijn twaalf aan was gereden.

'Ik mag hopen dat iemand hem aan het volgen is,' zei Spiro toen Prentice de tunnel in verdween. 'Hij is niet meer te zien.'

'Eenheid vier?' zei een van de mannen achter de schermen.

'De straatmuzikant speelt ons liedje,' klonk een ontspannen stem uit de intercom.

Een beeld van een gitarist die in de onderdoorgang op de grond zat, verscheen in een flits op het hoofdscherm. Carter stond zichzelf een nerveuze glimlach toe, blij dat zijn mannen onder de ogen van Spiro hun werk goed deden.

Maar Spiro was niet onder de indruk. 'Er is iets niet in de haak,' zei hij. 'Het is allemaal te voorspelbaar, zelfs voor een Brit.'

'Uitgang vier,' zei de ondergeschikte.

Spiro zag hoe Prentice de straat op slenterde.

'We hebben een probleem. Het is eenrichtingsverkeer.'

'Dat is beter,' zei Spiro. 'De oude rot begint warm te lopen.'

Prentice hield zijn pas in om in de etalage van een schoenwinkel te kijken en tegelijk te controleren of er een tram aankwam. Lijn drieëntwintig kwam de straat in rijden, maar was nog vijftig meter van de halte. Als hij nu zijn pas versnelde kon hij hem net halen. Maar zijn schaduw moest de tram ook halen en die was zijn gitaar nog aan het inpakken in de onderdoorgang.

De verkeerslichten voor hem sprongen op rood en hielden het verkeer lang genoeg op om Prentice de gelegenheid te geven rustig naar de halte te lopen. Hij hoefde niet te controleren of de straatmuzikant achter hem aan kwam. Prentice stapte aan de voorkant in de tram en liep op zoek naar een zitplaats naar achteren. De straatmuzikant was goed, dacht Prentice. Hij keek geen enkele keer op om te zien waar Prentice zat, wat er waarschijnlijk op wees dat hij radioverbinding had. Hij zou het over een paar tellen weten. Net toen de voor- en achterdeuren gingen sluiten, stapte Prentice weer op de straat. Hij stemde dat af met het moment dat de straatmuzikant een kaartje in zijn hand had.

De deuren gingen dicht en de straatmuzikant zat nog in de tram.

'Volgens het boekje,' zei Spiro.

'Eenheid drie komt er nu aan,' zei Carter met een blik op het scherm.

'Doet me denken aan mijn eerste schaduwopdracht in Londen,' zei Spiro. 'De Rus zat in het laatste rijtuig van de ondergrondse, het voorste gedeelte. Toen de trein stopte op Charing Cross, Noordlijn, stapte hij vlak voordat de trein vertrok uit. Ik probeerde hem te volgen, maar de achterste deuren gaan op Charing Cross niet open. Ik was waarschijnlijk de enige spion in Londen die dat niet wist. Ik zweer je dat de kerel zwaaide toen de trein vertrok.'

'Meneer, het doelwit is weer in beweging,' zei een van de andere mannen. 'Stapt in lijn vierentwintig richting buitenwijken.'

'Blijf bij hem,' zei Carter. 'Deze kerels kunnen een hele dag besteden aan het afschudden van een mogelijke schaduw.'

Van Prentice was inderdaad bekend dat hij ooit vierentwintig uur bezig was geweest om vast te stellen dat hij niet werd gevolgd. Maar dat was een luxe die hij zich vandaag niet kon veroorloven. Hij nam de tram naar het Centraal Station en stapte uit op de hoek van Jerozolimskie en Jana Pawla II. De volgende tien minuten zouden van cruciaal belang zijn. Hij wandelde langs de ingang van het station naar Zlote Tarasy, het laatste in een reeks enorme winkelcentra die de laatste jaren in de hoofdstad waren geopend. Prentice wist dat de inwoners van Warschau graag winkelden, maar zelfs hij werd verrast door de overdaad van Zlote Tarasy en het grote aantal bekende westerse namen. Hij had evengoed in Bluewater kunnen lopen.

Hij liep naar de roltrap die hem naar de benedenverdieping zou brengen. Helemaal beneden liep hij rechtsreeks naar de voet van de roltrap naar boven en liet zich weer naar de begane grond brengen, waarbij hij opzij keek naar de roltrap waarmee hij net naar beneden was gekomen. Hij wist dat de Amerikanen er niet voor zouden vallen, maar vandaag ging het erom de schijn hoog te houden. De schaduwen van de CIA hadden de vaardigheden van de Dienst om volgers af te schudden nooit beoordeeld en hij wilde met alle plezier beantwoorden aan hun niet al te hooggespannen verwachtingen.

Hij wierp een blik op zijn horloge en liep toen naar een café op de begane grond, waar hij een zwarte koffie bestelde, aan een hoektafeltje ging zitten en de *International Herald Tribune* begon te lezen die hij van de bar had meegenomen. Zijn tafeltje was onopvallend en tegenover hem stond een lege stoel.

Hij keek een paar minuten in de krant en concentreerde zich echt op de artikelen in plaats van net te doen alsof hij ze las. Hij wees zijn agenten er altijd op dat de beste contraspionageagenten erop waren getraind om op oogbewegingen te letten.

Het trillen van zijn mobieltje onderbrak een verhaal over de prijzen van Belgisch bier. Prentice stak een hand in de binnenzak van zijn jasje en las de sms.

'Dit is het,' zei Spiro. 'Alle eenheden, ik wil dat Daniel Marchant wordt opgepakt op het moment dat hij verschijnt. Levend.'

# 24

Tien kilometer ten zuidwesten van het winkelcentrum nam Daniel Marchant ook slokjes van zijn zwarte koffie. Monika zat naast hem en dronk muntthee uit een hoog glas. Ze droeg een verschoten paarse *salwar kameez*. Een grote rugzak met een massa stickers stond naast haar. Het was druk in de vertrekhal van Terminal Eén op luchthaven Frederic Chopin en ze hadden het geluk gehad een tafeltje te kunnen krijgen in het overvolle café, maar Monika scheen iedereen te kennen. Na een kort gesprekje met een van de barkeepers was het bordje GERESERVEERD van een hoektafeltje gehaald.

Als Marchant een plaats had moeten kiezen vanwaar je de hele vertrekhal kon overzien en terwijl je tegelijk dekking en bescherming had, dan zou hun tafeltje zijn eerste keus zijn geweest. Ze zaten met hun rug tegen de muur, waardoor niemand hen ongezien kon naderen. Het zitgedeelte lag hoger dan de grote hal en de in- en uitgang naar de weg buiten lag bijna naast hen. Iedereen die de vertrekhal binnenkwam, zou onder hen door moeten lopen en kon daardoor gemakkelijk worden gadegeslagen.

Dit alles zorgde ervoor dat hij zich echt tot Monika aangetrokken voelde, want het was een bevestiging van wat hij al had vermoed: zij was medewerkster van een inlichtingendienst, zeer waarschijnlijk AW. De sms die ze heimelijk had verstuurd, terwijl ze de suiker pakte, had ook gewezen op een dekmantel, maar dat was hij in haar appartement gaan vermoeden: het feit dat ze zijn rugzak uit het hostel had gehaald, zijn slaperigheid, de manier waarop ze ervoor had gezorgd dat hij binnen bleef en zijn vlucht had gewijzigd. En ten slotte haar aankondiging dat ze erin was geslaagd een ticket op dezelfde vlucht te boeken en met hem meekwam naar India.

Hij wist dat ze dat niet zou doen, maar kon het haar niet voor de voeten werpen voor het geval dat het haar operationele dekmantel op het spel zou zetten, want het was mogelijk dat de Amerikanen hen al dagen in het oog hielden. Een deel van hem wilde ook geloven dat het waar was. Hij voelde zich gevleid dat ze erop vertrouwde dat hij het spel mee zou spelen en hij bewonderde haar grondigheid, want sinds zijn eigen vrije jaar had hij niet meer zulke fijne seks gehad.

Dus was hij nog steeds David Marlowe en bleef zij Monika en zaten ze samen te praten over hun gedeelde liefde voor het menselijke drama van aankomst en vertrek en de vraag of het op de luchthavens van India net zo zou gaan.

'De rij voor de incheckbalie is kort. We zouden nu moeten gaan.' Ze legde haar hand op die van hem.

'Goed.' Marchant wierp een blik op de rij balies. Hij tuurde door de hal, maar vertrouwde er inmiddels op dat zijn vertrek van Polen naar India via de Golf in de veilige handen van AW was.

'Is er iets mis?' vroeg ze.

'Niets.' Hij wachtte even. 'Het is alleen het eind van mijn Europese avontuur, meer niet. Ik ben gesteld geraakt op Polen.'

'Echt?' zei ze. 'Zelfs na je ervaring met de Amerikanen?'

Een ogenblik lang vielen allebei hun maskers. Toen hij haar aankeek, vroeg hij zich af wat haar echte naam was, of ze een vriend had, of ze anders de liefde bedreef als ze geen rol speelde.

'Het is verbazingwekkend hoe snel je dat vergeet,' zei hij, terugdenkend aan Stare Kiejkuty. 'Daardoor kan ik de rest niet in het water laten vallen.'

Spiro keek naar Prentice, die op het grote scherm zijn krant zat te lezen, en vroeg zich af van welke kant Marchant zou komen. Hij wist dat een deel van hem de reputatie van Prentice als een buitenbeentje benijdde. Hij zou nooit het zelfvertrouwen bezitten om orders naast zich neer te leggen en zijn eigen gang te gaan zoals Prentice de afgelopen jaren bij talloze gelegenheden had gedaan. De CIA had geen boodschap aan eigenzinnige agenten in het veld, niet meer. Voorbij was die glorieuze tijd in Afghanistan toen hij en anderen met koffers vol biljetten van honderd dollar en de opdracht de oorlog tegen het terrorisme te winnen in Kaboel waren afgezet. Iedereen moest nu rekenschap afleggen op een manier die tien jaar geleden nog ondenkbaar was geweest. Legde Prentice zijn opdrachten uit Londen opzettelijk naast zich neer, vroeg Spiro zich af, of had Londen geleerd hem geen specifieke opdrachten te geven, omdat ze wisten dat het toch niets uithaalde?

Hoe dan ook, Spiro wist dat Prentice de betere kaarten had en dat maakte wat er vervolgens gebeurde, des te zuurder. Prentice vouwde zijn krant op, keek op zijn horloge en dronk zijn koffie op.

'Dit zou het kunnen zijn,' zei Spiro tegen niemand in het bijzonder, maar Carter concentreerde zich nog meer op het paneel met videobeelden voor hem.

Iedereen in het vertrek zag hoe Prentice een mobieltje uit zijn jaszak haalde en een nummer intoetste.

'Hebben we daar een opname van?' vroeg Spiro.

Het grote scherm veranderde in een close-up van Prentice die op de telefoon in zijn hand was gericht. De beelden werden nogmaals afgespeeld in slow motion. Carter noemde de cijfers op, terwijl de vingers van Prentice van de ene toets naar de andere bewogen. Maar zijn stem stierf weg toen iedereen de ringtoon van Spiro's eigen mobieltje hoorde die het vertrek vulde.

# 25

Prentice verstuurde de voorbereide sms terwijl zijn hand nog in zijn jaszak zat, maar Spiro noch Carter, noch een van de andere mannen van het team verwachtte dat hij iets anders deed dan zijn telefoon pakken om iemand te bellen. De enige die het wist was Monika, omdat haar telefoon in de achterzak van haar jeans zoemde toen ze naar de incheckbalie voor hun vlucht naar Dubai liepen.

Spiro nam het telefoontje niet meteen aan, maar liet zijn mobieltje vijf keer overgaan, terwijl zijn brein het beeld op het scherm verbond met het geluid dat zijn eigen telefoon maakte.

'Prentice. Wat een genoegen,' zei hij ten slotte zonder iemand in het vertrek te willen aankijken, hoewel ze allemaal aan zijn lippen hingen. Prentice had hem één keer eerder gekleineerd. Dat was een paar jaar geleden in Praag gebeurd en hij wist dat het nu waarschijnlijk weer ging gebeuren.

Prentice keek om zich heen in het winkelcentrum alsof hij Spiro probeerde te ontdekken.

'Ik heb een aanbod voor je,' zei Prentice, die niet liet blijken dat hij wist dat hij werd gefilmd. Hij had alle tv-camera's opgemerkt toen hij het winkelcentrum binnenkwam en voelde de aandrang om net als een nieuwslezer recht in de dichtstbijzijnde te kijken. Maar hij wilde niet de indruk wekken dat hij de situatie in de hand had. Nog niet.

'En ik dacht nog wel dat wij aan dezelfde kant stonden,' zei Spiro.

'Het is een goed aanbod.' Prentice wachtte even en keek weer om zich heen in het café.

'Zijn alle eenheden op hun plaats?' vroeg Spiro bruusk, terwijl hij de microfoon van zijn toestel even uitschakelde. Carter knikte. 'Laat maar horen,' ging Spiro tegen Prentice verder.

'Je kunt met Marchant praten, maar ik moet erbij zijn,' zei Prentice.

'Het is bewezen dat hij een bedreiging voor Amerika vormt,' zei Spiro.

'Wie niet tegenwoordig?'

'De afspraak was dat wij met hem konden praten.'

'Dat weet ik. En dat kan nog steeds. Alleen zonder de watersport.'

'Waar is hij?'

'Ik zit in een café op de begane grond van Zlote Tarasy.' Prentice wist dat hij dat Spiro niet hoefde te vertellen, maar hij wilde nog steeds dat zijn oude rivaal zich de sterkste voelde. 'Als Marchant ziet dat we alleen zijn – en haal geen gekke dingen uit, want hij is goed – dan zal hij zich bij ons voegen om een espresso te drinken.'

Marchant en Monika legden hun paspoorten op de balie van de vliegmaatschappij. Het geluk van de Ieren, dacht hij, toen de incheckvrouw zijn groene paspoort pakte en bekeek. Hij nam aan dat het paspoort van Monika al was vrijgegeven. Hoe lang wilde ze de schijn blijven ophouden? Helemaal tot aan het vliegtuig?

Hij wist niet of ze alleen was of assistentie in de buurt had. Hij had nog steeds niemand gezien die van de AW kon zijn, maar ze letten allebei op de man die een bagagekarretje langs hen duwde, terwijl hun paspoorten werden gecontroleerd. Geen van beiden had gereageerd toen hij iets langer in hun richting had gekeken dan een vreemdeling zou doen of toen hij zijn mobieltje pakte, een kort gesprek voerde met weer een blik naar Marchant en toen snel naar de hoofduitgang liep.

Carter keek ingespannen naar zijn beeldscherm, waarop Marchant en Monika stonden te wachten tot ze hun paspoorten terugkregen. Er was iets waardoor zijn aandacht werd getrokken: de lichtheid van de hoofdhuid van de man, die erop kon duiden dat hij pas kort geleden zijn hoofd had geschoren en de combinatie van een Iers en een Pools paspoort.

'Meneer, ik denk dat u hiernaar zou moeten kijken,' zei hij over zijn schouder tegen Spiro.

'Zijn alle eenheden van de luchthaven op weg naar het winkelcentrum?' vroeg Spiro zonder aandacht aan hem te besteden.

'Ze zijn mobiel, meneer, maar ik denk dat u...'

'Elke verdieping, elke uitgang. Ik wil Marchant in een bestelwagen hebben voordat hij de koffie van Prentice ook maar heeft geroken,' zei Spiro.

Terwijl Spiro zijn jas pakte en het vertrek uit beende, bleef Carter achter en keek weer naar het rechtstreekse televisiebeeld van de luchthaven. Marchant en Monika liepen het beeld uit naar de paspoortcontrole. Toen ging zijn telefoon.

Een operationele dekmantel legde een agent altijd pas af als het karwei erop zat, maar Marchant hoopte dat Monika voor deze keer misschien een uitzondering zou maken. Hun vlucht werd afgeroepen. Ze gingen in de rij staan om aan boord te gaan. Hij was nog niet in India, maar de gevaren van de vertrekhal lagen achter hem en de Amerikanen konden nu nog maar weinig doen. Uit de manier waarop ze zich achteraf hadden gehouden en hadden gewacht om de laatsten in de rij te zijn, wist hij dat ze toch niet met hem naar India zou vliegen. Dit zouden hun laatste minuten samen zijn.

'Ik denk dat we kunnen stoppen met...'

'Ssst...' zei ze met een vinger op zijn lippen en een knikje naar de drie personeelsleden van de luchtvaartmaatschappij. Er stonden nog zo'n twintig mensen tussen hen en de gate.

'Dank je.' Hij pakte zacht haar hand van zijn gezicht en hield die vast. 'Ik zal dit niet vergeten, de tijd die we samen hebben gehad.'

'Hier, neem dit.' Ze haalde een glanzend hangertje uit haar zak. Het was klein en van zilver en hing aan een veter. Ze pakte het in beide handen en schoof hem over Marchants hoofd. 'Het is een *Om*-symbool, het geluid van het universum. Zonder zo eentje kun je niet door India gaan backpacken.'

Toen Marchant omlaag keek, leunde ze naar voren, kuste hem op zijn lippen en omhelsde hem. Hij wilde haar nog eens proeven, maar voordat hij dat kon doen, pakte ze zijn hoofd stevig tussen haar handen en fluisterde in zijn oor.

'Er is een man in Delhi die Malhotra heet. Vraag naar hem, kolonel Kailash Malhotra, in de Gymkhana Club. Hij bridget daar elke woensdagavond. Misschien ken je hem nog, want hij was een kennis van jouw vader. En hij weet waar je Salim Dhar kunt vinden.'

Voordat hij kon antwoorden, maakte ze zich los, knikte naar de incheckcontroleur en verdween. Twee minuten later stuurde ze Prentice vanuit de vertrekhal een sms'je om hem te vertellen dat hij zijn koffie kon opdrinken en ook kon vertrekken.

Ze herkende Carter niet toen ze door de uitgang naar buiten liep, maar hij zag haar wel en pakte zijn mobieltje. Ruim drieduizend kilometer ver weg begon een telefoon te rinkelen in de smeltkroes van een zomers Delhi.

# 26

Daniel Marchant duwde de blauwe deur open zonder te weten wat hij kon verwachten. Er had geen *chowkidar* aan de poort gestaan en hij wist dat het huis verlaten was, maar om de een of andere reden had hij gehoopt dat Chandar, de kok van het gezin, in zijn kleine aanbouw zou zijn om op zijn *charpoy* zijn roes van de Bagpiper whisky van de vorige avond uit te slapen. Hij wist dat het een absurde gedachte was. Twintig jaar geleden had hij Chandar met zijn hele één meter vijfenveertig voor het laatst gezien, terwijl hij in zijn flodderige witte uniform van chef-kok van het hoge commissariaat toezicht hield op zijn Nepalese neven die kip-curry serveerden op het trieste afscheidsdiner van zijn vader en moeder.

Het kleine vertrek was heet en leeg. Hij was vergeten hoe verstikkend heet Delhi in mei kon zijn; of misschien had hij niets van de hitte gemerkt toen hij hier als achtjarig kind voor het laatst was geweest. Een draad hing aan het plafond waar ooit een peertje had gehangen. Afgezien daarvan was er geen bewijs dat iemand, laat staan Chandar, deze kamer ooit zijn thuis had genoemd.

De andere drie kamers voor het personeel waren al net zo leeg. Samen vormden ze een enkel blok dat losstond van het hoofdgebouw. Hij moest moeite doen om zich te herinneren wie er allemaal hadden gewoond. De *mali*, dacht hij, of misschien de glimlachende broer van de *ayah* die de hele dag in de verzengende hitte achter een zoemende naaimachine zat. De kamer van Chandar was de enige waar Sebastian en hij als kind vaak kwamen. In de middag, als de tweeling hoorde te slapen, glipten ze langs hun doezelende *ayah* en hielpen ze Chandar bij het rollen van de *chapati's* die hij voor zijn eigen late lunch maakte. Hij kon nog altijd het sissen van de blauwe vlam horen en het genot van de *chapati's* voelen die waren opgevouwen als warme dekens. Chandars vrouw kwam soms over uit Nepal en verbleef dan ook in de kleine kamer. De bezoekjes van de broers waren nooit hetzelfde als zij er was, want zij ging tegen Chandar tekeer, omdat hij de zonen van de *sahib* goedkoop meel te eten gaf en ze kneep te hard in hun wang.

Marchant liep naar het hoofdgebouw en gluurde naar binnen door een raam dat net als alle andere op de begane grond was beveiligd met sierlijke metalen tralies. Hij herinnerde zich de koude marmeren vloer in de hal, die voor Sebastian, Chandar en hem groot en glad genoeg was om cricket op te spelen. Alleen glom hij toen hij hier woonde en was hij niet zwart en vuil zoals nu. Hij wist niet zeker hoe lang het huis leeg had gestaan. Aan de ketting met hangslot aan de voordeur te zien, was het al jaren zo.

Achter hem lag het zwembad. De bodem was bedekt met grote bladeren van verscheidene seizoenen die in een paar centimeter modderig water lagen te rotten. De tegels, die ooit blauw en smetteloos waren geweest, waren afgebrokkeld of ontbraken, waardoor een gevlekte indruk van verval ontstond. Marchant probeerde de gedachte te onderdrukken, maar het beeld van Sebastian verscheen voor zijn geestesoog en staarde naar hem omhoog vanaf de bodem van het zwembad.

Toen hij zich weer omdraaide naar de poort, merkte hij dat iemand hem gadesloeg, een gestalte onder de *neem*-boom aan de andere kant van het gazon, waar de generator vroeger altijd zwarte rook uitbraakte. Hij liep over het bruine, onverzorgde gras en was net op tijd bij de bomen om te zien hoe een jonge jongen over de muur klom en zich in de tuin van de buren liet vallen.

'Hé, wacht.' Marchant pijnigde zijn hersens om de juiste woorden in het Hindi te vinden. *'Suno, Kya Chandar abhi bhi yahan rahta hai?'* Woont Chandar hier nog?

De naam Chandar scheen effect te hebben: het zwarte haar van de jongen verscheen enkele ogenblikken later weer boven de bakstenen muur.

'Chandar Bahadur?' vroeg hij aarzelend en nog steeds gedeeltelijk verborgen achter de muur.

*'Tikke,'* zei Marchant met een glimlach.

Het gezicht van de jongen was nu helemaal verschenen en de glinstering in zijn ogen vertelde Marchant dat hij naar Chandars zoon keek.

Tien minuten later zat Marchant in het bekrompen personeelsverblijf van het buurhuis en at hij *chapati's* en *dhal* met Chandar, zijn vrouw, die was blijven staan en haar hoofd met een sjaal had bedekt, en hun enige zoon Bhim. Chandars haren waren nog steeds pikzwart, maar er was een vermoeidheid rond zijn ogen zichtbaar die de twintig verstreken jaren verrieden. Zijn Engels was nog steeds verschrikkelijk (hij zei hetzelfde van Marchants Hindi), maar de *chapati's* waren even goed als altijd en algauw zaten ze herinneringen op te halen aan de keer dat Chandar een jonge cobra had gevangen in de composthoop, aan de ritjes over het grasperk op het stuur van zijn oude Hero-fiets en aan die keer dat hij met de kerst te veel Bagpiper had gedronken en had vergeten de kalkoen te braden.

Marchant vroeg naar het buurhuis, waar hij vroeger had gewoond en dat een van de mooiste huizen van Chattapur, een dorp elf kilometer ten zuiden van New Delhi, was geweest. Zijn moeder had absoluut niet op het terrein van de hoge commissie willen wonen, vanwege de luchtvervuiling door het verkeer in de binnenstad, ook al betekende dat voor zijn vader een hachelijke dagelijkse rit in een Ambassador naar zijn werk. Hij wist ook dat zijn moeder nooit die fatale rit van Chanakyapuri zou hebben gemaakt wanneer ze net als ieder ander op het terrein hadden gewoond.

Volgens Bhim, die de woorden van zijn vader in bijna perfect Engels vertaalde, had het huis na het vertrek van de Marchants bijna een jaar leeggestaan. Toen was de enige zoon van de huisbaas na een IT-studie uit Californië teruggekomen en er met een andere man ingetrokken. De huisbaas, een gepensioneerde legerkolonel, was erachter gekomen dat zijn spilzieke zoon homofiel was, had hem en zijn vriend eruit gegooid en het huis sindsdien als symbool van de schande die zijn familie was overkomen, leeg laten staan. Er kroop een glimlach over het gezicht van de jongen toen hij dat laatste detail vertelde. Chandar was in Chattapur van het ene naar het andere huis getrokken om zijn fameuze kip-curry voor verschillende immigranten te bereiden en hij werkte nu voor een jong Nederlands gezin dat in het buurhuis was getrokken.

'Maar mijn vader zegt dat hij zich altijd zal blijven herinneren dat hij voor Marchant Sahib werkte,' zei Bhim. Er viel even een stilte, terwijl Marchant om zich heen keek in het kleine vertrek en luisterde naar het geratel van de waterkoeler bij het raam en naar de muziek van een Bollywoodfilm die uit een grote radiobandrecorder in de hoek kwam. 'Leeft *sir* nog?' vroeg Bhim met een fijngevoeligheid die aangaf dat hij het antwoord al kende.

'Nee, niet meer,' zei Marchant. 'Hij is twee maanden geleden overleden.'

Dat hoefde Bhim niet te vertalen. Chandar boog zijn hoofd even, staarde naar de stoffige betonnen vloer en begon toen druk tegen zijn vrouw te praten, die naar de *charpai* liep en een oude metalen koffer onder het bed vandaan trok. Marchant sloeg haar gade toen ze het deksel van de koffer opende en erin rommelde. Een ogenblik later overhandigde ze Chandar een handgeschreven brief. Hij keek er even naar alsof hij hem las en gaf hem toen door aan zijn zoon.

'Mijn vader heeft een brief gekregen van Ramachandran Nair, de chauffeur van uw vader. Hij woonde hier vroeger, maar is teruggekeerd naar Kerala, waar hij vandaan kwam.'

Marchant herinnerde zich de naam van de chauffeur – Raman – maar hij kon zich zijn gezicht niet meer voor de geest halen. Bhim begon de brief te lezen, terwijl zijn vader luid onsamenhangende aanwijzingen tegen hem blafte op een manier die Marchant plotseling bekend voorkwam. Zijn herinneringen aan Chandar waren vaag, maar hij kon zich de tegenstellingen nog herinneren: het ene moment de onderdanige kok in het bijzijn van zijn vader en gasten en het volgende moment de baas die iedereen door de keuken joeg, waar Chandar koning was.

'Ramachandran zegt dat uw vader hem het afgelopen jaar tijdens de moesson heeft bezocht,' zei Bhim, terwijl zijn ogen over de brief gingen.

Marchant voelde zijn mond bijna onmerkbaar droog worden. Plotseling was er een nieuwe verbinding tussen de plaats waar hij nu was en het verleden van twintig jaar geleden, alsof de ontsteking in de oude Lagonda van zijn vader vonkte.

'Schrijft hij waarom mijn vader daar was?' vroeg Marchant.

Er viel weer een stilte, terwijl Bhim verder las.

'Hij schrijft dat hij zich zorgen maakte over Marchant Sahib. Hij zag er erg moe uit. Hij at de curry van zijn vrouw niet. "Ik vroeg hem waarom hij naar Kerala was gekomen" ' – Bhim vertaalde nu rechtstreeks uit de brief – ' "en hij vertelde me dat hij voor familiezaken was gekomen.'

Marchant glimlachte. Zijn vader zou natuurlijk nooit hebben onthuld waarmee hij bezig was, zelfs niet tegenover zijn oude, trouwe chauffeur. Hij had het woord 'familiezaken' in zijn jeugd meer dan eens gehoord, een uitdrukking die de generatie van zijn vader had gebruikt wanneer ze op staatsgeheimen doelden.

# 27

'Het was een voorzorgsmaatregel, Marcus, meer niet,' zei Sir David Chadwick, terwijl hij Fielding onder het inschenken van twee glazen gin zorgvuldig gadesloeg. 'Ze heeft als zodanig nooit voor hen gewerkt. Uiteindelijk legde ze rekenschap af bij jou, bij ons.'

Fielding bleef zwijgen en keek door de openslaande deuren naar een groep vrouwenbeelden in de tuin. Het waren er drie en hun ruwe rondingen werden verlicht door schijnwerpers die verzonken lagen rond een ornamentele vijver. Chislehurst leek vol te staan met naakte tuinbeelden, dacht Fielding, althans langs de privéweg waaraan Chadwick woonde. Beelden en verkeersdrempels en deurbellen met videobewaking. Zelfs Fieldings chauffeur, die buiten in de geparkeerde officiële Range Rover zat, was overdonderd geweest door het vertoon van pracht.

'De Amerikanen stonden erop,' ging Chadwick verder om de stilte op te vullen. Fielding maakte hem nerveus als hij in een dergelijke stemming was en zijn zwijgzaamheid niet kon worden doorgrond. 'Helaas bevonden we ons niet in een erg sterke positie om tegenwerpingen te maken. Jij weet net zo goed als ik hoe de zaken ervoor stonden. Wij waren lamgeslagen. Geen aanwijzingen als het om de bomaanslagen ging en het hoofd van MI6 dat onder verdenking stond.'

Fielding zei nog steeds niets, toen hij zich omdraaide om zijn glas aan te pakken. Hij had om een ontmoeting buiten Londen gevraagd en Chadwick had gedacht dat een uitnodiging voor een diner bij hem thuis de volmaakte oplossing zou zijn, vooral omdat zijn vrouw in verband met een koorrepetitie die avond niet thuis was. Door de informele opzet zouden ze fatsoenlijk kunnen praten over de toekomst van de Dienst, hoe die weer op het juiste spoor kon worden gezet na de schade die was aangericht door de affaire met Stephen Marchant en wat hij verdomme had gedaan met Daniel Marchant. Wilde hij ook pronken met de oranjerie in edwardiaanse stijl die was toegevoegd sinds hij het voorzitterschap van het Joint Intelligence Committee op zich had genomen? Misschien. Maar nu betreurde hij het, want Fielding wist op de een of andere manier van Leila.

'Ik moet de verzekering hebben dat er niemand anders is,' zei Fielding ten slotte.

'Zij was de enige,' antwoordde Chadwick, die bij hem kwam staan. 'Niemand was er gelukkig mee, Marcus.'

'Behalve Spiro. En Armstrong.'

'We moesten weten of het een familiezaak was.'

'Dat was de reden waarom ik Daniel Marchant heb geschorst.'

'En dat was de juiste handelwijze. Maar het was niet genoeg, ben ik bang. Daniel begon een beetje te ontsporen toen Stephen stierf. Hij begon alle tekenen van een overloper te vertonen.'

'Hij kende de regels en wist dat we hem te pakken zouden nemen als hij een tweede Tomlinson werd.'

'De Amerikanen wilden meer zekerheden – niet vreemd gezien de aanslag op de marathon.'

Fielding lachte droog. 'Die Daniel Marchant verijdelde.'

'Leila's verslag van de gebeurtenis is iets minder eenduidig.'

'Niet in het verslag dat ik heb gelezen. Ongetwijfeld vertelde ze anderen wat die wilden horen.'

'Jij hebt ingestemd met haar detachering van drie maanden?'

'Natuurlijk. Onder voorwaarde dat ze nooit terugkomt.'

'Hoe wist je het trouwens?'

'Hoe komt iemand van ons in dit vak iets aan de weet? We verbinden de punten, turen een beetje door onze wimpers, draaien de zaken op een kant en proberen met een heleboel geluk het grotere plaatje te zien.' Hij zweeg even. 'Ze bracht geen fatsoenlijk verslag uit na een ontmoeting met een van haar beste contacten uit de Golfregio. Ik wist dat de CX ergens anders naartoe was gegaan. Zij wist dat ik het wist. Toen vroeg ze om overplaatsing.'

Chadwick zweeg even.

'Er is iets anders wat je zou moeten weten,' zei hij toen. 'MI5 heeft een doorbraak bewerkstelligd met de gordel. Zoals we vermoedden, was het mogelijk om de zaak op afstand tot ontploffing te brengen met een mobiele telefoon. Maar de configuratie was zodanig dat hij alleen werkte op het TETRA-netwerk.'

Chadwick merkte dat hij Fielding voor het eerst die avond van zijn stuk had gebracht. TETRA werd alleen gebruikt door hulpdiensten en inlichtingendiensten. Terroristen zouden het prachtig vinden om toegang te hebben tot TETRA – ze zouden een bom ook nog tot ontploffing kunnen brengen als het hele mobiele netwerk eruit lag – maar het gebruik ervan was strikt beperkt (hoewel niet strikt genoeg naar de zin van Fielding).

'En?'

Chadwick liep naar het mahoniehouten dressoir, waarop een bruine A4-envelop naast het zilveren blad met drank lag. Hij haalde er een foto uit, wierp er een blik op en liep terug naar Fielding bij de openslaande deuren.

'Kijk hier eens naar.' De foto was een korrelige opname van de Londense marathon, een schermafdruk van de helikoptercamera van de BBC. In het midden van het beeld liep Marchant tussen andere hardlopers. Hij hield een mobiele telefoon in zijn rechterhand. Het toestel was met een gele markeerstift omcirkeld.

'Je kunt nog juist de korte antenne onderscheiden,' zei Chadwick. 'MI5 is er zeker van dat het een TETRA-toestel is. Motorola.'

'Natuurlijk is het dat, verdomme,' zei Fielding. 'Hoe dacht je anders dat we tijdens de wedstrijd met hem konden praten? Ik heb begrepen dat hij het toestel van Leila had geleend.'

'Blijkbaar niet. Volgens haar had hij zijn oude toestel meegenomen, dat hij had moeten inleveren toen hij werd geschorst. We hebben in Thames House de telefoongegevens gecontroleerd en ze had gelijk. Ze heeft hem op zijn oude gecodeerde nummer gebeld.'

Fielding was niet overtuigd. Hij wist dat de schorsing van Marchant niet zo grondig was verlopen als misschien had gemoeten, deels omdat hij het zelf helemaal niet prettig had gevonden een van zijn beste agenten uit het veld te moeten halen. Maar het niet teruggeven van een bedrijfstelefoon, en zeker als het een beveiligde was, zou zelfs niet bij de meest routinematige veiligheidscontrole van Legoland over het hoofd zijn gezien. Hij moest dit zelf onderzoeken.

'Is het ooit bij jullie opgekomen dat er misschien iemand is die Daniel Marchant erin wilde luizen?' vroeg Fielding. Hij keek nog een paar tellen naar de foto alvorens hem terug te geven. 'Omdat bekend was dat de zaak tegen zijn vader heel zwak stond?'

'Hem erin luizen? Waarom?'

'Kom nou, David. Je weet even goed als ik dat er heel wat mensen zijn die liever zouden zien dat de Dienst bij het diner niet meer aan de belangrijkste tafel zit.'

'Ik weet niet zeker of zelfs de Amerikanen het leven van een van hun ambassadeurs wel zouden willen riskeren om een agent van MI6 in diskrediet te brengen.'

'Ik weet het niet.'

'Is dat de reden waarom jullie Daniel beschermen? Geloven jullie nog steeds dat hij onschuldig is?'

'We beschermen hem niet. Niet op dit moment.'

'Prentice heeft Spiro in Warschau het bos in gestuurd. Je weet dat Langley hem heeft teruggeroepen?'

'De man is een dwaas.'

'Waar is Daniel, Marcus?'

'Ik heb er geen idee van. Ik neem aan dat hij bezig is de naam van zijn vader te zuiveren.' Fielding dronk zijn glas leeg. 'En als je echt wilt dat de reputatie van de Dienst wordt hersteld, dan stel ik voor dat we hem zijn gang laten gaan.'

# 28

Na vierentwintig uur in India was Daniel Marchant tot de conclusie gekomen dat hij niet werd geschaduwd. Maar hij nam nog steeds geen risico's toen hij in een crèmekleurige Ambassador-taxi die Chandar had besteld, van Chattapur naar het centrum van New Delhi reed. Bij Qutb Minar in Merauli vroeg hij de chauffeur te stoppen op de stoffige parkeerplaats in de buurt van het historische monument. Ze bleven tien minuten wachten in de schaduw van een paar bomen, terwijl de motor en de airco nog draaiden.

De chauffeur stond in zijn witte uniform naast de auto. Het was duidelijk dat hij stond te roken; toch probeerde hij de sigaret in de kom van zijn hand te verbergen, terwijl hij van de ene voet op de andere wipte. Een gids gaf hem een foldertje aan en wierp een hoopvolle blik door het raampje op Marchant, maar hij liep door toen de chauffeur hem uitschold. Marchant draaide het raampje open, voelde een golf warme lucht en nam het foldertje van de chauffeur aan. Een paar zwetende westerse toeristen zwierven over het terrein, kregen te horen van de 399 treden van de toren en hoe Qutb-ud-din Aybak, de eerste moslimheerser van Delhi, in 1193 met de bouw was begonnen. Niemand zei iets over de paniek in 1998 toen het licht in de toren uitging en vijfentwintig kinderen onder de voet werden gelopen. Marchant herinnerde zich dat hij er toen iets over had gelezen. Bezoekers mochten de toren niet meer beklimmen.

Marchant keek naar een groep toeristen die weer in de minibus stapte. Het terrein was nu leeg. Niemand scheen hem te zijn gevolgd. Monika en haar collega's schenen hem een vliegende start te hebben gegeven, maar zijn voorsprong kon hooguit een paar dagen standhouden. Hij nam ook aan dat Prentice zijn best had gedaan om de Amerikanen voor de voeten te lopen. Maar hij wist dat het niet lang zou duren voordat het verband werd gelegd tussen David Marlowe en Daniel Marchant. De CIA had een grote vestiging in Delhi. Hij vroeg zich af wat er in de CX van Langley zou staan zodra ze hadden achterhaald dat hij in India was: 'geschorste MI6-agent op de vlucht, verdacht van een poging tot eliminatie van de ambassadeur van de VS in Londen.'

Waarom dachten ze nog steeds dat hij achter de aanslag op de marathon zat? Hoe kon iemand zijn acties van die dag anders dan als loyaal interpreteren? Alleen Leila en hij wisten wat er op de straten van Londen was gebeurd, hoe hij Pradeep overeind had moeten houden, terwijl ze naar de verlaten Tower Bridge strompelden. Hij wilde nu met haar praten om de gebeurtenissen nogmaals door te nemen en eventuele onduidelijkheden op te sporen. En toch was er ook, voor het eerst sinds ze elkaar hadden ontmoet, bijna onmerkbaar een nieuwe emotie aan zijn horizon verschenen.

Misschien kwam het door de verandering van continent, de lichamelijke scheiding die hun was opgelegd... Ach nee, hij wist dat het dat niet was. Ze waren al eerder van elkaar gescheiden geweest. Weer vroeg hij zich af hoe de Amerikanen zijn daden als verdacht konden bestempelen, zelfs als ze bevooroordeeld waren door de gebeurtenissen rondom zijn vader. Leila was de enige andere persoon die wist wat er was gebeurd. Haar verklaring had zijn rol moeten verduidelijken, waardoor hem het waterboard bespaard was gebleven. Maar blijkbaar had zij gezwegen en onbewust nam hij haar dat kwalijk.

Voordat zijn wrevel veranderde in iets ergers, besefte hij dat hij er op de verkeerde manier tegenaan keek. Het maakte niet uit of de Amerikanen al dan niet dachten dat hij schuldig was. Voor hen moest hij schuldig zijn, zodat ze de vader door de zoon konden veroordelen. En om dat te bereiken hadden ze ofwel het bewijsmateriaal verdraaid of opzettelijk de verslagen genegeerd. Of de hele zaak was doorgestoken kaart. Dat zou verklaren waarom hij en niemand anders de gordel in het oog had gekregen. Maar hij wist dat de Amerikanen zo'n riskant plan waarschijnlijk nooit zouden goedkeuren. Waarom had Leila hem niet vrijgepleit?

Hij zat onderuit gezakt in de taxi en sloot zijn ogen. Sinds zijn landing in India, een land met zoveel tegenstrijdige herinneringen voor hem, had hij nog geen tijd gehad om na te denken. Zijn aankomst de vorige nacht laat op luchthaven Indira Gandhi was veel spannender geweest dan hij had verwacht. De paspoortcontrole had zijn Ierse paspoort en het toeristenvisum op naam van David Marlowe niet in twijfel getrokken, maar de veiligheidsmaatregelen op de luchthaven hadden hem verrast. Overal waren politieagenten die bagage controleerden. Buiten stonden legertrucks langs de hoofdweg naar de stad geparkeerd, met soldaten in de hitte ernaast.

Het tafereel had hem doen denken aan Heathrow in 2003, toen Scimitar en Spartan verkenningsvoertuigen waren aan komen rijden om de terminals te bewaken. Hij studeerde toen nog in Cambridge en las de beangstigende krantenartikelen. Het was een van die stimulerende momenten van zelfbevestiging waarop hij wist wat hij wilde gaan doen met zijn leven. Had hij het toen maar gedaan, was hij maar eerlijk geweest tegenover zichzelf en zijn vader in plaats van jaren te verspelen aan doen alsof hij journalist wilde zijn. En dat alleen omdat hij iets anders – wat dan ook – wilde proberen te doen dan in de voetsporen van zijn vader te treden.

Op de luchthaven had Marchant een ogenblik gedacht dat de Indiërs waren getipt over zijn komst, maar toen ontdekte hij de reden voor de aangescherpte beveiliging. Volgens een krantenkiosk zou de president van de Verenigde Staten over vier dagen in Delhi arriveren. Marchant voelde zich ineens onbehaaglijk door het nieuws en door de gedachte dat Salim Dhar op hetzelfde moment in hetzelfde land zou zijn. Het bezoek maakte deel uit van een reis langs vier landen op het subcontinent. Er zouden wapenovereenkomsten tussen Washington en Delhi worden gesloten in een poging de Indiase defensie tegenover China op peil te brengen.

De hoofdstad was begonnen aan het schoonmaken van de straten en het witten van de muren, in koortsige afwachting van het bezoek. De weg van de luchthaven naar het Maurya Hotel, waar de entourage van de president zou verblijven, werd veranderd in een corridor van reinheid. De stad Agra was zich ook aan het opdoffen. Volgens de berichten waren duizenden liters goedkope parfum in de rivier de Jamuna naast de Taj Mahal gegoten in een poging de stank van het stedelijke rioolwater te verminderen. Tijgers waren naar een hoek van het Ranthambore Wildreservaat gedreven om er zeker van te zijn dat de president wat te zien kreeg. Marchant wist dat hij niet veel tijd had om Dhar te vinden.

Nadat hij zijn sjofele rugzak van de bagagecarrousel had gepakt, had Marchant diep adem gehaald en was hij vanuit de aankomsthal tegen een muur van hitte gelopen. In zijn rol als backpacker had hij geen geld voor een taxi. (De duizend dollar die hij van Hugo Prentice had gekregen, was zorgvuldig verdeeld tussen zijn geldriem en een portemonnee die onder zijn katoenen broek om zijn scheenbeen was gegespt.)

Een horde schreeuwende mensen, meestal in witte lange *kurta's*, verdrong zich om hem als klant te krijgen en trok onder het roepen van Duitse, Franse, Italiaanse en Engelse kreten aan zijn rugzak. Ten slotte koos hij voor een Sikh met een autoriksja om geen andere reden dan dat hij groter was en er statiger uitzag dan zijn rivalen. Na een vroege, weinig veelbelovende stop om te tanken glimlachte de chauffeur in de gammele achteruitkijkspiegel en reed over de hoofdweg New Delhi in, terwijl hij over zijn schouder onverstaanbare opmerkingen over Amerikaanse presidenten maakte.

Aan weerszijden van de weg waren straatvegers nutteloos in de weer met hun strooien bezems. Schilders brachten een dikke gele verf op de relingen in de middenberm aan en verwijderden hemden en sari's die daar te drogen waren gehangen. Hier en daar waren delen van de weg afgezet om gaten te vullen en nieuw asfalt aan te brengen, waarbij plattelandsvrouwen natte lappen over de grote wielen van de stoomwalsen trokken om ze vochtig te houden.

De riksja bracht Marchant helemaal naar Paharganj, ten noorden van Connaught Place. Volgens zijn reisgids waren daar goedkopere accommodaties en andere backpackers. Het Hare Krishna Pension kon je niet echt vergelijken met het Oki Doki, maar met de gelagkamer ('Voor het lessen van de dorst') en het restaurant op het dak met uitzicht over de bazaar, vond David Marlowe het volmaakt. Zijn vlucht uit Polen met een stop van veertien uur in

Dubai was vermoeiend geweest en ondanks de nachtelijke hitte en het ritmische geratel van de plafondventilator sliep hij goed.

Nu hij een oranje zon zag ondergaan achter Qutb Minar, moest zijn zoektocht naar Salim Dhar beginnen. Hij droeg de minst sjofele kleren die hij in de rugzak had kunnen vinden en hoopte dat de taxi, die voor David Marlowe een uitspatting was, geen aandacht zou trekken als hij aankwam bij de Gymkhana Club.

Terwijl hij de stad in werd gereden, was het op de andere weghelft druk met forenzen die uit de opgepoetste stad naar de buitenwijken stroomden. De aanblik van een olifant die over de rechterbaan sjokte, bracht herinneringen aan verjaardagen uit zijn jeugd op het hoge commissariaat, verjaardagen die altijd samen met Sebastian werden gevierd. Hij keek achterom naar het dier en bewonderde de ongehaaste stap van de zachte poten. Een olifant was vroeger een verplicht nummer op feestjes van immigranten. Met kalk was tussen de ogen een telefoonnummer geschreven waar het dier kon worden geboekt. Kinderen werden op de wankele draagstoel gehesen om verrukt en bang van de enorme gespierde massa waarop ze zaten, over het terrein van het commissariaat te rijden.

Marchant herinnerde zich dat hij een hekel had gekregen aan de verjaardagolifant – of liever aan de mahout die ermee uit de sloppenwijken bij de rivier was gekomen. Sebastian en hij zaten voor een snaterende groep kinderen vlak achter de mahout toen ze de metalen haak zagen die diep in de dikke, bebloede nek van het dier was gedreven. De mahout draaide telkens als hij een opdracht blafte aan de haak om met alle geweld zijn gezag over het dier kracht bij te zetten.

De Gymkhana Club wekte de indruk de afgelopen honderd jaar al aan het tanen te zijn. Een *chowkidar* bij de poort keek met een spiegel onder de auto voordat ze door mochten. Marchant zei tegen de chauffeur op de parkeerplaats naast het witgekalkte gebouw van architect Lutyens te blijven wachten. Hij legde uit dat hij in vijf minuten terug kon zijn, maar dat zijn bezoek ook een uur kon duren. '*Koi baat nay,*' antwoordde de man, die zijn hoofd zacht heen en weer schudde voordat hij wegreed.

Marchant bleef even onder het grote portaal staan. Hij snoof de geur van bougainvillea op die over de muur rond het terrein kwam aandrijven. Boven hem nestelden kraaien die griezelige krassende geluiden maakten. Hij was hier nooit eerder geweest, maar zijn vader had het vaak over de club gehad. Toen India nog Brits was, had hij de Imperial Gymkhana Club geheten, maar Imperial was er na 1947 vanaf gelaten en nu waren de tennisvelden, het Lady Willingdon-zwembad, de bibliotheek en de bridgedrives exclusief voor de maatschappelijke elite van Delhi, van wie er velen dertig jaar hadden gewacht om lid te kunnen worden.

Gasten van buiten India waren welkom, maar Marchant herinnerde zich dat zijn vader hem had verteld van een verwarrende gewoonte aan de bar. Als een 'Brit' een rondje gaf, mocht hij niet verwachten dat hij er ook eentje terugkreeg. Marchants vader had graag een Kalyani Black Label biertje gedronken, maar ontdekt dat de enige manier om zijn dorst te lessen had bestaan in het voortdurend rondjes geven aan iedereen. Alleen iets voor zichzelf bestellen zou een belediging zijn geweest en aangezien Britse diplomaten vaak naar de Gymkhana Club gingen om de bestaande vijandige militaire houding tegenover het naburige Pakistan te peilen, was het belangrijk de leden te vriend te houden.

'Ik ben gekomen om met Kailash Malhotra te praten,' zei Marchant tegen de man in kaki uniform in de met zuilen versierde receptie.

'Kolonel Malhotra?' vroeg de man.

Marchant knikte en nam het koloniale decor – hoge plafonds, een vleugje boenwas, een bordje waarop stond dat 'safari-jasjes' waren verboden – in zich op, terwijl de man een lijst op een klembord doornam. Marchant bespeurde sigarenrook en het kostte hem enkele ogenblikken om tot het besef te komen dat het klikkende geluid in de verte van biljardballen kwam die tegen elkaar botsten. Als hij gekookte kool voor het diner had geroken, had Marchant zich weer in zijn kostschool in Wiltshire kunnen wanen.

'Hij speelt bridge in de kaartkamer,' zei de man ten slotte.

'Ik dacht dat ze pas om acht uur begonnen.' Marchant had eerder gebeld.

De man keek even naar Marchants gekreukte hemd en was niet in staat zijn minachting te verbergen. Toen wierp hij een blik op de grote klok aan de muur rechts van hem. 'Op dit moment zijn ze aan het borrelen in de bar. Verwacht hij u?'

'Ja. Zou u hem kunnen doorgeven dat David Marlowe er is?'

Tien minuten later zat Marchant tegenover kolonel Malhotra in een hoek van de bar met een '*burra* glas' Chivas Regal voor zich.

'Toen jij een ondeugend jochie was – mijn god, wat was jij ondeugend – noemde je me altijd "oom",' lachte de kolonel, terwijl hij met één hand op Marchants knie klopte. 'Maar nu ben ik "K" voor jou. Zo noemde jouw beste vader mij.'

Marchant had slechts erg vage herinneringen aan oom K. Ze hadden op een zondagmiddag in zijn huis naar *Mother India* en andere oude Hindi films gekeken en dan kregen Sebastian en hij pistachio-*kulfi*, om daarna van hun moeder te horen dat ze niet mochten klagen omdat ze vonden dat het niet naar echt ijs smaakte. Oom K zong alle liedjes mee en vaak biggelden de tranen over zijn wangen. Naderhand trok hij zich met Marchants vader terug in een ander gedeelte van het huis, waar ze dan op gedempte toon zaten te praten, terwijl zijn moeder zich met de kinderen bezighield.

Toen Monika op het vliegveld de naam Malhotra had genoemd, kon hij er niet zeker van zijn dat het de oom K uit zijn jeugd was. Pas toen de man met open armen in de receptie op hem af liep, wist Marchant dat het dezelfde man was. Nu ze zaten te praten, kwamen er meer herinneringen naar boven: de bescheiden aanvaarding van Schotse whisky die uit Engeland was meegenomen, de donderbus aan de muur die ooit was gebruikt voor het schieten van tijgers, het kameraadschappelijk handen schudden na een geslaagde grap, de vaderlijke vriendelijkheid van oom K na het dodelijke ongeval van Sebastian.

'Jouw vader was er erg op gebrand dat jij niet zou opgroeien met een afkeer van India vanwege het verkeersongeval,' zei hij. 'Het had overal kunnen gebeuren.'

'Hij heeft goed werk geleverd. Het is fijn om weer terug te zijn.'

Marchant vertelde hem niet dat hij niet meer in Delhi was geweest sinds ze twintig jaar geleden als treurend gezin waren vertrokken. Hij had in zijn brugjaar door India gereisd en de weg geëffend voor David Marlowe, maar hij was opzettelijk door het zuiden getrokken en van daar met een grote boog om Delhi naar de Himalaya.

'Het spijt me wel dat jouw moeder nooit haar gezondheid heeft teruggekregen,' zei oom K.

'Nee,' reageerde Marchant, maar hij luisterde niet meer. Zijn aandacht was getrokken door een man die met een koffertje in zijn hand naar de bar was gelopen.

'Ik heb nog steeds een rotgevoel over de begrafenis van jouw vader. Ik kon echt niet komen.'

'Nee. Kunnen we over onze gemeenschappelijke vriend praten?' vroeg Marchant. 'Misschien hebben we niet veel tijd.'

'Zeg me wat je wilt weten.'

'Waarom ging mijn vader bij hem op bezoek?'

Oom K zweeg even en wierp een blik door de bar. 'Ik heb ooit, een paar jaar geleden, geprobeerd om hem te rekruteren. Ik werd speciaal uit mijn pensioen teruggeroepen en kreeg te horen dat de hele zaak ontkend kon worden. Er was sprake van enige sympathie, maar zijn haat voor Amerika? Die was te groot. We moesten hem laten schieten.'

'Wilde mijn vader ook proberen om hem te rekruteren?'

De glimlach van oom K verdween. 'Er is iets anders wat je over Salim Dhar moet weten, maar ik ben niet de persoon om je dat te vertellen. Dat kan alleen maar van hemzelf komen.'

Marchant wierp weer een blik op de man aan de bar, die ook naar hem keek. Hij hield nog steeds zijn koffertje vast, maar omklemde het handvat te stevig.

'Kunt u me hier een rondleiding geven?' viel Marchant de kolonel in de rede.

'Wat, nu?'

'Ik heb behoefte aan wat frisse lucht.' Hij knikte naar het tafeltje naast hem, waar een brigadier aan een grote sigaar zat te trekken.'

'Natuurlijk,' zei Malhotra, vol begrip voor Marchants bezorgdheid. 'Maar je kunt hier veilig praten, ik ken ze allemaal.' Hij gaf een schertsend knikje naar de brigadier toen hij uit zijn stoel overeind kwam. 'Ze hebben het allemaal veel te druk met het bespreken van de dagelijkse cricketwedstrijd om naar ons te luisteren. Maar waarom niet? Ik zal je rondleiden.'

Marchant wist dat ze te laat waren toen de man aan de bar weer naar hem keek. Hij had alleen nog maar tijd om weg te duiken.

# 29

Het was het eerste bezoek van Alan Carter aan Legoland, maar na de gebeurtenissen in Polen wist hij dat het niet het laatste zou zijn. Spiro was teruggeroepen naar Langley nadat hij Daniel Marchant door zijn vingers had laten glippen. De directeur van de CIA was woedend geweest. Carter had het overgenomen en snel promotie gemaakt tot hoofd van de afdeling Clandestiene Operaties in Europa. Het was een persoonlijk succes voor hem, maar ook een overwinning voor het nieuwe denken dat begon door te dringen tot de CIA. Na de debacles van 9/11 en Irak probeerde de organisatie zich opnieuw te richten op spionage als kerntaak.

Carter was aanwezig geweest bij het verhoor van KSM en ook van Abu Zubaydah, de eerste van de kopstukken van Al-Qaida die werd ondergedompeld. Maar waterboarding was zijn stijl niet. En dat gold ook voor de freelancers zonder naam die de transportteams hadden gevormd. Carter was bij de CIA in dienst gekomen met een hecht verankerd geloof in spionage. Slimme infiltratie in het leiderschap was volgens hem een betere manier om de vijand te verslaan dan het bijna verdrinken van een paar schurken. Spiro had hem altijd verteld dat hij zich geen zorgen moest maken. Het heimelijk overbrengen van gevangenen moest niet worden beoordeeld volgens het principe van goed of fout, maar naar wat de president ervan dacht. En de president wist liever van niets.

Dus toen de terugslag kwam die volgens Carter onvermijdelijk was, vond hij het niet zo erg dat hij bijzonderheden over Stare Kiejkuty had gelekt naar een paar uitgelezen Washingtonse journalisten. En hij had er ook helemaal geen spijt van dat hij de val van Spiro had versneld. Langley had hem misschien gespaard als Carter Marchants vertrek van luchthaven Frederic Chopin had verhinderd. Maar Carter had niets gezegd en Spiro was door het ijs gezakt.

In plaats daarvan had hij het stationshoofd van de CIA in Delhi gebeld en vervolgens Langley telefonisch de aanbeveling gedaan om Marchant te volgen en niet meteen op te pakken als hij in India aankwam. Langley had hem gezegd met de Dominee te gaan praten. Carter was ervan overtuigd dat de afvallige MI6-agent zou proberen om in contact te komen met Salim Dhar; dat was voor de CIA een veel grotere vis dan Marchant. Dan konden ze allebei worden opgepakt, maar dat ging hij Fielding niet vertellen. Nog niet.

'Wij hebben geen belangstelling voor Daniel Marchant,' zei Carter, nippend aan een bourbon. Hij zat tegenover een kaarsrechte Marcus Fielding in de eetkamer die grensde aan het ruime kantoor van de Dominee. Het gebouw bezat stijl, dacht hij, meer dan hij had vermoed afgaande op de weinig sprekende locatie naast een druk verkeersknooppunt. En hij begon te begrijpen waarom ze Fielding de Dominee noemden. Ergens op de achtergrond speelde zachte muziek: Bach, mogelijk het Tweede Brandenburgse Concert. Hij had zelfs zijn eigen butler, wat op hem erg Engels overkwam (ook al was de butler dat niet) en dan liet hij de secretaresse van in de vijftig die een rode maillot droeg, nog buiten beschouwing.

'Spiro wilde de ballen van Daniel Marchant,' zei Fielding. 'Is hij geschorst of alleen op een lange vakantie?'

'Laten we het een bloedtransfusie noemen.'

'Het is nooit gemakkelijk als een van je spelers uit het veld wordt gehaald.'

Carter keek hem even aan. 'Marchant was goed, dat weet ik. Van mij had het niet gehoeven.'

'Van mij ook niet. En hoe staat het met Leila? Was zij ook het werk van Spiro? Heeft hij haar persoonlijk gerekruteerd?'

'Natuurlijk. En ik heb evenveel spijt van haar.'

'Dat geldt voor ons allemaal. Waar is ze nu?'

'Het station in New Delhi.'

'Ik dacht dat ze Spiro's aanwinst was. Is de CIA dan van plan om haar te houden?

'Ze kan misschien nuttig zijn als Marchant het script vergeet.'

'Ik neem aan dat Spiro haar vroeg Marchant erin te luizen,' zei Fielding, 'door hem tijdens de wedstrijd zijn oude TETRA-telefoon te geven.'

'Ik ben bang dat ik de precieze details van haar rekrutering of haar rol binnen de dienst niet ken, Marcus. Laten we het erop houden dat haar ondervraging door Spiro na de marathon enkele erg suggestieve vragen bevatte.'

'Met andere woorden, zij vertelde hem wat hij wilde horen: dat Daniel even schuldig was als zijn vader.' Fielding zweeg even. 'Voor de goede orde, wie heeft de eerste stap gezet? Spiro of Leila?'

Carter had te horen gekregen de schuld voor de zaak van Leila op zich te nemen, maar hij had niet verwacht dat zo'n overduidelijk verstandsmens als Fielding het zo emotioneel zou benaderen. Hij begon vragen te stellen die een bedrogen echtgenoot aan zijn vrouw zou stellen.

'Spiro was op zoek naar iemand in de buurt van Daniel Marchant,' zei hij in de hoop verder te kunnen gaan.

'Moskouse regels?'

'Geld. Haar moeder was niet echt gezond en had dure medicijnen nodig. En wij willen mensen als de moeder van Leila maar al te graag steunen. Ze is een bahá'í, een van de vervolgde goede mensen in Iran.'

'En jullie vertrouwen Leila?'

'Jullie hebben dat blijkbaar gedaan. Ik heb de rapporten gelezen. Absoluut betrouwbaar. Het enige probleem was dat jullie beoordelaars nooit hebben doorgehad dat haar moeder was teruggekeerd naar Iran. Natuurlijk had Leila het jullie moeten vertellen, maar ze was bang voor haar baan. Spiro kwam erachter en gebruikte het als pressiemiddel toen hij haar rekruteerde.'

Carter wilde geen ruzie maken met Fielding. Daarvoor was hij niet gekomen. Hij had uitgekeken naar de ontmoeting met een man die in Langley de status van een legende begon te benaderen. Fielding was een heel ander soort spion dan Stephen Marchant. Als iemand die ook geloofde in spionage, bezat hij de intellectuele arrogantie die alle medewerkers van MI6 die Carter ooit had ontmoet, gemeen hadden, maar hij bezat ook ontegenzeglijk stijl.

Fielding had hen bijvoorbeeld geholpen om Moammar Gadaffi te overreden af te zien van zijn nucleaire aspiraties, waarbij hij had gebruikgemaakt van zijn benijdenswaardige kennis van de Arabische wereld om een precaire situatie tot een goed einde te brengen. Had hun vorige president dezelfde tactiek maar bij Saddam Hoessein toegepast.

'Verbaas jij je wel eens over ons beroep?' vroeg Fielding. Hij was van de tafel opgestaan en stond met zijn rug naar Carter uit het raam van de erker te kijken. Een paar medewerkers namen op het open terras onder de wapperende koninkrijksvlag een rookpauze.

'Elke dag.'

'Stephen vond het vaak ontzettend. Hij verachtte de mensen die hij tot verraad aanzette, de mensen die zijn reputatie vestigden. Loyaliteit was voor hem het hoogste goed, wat verraders tot het laagste van het laagste maakte, ook als ze de vijand verrieden.'

Carter stond op om zich bij Fielding aan het raam te voegen. Buiten schitterden de lampen van een feestboot in het donker van de Londense avond. Ze weerspiegelden op de Theems. Het was bijna middernacht. Net als Langley sliep Legoland nooit. Boven op het dak verbond de verzameling antennes en schotels die Carter vanaf Vauxhall Bridge had gezien, het gebouw met elke tijdzone in de wereld.

'Zal ik je vertellen waarom Stephen volgens mij naar Kerala is gevlogen?' vroeg Carter.

'Graag.'

'Hij is daar naartoe gegaan, waarschijnlijk omdat hij in Salim Dhar iemand zag naar wie we allemaal op zoek zijn: een belangrijke figuur van Al-Qaida die misschien is over te halen. Natuurlijk hadden wij hem kunnen ophalen om hem op een afgelegen plaats wat toe te takelen en op het waterboard te achterhalen wat hij wist of niet wist. Zo wilde Spiro het aanpakken. Maar Stephen Marchant had andere ideeën.'

'Eerlijk gezegd denk ik dat hij alleen een naam wilde – de naam van de mol bij MI6 die zijn leven tot een hel had gemaakt.'

'Kom nou, Marcus, hij wilde veel meer, dat weet je. Hij wilde zijn eigen man op een hoge positie binnen Al-Qaida.'

Carter had alle dossiers over Stephen Marchant gelezen en wist dat hij het vooral erg had betreurd dat MI6 onder zijn leiding nooit in Al-Qaida was geïnfiltreerd. Hij was immers een chef met een briljante carrière die was gestoeld op het feit dat hij was doorgedrongen tot het Dzerzjinskyplein in een tijd dat agenten van de inlichtingendienst de vijand niet half liet verdrinken, maar chanteerden met schunnige foto's die waren genomen in slonzige motelkamers. Veel beschaafder.

'Het werd een obsessie voor hem, nietwaar?' ging Carter verder. 'Iemand op een belangrijke plaats. Vooral na 9/11. Maar wij deden precies het tegenovergestelde. Pak ze allemaal op in plaats van ze te rekruteren. Daarom begon de CIA MI6 zo te wantrouwen. Wij dachten dat jullie bij de schakelaar in slaap waren gevallen. Wat waren jullie in hemelsnaam aan het doen?'

'Wij probeerden de informatie te vinden om jullie oorlogen te rechtvaardigen,' zei Fielding.

'Maar jullie hingen dat niet aan de grote klok. Amerikanen zitten heel simpel in elkaar. Als iemand ons kwetst, willen we terug kwetsen. Publiekelijk. Het is niet subtiel. En soms kwetsen we daarbij de verkeerde mensen. Het zorgt er ook voor dat degenen onder ons die geloven in een heimelijker optreden, zonder werk komen te zitten.'

'Salim Dhar zou nooit voor de CIA willen werken.'

'Daar ben ik me van bewust.'

'Waarom denk je dan dat je hem misschien zou kunnen inlijven?'

'Dat denk ik niet. Maar hij zou kunnen ingaan op een Britse benadering.'

'Waarom?'

'Zeg het maar. Stephen Marchant wist iets.'

Fielding liep bij het raam vandaan en drukte een hand tegen zijn onderrug. 'Vind je het goed als ik even ga liggen?' vroeg hij.

'Ga je gang,' zei Carter. Hij had gehoord van de rugproblemen van de Dominee. 'Onder in de lendenen?'

'Overal.'

Carter keek toe, terwijl het hoofd van MI6 rustig op de vloer van zijn eigen eetkamer ging liggen, schijnbaar zonder zich bewust te zijn van de figuur die hij sloeg. Of misschien kon het hem gewoon niets schelen.

'Ga alsjeblieft verder,' zei Fielding vanaf de vloer, maar de wind was Carter uit de zeilen genomen. Had Fielding geweten wat hij ging zeggen?

'De vader van Salim Dhar werkte in het begin van de jaren tachtig op het terrein van de Amerikaanse ambassade,' vervolgde Carter, die niet zeker wist waarnaar hij zijn woorden moest richten. Omlaag kijken leek niet gepast. 'Nadat hij was ontslagen door jullie hoge commissariaat. We hebben een paar controles uitgevoerd. Het ziet ernaar uit dat iemand hem elke maand wat extra zakgeld toeschoof.'

Carter werd zich bewust van enige activiteit buiten de eetkamer, waar de vrouw in het rood nog laat aan het werk was.

'Het geld werd overgemaakt via een State Bank van Travancore in Zuid-India,' ging Carter verder. 'Tenminste, dat was de indruk die gewekt moest worden. Het ziet ernaar uit dat de roepies hun leven begonnen als dollarbiljetten in de Kaaimaneilanden. Of misschien wel pond sterlingbiljetten in Londen.' Hij zweeg even. 'Ik heb maar één vraag, Marcus. Waarom betaalden de Britten Dhars vader een salaris?'

'De betalingen zijn in 2001 gestopt,' zei Fielding kalm met gesloten ogen.

'Eenentwintig jaar nadat hij was gestopt met werken voor het hoge commissariaat.'

Het had een donderslag moeten zijn die hard genoeg was om ervoor te zorgen dat de Britten Daniel Marchant overdroegen, maar de Dominee leek zich er absoluut niet druk over te maken.

'Wij hebben de betalingen ook pas een paar dagen geleden ontdekt.'

'Laten we dan hopen dat jij en ik de enigen zijn die ervan afweten.' Carter vond het ineens ergerlijk dat Fielding erin was geslaagd zijn verhaal te ontkrachten door eenvoudig op de vloer te gaan liggen. Het had het effect dat alles wat hij zei, onbelangrijk leek. 'Ik moet er niet aan denken wat Lord Bancroft ervan zou maken als bekend werd dat een van de meest gezochte terroristen ter wereld ooit een salaris kreeg van MI6.'

'Terwijl jullie een generatie moedjahedien in Afghanistan sponsorden.'

'Toevallig was dat ook Spiro.'

'We weten echt niet waar Daniel Marchant is,' zei Fielding. Buiten de eetkamer begonnen de stemmen geagiteerd te klinken.

'Wij wel.'

'Hij moet met rust worden gelaten om Salim Dhar te vinden. En met alle respect voor de vakkennis van jouw mensen, dat zal hem niet lukken met een tien man sterk schaduwteam op zijn staart.'

'Ik wil iets met je afspreken, Marcus. Wij houden ons stil over dat fonds op de Kaaimaneilanden en we laten Marchant Dhar vinden, maar als hij dat heeft gedaan, ondervragen we hem samen.'

'Jij gaat ervan uit dat Dhar met hem zal praten?'

'Jij dan niet?'

Carter wist dat het zo moest zijn. MI6 moest er alles op inzetten. De ontdekking van de betalingen zou alles hebben veranderd. Salim Dhar moest echt een van hen zijn, een van opmerkelijkste mensen die Stephen Marchant met zijn vooruitziende blik had vastgelegd. Waarschijnlijker was dat hij gewoon geluk had gehad. Niemand had in 1980 de opkomst van islamitisch terrorisme kunnen voorzien. Dhar moest een gok zijn geweest, een van de vele mensen die geheime diensten over de hele wereld inlijfden op grond van de kleine kans dat ze later van pas konden komen. Maar zou hij het gevaar hebben willen lopen om hem te activeren? Dhars staat van dienst vol geweld tegen de Amerikanen zou van hem een heel riskante agent hebben gemaakt, vooral omdat de CIA de voornaamste partij was die wilde dat Marchant werd ontslagen als hoofd van de Dienst.

Carter ijsbeerde door de kamer en ontdekte dat het gemakkelijker was om vanuit andere hoeken naar Fieldings lange, uitgestrekte gestalte te kijken. 'Je hoeft me niet te vertellen of het Stephen Marchant was die deze betalingen persoonlijk autoriseerde, maar ik ga er maar op goed geluk van uit dat hij het was. Ik trek ook maar meteen de gekke conclusie dat jij niet weet of al dat geld wel goed werd geïnvesteerd en tot welke god Dhar 's avonds bidt. Vanuit de balkonloge ziet het er niet goed uit.'

De ogen van Fielding bleven gesloten.

'Hij heeft al die tijd echter alleen Amerikanen als doelwit gekozen, wat jullie mensen de hoop moet hebben gegeven dat hij het fatsoen heeft niet de hand te bijten die hem de eerste eenentwintig jaar van zijn leven voedde. En als dat het geval is, dan is er slechts één persoon die hij misschien zou vertrouwen: Daniel, de zoon van Stephen Marchant. We willen een stuk van de taart, Marcus. Salim Dhar zou wel eens de beste infiltratie van Al-Qaida kunnen zijn die het westen ooit heeft gehad.'

Er viel een stilte, waarin Carters woorden in de lucht bleven hangen en die werd gevolgd door een klop op de deur van de eetkamer.

'Binnen,' riep Fielding.

'Het spijt me,' begon Anne Norman, die zich na een blik op Carter weer tot haar baas op de vloer richtte. 'We hebben net station Delhi aan de lijn gehad. In de Gymkhana Club is een bom afgegaan.'

# 30

Leila beschouwde het als een publieke uiting van dankbaarheid dat de CIA haar had toegevoegd aan het team in Delhi dat voorafgaand aan het bezoek van de Amerikaanse president aan de stad, zorgde voor de verbinding met de Geheime Dienst. Een van de agenten had uit de eerste hand van een collega van de Londense ambassade gehoord welke rol ze tijdens de marathon van Londen had gespeeld. Het was een gebeurtenis die haar reputatie als agente scheen te hebben bezegeld. 'Hoewel Turner Munroe nooit zijn mooie gps-horloge heeft teruggekregen,' zei hij die ochtend bij wijze van grap bij haar aankomst in Delhi. 'Fijn je aan boord te hebben.'

Geen van beide zijden bestempelde het als overlopen, maar de betrekkingen tussen Britse en Amerikaanse inlichtingendiensten stonden op zo'n laag pitje dat Leila te horen had gekregen de agenten van het station van MI6 in Delhi even omzichtig te benaderen als die van traditioneel vijandige landen als Iran en Rusland. Volgens de papieren ging het om een uitwisseling van drie maanden, maar ze wist dat de kans om ooit weer in Engeland te werken – of te wonen – was verkeken. Ze maakte zichzelf wijs dat ze toch altijd het liefst in het buitenland had gewoond en het was inderdaad zo dat het gevoel nergens te zijn geworteld niet nieuw was.

Terwijl ze uit het raam van haar kamer in de Amerikaanse ambassade keek en het geel van de goudenregens langs de straten van Chanakyapuri in zich opnam, dwong ze zichzelf om niet aan Daniel te denken. Zouden ze elkaar ooit nog terugzien? De afgelopen twee jaar had ze geweten dat de dag zou komen waarop ze de keuzes die ze in haar leven had gemaakt, onder ogen zou moeten zien. De keuzes waren de laatste maanden veel moeilijker geworden, maar die dag was nog niet gekomen. Nog niet. Voorlopig kon ze zijn foto met het beeld naar beneden plat op tafel laten liggen, kon ze hun leven samen opbergen op een andere plaats die werd bewaakt door de traditionele schildwachten van het geweten van een spion: als je de leugen leeft, verwacht dan te worden bedrogen. Precies waarvoor hij had gewaarschuwd.

In die zeldzame momenten waarop ze niet op haar hoede hoefde te zijn, kon ze zichzelf troosten met de gedachte dat, ondanks al het bedrog, een vorm van eerlijkheid toch een rol had gespeeld. Het welzijn van haar moeder was in haar leven altijd op de eerste plaats gekomen. Ze wenste alleen dat haar was gevraagd intiem met iemand anders te worden en niet met een man op wie ze juist probeerde niet verliefd te worden.

Eerder die dag had ze na een eerste kennismaking met haar nieuwe collega's het terrein van de ambassade verlaten en was ze door veertig graden hitte naar een taxistandplaats gelopen. Ze had daar een openbare telefooncel gezien, toen haar auto van het vliegveld er heel vroeg in de ochtend langs was gereden. Toen ze het nummer in Teheran belde, wierp ze een blik op de taxichauffeurs. Op *charpoys* van touw in de schaduw van een groot canvas scherm lagen ze loom te luisteren naar All India Radio, die uit een auto blèrde waarvan alle portieren openstonden.

'Mama,' begon ze. De lijn stoorde nogal. 'Met Leila. Het zal gauw beter gaan.'

Maar het was niet de stem van haar moeder die antwoordde. 'Uw moeder ligt in het ziekenhuis,' zei een mannenstem in het Farsi. Leila voelde haar maag verkrampen. Het afgelopen jaar had haar moeder regelmatig in het Mehr gelegen, een privékliniek in Teheran waar ze met het geld van de Amerikanen werd behandeld.

'Wie bent u?' vroeg ze. Zijn stem klonk bekend.

'Een vriend van de familie,' zei de man. Op de achtergrond kon ze andere mannenstemmen horen. 'Het gaat goed met haar, insjallah. Ze krijgt de beste behandeling die met dollars te koop is.' De spottende toon werd nauwelijks gemaskeerd en de woorden waren gericht tegen de anderen die bij hem in de kamer waren.

'Ik wil dat er voor haar wordt gezorgd. Dat is altijd de afspraak geweest,' zei Leila beheerst. Een man buiten de telefooncel keek naar haar. Ze wist dat ze aan het bed van haar moeder had moeten zitten, maar dat was onmogelijk.

'Ik zal haar zeggen dat je hebt gebeld,' zei de stem. Hij wachtte even en vervolgde toen: 'En dat haar gezondheid in jouw handen ligt.'

De zon stond op het hoogste punt toen ze terugliep naar de ambassade. In de verte trommelde een onzichtbare notenverkoper met zijn lepel ritmisch op een braadpan. Verder heerste er de stilte van de middag. Zelfs de verkeersagenten op de kruising bij de ambassade hadden zich teruggetrokken in de schaduw. Ze zaten op gammele houten stoelen te doezelen. Droge hitte had zij nooit erg gevonden. Op de een of andere manier voelde ze zich dan dichter bij haar moeder, die haar nu meer dan ooit nodig had.

Ze was net negen geworden, toen ze voor het eerst had gemerkt dat het niet goed ging tussen haar ouders. Ze woonden in een immigrantenkolonie in Dubai, waar haar vader zijn werk had. Zoals zo vaak was hij laat thuisgekomen. Maar deze keer was ze nog wakker. Er was een probleem geweest met de elektriciteit in hun flatgebouw – er was niet genoeg stroom om de airconditioning te laten draaien en de plotselinge warmte had Leila gewekt. Iemand van het personeel had een oude ventilator in de kamer gezet. Gebiologeerd lag ze te kijken naar de manier waarop die zo ver mogelijk opzij draaide voordat hij weer de andere kant op ging. Maar boven het gezoem uit werd ze zich geleidelijk bewust van geschreeuw beneden, toen gegil, slaande deuren en daarna stilte.

Ze had haar moeder in elkaar gedoken in een hoek van de keuken gevonden. Hun Indiase dienstmeisje drukte een bebloede lap tegen haar voorhoofd. Haar moeder had zwak geglimlacht toen ze Leila zag, maar het dienstmeisje had boos gebaard dat ze weer naar boven moest gaan.

'Het is goed,' had haar moeder gezegd en ze had Leila gewenkt.

Ze was aarzelend door de keuken gelopen om naast haar moeder te gaan zitten, terwijl het dienstmeisje bezorgd toekeek.

Haar moeder had uitgelegd dat haar vader erg gespannen was door het werk en soms te veel whisky dronk in de hoop dat hij zich dan beter zou voelen. Maar het maakte hem alleen maar kwaad; en als hij kwaad was, deed hij domme dingen doordat hij niet zichzelf was.

In de jaren die volgden, leerden Leila en haar moeder om uit zijn buurt te blijven als hij zichzelf niet was, maar Leila wist dat hij zijn door whisky gevoede woede op zijn vrouw botvierde. Zelfs een boerka kon de blauwe ogen niet verhullen. De lange uren die haar vader maakte en zijn vele reizen naar het buitenland hadden ervoor gezorgd dat ze meer naar haar moeder dan naar hem trok, maar zijn gewelddadigheid bracht hen nog dichter bij elkaar en bond hen met een mengsel van schaamte en solidariteit. Ze was die nacht en de aanblik van haar huilende moeder nooit vergeten en ze had het haar vader nooit kunnen vergeven.

Het enige wat ze nu ineengezakt op de vloer van haar kale kamer in de ambassade kon doen, was zich aan de afspraak houden en hopen dat de stemmen aan de andere kant van de lijn in Teheran hetzelfde zouden doen. Maar voordat ze kon nadenken over wat die afspraak zou brengen, werd de stilte van de vroege avond verbroken door een geluid waarvan ze meteen wist dat het geen onweer was.

# 31

Marchant voelde het gewicht van een lichaam boven op hem, maar besefte pas dat het oom K was toen hij onder de zware gestalte uit probeerde te komen. Overal om hem heen bewogen andere mensen op de vloer van de bar. Een ogenblik lang was Marchant in de duistere stilte weer op het marktplein in Mogadishu. Maar toen begon het gekreun, de schorre kreten van primitieve pijn. Hij herinnerde zich de kwikzilveren scherven die de lucht in stukken sneden, de drukgolf, de ijzingwekkende kakofonie van versplinterend glas.

'Oom K, alles goed met u?' Marchant probeerde zich af te sluiten voor de zoetige stank van verbrand vlees. Het was een stank die hij meer dan wat ook haatte en die hem altijd bij was gebleven. Nu, vijf jaar later, waren diezelfde knagende gedachten er ineens weer: had hij meer kunnen doen aan die man bij de bar?

Hij knielde naast oom K en controleerde onder het praten zijn eigen lichaam. Hij legde even een hand op zijn gezicht en voelde warm bloed toen hij zich over de kolonel boog. De gelaatstrekken van de oude man waren nog intact, de bolronde wangen en de kleine mond met de getuite lippen, maar de hoek die zijn onderlichaam maakte was te scherp voor iemand van zeventig.

Marchant keek naar het puin om hem heen, de lampen die van het plafond waren gerukt, de omvergeworpen tafels, de aan flarden gescheurde gordijnen. Een halve meter bij hem vandaan zag hij een plastic fles met mineraalwater op de vloer liggen. Hij stak zijn hand uit en liet wat water op de stoffige lippen van de kolonel druppelen, terwijl hij gruis uit zijn eigen mond spuugde. Langzaam begonnen de lippen van de kolonel te bewegen. Marchant boog dichter naar hem toe en schoof een hand onder zijn hoofd.

'Je moet weg,' fluisterde de kolonel. 'Ze zullen proberen jou de schuld te geven.'

'Wie?'

Maar de kolonel had het bewustzijn weer veloren. Marchant bracht de fles naar zijn mond en goot water over zijn lippen en kin. Bloed liep nu in een straaltje uit zijn mondhoek. De kolonel opende zijn ogen en hoestte zwakjes.

'Je moet weg,' drong hij aan. 'Om Beach, bij Gokarna. Vraag naar...' Het volgende woord ging verloren in bloed en speeksel. '...broeder Salim in het Namaste Café.'

'Leila, ik wil dat je naar de club gaat en door de afzetting glipt, wanneer de politie van Delhi tenminste een afzetting heeft gemaakt. Meestal kan iedereen bij dit soort zaken in en uit lopen. Dat is best bij gouden tempels, maar tijdens het spitsuur op een plaats delict? Laat me niet lachen.'

Een beleefd gelach kabbelde door het vertrek waar Monk Johnson, hoofd van het presidentieel beveiligingsdetachement, tien agenten toesprak, een combinatie van Geheime Dienst en CIA. Achter hem vertoonde een groot tv-scherm archiefmateriaal van NDTV waarop de Gymkhana Club te zien was voor de ontploffing. Er waren nog geen camera's ter plaatse. Leila had de aanvechting gevoeld om meteen de avond in te lopen toen ze de explosie hoorde, maar binnen enkele minuten was ze naar de vergadering geroepen. Het station was al in een toestand van verhoogd alarm: over tweeënzeventig uur zou de nieuwe president van de Verenigde Staten landen op de luchtmachtbasis Palam, acht kilometer van Delhi, als onderdeel van zijn rondreis langs vier landen in Zuid-Azië.

'Ik heb net de directeur van de Geheime Dienst aan de telefoon gehad,' vervolgde Johnson. 'Hij zegt dat de president erop staat de reis te laten doorgaan. Het beste wat wij kunnen doen, is tijd winnen. De trip naar Islamabad zou naar voren geschoven kunnen worden, maar de Indiërs zullen dat niet leuk vinden – zij hebben er de hele tijd op gestaan dat zij eerst komen. Hun atoomproeven waren eerder dan die van Pakistan en ze willen er verdomd zeker van zijn dat zij als eersten de nieuwe president de hand schudden.'

'Je gaat ervan uit dat het een Pakistaanse opzet is, hè?' vroeg

David Baldwin, het hoofd van het CIA-station in Delhi. Hij zat achter Leila.

'Jij mag het zeggen. Het moet een mogelijkheid zijn. De Gymkhana Club is een koloniaal overblijfsel waar het stikt van de hoge militairen.'

'De eerste die in aanmerking komt is Salim Dhar. Generaal Casey zou er vanavond naartoe gaan, maar hij had afgezegd.'

'Goddank,' zei Johnson.

'Vivek?' vroeg Baldwin zonder enige aandacht te besteden aan Johnson.

'De precieze locatie van Dhar op het coördinatennet moet nog worden bevestigd, meneer,' zei Vivek Kumar, 'maar het draagt helemaal zijn stempel, vooral als Casey het doelwit was.'

Leila had als medenieuwkomer al kennisgemaakt met Kumar. Hij was als een van de beste analisten van de CIA eerder die week uit Langley komen vliegen en wist meer over Salim Dhar dan wie ook. Hij wist ook alles over Marchant. Marchant, zei hij, had Polen verlaten en was al ergens in India.

'Aspecifiek, alom bekend tweederangs, opvallend Amerikaans doelwit,' ging Kumar verder. 'We kunnen Daniel Marchant evenmin uitsluiten. Op dit ogenblik is de hele toestand nogal gecompliceerd. Hij is net het onderwerp geworden van een voortgezette niveau-vijf-operatie van afdeling Clandestiene Operaties in Europa.'

'Daar moet je me meer over vertellen,' zei Baldwin met een blik naar Leila. 'Ik spreek Alan Carter over tien minuten.'

'Goed, laten we over twee uur weer bijeenkomen,' zei Johnson. 'Tenzij er een andere bom afgaat. Wat is er mis met Texas? Waarom kan hij daar niet naartoe gaan om een paar handen te schudden?'

Marchant wist niet voor wie hij vluchtte toen hij een weg zocht door de puinhopen van de bar en door een groot, kapot raam naar buiten klom. Het ging tegen zijn instinct in om kolonel K alleen te laten, maar de dringende klank in zijn stem had Marchant overgehaald om te vertrekken.

Hij strompelde nog altijd duizelig over het grasperk en wierp een blik achterom naar het gewonde gebouw. Gordijnen hingen uit de ramen als gescheurde tongen. Niemand kon hem de schuld geven. De receptie van de Gymkhana Club kon bevestigen dat een gerespecteerde Indiase kolonel voor hem had getekend. Maar K was een oude vriend van zijn vader. Bovendien reisde hij als David Marlowe en niet als Daniel Marchant. Kolonel K had gelijk: Daniel was op de vlucht en zodra zijn aanwezigheid in de club was ontdekt, zou zijn naam boven aan de lijst staan. Als hij de schuld kon krijgen van de aanslag op de marathon, konden ze ook proberen hem dit in de schoenen te schuiven. Hij dacht aan de blik waarmee de man aan de bar naar hem had gekeken, de manier waarop hij doelbewust zijn aandacht had getrokken. Wie was hij? Wie had hem gestuurd?

Marchant was door een onbemande zij-ingang gelopen en stond nu op de hoofdstraat, maar het verkeer was niet zo druk als het had moeten zijn. Hij kon nauwelijks een passerende vrachtwagen horen, waarvan de claxon griezelig gedempt klonk. Toen pas besefte hij dat zijn oren tuitten met een hoge toon die niet stopte als hij met zijn hoofd schudde. Hij keek weer achterom naar het gebouw waarvan zwarte rook opsteeg naar de hemel boven Delhi. Een riksja minderde snelheid. De chauffeur keek hem aan met een mengeling van hoop en behoedzaamheid. Marchant liet zich op de achterbank vallen en vroeg naar Gokarma.

'Gokarma?' vroeg de chauffeur, terwijl hij met een glimlach in het achteruitkijkspiegeltje keek en de kleine tweetaktmotor toeren liet maken. 'Te ver, meneer, zelfs voor Shiva. Vliegveld?'

'Spoorwegstation.'

'Gymkhana, probleem met vuurwerk?'

Marchant knikte en greep de zijstang van de riksja om het beven van zijn hand te stoppen. 'Groot probleem,' zei hij. Aan de andere kant van de straat reed met grote snelheid een auto met diplomatiek kenteken voorbij. Marchant draaide zich om en keek naar de blauwe nummerplaat. Amerikaans. Even dacht hij de vrouwenfiguur achter in de auto te herkennen.

# 32

'Mogen we aannemen dat Marchant in de club was?' vroeg Fielding. Hij was overeind gekomen van de vloer en zat kaarsrecht aan de eettafel.

'Het is een woensdagavond.' Denton wierp een blik op het platte scherm aan de muur. Het toonde nu beelden die Sky van een brandende Gymkhana Club uitzond. 'We hebben met Warschau gesproken. Hij had alleen maar de bridgeavond om van uit te gaan.'

'Willen jullie zeggen dat jullie wisten waar Marchant was?' vroeg Carter. Hij had zich weer bij hen gevoegd, nadat hij het kantoor van de chef even had verlaten voor een paar telefoontjes met Langley. Op verzoek van Fielding had Anne Norman hem met tegenzin via een veilige lijn verbonden.

'Ik dacht dat jij het ook wist,' antwoordde Fielding.

'We wisten dat hij in India was.'

'Hij moest contact leggen met een kolonel die vroeger voor de Indiase inlichtingendienst werkte. Kailash Malhotra, de voormalige tweede man van de RAW. Hij speelde elke woensdagavond een bridgedrive in de Gymkhana Club.'

'Het spijt me,' zei Carter. 'De directeur wil dat Marchant wordt opgepakt. Ik heb net met zijn kantoor gesproken. Hij zal straks worden doorverbonden via een veilige videoverbinding.

'Ik dacht dat jullie meer belang in Dhar stelden.'

'Dat doen we ook. Maar we hebben ook te maken met de president die zaterdag naar Delhi vliegt.'

'We moeten Marchant Dhar laten vinden.'

'Deze bomaanslag had niet op een slechter tijdstip kunnen komen, Marcus. Ik zal de haviken niet op afstand kunnen houden als Marchant in de club was. Spiro is niet helemaal uit beeld. De directeur en hij kennen elkaar al heel lang. Van de mariniers. Hierna zal Spiro hem adviseren om met alles wat we hebben achter Dhar aan te gaan. En het is moeilijk om het niet met hem eens te zijn.'

'Behalve dat jullie niet weten waar Dhar is.'

'Maar de kolonel wist dat wel. Hij had het ons kunnen vertellen. Of jullie. Het zou een heleboel tijd en een heleboel levens hebben gescheeld.' Carter wierp weer een blik op het tv-scherm. Verbrande en geblakerde lichamen werden onder het Lutyensportaal van de club gelegd.

'Hij zou het ons nooit hebben verteld,' zei Fielding. 'Onze betrekkingen met Delhi zijn niet beter dan die van jullie, maar Dhar is een probleem voor hen. RAW heeft ooit geprobeerd hem te rekruteren.'

'Maar hij was wel bereid om Marchant te vertellen waar Dhar is.'

'We hoopten dat hij dat misschien zou doen. Hij had ooit een erg goede band met zijn vader. Maar we weten niet wat hij heeft gezegd. Op dit moment weten we niet eens of Marchant en Malhotra nog wel in leven zijn.'

Carter reageerde niet meteen. 'Dat ziet er niet best uit, hè? Daniel Marchant, verdacht van een poging de ambassadeur van de VS in Londen te vermoorden, bevindt zich nu op de plaats van een bomontploffing in Delhi, en dat drie dagen voordat de president daar aankomt.'

'Alleen weten jij en ik allebei dat Daniel Marchant niet achter die voorvallen zat.'

'Toevallig was hij bij allebei aanwezig. Ik begin de moed een beetje te verliezen, Marcus. Wil je me nog eens vertellen waarom ik zou moeten geloven Marchant aan onze kant staat?'

'Omdat hij erin is geluisd. En als jullie het niet hebben gedaan, is er iemand anders die ons allebei bij onze kladden heeft.'

'Waarom ben je daar zo zeker van?'

'Ik heb Stephen Marchant gekend. En ik ken Daniel. Als hij nog leeft, zal hij contact opnemen met Dhar.'

'Wie is er dan in Delhi clubs aan het opblazen?'

'Dit was Dhar niet, Alan. Op dit punt mag je me vertrouwen. Wie die bom daar heeft gelegd, zat achter Marchant aan.'

Er werd op de deur geklopt. Het hoofd van Anne Norman werd zichtbaar. Ze keek naar Fielding en negeerde Carter. 'Meneer, ik heb Langley aan de lijn. De directeur van de CIA meldt zich.'

'Scherm twee,' zei Fielding. 'Dank je, Anne.'

'Vind je het goed als ik het spits afbijt?' vroeg Carter toen zij de deur sloot.

'Je mag hem helemaal hebben,' zei Fielding. William Straker, directeur van de CIA, kwam flikkerend tot leven op een scherm naast dat waarop de smeulende Gymkhana Club zichtbaar was.

Daniel herinnerde zich de in een rood hemd geklede kruiers van zijn laatste bezoek aan India toen hij met de trein door het hele subcontinent was gereisd. Maar nooit eerder had hij er zoveel gezien die zigzaggend door de drukke hal van het Nizamuddin Station liepen met koffers op hun hoofd. Ze transpireerden onder hun tulband, glimlachten soms, waren voortdurend aan het roepen en werden gevolgd door bezorgde toeristen die hen probeerden bij te houden. Deze keer viel niemand hem lastig. Kruiers kwamen aanlopen en verdwenen weer als ze zagen dat de *farangi* geen bagage had. Of kwam het door het bloed en roet op zijn kleren? Waarschijnlijk dachten ze dat hij een drugsverslaafde was, een van de vele westerlingen die uiteindelijk op de straten van India terechtkwamen om genoeg geld bijeen te bedelen voor een terugvlucht naar huis.

Hij waste zich zo goed mogelijk nadat de riksja hem hij de ingang van het station had afgezet, door een paar flessen water te kopen bij een etensstalletje in de grote hal. Het was de juiste beslissing geweest om rechtstreeks hierheen te komen in plaats van eerst zijn rugzak bij het pension op te halen. Zijn kamer zou intussen zijn doorzocht en overhoopgehaald. Marlowes paspoort en geld zaten veilig aan zijn been gebonden. Hij zou nieuwe kleren kopen als hij veilig Delhi uit was. Zijn derdeklaskaartje naar Karwar in de buurt van Gokarna zat in zijn zak. Nu hoefde hij alleen nog maar perron 18 te vinden, waar de Mangala Express naar

Ernakulam over een halfuur zou vertrekken met een vertraging van twaalf uur – overigens niet slecht voor een reis van zevenenzeventig uur.

Terwijl hij over slapende lichamen en kapotte *chai*-kopjes in de hal stapte, merkte hij dat er voor hem, naast een trein die zich eindeloos in beide richtingen leek uit te strekken, beroering was ontstaan. Twee westerse backpackers, allebei jonge vrouwen, werden heftig toegesproken door een Indiase zakenman. Marchant voegde zich bij de grote menigte die eromheen kwam staan.

'Hoe durven jullie naar ons land te komen in jullie bijna niets om het lijf hebbende niemendalletjes! En dan maar klagen over ongewenste intimiteiten van onze mannen,' zei de zakenman op schelle toon. De ruzie scheen al een aantal minuten aan de gang te zijn.

'Die vent kneep me verdomme in mijn kont,' zei de jongste van de twee vrouwen. Marchant beluisterde een vaag Australisch accent, maar dat had ze niet van geboorte. Hij wierp een blik op haar figuur. De weinige kleding die ze droeg zou niet hebben misstaan bij een gogogirl. De oudere vrouw was bescheidener gekleed. Marchant werkte zich door de menigte, omdat hij een mogelijkheid zag. Een groep zou bij het reizen een nuttige dekmantel vormen. De vrouwen zaten in de val.

Toen de oudste tegen de andere zei dat ze moesten gaan, drong de menigte samen zodat ze niet weg konden. 'Opzij, alstublieft,' zei de vrouw met een stem waarin paniek doorklonk. 'Ik moet met deze trein mee. Hé, hou op! Laat me gaan!'

'*Kareeb khade raho*,' blafte de zakenman, terwijl de menigte tegen de vrouwen aan drong. 'Sluit ze in, sluit ze in. We houden ze hier tot de politie er is. Deze westerse snollen moeten een lesje krijgen.'

'*Kya problem, hai?*' vroeg Marchant aan de zakenman. 'Is er een probleem?' Hij kon alcohol in zijn adem ruiken.

'En wie ben jij?'

'Ze reizen met mij,' zei Marchant met een blik op de twee vrouwen, die nu zichtbaar bang waren. Iets in zijn ogen moest hun hebben verteld dat hij aan hun kant stond.

'Dan moet jij dus hun pooier zijn.'

'Zoiets,' zei Marchant, de neiging onderdrukkend om hem een stomp te geven. 'We komen net van de opnames van de nieuwe film van Sjah Rukh Khan,' zei hij luid genoeg om door de menigte verstaan te worden. Marchant dacht snel na. Terwijl hij in de receptie op oom K stond te wachten, had hij in de *Hindustan Times* gelezen dat de Amerikaanse president had gehoopt een bezoek aan de set van een Bollywood-film te brengen terwijl hij in India was, maar zijn reisschema stak daar een stokje voor. Sjah Rukh Khan was een film aan het draaien in het Rode Fort in Delhi, een gezamenlijke productie met een westerse maatschappij. De ster had de president persoonlijk uitgenodigd bij het draaien te komen kijken terwijl hij in de stad was.

'Sjah Rukh?' vroeg iemand in de menigte opgetogen.

'Zeker. Maar wij waren slechts figuranten,' zei Marchant.

'Hebben jullie hem ontmoet? Mijn god, jullie hebben hem ontmoet, hè?' zei iemand anders uit de menigte. 'Hij heeft Sjah Rukh ontmoet!'

'We hebben hem alleen gedag gezegd,' ging Marchant verder. Hij keek naar de zakenman, die er duidelijk geen woord van geloofde. Maar de minder ontwikkelde menigte begon al om te draaien, zoals Marchant had gehoopt.

'Hoe was hij?' riep iemand anders. 'Hebben jullie hem horen zingen?'

'Nee, we hebben hem niet horen zingen. Ze voegen de soundtracks later toe, weet je. Maar we hebben hem zien dansen.'

'Met Aishwarya? Hebben jullie haar ook zien dansen?'

'Natuurlijk. Wij zaten in een grote vechtscène, waarin we vieze, vuile westerlingen speelden met een verderfelijke moraal. En ik verontschuldig me nu voor ons uiterlijk. We hebben geen tijd gehad om ons te verkleden. Hoe eerder we in deze trein kunnen stappen, hoe beter, dan kunnen we ons ontdoen van deze aanstootgevende kleren.' Marchant keerde zich naar de twee vrouwen. 'Volg me naar de trein zodra de menigte uit elkaar begint te gaan,' zei hij rustig tegen hen.

'Hoe kun jij dit bizarre verhaal bewijzen?' vroeg de zakenman, toen Marchant zijn hoofd boog en naar een rijtuigdeur liep. Waarop hij had gerekend, gebeurde: de menigte begon voor de westerlingen uiteen te gaan zonder aandacht te besteden aan de zakenman, die merkte dat hij werd meegevoerd door de mensenstroom. 'En waarom hebben deze twee vrouwen daar eerder niets van gezegd?' riep hij achter hen.

Marchant liet de twee vrouwen eerst in het rijtuig klimmen, waarna hij hen volgde en zich omdraaide naar de menigte om te zwaaien.

'Jij houdt niemand voor de gek,' hield de zakenman vol, die zich een weg baande naar de rand van het perron. Marchant wist dat er snel een eind moest komen aan de toestand die hij had gemaakt. De politie zou gauw verschijnen om vragen te stellen en verklaringen op te nemen. Tot dit moment had hij het gebruik van geweld vermeden in de hoop dat hij de situatie kon sussen in plaats van die te laten ontsporen. Maar de zakenman legde een koppigheid aan de dag die Marchant verontrustte.

'Drugs zijn alleen bedrieglijk voor jezelf, mijn vriend,' zei de zakenman. 'Mij houd je niet voor de gek.'

'Dat weet ik.' Marchant boog zich naar hem toe en bracht zijn mond dicht bij het oor van de man. 'Maar wat ik ook weet, is dat als jij achter ons aan probeert te komen, of met de politie praat of ons tegenover wie dan ook identificeert, ik persoonlijk je nek breek. Precies zoals Sjah Rukh in de film doet.'

# 33

In een ander leven, in een andere tijd hadden Marcus Fielding en William Straker goede vrienden kunnen zijn. Mensen van de Amerikaanse inlichtingendiensten hadden overal gejuicht toen Straker was benoemd tot directeur van de CIA. Hij was een echte spion, een man die afging op door mensen vergaarde inlichtingen, zo was hij opgeklommen tot hoofd Clandestiene Operaties van de CIA voordat hij directeur werd. Zijn benoeming had voor de CIA de klap verzacht toen die plotseling ontdekte dat er verantwoording moest worden afgelegd aan een hogere autoriteit, de nieuwe directeur van *National Intelligence*. Maar Straker vond het prima voor een DNI te werken. Hij ving voor een deel de ongewenste publiciteit op.

Er waren niet veel geheim agenten die bij zo'n grote bureaucratische instelling als de CIA de top haalden. Straker was goed voor de gemoedsrust van de spion in een tijd waarin het Congres vraagtekens zette bij het bestaansrecht van de CIA. En zijn mariniersachtergrond maakte ook een goede indruk op paramilitaire groepen. Hij was minder populair in Londen. Straker had persoonlijk geijverd voor het ontslag van Stephen Marchant, wat gezien Fieldings loyaliteit aan zijn voorganger niet meteen een goede basis was voor een speciale band tussen de twee spionnenbazen.

Maar Fielding was al lang voordat Straker had meegeholpen om Marchant te wippen, argwanend geweest. Hij wist dat ze eigenlijk bondgenoten zouden moeten zijn in plaats van tegenstanders. Straker verschilde hemelsbreed van de vorige directeur, een showfiguur die op de een of andere manier als spionageberoemdheid was komen bovendrijven in de scherpe spotlights van de periode na 9/11 en die genoot van de internationale beroemdheid voordat hij met pensioen ging om zijn memoires te schrijven. Straker was anders en leek meer op de Britten. Hij had altijd de voorkeur gegeven aan het schemerdonker. En als zodanig vormde hij een grotere bedreiging voor de Dienst, omdat hij het spel volgens dezelfde regels speelde.

'Heren,' zei Straker op zijn precieze, afgemeten manier. 'We hebben niet veel tijd. Een van onze hoogste generaals werd vanavond bijna gedood. Ik wil alles weten wat we over de ontploffing in de Gymkhana hebben. Was Marchant erbij betrokken?'

Rode lampjes op drie kleine camera's die waren gemonteerd op een communicatieblok in het midden van de tafel, gingen aan. Carter wierp een blik op Fielding, die knikte en toen naar het televisiescherm keek. 'Meneer, zoals u weet, is Marchant het onderwerp geworden van een niveau-vijf-operatie. MI6 denkt dat hij in de club was, maar dat hij niet verantwoordelijk was voor de aanslag.'

'Ik dacht wel dat je dat zou zeggen. Net zoals hij niet heeft geprobeerd om Munroe uit te schakelen. Marcus?'

'Will, ik weet hoe dit moet klinken, maar wij zijn ervan overtuigd dat Marchant erin wordt geluisd.'

'Niet door ons,' zei Straker.

Fielding begreep wat ongezegd bleef – de Amerikanen hadden Leila niet gebruikt om Marchant in de val te laten lopen – en besteedde er geen aandacht aan. Uiterlijk deed Straker Fielding denken aan de zwaargebouwde rugbyspelers die zijn college in Cambridge toeliet met de belofte dat een indrukwekkende prestatie op het veld zou opwegen tegen eventuele academische tekortkomingen. Maar hij wist ook dat Straker de scherpzinnigste inlichtingenofficier van zijn generatie was. Ze spraken allebei vloeiend Arabisch (Straker sprak ook nog Russisch en Urdu) en daardoor hadden hun wegen elkaar gekruist toen Fielding en hij Gadaffi hadden overgehaald zijn nucleaire ambities te laten varen. Een poos was er sprake geweest van een gezonde intellectuele rivaliteit tussen hen beiden, tot Langley alle eer voor het kortwieken van Gadaffi had opgeëist.

Maar wat Fielding nu dwarszat, was de wetenschap dat het plan om Leila in te lijven door Straker persoonlijk zou zijn goedgekeurd, ook al was het dan het kindje van Spiro. Na het ontslag van Stephen Marchant had er een streep onder gezet moeten worden, maar de verhouding tussen de CIA en MI6 was absoluut slecht gebleven.

'Ik heb te maken met een president die over tweeënzeventig uur in Delhi landt,' zei Straker, 'en op dit moment moet ik een heel goede reden hebben om Marchant niet op te pakken en zwaar te vertrouwen op de Indiërs om Dhar uit te schakelen.'

'Het zou beter zijn om hem eerst door Marchant te laten vinden,' zei Fielding koeltjes. Hij had geen boodschap aan het botte ongeduld van Straker.

'Ik weet dat het een mogelijkheid is, Marcus. Daarom heb ik Spiro teruggeroepen en Alan daar de leiding gegeven. Maar ik hoopte dat Marchant ons naar Dhar zou leiden en niet dat hij in de Gymkhana Club een aanslag zou proberen te plegen op generaal Casey.'

'Wij denken dat Dhar wel eens een agent zou kunnen zijn,' zei Carter met een blik op Fielding, die het best vond als hij de aftrap deed. Sinds de ontdekking van de betalingen aan de familie van Dhar had Fielding zich afgevraagd hoe hij de Amerikanen van het slechte nieuws op de hoogte moest brengen. Een van hun eigen mensen voor boodschapper laten spelen leek ook een goede oplossing.

'Een agent? Heb ik iets gemist? Op dit moment is Salim Dhar onze nieuwe schoppenaas.'

'Meneer, we denken dat hij wel eens gerekruteerd kan zijn.' Carter keek weer nerveus achterom. Fielding gaf hem een bijna onzichtbaar knikje.

'Is dat zo?'

'MI6 heeft een heel interessante CX over Dhar ontdekt,' ging Carter verder.

'Will, we denken dat hij misschien een van ons is,' loste Fielding Carter af, die wel genoeg over zich heen had gehad van de directeur. Hij zou het van hier overnemen.

'Denken jullie dat?'

'Stephen Marchant heeft in 1980 een betaling aan zijn familie geregeld toen Delhi zijn standplaats was.'

'Jezus, Marcus, waarom heb je dat niet eerder gemeld?'

Fielding besteedde nadrukkelijk geen aandacht aan de vraag. 'Maandelijkse stortingen aan zijn vader, nadat die door het Britse hoge commissariaat was ontslagen.'

'Heeft hij niet ooit op onze ambassade gewerkt?'

'Een aantal jaren, ja.'

'Waarom betaalde Marchant hem dan? Dhar was nog maar een kind.'

'Ik weet het.' Het was een vraag waarop Fielding geen antwoord had.

'Maar jij denkt dat dit van Dhar een brave jongen maakt en niet dat het een bevestiging is van onze bangste vermoedens met betrekking tot Stephen Marchant? Vergeef me dat ik wat ongelovig overkom, maar vanuit ons standpunt lijkt het er niet op dat het geld echt goed is besteed: twee aanslagen op Amerikaanse ambassades en één op de marathon van Londen.'

'Niemand beweert dat hij aan onze kant staat, meneer,' zei Carter, 'maar we denken dat hij misschien is overgehaald om voor de Britten te werken.'

'En Daniel Marchant is de enige die daarachter kan komen,' voegde Fielding eraan toe. 'Dhar zou het hoogstgeplaatste lid van Al-Qaida kunnen zijn dat het westen ooit heeft ingelijfd. We zijn bereid hem te delen.'

Er viel weer een stilte en even dacht Fielding dat de verbinding met Langley was verbroken. Maar hij wist dat het plan de diepgewortelde voorkeur van de directeur voor heimelijke operaties zou aanspreken.

'Ik kan Marchant en Dhar niet vrij in India laten rondlopen op het moment dat de president daar aankomt. De DNI zou dat niet pikken. En dat kan ik hem niet kwalijk nemen.' Hij zweeg weer even. 'Je hebt vierentwintig uur om uit te vinden aan welke kant Dhar staat, daarna pakken we ze allebei op.'

De twee vrouwen, Kirsty en Holly, hadden in de Mangala Express kaartjes voor een coupé met airco, die heel wat comfortabeler was dan de derdeklaswagon met kale banken van Marchant. Hun hele coupé was open, maar door gordijnen in verschillende stukken verdeeld. De verlichting was al gedempt, ook al hadden ze Delhi pas een uur achter zich gelaten. De sfeer leek wel wat op die van een schoolslaapzaal met brave kinderen. Een zacht gesnurk klonk boven het geratel van de wielen uit. In Marchants wagon zat echter een krioelende mensenmenigte die vast van plan was de hele reis naar Kerala, vijfentwintighonderd kilometer naar het zuiden, te eten, te boeren en te ruziën. Er waren geen bedden, alleen harde houten banken.

Het gedeelte van de twee vrouwen bestond uit twee stapelbedden van driehoog tegenover elkaar. Zij sliepen op de bovenste bedden en een gezin uit Kerala met één kind bezette de onderste bedden. Het bed recht onder Holly was onbezet: daarop lag Marchant nu met Kirsty te praten.

'Je kunt hier vannacht blijven, als je wilt,' zei ze met een blik op Holly. 'Zij slaapt al. We waren met ons drieën, maar Holly en Anya kregen een beetje ruzie, dus bleef Anya in Delhi. Je ligt op haar bed.'

'Ik zal kijken of de conducteur het goed vindt als ik bijbetaal,' zei Marchant. Hij kon horen hoe de conducteur hun kant uit kwam. Eerder had iemand van het personeel hem argwanend aangekeken toen hij lakens en dekens ronddeelde.

Holly en Kirsty, allebei Engels en begin twintig, waren op weg naar Goa. Ze maakten een wereldreis van een halfjaar en hadden twee weken door India gereisd. Holly, de jongste, lag overhoop met het subcontinent en had geketterd op het eten, het weer, de mannen, haar ingewanden en de toestand van de openbare toiletten voordat ze in slaap was gevallen. De botsing op het station had haar duidelijk uitgeput. Kirsty had een meer relaxte houding en werd niet geobsedeerd door het weer of haar ingewanden. Iets in haar ontspannen benadering van het leven had Marchant aan Monika doen denken. Ze hadden meteen met elkaar kunnen opschieten.

'Hoorde je dat?' Kirsty gaf een knikje naar het begin van de wagon. Marchant luisterde hoe iemand protesteerde, omdat hij niet op een onbezette plaats mocht blijven zitten. De conducteur begon met een uitleg over wachtlijsten, over drie maanden van tevoren boeken en de politie.

Marchant en Kirsty keken elkaar aan.

'Snel, kom hier. Je kunt je verstoppen onder mijn deken.'

Marchant keek naar beneden. De man uit Kerala, een ingenieur die hem eerder zijn visitekaartje had gegeven, lag te snurken. De vrouw lag ook te slapen, maar de peuter die naast haar lag, had zijn grote bruine ogen open en keek naar hem omhoog. Marchant glimlachte en legde een vinger tegen zijn lippen. 'Ssst,' zei hij en hij stak een been uit naar het bed ertegenover, waarop het gezin uit Kerala wat van hun bagage had neergelegd. Toen trok hij zich omhoog naar het smalle bovenbed. Kirsty giechelde toen ze naar de rand schoof om tegen de wand wat ruimte voor Marchant te maken.

'Ze zijn klein, die bedden,' fluisterde Marchant. Hij voelde haar lichaamswarmte toen hij de deken over zich heen trok. De ruwe wol deed hem aan school denken.

'De man komt eraan,' zei Kirsty, die haar rugzak van het voeteneind naar boven trok om een scherm te vormen. Marchant lag stil naar de conducteur te luisteren. Hij hoorde hem het gezin eronder aanstoten, terwijl Kirsty een hand uitstak om Holly te wekken.

Toen de conducteur was verdwenen, bleef Marchant nog even liggen, doezelig door de ritmische beweging van de wagon. De laatste keer dat hij in India in een trein had gezeten, was in zijn vrije jaar geweest, toen hij naar Calcutta was gereisd in wat ooit bekend had gestaan als de Frontier Mail.

'David?' zei Kirsty zacht. 'Hij is weg.'

Marchant kwam naar boven om adem te halen en ze lagen daar samen omhoog te kijken naar het metaalblauwe interieur uit de jaren vijftig van de vorige eeuw met de klinknagels, koperen schakelaars en bakelieten fittingen. De stijl deed Marchant denken aan een oud marineschip.

Eerder hadden ze gepraat over het voorval op het perron in Delhi. Beide vrouwen hadden hem bedankt voor de dappere manier waarop hij hen had gered en gevraagd of het waar was wat hij allemaal had gezegd. Marchant had ervoor gekozen om dit onschuldige leugentje vol te houden en vertelde hun dat hij twee dagen als figurant in het Rode Fort had gewerkt en dat Sjah Rukh in werkelijkheid helemaal niet zo groot was. Hij moest het bedrog goed volhouden.

Holly had gemerkt dat het tussen Marchant en Kirsty klikte en zich mokkend op haar bed teruggetrokken. Zij hadden samen op het open balkon van de wagon zitten kijken naar het voorbijglijden van de voorsteden van Delhi. Hun gesprek was ongedwongen verlopen, alsof ze elkaar al jaren kenden. Geen vragen of verklaringen over hun leven, wat Marchant prima vond.

Hij werd weinig wijzer over Kirsty, behalve dat ze *ashtanga yoga* wilde beoefenen op een strand in Goa en dat ze het lenige figuur van een yogameisje had. Alles wat Kirsty van hem wist, was dat hij David Marlowe heette, dat zijn rugzak was gestolen in een pension in Paharganj en dat hij uit Ierland kwam. Ze waren met andere woorden vreemden, en dat nog veel meer dan Kirsty ooit zou weten.

Maar terwijl hij in het smalle bovenbed van een nachttrein naar Goa lag te luisteren naar het langdurige, monotone geluid van de hoorn van de locomotief ergens ver voor hen, had Marchant het gevoel dat er iets in hun onbekommerde ontmoeting zat waardoor het onvermijdelijk werd dat zij een been over het zijne haakte. Hij stond op het punt het gebaar te beantwoorden, toen onder hen het kind uit Kerala hoestte. Marchant glimlachte toen Kirsty haar been terugtrok. In plaats daarvan bleven ze daar naast elkaar liggen. Terwijl de Mangala Express door de duisternis verder raasde naar de Arabische Zee, dreven hun botsende werelden weer uit elkaar.

# 34

Paul Myers had de hele avond zwaar zitten drinken in de Morpeth Arms en gekeken naar de lampen van Legoland die aan de overkant van de Theems het nachtelijk duister verlichtten. Wat hij ging doen, kon tot zijn ontslag leiden. Het was ook verraad aan Leila, een van de weinige personen voor wie hij echt vriendschap had gevoeld. Maar zij had hem verraden en hij besefte nu dat hij weinig keus had. Hij dronk zijn vijfde pint London Pride leeg, stond op en liep naar buiten. Hij stak de weg over naar het trottoir langs de rivier.

Daar keek hij naar het donkere water dat geluidloos onder hem voorbijstroomde, terwijl hij het persoonlijke mobieltje van Marcus Fielding belde. Heel weinig mensen kenden dat nummer en nog minder hadden toestemming het te bellen. Maar als je op GCHQ werkte met het veiligheidscertificaat van een hoge inlichtingenanalist waren er manieren. Myers keek omhoog naar het kantoor van de Dominee toen de telefoon begon over te gaan.

'Wie is dit?' vroeg Fielding.

'Paul Myers, hoofdanalist, afdeling Azië, Cheltenham.' Myers was zich ervan bewust dat hij licht lalde.

'Dit is niet het geschikte communicatiekanaal en evenmin de geschikte tijd,' vond Fielding. 'Wie is uw chef?'

'Meneer, het gaat over Leila. Ik moet vanavond met u spreken.' Ondanks de alcohol hoorde Myers de aarzeling aan de andere kant van de lijn. 'We hebben een paar van haar telefoongesprekken onderschept. Ik vind dat u de transcripten moet zien. Ik heb ze bij me.'

Een pauze. 'Waar ben je?'

'Aan de overkant van de rivier.' Myers keek naar de ramen van de erker op de hoogste verdieping van Legoland. Hij zag niemand, maar stelde zich voor dat de Dominee naar buiten de duisternis in staarde.

'Ik zal je oppikken in mijn auto,' zei Fielding. 'Ik ben op weg naar buiten.'

Tien minuten later zat Myers achter in een Range Rover naast Fielding, terwijl ze langs de Theems richting Westminster reden. Myers voldeed volledig aan de verwachtingen van Fielding: weinig sociale vaardigheden, donker brilmontuur, weinig persoonlijke hygiëne, een drankprobleem en een superhoog IQ. Met andere woorden: een typische gegevensherkauwer uit Cheltenham.

'Het eerste telefoontje verscheen een paar uur na de marathon op het net,' zei Myers. 'We waren naar alles aan het luisteren, omdat we met alle geweld een aanwijzing wilden krijgen. De drukte was enorm, een beetje als na de aanslagen op 7 juli. Zuid-India stond natuurlijk op de lijst, dus scanden we op Malayalam, Tamil, Telugu. Maar we luisterden ook naar Farsi. Ik pikte dit op. Ik wist meteen dat het de stem van Leila was.'

Hij gaf Fielding een uitdraai van een telefoontranscript. Fielding las die zorgvuldig door.

***Moeder** (Farsi): 'Ze zijn vannacht met hun drieën gekomen. Ze hebben de jongen meegenomen – je weet wel, die voor me kookt. Voor mijn ogen hebben ze hem afgeranseld.'*

***Leila** (Farsi): 'Hebben ze jou pijn gedaan, mama? Hebben ze jou wat aangedaan?'*

***Moeder** (Farsi): 'Hij was als een kleinzoon voor mij. Ze hebben hem bij zijn [voeten?] weggesleept.'*

***Leila** (Farsi): 'Mama, wat hebben ze met jou gedaan?'*

***Moeder** (Farsi): 'Jij had gezegd dat ze niet zouden komen. Anderen hier hebben er ook onder geleden.'*

***Leila** (Farsi): 'Nooit meer, mama. Ze zullen niet meer komen. (Engels) Dat beloof ik.'*

***Moeder** (Farsi): 'Waarom zeiden ze dat het de schuld van mijn familie was? Wat hebben wij ze gedaan?'*

***Leila** (Engels): 'Niets. (Farsi) Je weet hoe dat gaat. Ben je nu veilig?'*

*[Gesprek beëindigd.]*

'Heb je dit ingeschreven of aan iemand anders gegeven?'

Myers zweeg even en schudde zijn hoofd. 'Nee. Ik weet dat ik het had moeten doen. Leila en ik waren bevriend. Goed bevriend. Ik zocht er niets achter. Ze had al eerder met me gepraat over het verpleeghuis en de slechte manier waarop het personeel haar moeder behandelde. Eerlijk gezegd vond ik het nogal vervelend dat ik haar afluisterde. Het voelde aan als een gezinsaangelegenheid.'

'Waardoor ben je van gedachte veranderd?'

'Nou, uiteraard door het nieuws dat ze voor de Amerikanen werkte. Ik vond het vreselijk toen ik dat hoorde. Het voelde erg persoonlijk aan, als een persoonlijk verraad. Ik heb de transcripten weer gepakt en nog eens doorgelezen.'

'En?'

'Ik had het belangrijkste gedeelte over het hoofd gezien, de transmissiegegevens. Leila had altijd over haar moeder gepraat alsof ze in een verpleeghuis in Engeland zat. Toen ik haar over de kok, de afranseling hoorde praten, nam ik aan dat het over het verplegend personeel ging. Het gedraaide nummer was van een Engels mobiel toestel, maar ik controleerde de onderscheppingsgegevens nog eens en kwam tot de ontdekking dat de routing via een mobiel netwerk in Teheran liep.'

Ze hadden het allemaal over het hoofd gezien, dacht Fielding. Iedereen behalve de Amerikanen, die niet alleen hadden ontdekt dat Leila's moeder naar Iran was verhuisd, maar die informatie ook hadden gebruikt om Leila te rekruteren. Zorgwekkender was dat het inhield dat het Uitgebreide Beoordelingssysteem had gefaald, de eerste misser van de nieuwe politiek van de Dienst om het rekruteringsnet wat verder uit te werpen. Hoeveel zouden er in de toekomst nog meer door de mazen glippen?

'We zorgden een beetje voor elkaar,' ging Myers verder.

'Op wat voor manier?'

'Verschillende dingen, nu en dan.'

'Ga verder.'

'In Cheltenham hoorden we wat losse flarden op de ochtend van de marathon. Ik heb dat doorgegeven en haar gezegd voorzichtig te zijn.'

'Heb je dat tegen iemand anders verteld?'

'Nee. Op dat moment dacht ik niet dat het belangrijk was. Ik wist alleen dat ze meeliep. Ze bedankte me en zei dat ze het zou doorgeven aan de anderen, maar ik weet dat ze dat niet heeft gedaan.'

'En je vindt dat nu belangrijk?'

'Ja, inderdaad.'

'Waarom?'

'Mijn lijnmanager kreeg kort geleden de instructie van MI6 om zich uitsluitend op de Golf te concentreren. We hebben dit vandaag op het net opgevangen. De oproep kwam uit een telefooncel in Delhi. Weer Leila's stem. Ik heb het laten vertalen. Ze probeert met haar moeder te praten – in Teheran.'

Hij overhandigde Fielding een ander transcript.

***Leila*** *(Farsi): 'Mama. Met Leila. Het zal gauw beter gaan.'*

***Ongeïdentificeerde man*** *(Farsi): 'Uw moeder ligt in het ziekenhuis.'*

***Leila****: 'Wie bent u?'*

***Ongeïdentificeerde man****: 'Een vriend van de familie. [Mannenstemmen op de achtergrond] Het gaat goed met haar, insjallah. Ze krijgt de beste behandeling die met dollars te koop is.'*

***Leila****: 'Ik wil dat er voor haar wordt gezorgd. Dat is altijd de afspraak geweest.'*

***Ongeïdentificeerde man****: 'Ik zal haar zeggen dat je hebt gebeld. En dat haar gezondheid in jouw handen ligt.'*

*[Einde]*

'Weten we van wie de mannenstem is?' vroeg Fielding toen hij het transcript teruggaf.

Myers aarzelde even. 'Ali Mousavi, een hoge officier in VEVAK, het Iraanse ministerie van Inlichtingen en Veiligheid.'

'Ik ken hem,' zei Fielding. 'Schept persoonlijk genoegen in het vervolgen van bahá'ís.'

'Vindt hij het ook leuk om achter een aanslag op een marathon te zitten?'

'Waarom dat?'

'Ik heb nog eens naar de losse flarden geluisterd die ik de nacht voor de wedstrijd heb opgevangen. Het enige wat we hadden, was één kant van een gesprek, de Londense kant. Accent uit Zuid-India, niet-traceerbaar mobieltje.' Myers overhandigde Fielding een ander transcript. 'Maar het telefoontje kwam uit Iran. Vanmiddag ben ik er eindelijk in geslaagd de telefoon te traceren. Hij is eerder dit jaar gebruikt door Ali Mousavi.'

Fielding keek Myers aan. Net zoals alles in het werk van inlichtingendiensten was het niet beslissend, maar voor hem was het voldoende. Hij las het transcript:

> ***Ongeïdentificeerde man*** *(Engels, Zuid-Indiaas accent): 35.000 lopers.*
>
> ***Beller****: [geen data, versleuteld, uit Iran]*
>
> ***Ongeïdentificeerde man****: Acha. 8 minuut 30.*
>
> *[Einde]*

Fielding vroeg de andere twee transcripten terug en bestudeerde ze nog een keer.

'Dank je dat je me dit hebt laten zien.' Hij bladerde door de vellen. 'Ik stel het op prijs dat je het risico wilde nemen.'

'We hoorden dat de Amerikanen betaalden voor de verzorging van Leila's moeder en dat ze als tegenprestatie voor hen werkte. Haar moeder was een bahá'í, dus steunden ze haar maar al te graag.'

'Dat hebben wij ook gehoord.'

'VEVAK is van mening dat alle bahá'ís zionistische agenten zijn. Ze krijgen hier lucht van, gaan naar het huis van haar moeder en nemen de telefoon op als Leila belt.'

'Dat zou een logische verklaring zijn. Maar de afspraak tussen Leila en de Amerikanen was geheim – tenminste, daar moeten we van uitgaan. Waarom zou ze dus tegen een onbekende Iraniër die de telefoon in het huis van haar moeder opneemt, zeggen: "Ik wil dat er voor haar wordt gezorgd, dat is altijd de afspraak geweest."'

Myers bleef heel stil zitten en staarde naar de vloer van de auto.

Een ogenblik lang dacht Fielding dat hij ging overgeven. Toen hief hij zijn hoofd op en keek Fielding aan.

'Leila was helemaal niet voor de Amerikanen aan het werk, hè?'

'Nee, dat was ze niet.'

'En er was geen Amerikaanse mol bij MI6.'

'Nee. Die was er niet. Er was een Iraanse die nu voor de CIA in Delhi werkt en wel tweeënzeventig uur voordat de Amerikaanse president daar landt. Ik denk dat ik je hier moet afzetten.'

# 35

Marchant hoorde de politie voordat ze zijn wagon hadden bereikt. Hij lag daar met open ogen naast Kirsty te luisteren naar de slaapgeluiden om hem heen. Op de achtergrond kon hij de vage maar dwingende stemmen van gezagdragers onderscheiden. Hij maakte zich los uit Kirsty's slappe omhelzing en zwaaide omlaag naar de vloer van het rijtuig, waarbij hij ervoor zorgde geen lawaai te maken. Hij wist dat hij snel moest handelen. De politie kwam van beide kanten door de trein om iedereen te controleren.

Marchant stapte uit het slaapgedeelte in de kleine ruimte aan het eind van de wagon waar die was verbonden met de volgende. In een hokje met het bordje WASGOED lag iemand van het treinpersoneel op een opklapbed te slapen. Op de planken boven hem lagen kussens en dekens in keurige stapels. De deur stond op een kier. Zacht trok Marchant die dicht. Toen duwde hij de kruk van de buitendeur omlaag en liet hem openzwaaien. De nacht was warm en het omliggende land vlak: rijstvelden. Marchant schatte dat de trein zo'n vijftig kilometer per uur reed – niet snel, maar te snel om te springen.

Naast zich zag hij een metalen kastje met het opschrift ELEKTRA. Hij trok aan de gedeukte voorplaat. Het slot was allang kapot en het kastje ging gemakkelijk open. De stemmen achter hem klonken luider. Hij keek door de trein en zette toen alle schakelaars om die omhoog stonden. Twee lampen boven hem gingen uit, net als de vage nachtverlichting in de wagon. Daardoor kon hij een paar tellen winnen. Hij controleerde of er geen noodverlichting was aangegaan en strekte zijn been uit naar de tree buiten de open deur van de trein, waarbij hij zich vasthield aan de stang ernaast. Toen zette hij zijn linkervoet op de deur en trok zich omhoog.

Een ogenblik lang hing hij horizontaal boven de bewegende

grond en dacht dat hij ging vallen, maar met zijn linkerhand slaagde hij erin de bovenkant van de deur te grijpen en zich verder omhoog te trekken. Een tel later passeerde de trein een betonnen seinpaal, die langs zijn opbollende hemd schuurde. De stoot adrenaline maakte zijn benen zwaar en hij wist dat zijn kracht begon af te nemen.

Met een blik naar beide kanten greep hij de dakrand van de treinwagon en trok zich weer omhoog, terwijl hij zich afzette met een voet op de rand van het raampje. Het volgende ogenblik lag hij plat op het dak. Hij dacht aan Sjah Rukh Khan, die in *Dil Se* boven op een trein danste, maar hij voelde zich helemaal geen filmster toen hij zich plat op het vuile dak van de trein drukte en keek of er geen viaducten kwamen.

Hij wist dat hij nog niet veilig was. Over de zijkant van de trein gebogen pakte hij de zware deur en zwaaide die dicht. De deur klikte, maar zat nog niet goed dicht. Er was geen tijd om hem goed te sluiten. Hij begon over het dak van de trein naar achteren richting derde klas te schuifelen, waarbij hij zijn lichaam zo plat mogelijk hield.

Onder hem betrad een groep politiemensen de wagon van de andere kant en liep zoekend langs de slapende families. Ze stoorden de passagiers niet tenzij ze het gezicht niet konden zien. Toen ze bij de coupé van Kirsty en Holly kwamen, riep de politieman die de leiding had een vrouwelijke collega. Het gezicht van Holly was duidelijk zichtbaar, maar dat van Kirsty lag onder de deken.

'Alstublieft, wakker worden, mevrouw, we moeten uw paspoort zien,' zei de politievrouw die aan Kirsty's deken trok. Toen sprak ze Holly aan, die haar ogen had geopend. 'Paspoort, mevrouw? Politiecontrole.'

Holly ging rechtop zitten en rommelde slaperig door haar rugzak, die aan het voeteneind van haar bed stond. 'Kirsty, wakker worden!' riep ze naar haar slapende vriendin. 'Kirsty?'

Kirsty bewoog, keek knipperend naar de politievrouw, die met haar hoofd net onder haar bed kwam. Instinctief draaide ze zich om naar waar Marchant had gelegen; toen keek ze weer naar de vrouw.

'Iets kwijt?' vroeg de politievrouw.

'Mijn tas.'

'Is dit hem?' Ze klopte op de rugzak bij Kirsty's voeten.

Kirsty knikte en trok haar paspoort uit de geldriem om haar middel. Nog half slapend schudde ze haar haren naar achteren. Waar was David gebleven? Ze had hem niet horen vertrekken. Terwijl de vrouw hun paspoorten bekeek en ze doorgaf aan haar meerdere, wierp Holly een vragende blik op Kirsty, die haar schouders ophaalde.

'Is er iets aan de hand?' wilde Kirsty weten.

'We zijn op zoek naar een Ier, David Marlowe,' zei de hogere politieman, die een bamboe wapenstok in zijn hand hield. 'Hij is in Delhi met twee vrouwelijke buitenlandse toeristen in deze trein gestapt. Hebt u iemand gezien die zo heet?'

Kirsty keek naar Holly.

'Ja, hij reist derde klas,' zei Holly. 'We hebben hem op het perron van Nizamuddin ontmoet. Een beetje een loser.'

Kirsty wierp haar een verwijtende en verbaasde blik toe. Ze wist dat ze met Anya in Delhi had moeten blijven.

'Waar ging hij naartoe?' De politievrouw maakte aantekeningen op een notitieblokje.

'Waarom vraagt u dat haar niet?' zei Holly. 'Zij kende hem beter.'

'Hij heeft ons op het perron in Delhi uit een moeilijke situatie gered,' zei Kirsty, die zich evenzeer tot Holly als de politievrouw richtte. 'Ik geloof dat hij zei dat hij naar Vasai ging.'

Wat David ook had uitgevoerd, dacht Kirsty, hij had in Delhi veel moeite gedaan om hen te helpen. Holly scheen dat te zijn vergeten.

'Vasai? Reisde hij dan niet naar Goa?'

'Hij had niet genoeg geld.'

'Heeft hij verder nog iets gezegd?'

'Nee.'

'En hij reisde alleen?'

'Ik neem aan van wel.'

'Bagage?'

'Ik geloof het niet. Waarom stelt u me zoveel vragen?'

'Kunt u zich herinneren wat hij droeg?'

'Ik weet het niet.' Kirsty voelde zich ineens erg moe. 'Een spijkerbroek?'

'Hij stonk, dat is het enige dat ik nog weet,' zei Holly.

Kirsty nam deze keer niet eens de moeite om haar aan te kijken. Ze wilde alleen maar weer gaan slapen en dan wakker worden in haar bed in Engeland.

'Eén goede raad, mevrouw,' zei de politievrouw, die beide paspoorten teruggaf aan Kirsty. 'Blijf uit de buurt van nietsnutten als David Marlowe.'

'Wat heeft hij op zijn geweten?' vroeg Holly.

'Dat zult u gauw genoeg in de krant lezen. Hij is gevaarlijk, een gladde jongen.'

# 36

Na Myers te hebben afgezet op Trafalgar Square, waar hij zei een nachtbus te zullen nemen naar de flat van een vriend in Noord-Londen, gaf Fielding zijn chauffeur opdracht om te draaien en terug te rijden naar kantoor. Legoland was bemoedigend druk toen Fielding de lift naar zijn kantoor in stapte. Hij vond het verontrustend als het gebouw stil was. Hij stuurde een sms'je naar de gsm van Denton met de vraag of hij de volgende dag vroeg op kantoor kon komen en ging aan zijn bureau zitten om het Uitgebreide Beoordelingsrapport van Leila door te lezen dat hij had opgevraagd bij het diensthoofd met nachtdienst.

Om ongeveer drie uur in de ochtend vroeg hij om de laatste dossiers over de bahá'í-gemeenschap in Iran, Ali Mousavi en de aanslag op de Londense marathon, die op een karretje moesten worden gebracht.

Tegen de tijd dat de dageraad begon aan te breken en een levendige oranje gloed de donkere Theems onder zijn raam verwarmde, had Fielding een betere indruk van de bedreiging die Leila vormde en de gevolgen van haar status als driedubbelspion voor de Dienst, voor Stephen Marchant en voor zijn eigen carrière. De Amerikanen zouden hun eigen gevolgtrekkingen moeten maken op basis van de informatie die hij Straker over een paar uur zou doorgeven. Zij was nu hun probleem.

De gevolgen voor MI6 waren evenwel nog steeds catastrofaal wanneer Leila, een van nieuwe toppers van de Dienst, vanaf het moment dat ze Legoland was binnengestapt, had gewerkt voor VEVAK, het Iraanse ministerie van Inlichtingen en Veiligheid. De Uitgebreide Beoordeling, die tien jaar eerder was ingevoerd, moest de hoogste mate van veiligheid garanderen en zou veel beter zijn dan de routinecontroles op het gebied van contraterrorisme en veiligheid. Een dergelijke beoordeling was belangrijker dan ooit, nu de inlichtingendiensten onder zulke uiteenlopende etnische groepen rekruteerden, maar in het geval van Leila bleek er een fout zonder weerga te zijn gemaakt.

Kort nadat ze zich voor het eerst bij de Dienst had aangemeld, was er met Leila een uitgebreid sollicitatiegesprek gevoerd, gevolgd door nog twee gesprekken voordat ze negen maanden na haar aanvankelijke sollicitatie met de training op het Fort was begonnen. Het laatste van deze gesprekken was gevoerd in aanwezigheid van een hogere beoordelingsofficier en daarbij was een punt van 'nazorg' aangesneden met betrekking tot familiebanden in Iran.

Een lagere beoordelingsofficier was erop uitgestuurd om te gaan praten met Leila's moeder in haar huis in Hertfordshire. Ze was twee jaar eerder weduwe geworden en inmiddels al meer dan vijfentwintig jaar ingezetene van Groot-Brittannië nadat ze ten tijde van de revolutie Iran was ontvlucht en haar baan als lector aan de Universiteit van Teheran had moeten laten schieten. Ze was een toegewijde bahá'í en was haar godsdienst in Engeland trouw gebleven door zich aan te sluiten bij een kleine, plaatselijke groepering.

Het daaropvolgende UB-rapport riep geen veiligheidsbezwaren op en beschreef Leila's moeder als een volledig geïntegreerd lid van de Britse maatschappij. Net als andere bahá'ís die Iran waren ontvlucht en in Groot-Brittannië woonden, was ze een fel tegenstandster van het huidige regime in Teheran, maar ze trad niet op de voorgrond als lid van de bahá'í-gemeenschap in ballingschap. Opvallend was dat ze zich niet had ingelaten met de verscheidene politieke campagnes over de hele wereld die ijverden voor godsdienstvrijheid in Iran.

Twee maanden voordat Leila begon met haar training in het Fort, had er een tweede gesprek met haar moeder plaatsgehad. Ze woonde nog op hetzelfde adres, maar er was sprake van dat ze zou verhuizen naar een verzorgingshuis in Harpenden. Het gesprek leverde geen bijzonderheden op en er was een handgeschreven memo bij het verslag gevoegd met de opmerking dat van verdere gesprekken moest worden afgezien als ze niet strikt noodzakelijk waren. Veel van wat ze zei bleek verward te zijn en er werd geconcludeerd dat ze de eerste tekenen van alzheimer vertoonde.

Wat Fielding verontrustte, was dat de terugkeer van de moeder naar Iran, kort na dat laatste gesprek, de beoordelaars totaal was ontgaan. De beoordelaars wisten niet beter of ze woonde nog steeds in Hertfordshire. Uiteraard was het de verantwoordelijkheid van Leila geweest om MI6 in te lichten over een verandering in de familieomstandigheden, vooral gezien de moeizame betrekkingen met Iran, maar ze had er kennelijk voor gekozen het tegen niemand te vertellen. Binnen Whitehall werd intussen erkend dat de Uitgebreide Beoordeling te zeer steunde op de verantwoordelijkheid van het individu om zulke veranderingen door te geven, maar de fundamentele mankementen van het systeem waren nog nooit zo duidelijk aan het licht getreden als nu.

Fielding probeerde mild te zijn in zijn oordeel. Als Leila van tevoren had geweten wat haar moeder van plan was, zou ze er bezwaar tegen hebben gemaakt in de wetenschap dat ze dan blootgesteld kon worden aan chantage. Maar wat had Leila kunnen doen toen haar moeder eenmaal in Iran was? Ze was zeer ambitieus; haar veelbelovende carrière bij MI6 zou voorbij zijn voordat die goed en wel was begonnen als ze de autoriteiten inlichtte.

Fielding besloot dat ze waarschijnlijk geen waarschuwing had gehad, maar alleen een telefoontje van haar moeder achteraf: in plaats van te verhuizen naar een verzorgingshuis had ze het vliegtuig terug naar Iran genomen. Was het verwarde optreden van de moeder tijdens het laatste gesprek doorgestoken kaart geweest? Zodra ze zich in Iran had gevestigd, zou de ergste vrees van Leila bewaarheid zijn geworden. Haar moeder was vanwege haar geloof algauw doelwit geworden en VEVAK had in Londen bij Leila aangeklopt in de wetenschap dat zij net ging beginnen aan een carrière bij MI6.

In het begin van de jaren tachtig van de twintigste eeuw hadden tweehonderd bahá'í's in Iran de dood gevonden en vele duizenden waren gearresteerd. In de afgelopen jaren had de regering de campagne om alle bahá'ís uit het land te verdrijven nieuw leven ingeblazen. Leila moest voor een onmogelijke keus zijn gesteld: voor VEVAK werken of haar moeder laten sterven. Ze zou niet de eerste en niet de laatste bahá'í zijn die werd geëxecuteerd.

Heel even voelde Fielding medelijden met Leila. De dossiers wezen op een aandoenlijk sterke band tussen moeder en dochter, die nog sterker was geworden door het drinken van de vader. Ze hadden samen een front gevormd tegen zijn uitspattingen, waartoe ook geweld tegenover Leila's moeder behoorde, maar niet tegenover haar, hoewel hun relatie allesbehalve goed was. Een opmerking in haar dossier duidde op een volledig verbreken van het contact toen Leila in Oxford naar de universiteit was gegaan. Ze had tegen de beoordelingsofficier gezegd dat de tranen die ze bij de begrafenis van haar vader in haar laatste jaar had vergoten, uitsluitend voor haar moeder waren geweest.

Fielding stond op van zijn bureau, rekte zich uit en keek uit het raam naar de eerste vliegtuigen die op Heathrow gingen landen en Londen uit de slaap wekten. Er werd op de deur geklopt. Otto, die als butler onder drie hoofden had gediend, kwam binnen met een pot Turkse koffie, een mandje warme boterhammen en wat Griekse yoghurt. Fieldings standplaatsen hadden hun effect gehad op zijn smaak.

'Je moet wat tijd vrij nemen, Otto,' zei Fielding. 'Je hebt gisteravond tot laat gewerkt en nu ben je er al weer vroeg bij.'

'Geen probleem, meneer. Het hoofd van dienst belde me. Hij zei dat u de hele nacht op was geweest en zo.'

'Het verschil is dat ik genoeg betaald krijg om de hele nacht door te werken en jij niet,' zei Fielding, die een kop koffie inschonk. Hij wist dat veel van de nieuwe rekruten van MI6 het helemaal niets vonden dat er in Legoland een butler werkte, tot hun werd gewezen op de praktische problemen als de baas moest dineren met een belangrijk persoon. Op de meeste dagen van de week lunchte hij met politici, hogere ambtenaren en collega's van andere diensten, maar hun gesprekken waren te geheim voor zelfs de betrouwbaarste restaurants (MI6 had een lijst met een aantal kleine, veilige etablissementen in het centrum van Londen).

Otto kwam oorspronkelijk uit Joegoslavië. Hij was in de jaren zestig van de vorige eeuw naar Londen gekomen, Engels had hij geleerd uit spionageromans uit de jaren vijftig. De gedateerde uitdrukkingen waren in de loop der jaren gedeeltelijk verdwenen, maar soms kon hij mensen nog verrassen met een 'schuine' krachtterm, een 'tot genoegen' of de favoriet van het kantoor: *'We meet again.'* Fielding vroeg zich wel eens af wat de buitenwereld vroeger had gedacht van het feit dat de chef van MI6 een butler uit Oost-Europa in dienst had. Nu was er natuurlijk niets bijzonders aan zijn nationaliteit, maar op het hoogtepunt van de Koude Oorlog moesten er in Whitehall toch wel een paar wenkbrauwen zijn opgetrokken.

'Alles goed met de familie?' vroeg Fielding, terwijl Otto een paar kopjes van de overige avond afruimde en naar de deur liep.

'Jawel, meneer. Dank u wel. Meneer Denton is er. Tot ziens, meneer.'

Fieldings korte moment van sympathie voor Leila verdween even snel als het was opgekomen toen de ongeschoren Ian Denton met een beker koffie uit de kantine hem eraan herinnerde wat haar werk voor de Iraniërs mogelijk tot gevolg had gehad: niet alleen had ze haar land verraden door een golf van terroristische aanslagen te vergemakkelijken, maar ze had ook persoonlijk de carrière van zijn voorganger kapotgemaakt.

Terwijl Fielding Denton inlichtte over de ontwikkelingen van de afgelopen nacht, werd hij er steeds zekerder van dat Leila de mol was die zoveel had bijgedragen aan de destabilisatie van de Dienst in het voorbije jaar, wat weer had geleid tot het vervroegde pensioen en de dood van Stephen Marchant. Groot-Brittannië had er geen geheim van gemaakt tegenstander te zijn van Irans nucleaire programma en hoewel de regering een Amerikaanse oproep voor een militaire invasie niet had willen steunen, was Fielding zich maar al te zeer bewust van de fondsen die het ministerie van Financiën via MI6 doorspeelde aan oppositiepartijen, bloggers en studenten in Iran die een verandering van regime voorstonden.

Denton en hij wisten echter allebei dat het tijd zou kosten om

Leila's rol in de golf van bomaanslagen die aan het ontslag van Marchant vooraf waren gegaan, te bewijzen. Er werd aangenomen dat een onbekende cel in Zuid-India met verbindingen in de Golfregio achter de bomaanslagen zat. Maar het spoor was steeds in het niets verdwenen. Ook zaten er steeds weer gaten in de kaarten waarop netwerken werden geanalyseerd. De terroristen waren MI5 altijd minstens twee stappen voor geweest, wat aanleiding was voor de vrees dat ze hulp van binnen hadden. Het onderzoeken van buitenlandse verbindingen was de rol van MI6 geweest en Leila, die op de afdeling Golf op de derde verdieping van Legoland werkte, had deel uitgemaakt van het team dat contact onderhield met MI5. Het was nu allemaal zo duidelijk.

Zuid-India was weer in beeld gekomen bij de mislukte aanslag op de marathon van Londen, hoewel de losse flarden en de analyse van de netwerken steeds meer in de richting van de Golf hadden gewezen. Die speculatieve verbinding was realiteit geworden dankzij Paul Myers, wiens transcripten wezen op betrokkenheid van Iran en ook van Leila.

'Hadden we haar eerder moeten verdenken?' vroeg Fielding. Hij maakte zich zorgen over Denton, die te hard werkte en altijd ziek was als hij vakantie had, wat niet vaak genoeg was. (Fielding moest hem overreden zijn jaarlijkse tegoed aan vakantiedagen op te nemen.) Hij had hem ook nog nooit ongeschoren gezien.

'Dat hangt ervan af wanneer we denken dat ze voor VEVAK is gaan werken,' zei Denton.

'Vanaf het begin, ben ik bang. Ze moeten haar algauw na de terugkeer van haar moeder naar Iran hebben benaderd en voordat Leila in het Fort begon.'

'En de Amerikanen? Wisten die het van het begin?'

'Nee. Het heeft bijna een jaar geduurd voordat ze merkten dat haar moeder terug was in Iran.'

'Een jaar sneller dan wij.'

'Inderdaad. Zodra Spiro lucht kreeg van de verblijfplaats van haar moeder, gebruikte hij dat om Leila te rekruteren.'

'En Spiro had er geen idee van dat ze al voor de Iraniërs werkte?'

'Geen enkel. Leila moet hem ervan hebben overtuigd dat ze niet in gevaar was gebracht door de verhuizing van haar moeder. De CIA was op zoek naar iemand die dicht bij de chef van MI6 stond. Wie kwam daar meer voor in aanmerking dan de minnares van de zoon? Leila stemde ermee in om voor hen te werken. Ze kon haar geluk nauwelijks op. Het was haar verzekeringspolis tegen een toekomstige jacht op een mol in Legoland.'

Fielding pakte een boterham en besmeerde die met yoghurt. Met een handgebaar nodigde hij Denton uit mee te ontbijten, maar die bedankte. Denton gaf de voorkeur aan een worstenbroodje uit de kantine.

'Leila is erg slim geweest, Ian,' ging Fielding verder. 'Als het Westen vraagtekens zet bij haar acties, weet ze dat die in de lijn liggen van haar rol als geheim agent voor de Amerikanen. Waarom bevond ze zich in de buurt van de Amerikaanse ambassadeur, één van de vijfendertigduizend lopers? Omdat ze voor de CIA werkte, die bang was voor een aanslag. Luisde ze Marchant er tijdens de marathon in door hem zijn oude telefoon te geven? Misschien. Maar als ze het deed, was het voor de CIA, waarvan algemeen bekend was dat ze de Marchants wantrouwden.'

Met andere woorden, spioneren voor Amerika had Leila de volmaakte operationele dekmantel verschaft voor haar echte werk: spioneren voor Iran. Ergens bewonderde Fielding haar technische kundigheid. De instructeurs op het Fort hadden wekenlang gehamerd op de noodzaak van een goede dekmantel. Leila moest daar goed naar geluisterd hebben.

Maar er was één ding dat hem meer dan wat ook dwarszat: waarom was ze voor VEVAK blijven werken? Als ze zich zo bezorgd maakte over de veiligheid van haar moeder, had ze de Amerikanen toch kunnen vragen haar te beschermen toen die ontdekten dat ze in Iran woonde? Ze hadden ermee ingestemd te betalen voor de behandeling van haar moeder in een privékliniek, dus waarom had ze hen niet in vertrouwen genomen en uitgelegd dat VEVAK dreigde haar te doden? Misschien zat ze er te diep in, maar Fielding had het gevoel dat er nog iets anders was.

'We weten nog steeds niet waarom ze de aanslag op de marathon van Londen heeft gesaboteerd,' onderbrak Denton Fieldings gedachtegang.

'Nee.' Fielding pakte het transcript van het eerste gesprek tussen Leila en haar moeder op de avond na de marathon en overhandigde die aan Denton. Een gedeelte van de dialoog was met een groene viltstift gemarkeerd:

> ***Moeder*** *(Farsi): 'Jij had gezegd dat ze niet zouden komen. Anderen hier hebben er ook onder geleden.'*
>
> ***Leila*** *(Farsi): 'Nooit meer, mama. Ze zullen niet meer komen. (Engels) Dat beloof ik.'*
>
> ***Moeder*** *(Farsi): 'Waarom zeiden ze dat het de schuld van mijn familie was? Wat hebben wij ze gedaan?'*

'Je ziet dat haar moeder te horen had gekregen dat het de schuld van haar familie – Leila – was,' zei Fielding, die Denton gadesloeg, terwijl hij de dialoog doorlas. 'Toen Teheran het nieuws doorkreeg dat de zelfmoordenaar zijn gordel niet tot ontploffing had gebracht, verscheen VEVAK en gaf de geliefde kok van haar moeder een afranseling. Er was een afspraak tussen VEVAK en Leila en zij had zich daar duidelijk niet aan gehouden door de aanslag te voorkomen.'

'En zij ging er niet mee door vanwege Marchant?' Denton gaf het transcript terug. 'Omdat ze niet wilde dat haar minnaar stierf?'

Fielding hoopte het. Dat zou bewijzen dat Leila een zwakke plek had – en spionnen moesten het hebben van menselijke tekortkomingen.

'Misschien dat haar relatie met Marchant echt iets te betekenen had, ik weet het niet. Misschien had ze om de een of andere reden het gevoel dat een succesvolle aanslag het einde van haar dekmantel zou betekenen. Hoe dan ook, de Iraniërs bleven Leila vasthouden, omdat ze niet alleen voor MI6 werkte, maar zich ook bij de CIA binnen had gewerkt. Met andere woorden, een spion van onschatbare waarde die een tweede kans verdiende. En ze weet dat ze zich geen tweede mislukking kan veroorloven. We moeten naar Delhi.'

Maar voordat Fielding zijn jasje had kunnen pakken, klonk er tumult buiten de deur. Hij hoorde Otto vloeken – deze keer gebruikte hij termen uit de eenentwintigste eeuw – en toen zwaaide de deur open. Harriet Armstrong stond in de deuropening, geflankeerd door Sir David Chadwick.

'We moeten praten over Daniel Marchant,' zei Chadwick.

# 37

Marchant stond in de schaduw van een stalletje dat slingers zoet geurende jasmijn verkocht. Hij keek naar een groep tempeldienaren die met ontbloot bovenlichaam midden over straat liep. Ze gedroegen zich op een dringende, bijna seksuele manier met hun geschoren hoofd en gespierde lichaam dat in een dunne katoenen lendendoek was gewikkeld. Verderop in de straat sloegen ze af naar de ingang van de Mahabaleshwartempel, het religieuze centrum van Gokarna. Een jong westers paartje kwam vanuit de andere richting voorbij. Met uitzondering van haar feloranje bikinitop en zijn losse vest waren zij boven hun middel ook bloot. En zo te zien allebei high.

Eerder was Marchant over het voorplein van de tempel gelopen, waar koeien vrij tussen hindoepelgrims liepen. Hij had zijn sandalen achtergelaten onder een bord met het opschrift SCHOEISEL VERBODEN en gekeken naar mensen die het door kaarsen verlichte binnenste heiligdom in het midden van het tempelcomplex binnengingen. De priesters hielden westerlingen die naar binnen wilden tegen, omdat ze niet zeker wisten of ze hadden gebaad. Marchant rook iets van zijn eigen kleren en gaf toe dat ze gelijk hadden.

Volgens Sujit, de man die naast hem had gezeten tijdens de busreis naar Gokarna, ontleende de stad haar naam aan de legende van Heer Shiva, die hier ooit uit het oor van een koe was gekomen. Volgens een ander verhaal was dit het thuis van twee broers, Gokarna en Dhundhakari. Gokarna was geboren met koeienoren en zwierf als asceet over de wereld, terwijl Dhundhakari een beruchte misdadiger werd. Marchant had het leuk gevonden om met Sujit te praten. Hij werkte als journalist in Bombay en had familie in Gokarna. Toch had hij niet te veel vragen durven stellen. In plaats daarvan deed hij lange tijd of hij sliep en dacht terug aan de treinreis.

Hij was tot de volgende halte op het dak van de trein gebleven en daar aan de andere kant van het perron naar beneden geklommen en over de rails naar een verlaten gedeelte van het station gelopen. Hij had Kirsty en Holly verteld dat hij meeging tot Vasai, verderop langs de lijn. Mogelijk won hij daarmee wat tijd en bracht hij de politie op een dwaalspoor. Maar hij bleef voorzichtig de hele nacht op het perron, als een zwerfhond die zich verschool in de schaduwen, voordat hij bij dageraad naar het busstation liep.

De zoektocht in de trein had hem verontrust. Waren ze naar iemand op zoek in verband met de bom in de Gymkhana Club? Of had de man op het perron in Nizamuddin hem aangegeven? Gokarna zou tenminste wat dekking bieden. Een gestage stroom westerlingen liep over straat voor het bloemenstalletje, sommigen met backpacks, anderen net als hij zonder bagage.

Sujit had gezegd dat de meeste lui die goedkoop reisden verbleven in Hotel Om, dat naast de bushalte bij het stadhuis lag. Ze bleven daar een dag of twee om bij te komen van de busreis, die meestal in Hampi was begonnen, om dan hun bagage bij de receptie achter te laten en op zoek te gaan naar hasjpijpen en *bhang lassi* richting de beroemde stranden van Gokarna. Zou hij inchecken bij het hotel en naar Om Beach vragen? Oom K had speciaal het Namaste Café genoemd.

Hij besloot het niet te doen. Als de zoektocht naar hem intensiever werd, zou de politie zich op plaatsen concentreren die populair waren bij backpackers. In plaats daarvan liep hij de straat af naar de tempel. Hij kwam langs een groot blok met stallen, waarvan de met spijkers versierde deuren op een kier stonden. In het halfdonker onderscheidde Marchant een enorme ceremoniële Jagannath van minstens zevenenhalve meter hoog.

Hij liep verder en bekeek de inlandse vrouwen. Ze hadden goudsbloemen in hun haar en droegen niets onder hun sari. Twee brahmanen met een enkele draad over hun ingevette blote schouder bleven staan kletsen bij een stalletje dat votieflampen en olie verkocht. Marchant kon in Gokarna de energie voelen groeien.

Eerder had hij een Shaivistische *baba* gezien die met gekruiste benen in de poort naar het tempelplein zat. Hij zou een paar roepies op zijn schoot laten vallen en de weg naar Om Beach vragen. Sujit had over zulke mensen gesproken en gezegd dat ze graag over oosterse filosofieën discussieerden met naïeve jonge westerlingen – natuurlijk in ruil voor een paar roepies.

'Weet je wat "Om" betekent?' vroeg de *baba*, die met vochtige ogen door een blauwe wolk van gangarook tuurde. Boven hem bungelde een enkele tl-buis aan de beschilderde poort van de tempel.

'Het geluid van het vibrerende universum?' probeerde Marchant. Hij dacht terug aan de woorden van Monika op de luchthaven in Polen. Nog steeds droeg hij de hanger die ze hem had gegeven.

'Het ongestructureerde geluid. Waar kom jij vandaan?'

'Ierland. Ik zou iemand ontmoeten op Om Beach.'

'Het is hier niet ver vandaan. Tien minuten met een riksja. Je kunt het iedere bestuurder vragen.' Hij zweeg even en trok zijn saffraankleurige gewaden om zich heen. 'Ik ben ooit naar Engeland gegaan met mijn vrouw en zoon. Nottingham.'

Marchant hoorde tot zijn verbazing dat hij een gezin had. 'Kort geleden?'

De *baba* glimlachte. 'Voordat mijn vrouw overleed. *Om Namah Shiva.*'

'En uw zoon?' De *baba* glimlachte weer, maar deze keer zag Marchant alleen maar verdriet in zijn waterige ogen.

'Hoe lang bent u al in Gokarna?' ging Marchant verder. Hij voelde zich schuldig, omdat hij de innerlijke rust van de man misschien had verstoord.

De *baba* stak een hand op met de palm omhoog en draaide van de ene naar de andere kant alsof hij iets woog. 'Twintig jaar, misschien langer. Er zijn vijf stranden: Gokarna, Om, Kudle, Halvemaan en Paradijs. Om heeft de vorm van het Devanagari-symbool en is het populairst bij westerlingen. Paradijs ligt het verst weg. Maar er is een zesde, dat minder mensen ooit bereiken. Shanti Beach. Vraag de vissers ernaar.' Hij zweeg even en wierp een nauwelijks merkbare blik op Marchants broekzak. 'De band tussen vader en zoon wordt nooit verbroken.'

Marchant gaf hem zijn roepies en vertrok.

# 38

De klok in het kantoor van Fielding gaf halfacht in de ochtend aan.

'Neem ons de vroege start niet kwalijk, maar dit kon niet wachten,' zei Sir David Chadwick, die zich langs Otto werkte, die met een gepijnigde blik van mislukking op zijn gezicht in de deuropening stond.

Fielding had het nooit plezierig gevonden wanneer Chadwick naar Legoland kwam, en zeker niet als hij Harriet Armstrong op sleeptouw had. Ze wekten altijd de indruk van makelaars die een flat kwamen taxeren. Het was geen geheim dat het kantoor van de chef groter was dan dat van de directeur in Thames House. Tot grote ergernis van Armstrong was het uitzicht ook beter.

Dit bezoek was anders. Het was onaangekondigd, te vroeg voor het Whitehall-protocol, de tassendragers en de notulisten. Ook bleek niets van de jaloezie. Het deed Fielding denken aan de dag dat ze voor Stephen Marchant kwamen.

Fielding knikte geruststellend naar Otto, toen hij met Chadwick en Armstrong de aangrenzende eetkamer in liep. Denton volgde.

'Ga zitten,' zei Fielding. De opkomende zon slaagde er niet in de temperatuur in de kamer te verhogen. Denton wierp een blik op Fielding, maar die keek neer op een handvol transcripten en dossiers die hij had meegenomen.

'Harriet?' zei Chadwick, die naast Armstrong ging zitten. 'Zou jij willen beginnen?'

Ze hadden twee stoelen gekozen aan het uiteinde van de grote ovale tafel, zo ver mogelijk bij Fielding en Denton vandaan. Een ogenblik lang had Fielding het gevoel aanwezig te zijn bij een onbetekenende discussie in een provinciaals advocatenkantoor.

'We hebben net de resultaten binnengekregen van nieuwe tests die met de gordel zijn uitgevoerd,' zei Armstrong. 'Het lab heeft ze vannacht doorgestuurd. Zoals je weet was er een op TETRA afgestemd ontstekingsmechanisme aan de explosieve ladingen bevestigd. We wisten dat het alleen kon worden geactiveerd via het TETRA-netwerk. Wat we niet wisten was het nummer dat een derde partij zou moeten bellen om de ladingen tot ontploffing te brengen en wie dat nummer had.'

'We hebben steeds vermoed dat het Daniel Marchant was,' zei Chadwick, 'gezien het feit dat hij op de dag van de wedstrijd een TETRA-toestel bij zich had.'

'En in weerwil van het feit dat hij heel veel levens redde,' zei Fielding.

'Maar er was geen bewijs,' vervolgde Chadwick als een politicus die geen aandacht besteedt aan een interruptie.

'En nu wel,' zei Armstrong. Ze hoopte Fielding met een vage grijns in een hoek te drijven, maar de chef leunde achterover, strekte zijn lange benen naar één kant en draaide zijn hoofd naar het raam. Fielding wist wat er ging komen. Leila was hun allemaal te slim af geweest. 'Toen wij het appartement van Marchant doorzochten, vonden we zijn oude TETRA-toestel, dat hij bij zich had op de dag van de marathon. Hij had een paar snelkiesnummers geprogrammeerd – het kantoor, Leila's telefoon, het huis van zijn vader en zo verder. Maar toen we het nummer van het kantoor controleerden, was dat niet de centrale van MI6, het was de ontsteker op de gordel.'

Fielding bleef uit het raam staren. Hij was er zeker van dat Marchant de telefoon na de mislukte aanslag aan Leila had teruggegeven. Zij moest na de marathon naar zijn appartement zijn gegaan om hem daar neer te leggen. 'Vertel me eens één ding,' zei hij. 'Waarom heeft hij de zelfmoordenaar niet hemelhoog de lucht in geblazen, samen met de ambassadeur en elke amateurloper in Londen?'

Armstrong wierp een blik op Chadwick. 'Hij is kennelijk van gedachte veranderd.'

'Ik zeg je dat hij verdomme het leven van de ambassadeur heeft gered.'

Chadwick trok een gezicht toen hij dat hoorde. Hij had gehoopt dat Fielding rustig mee zou werken als hij met hun bewijsmateriaal werd geconfronteerd.

'Ik heb van David begrepen dat jij uitging van de veronderstelling dat het doorgestoken kaart van de Amerikanen was,' zei Armstrong.

'Niet onredelijk, gezien het feit dat Leila bij hen op de loonlijst staat.'

'Daniel hoefde maar op een knop te drukken om Turner Munroe te vermoorden. Denk je echt dat de Amerikanen dat risico hadden willen lopen?'

Fielding zei niets. Hij kreeg bijna medelijden met Armstrong met haar misplaatste bewondering voor Spiro en voor Amerika. Het was de schuld van de FBI. Tijdens een recent bezoek aan New York hadden ze haar een jack en een baseballpet met de letters FBI cadeau gedaan. Ze had er zelfs in geposeerd voor een paar foto's. Voor een stijve bureaucraat van Whitehall was de cultuurschok enorm geweest.

'Marcus, ik ben bang dat het er niet goed uitziet voor Daniel,' zei Chadwick. 'Ik heb het kantoor van de eerste minister al gewaarschuwd. We zullen hierbij de medewerking van de Amerikanen nodig hebben. Een agent van MI6 die bijna een van hun meest vooraanstaande ambassadeurs opblaast is niet erg goed voor onze speciale betrekkingen.'

'Hij heeft hem alleen niet opgeblazen.' Het was een bijna terloopse opmerking. Fielding had het al te vaak gezegd. Hij stond op en liep door het vertrek zonder oogcontact met Chadwick en Armstrong te maken. Zijn onderrug begon pijn te doen. En hij kreeg genoeg van dit spelletje.

'We weten allemaal dat de Amerikanen geen geheim hebben gemaakt van hun bezorgdheid over MI6,' zei Chadwick. 'Maar dit kunnen we ze niet in de schoenen schuiven, Marcus. Ze hebben het een heleboel keren met Leila doorgenomen. Zij verliet de marathon om MI5 te waarschuwen zodra ze de zelfmoordenaar had ontdekt. Ze wist niet of Marchant erbij betrokken was, maar ze kon het risico niet lopen, vooral gezien haar instructies van de Amerikanen.'

'We weten niet waarom hij daarginds van gedachte veranderde,' zei Armstrong, 'maar misschien kwam het doordat Leila naast hem liep. In dat geval zouden we allemaal dankbaar moeten zijn dat de Amerikanen zo verstandig waren hem heel scherp in het oog te houden.'

'Wil je beweren dat Leila hem heeft overgehaald het niet te doen?' vroeg Fielding. Hij stond nu bij het raam met zijn rug naar Armstrong en Chadwick toe en wenste dat hij in Tate Britain aan de overkant van de rivier was voordat het publiek in drommen arriveerde. De nachtportier maakte het museum vaak voor hem open en liet hem dan bij het licht van de dageraad helemaal alleen door de zalen met prerafaëlieten lopen.

'Niet direct, nee,' zei Armstrong. 'Ze had er geen idee van wat hij van plan was. Maar door er te zijn had ze dat effect op hem. Dat denken we, ja.'

'En ze liep met hem mee omdat de Amerikanen haar hadden gerekruteerd en niet omdat ze misschien oprecht iets voor hem voelde –gevoelens die sinds hun gezamenlijke training op het Fort voor niemand bij MI6 een geheim waren?'

'Je hebt nog steeds een romantische kijk op Marchant, nietwaar?' zei Armstrong geërgerd, omdat ze tegen Fieldings rug praatte. 'De zoon van een eminente chef, de beste inlichtingenofficier van zijn generatie, redt de Amerikaanse ambassadeur in Londen op heldhaftige wijze van een zelfmoordenaar. Wat dacht je van de zoon van een verrader die doorging waar zijn vader was opgehouden en op een haar na een bloedbad in de hoofdstad aanrichtte.'

Fielding draaide zich naar hen om. Zijn lange gestalte stond scherp afgetekend tegen het raam. 'Waar het mij om gaat, is dat we dankbaar moeten zijn dat ze minnaars waren. Maar ik ben bang dat we het allemaal bij het verkeerde eind hadden. Het was niet Daniels liefde voor Leila die voorkwam dat de bom tot ontsteking werd gebracht, het was Leila's liefde voor Daniel. Zij was degene die van gedachte veranderde.'

'We hebben dit al eerder besproken, Marcus. Hij werd er niet in geluisd.'

'Dat weet ik. Want Leila werkte niet voor de Amerikanen.' Hij liep om de tafel naar zijn stoel, pakte de stapel transcripten en dossiers en liet ze tussen Chadwick en Armstrong op de tafel vallen. 'Ze werkte voor de Iraniërs.'

# 39

Marchant luisterde naar het geritsel van de halskettingen van zeeschelpen aan een grove draad van kokosvezel die losjes om de nekken van de koeien waren gehangen. Er had zich voor het Namaste Café een kleine kudde verzameld. Nu bewoog deze zich in een slingerende lijn langzaam naar een rotspunt die zich vanaf het zand uitstrekte tot in de Arabische Zee. Het café lag midden op het strand in de buurt van het centrum van het Om-symbool. Marchant had de vorm van het strand gezien vanaf de top van de klippen aan het uiteinde, waar de riksja hem had afgezet. Nu keek hij naar de ondergaande zon met een glas Kingfisher-bier in de ene hand en een *chillum*-pijp in de andere. Hij dacht dat hij het hier wel een jaar zou kunnen uithouden. Zijn plastic stoel stond erg schuin en zijn benen zonken langzaam weg in het zachte zand, waardoor hij zijn hoofd scheef moest houden om recht naar de horizon in de verte te kijken. Twee menselijke gestaltes stonden bewegingloos op de rotsen in de verte uit te kijken over de zee. Hun yoga-houdingen vormden silhouetten tegen de vermiljoen gestreepte lucht. Verderop langs het strand zat een groepje vissers gehurkt rond een houten kano netten te boeten. Monika zou hebben genoten van het tafereel, in het echte leven en in het leven met haar dekmantel. Leila, dacht hij, zou tegen alle westerlingen hebben gezegd naar huis te gaan en fatsoenlijk werk te zoeken.

Hij begon te aanvaarden dat Leila de Amerikanen moest hebben geholpen, dat ze ongewild iets had gezegd waardoor ze waren gaan denken dat hij had geprobeerd Munroe tijdens de marathon te doden in plaats van hem te redden. Ze hadden zijn vader gewantrouwd en verdachten ook zijn zoon. Maar had Leila echt niet geweten wat ze deed? Hij hoopte dat Salim Dhar het antwoord zou hebben.

Andere reizigers die stoned waren en ook genoten van het panorama, zaten ontspannen in stoelen rond het café rustig te kletsen. Marchant had vastgesteld dat er twee uit Zweden kwamen, twee uit Israël en één uit Zuid-Afrika. Hij vermoedde dat het Israëlische koppeltje net de dienstplicht (drie jaar voor mannen en eenentwintig maanden voor vrouwen) erop had zitten. Achter het café stond een rijtje hokjes, elk met een vijf centimeter dikke matras op de zanderige vloer. Marchant had er eentje gehuurd voor vijftig roepies en later nog dertig extra betaald voor een klamboe toen het steken begon.

'Vroeger was het hier meer *shanti*,' zei Shankar, de bareigenaar, die Marchant nog een glas bier kwam brengen. Hij had hem nog niet naar Salim gevraagd. Het Israëlische stel wekte zijn argwaan: de blik die ze af en toe in zijn richting wierpen, de bult van de mobiele telefoon in de zak van de korte broek van de man. 'Nu zijn er te veel Indiase toeristen. Ze komen in het weekend naar de hippies kijken. Het zal hier gauw net zo zijn als in Goa.'

'Het bier is goed,' zei Marchant en hij bekeek het etiket. Het was niet veranderd sinds zijn dagen als backpacker. GEKOELD HET SPANNENDST. 'Is het moeilijk om een vergunning te krijgen?'

'Ik heb de politieman vierduizend roepies gegeven en ze laten me bier verkopen. Van welke plaats kom jij?'

'Ierland.'

'Ik heb het één keer geprobeerd. Het bier van Guinness.'

'En?'

Shankar schudde waarderend zijn hoofd van de ene naar de andere kant, maar Marchant kon zien dat hij werd afgeleid. Hij stond te kijken naar de andere kant van het strand, bijna driehonderd meter verderop, waar een ander, groter café stond. Een soort opschudding had zijn aandacht getrokken. Marchant draaide zich om en keek ook.

'*Baksheesh*-probleem,' zei Shankar. Marchant staarde ingespannen in de stervende zon en schermde zijn ogen af. Hij zag niets ongebruikelijks.

'Heeft hij niet betaald?'

'Misschien. Meestal komen ze in het begin van het seizoen.'

'Wie? De politie?'

Toen zag Marchant ze, een groep van minstens tien agenten onder leiding van een man met een pet met klep op zijn hoofd en een *lathi* in zijn hand.

'Geen probleem. Geen probleem. Ze zijn mijn vrienden.'

Maar Marchant kon de spanning in Shankars stem horen. Zonder haast stond hij op en liep naar zijn kamer achter het café. Er lag niets in, omdat hij geen bagage had. Met snelle bewegingen haalde hij de plastic zak uit de geldriem die om zijn been zat gegespt en keek of zijn geld en paspoort erin zaten. Toen stapte hij het hokje uit en liep naar de schaduw van een paar kokosbomen waar hangmatten tussen de stammen waren gespannen en begon snel in het zand te graven. Enkele ogenblikken later had hij zijn geld en paspoort begraven. Hij prentte de plaats van de dichtstbijzijnde boom in zijn hoofd en keek toen naar de groep politiemannen. Ze waren blijven staan bij een ander cafeetje halverwege hem en het eind van het strand.

'Ik ga zwemmen,' zei hij tegen Shankar, die achter zijn keet bezig was met het opstapelen van kratten lege bierflesjes. Het was een zinloos gebaar als hij probeerde ze te verbergen. Geen van de andere reizigers scheen veel aandacht te hebben besteed aan wat Marchant deed.

'Geen probleem,' zei Shankar. 'De zee is sterk.'

Marchant wilde zijn hemd en broek niet laten rondslingeren, dus rende hij volledig gekleed naar de zee en probeerde niet te denken aan Stare Kiejkuty. Hij sloot zijn ogen, haalde diep adem en dook in de golven, terwijl hij tegen zichzelf zei dat hij niet ging verdrinken.

'Ik ben bang dat wat jij over Leila hebt doorgegeven, in Langley niet al te best is gevallen,' zei Carter met een blik op de krant in zijn hand voordat hij die naast zich op de bank legde.

'Niemand vindt het leuk om te horen dat hij door een van hun eigen mensen is verraden,' zei Fielding.

'Weet je, even geleden heb ik in Langley een lezing bijgewoond. De kerel vertelde alle nieuwelingen dat verraders het niet meer voor geld deden. Gedeelde loyaliteiten, daar ging het tegenwoordig om. Het moederland dat harder riep dan hun nieuwe vaderland.'

'Waarom geloof je het dan niet van Leila?'

'Ze is niet in Iran geboren.'

'Dat had evengoed wel het geval kunnen zijn. Ze heeft een nauwe band met haar moeder en spreekt vloeiend Farsi. Daarom hadden wij haar gerekruteerd. Zij vertegenwoordigde de toekomst van de Dienst.'

Ze keken naar de stroom forenzen die deze ochtend door St James's Park naar Whitehall liepen met af en toe een jogger die ertussendoor rende. Een wagen van de Stadsreiniging reed langzaam met flitsende zwaailichten over het pad. Links van hun bank was een man de ketting van een stapel ligstoelen aan het halen. Het was lente; overal toonden de bomen hun bloesems. In de verte kwam het London Eye boven het ministerie van Buitenlandse Zaken en het Gemenebest uit. Daar was Fielding voor het eerst aan Leila gaan twijfelen, samen met Rufus in een cabine hoog boven Londen. Soms verlangde hij naar de onschuldige kijk van zijn peetzoon, zijn onbezorgde optimisme.

'Ze zijn het mobiele bewijsmateriaal over Ali Mousavi aan het bespreken en houden er rekening mee dat de slechte behandeling van de moeder deel uitmaakte van een grotere opzet van de bahá'í, meer niet. Ze geloven niet dat Leila is overgelopen, Marcus. Het spijt me.'

Verontschuldigingen waren niet nodig, dacht Fielding. Ze werkt nu voor jullie, beschermt jullie president. 'Dat had ik al begrepen. Hetzelfde is het geval bij Armstrong en Chadwick. Ze denken dat de Dienst zo zijn gram wil halen. Mijn wraak, omdat Leila voor de Amerikanen werkt.'

'Ben jij veilig? Jouw baan?'

'Op het moment wel. Chadwick is erbij gehaald om het schip op koers te houden. Hij heeft er geen behoefte aan twee chefs voortijdig te zien vertrekken. En jij?' Fielding had geruchten gehoord.

'Ik ben van de zaak-Marchant gehaald. Straker heeft Spiro er weer op gezet. Hij vliegt vanochtend naar Delhi.'

'Daniel Marchant probeerde jullie ambassadeur niet te doden, dat weet je,' zei Fielding.

'Ik wilde het geloven, Marcus, echt waar. Maar we zijn overrompeld door het TETRA-bewijs van Armstrong. De kerel hoefde maar op de sneltoets te drukken om Munroe de lucht in te blazen.'

'Leila heeft hem de telefoon gegeven, neem dat van mij aan.'

'Maar het was Marchants toestel.'

'Zijn oude. Hij heeft het ingeleverd toen hij werd geschorst. Ik heb de gegevens doorgenomen. Iemand is erin geslaagd het toestel mee te nemen zonder ervoor te tekenen.'

'Dat kan Marchant dus zijn geweest.'

'Hij was geschorst. Leila heeft hem het toestel tijdens de wedstrijd gegeven en hij heeft het naderhand aan haar teruggegeven. Zij moet het in zijn appartement hebben gelegd.'

Ze zaten zwijgend te kijken naar een eekhoorn die op zoek naar voedsel dichterbij kwam. 'Ik heb een poos gedacht dat onze tijd was gekomen,' zei Carter ten slotte. 'Onze kans om de wereld eraan te herinneren wat de echte betekenis van inlichtingen en inlichtingendiensten was. Met de hulp van Marchant hadden we Dhar kunnen vinden en hem in kunnen lijven, om Al-Qaida er op de ouderwetse manier van langs te geven. Straker heeft ons een kans gegeven – vierentwintig uur, zei hij. Maar dat heeft hij afgekapt. Hij wil Dhar dood en Marchant ook. Geen nuances, geen grijstinten. De soldaten hebben het nu voor het zeggen.'

'Zijn dat de orders van Spiro?'

'Ik ben bang van wel. En voor hem bestaat er alleen maar leven of dood.'

'Weet iemand waar Dhar is?'

'Ergens aan de kust van Karnataka. De Indiërs werken volledig mee. Zij willen even graag als wij dat het bezoek van de president doorgaat. Een fregat van de Vijfde Vloot is daar paraat.'

Marchant zag het opvallende silhouet, terwijl hij watertrapte en zijn hoofd zorgvuldig boven het zeeoppervlak hield. Het schip lag ongeveer drie kilometer buiten de kust en leek op een van de nieuwe Amerikaanse oorlogsschepen voor de kustgebieden. Het lage, hoekige profiel was speciaal ontworpen om het radarbeeld te verminderen. Een groot vliegdek dat scherp afgetekend stond tegen de oranje horizon was net zichtbaar. Onder water had deze nieuwe klasse fregatten de romp van een trimaran voor meer snelheid: vijfenveertig knopen.

De eerste gedachte van Marchant was dat het schip deel moest uitmaken van een grotere beveiligingsparaplu voor het komende bezoek van de president, maar die kwam alleen naar Delhi en vertrok dan weer. Gokarna lag honderden kilometers ver weg nog ten zuiden van Goa. Hij keek weer naar het schip en besloot te kijken of het aan het varen was. Na een paar minuten besloot hij dat het stillag. De aanwezigheid ervan verontrustte hem en hij draaide zich om naar het strand, dat driehonderdvijftig meter verderop lag. Hij vond het prettiger om naar het land te kijken, omdat hij het water om hem heen dan beter onder controle had.

De politie had het strand over de hele lengte uitgekamd, was bij elk café gestopt en liep nu door naar het eind, waar je weer op de smalle weg kwam die naar Gokarna leidde. Marchant berekende dat als hij nu begon terug te zwemmen, ze het Namaste Café zouden zijn gepasseerd en bijna van het strand af zouden zijn tegen de tijd dat hij de kust bereikte.

Al na twee minuten zwemmen merkte hij dat hij niet vooruitkwam. Tijdens het watertrappen en het in de gaten houden van de politie had hij af en toe naar een klein uitstekend klif gekeken om zijn positie te bepalen voor het geval dat er stromingen waren. Er was weinig beweging evenwijdig aan de kust geweest, maar nu besefte hij dat hij langzaam naar zee was gedreven. Hij had minder gebruik moeten maken van de *chillum*.

Hij trapte harder en verhoogde het tempo van zijn slagen. Maar toen hij stopte om te kijken, wist hij dat hij verder naar zee was gedreven. Hij wierp een blik achterom naar het fregat dat daar nog steeds aan de horizon lag. Voor het eerst voelde hij paniek in zich opkomen. Zijn armen werden zwaarder, de zee kouder en dieper. Er zou hem niets gebeuren als hij zijn hoofd boven water hield.

De zee was kalm, maar zijn volgende slag ging half mis en hij kreeg een mondvol water binnen. Hij snakte naar adem en herinnerde zich de lap achter in zijn keel die met een draaiende beweging steeds dieper naar binnen werd geduwd. Hij kokhalsde en zeewater kwam uit zijn neus. De kust scheen met iedere slag verder weg te liggen en verdween achter de lichte golfslag. Hierna zou het huishoudfolie komen en een slang die in zijn mond werd gestopt tot helemaal in zijn maag.

Maar niveau drie zou hij nooit redden. In plaats daarvan haalde hij diep adem en dook onder de golven naar een plaats waar hij zijn armen kon uitstrekken en zich naar de kust kon trappen. Hier in de stilte kon hij de controle overnemen en de angst onder ogen zien. Sebastian was nu bij hem. Zijn broer lag niet langer stil op de bodem van het zwembad, maar zwom glimlachend omhoog naar het oppervlak. Hij werkte zich vooruit door de duisternis en voelde zich met elke slag sterker worden, tot zijn longen begonnen te barsten.

# 40

Paul Myers was niet meer zo hard geslagen sinds hij op school klappen had gehad. Hij had de pijn van een gebroken neus kunnen verdragen als zijn bril niet door de klap op de grond was gekletterd. Ze hadden hem afgezet toen hij werd geblinddoekt en tot groot plezier van zijn aanvallers over de kap weer opgezet.

Het geluid van zijn bril die onder een hak werd gekraakt, deed zelfs nog meer pijn dan de tweede stomp, waardoor zijn bovenlip openbarstte als een rijpe druif. Instinctief krulde hij zich als een foetus op, maar het had geen zin: ze waren met minstens drie man. Algauw werd hij in zijn rug geschopt. Hun voeten waren nauwkeurig en mikten op zijn nieren. Hij had nooit kunnen vechten.

Nadat Fielding hem op Trafalgar Square had afgezet, was Myers van de ene bar naar de andere gegaan in de hoop zijn herinneringen aan Leila te verdrinken. Hij kon ook nergens naartoe (de vriend in Noord-Londen was een leugen geweest). En toen hij rond negen uur 's ochtends door St James's Park wankelde, was de bestelauto met knipperende lichten langzaam gestopt. Op de zijkanten stonden de bekende logo's van de onderhoudsdienst van het park, maar de mannen die er aan de achterkant uit sprongen, hadden geen belangstelling voor het vegen van bladeren.

De rit duurde een kwartier. Hij had geen idee waar hij naartoe werd gebracht. Kort voor de bestelwagen stopte, hoorde hij de echo van de motor kort, waaruit zou kunnen blijken dat ze een garage in waren gereden. Op de een of andere manier dacht hij dat Leila erachter zat, maar sinds hij haar verraad had ontdekt, gaf hij haar de schuld van alles in zijn leven.

Zodra de achterportieren werden geopend, begon het aftuigen. Ze sleepten hem naar buiten op het koude beton. De val uit de bestelwagen had hem pijn moeten doen, maar hij was zo dronken dat hij hun trappen niet voelde. Hij herkende zelfs de stem van Harriet Armstrong niet, toen ze tegen zijn belagers zei dat ze moesten stoppen.

De drie vissers ontdekten de westerling op tweehonderd meter voor de bakboordboeg van hun houten boot van vijftien voet. De eigenaar had tegen zijn zoon gezegd de koers te verleggen en hem op te pikken. Het zou niet de eerste toerist zijn die ze hadden gered en evenmin de laatste. Ze waren meestal dronken of high van de wiet of lsd. Hij had een neef in Goa die zei dat het daar nog erger was. Maar westerlingen hadden hun nut. Ze hielden graag barbecues op het strand en wilden dan wel recht uit zijn boot tonijn kopen voor een prijs die drie keer hoger lag dan wat hij er op de markt in Gokarna voor kreeg.

Deze was ver heen, dacht hij, toen hij het zware lichaam met zijn zoon over het dolboord hees. Hij had gezwommen met al zijn kleren nog aan. Zodra de westerling opgekruld op de bodem van de boot lag, porde hij met een voet in zijn buik. De man kreunde en gaf wat zeewater op.

'Hij is er waarschijnlijk een van Shankar,' zei de eigenaar van de boot.

Marchant werd wakker voordat het helemaal licht was en een ogenblik lang dacht hij in zijn kinderkamer in Tarlton te liggen. De matras was zo dun dat hij in de minuten voordat hij helemaal wakker was, weer was teruggegaan naar de tijd toen Sebastian en hij in een tentje op de vloer sliepen. Maar toen zijn ogen zich hadden aangepast aan het oranje licht van de dageraad, besefte hij dat het katoen boven zijn hoofd geen tentflap was, maar een klamboe.

Hij wist dat het een geluk was dat hij nog leefde. De zee had elk greintje energie uit zijn lichaam gezogen en was daarna met zijn brein aan de gang gegaan. Hij herinnerde zich niet hoe hij was gered, maar hij had gemerkt dat hij zijn kamertje was binnengedragen. Toen had hij de stem van de café-eigenaar, Shankar, herkend. Hij hoefde niet bang te zijn dat hij aan boord van het Amerikaanse fregat was.

Hij liep naar buiten op benen die niet helemaal vast waren en keek het strand af. Afgezien van de koeien die in een groep tussen het café en de zee stonden – en heel in de verte een eenzame, gehurkte figuur – was het leeg. De zee was kalm en kabbelde aan de kust. En toen zag hij het hoekige silhouet van het fregat dat nog steeds, nu iets verderop, drie kilometer buiten de kust lag. Vandaag moest hij Salim Dhar vinden.

Nadat hij zijn geldriem uit het zand had opgegraven, kwam Marchant voor het café Shankar tegen. De café-eigenaar was met een mes een kokosnoot aan het bewerken voordat hij de top eraf hakte en er een rietje in stak. Hij zette die op een tafel naast een rij andere, waaruit allemaal rietjes staken. In de loop van de nacht was een turkooizen vissersboot op het strand getrokken naast de stoelen die nog steeds verspreid in het zand stonden. De naam, Bharat, was met witte letters op de zijkant onder de hoge, puntige boeg geschilderd. Om de een of andere reden kwam de boot hem bekend voor.

'Wie moet ik bedanken voor mijn redding?' vroeg Marchant, die naast Shankar ging zitten. 'De eigenaar daarvan?' Hij knikte naar de boot.

'Hij zegt dat je niet met je kleren aan moet gaan zwemmen.'

'Ik moet iemand vinden. Broeder Salim.'

Shankar stopte even met het bewerken van een nieuwe kokosnoot en ging er toen mee verder.

'Kun je me helpen om hem te vinden?' vroeg Marchant, terwijl hij naar het mes keek. Hij wist dat hij met de juiste persoon sprak.

'De politie was dus naar jou op zoek?'

'Kun je me helpen?'

'De boot vertrekt na het ontbijt.'

'Shanti Beach?'

Shankar stond op, en liet voor hij wegliep een van de kokosnoten in zijn handen vallen. 'Ontbijt. Je stelt te veel vragen.'

# 41

Fielding bracht de fluit naar zijn lippen en begon Telemanns sonate in f-mineur te spelen. Hij kon zich de laatste keer dat hij midden op een doordeweekse dag in zijn appartement was geweest, niet meer herinneren. Het deed hem denken aan de keer dat hij op school in de ziekenzaal moest blijven, terwijl alle anderen in hun klas zaten. Dolphin Square was verrassend druk geweest toen zijn chauffeur hem bij de zij-ingang had afgezet. Het leven ging dus door nadat de werkende massa hun huis had verlaten om naar kantoor te gaan.

Zijn chauffeur had gevraagd of hij moest wachten en Fielding had geaarzeld. Het was niet de vraag hoe lang hij thuis zou blijven, maar of hij ooit weer in de officiële Range Rover van de chef van MI6 zou stappen. Uiteindelijk had hij de chauffeur gezegd naar kantoor terug te keren. En nu Fielding helemaal opging in Telemanns eerste deel, hoopte hij een reden te vinden om naar Legoland terug te keren.

De machtigste persoon op aarde zou binnenkort onder de bescherming staan van iemand die voor een vijandelijke staat werkte. Hij wenste dat het hem meer kon schelen. De toekomst van de vrije wereld zou weldra in de waagschaal liggen. Maar nu waren Straker en Spiro en Armstrong en Chadwick aan zet. Door hun gekonkel had Leila zich tegen hem gekeerd. Zij moesten leven met de gevolgen.

Hij had de Amerikanen alle bewijzen gegeven die hij in bezit had, maar het was niet genoeg geweest. Het bewijsmateriaal was te indirect, had de CIA gezegd. Waar het eigenlijk op neerkwam, was dat Leila hun belangrijkste aanwinst was, de agent die het leven van een Amerikaanse ambassadeur had gered. De CIA dacht er niet aan om haar door wie dan ook te laten ontmaskeren als een

Iraanse spionne, en zeker niet door een in opspraak gebrachte Britse spionnenbaas aan wiens loyaliteit de CIA ook sterk twijfelde.

Nu hadden ze Myers gepakt, een onschuldige man die had geprobeerd te doen wat juist was. MI5 had het over een ernstig veiligheidslek dat groot genoeg was voor een openbare aanklacht. Leila zou worden opgeroepen als getuige om te bevestigen dat Myers op de avond voor de marathon vertrouwelijke informatie had doorgegeven. Fielding zou ook worden opgeroepen en de vraag voorgelegd krijgen waarom Myers transcripten uit Cheltenham had meegenomen.

Het duurde even voordat het tot hem doordrong dat zijn telefoon overging. Heel weinig mensen kenden zijn nummer thuis. Hij liep naar het toestel en nam op. Het was Anne Norman.

'Marcus?' Ze had hem nooit eerder zo genoemd.

'Anne?' Hij had haar nooit bij haar voornaam aangesproken.

'Er is iemand die je heel graag wil spreken. Uit India.'

'Wie is het?'

'Daniel. Daniel Marchant.'

Zoals Shankar had beloofd, vertrok de boot na het ontbijt. Marchant ontmoette de eigenaar buiten het café en liep met hem naar de waterlijn, waar zijn zoon bezig was om een kluwen blauwe visnetten in de boeg te stouwen. De eigenaar was joviaal, met een parmantig buikje, en algauw was hij met Marchant grappen aan het maken over zijn pech van de vorige avond.

'Je dreef in het water als een grote kwal!' zei hij met een klap op zijn rug.

Hun gelach stopte echter toen Marchant naar twee plaatselijke vissers knikte die *bidi's* rookten en vanuit de schaduw van de kokospalmen aan de achterkant van het strand over het zand op hen af kwamen lopen. Uit hun onverschillige houding maakte hij meteen op dat ze waren gekomen om hem naar Dhar te brengen. Ze keken zwijgend toe hoe de eigenaar en zijn zoon met hulp van Marchant moeizaam de boot in het water duwden. Zodra hij dreef, waadden de twee mannen door het ondiepe water en klommen aan boord zonder aandacht te besteden aan de zoon, die hun een helpende hand aanbood. De eigenaar wierp een nerveuze blik op Marchant, startte de motor een stuurde de boot naar de kaap.

Tot zijn opluchting kon Marchant het fregat aan de horizon niet meer zien. Hij keek naar het land met de rotsige kustlijn en de heuvels daarachter. Op de top van een van de heuvels stond een zendmast vol satellietschotels en antennes. Vroeger zou hij neerslachtig zijn geworden van de aanwezigheid daarvan in zo'n ruig, tijdloos decor, maar hij wist dat het moderne India er vol mee stond en nu vond hij de aanblik ervan geruststellend.

Na twintig minuten ontdekte Marchant een strandje met een paar hutten van de rode baksteen uit de plaatselijke Konkan-klei die tegen de helling waren gebouwd. Hij dacht één of twee westerlingen op het strand te onderscheiden, maar de eigenaar bleef langs de kust doorvaren. Als de twee zwijgende mannen niet achter hem in de boot hadden gezeten, zou Marchant hebben genoten van het stuivende water en de zonneschijn op de open zee, maar hun onbewogen aanwezigheid was een constante herinnering aan wat hem te wachten stond.

Een uur later duwde de eigenaar de helmstok van zich af en stuurde de boot naar de kust. De zoon sprong er als eerste uit en trok de boot aan land. Marchant stapte in het ondiepe water en liep gevolgd door de twee vissers het strand op. Het was een kleine inham van nauwelijks vijftig meter breed, die aan beide zijden werd beschut door steile kliffen. Boven aan het strand stond een gammele hut van hout en gevlochten palmbladeren. Enkele hangmatten hingen in de gespikkelde schaduw van een paar kokospalmen. Op een bord was SHANTI BEACH CAFÉ geschilderd in de kleuren van de Indiase vlag. Er waren geen westerlingen, geen teken dat iemand hier verbleef. Toen Marchant bleef staan om alles op te nemen, kreeg hij een duw van de twee mannen. Ze gebaarden hem door te lopen.

Hij volgde hen naar de hut, en toen naar binnen door een open deur. Binnen stond een kleine tafel. Een man was met zijn rug naar hen toe in een mobiele telefoon aan het praten. Hij draaide zich even om en keek naar Marchant. Met een sigaret in zijn hand bleef hij rustig praten in wat Kannada leek, de plaatselijke taal.

Hij was beter gekleed dan de vissers en droeg een nieuwe spijkerbroek, bedrukt hemd en zonnebril die boven op zijn hoofd was geschoven. Een ogenblik lang deed zijn knappe, jongensachtige uiterlijk Marchant denken aan Sjah Rukh Khan. Marchant wierp een blik op de verbleekte ansichtkaarten op de houten paal in het midden die het dak ondersteunde: Londen, Sydney, Kaapstad.

Het was een redelijke poging om voor een dekmantel te zorgen, dacht Marchant.

'Welkom in het Shanti Beach Café,' zei de man terwijl hij de telefoon weglegde. Hij bekeek Marchant van top tot teen. 'Helemaal ons soort gast.'

'Ik ben gekomen om broeder Salim te spreken,' zei Marchant. Hij spande zijn maagspieren, in de verwachting gestompt en geboeid te worden en een kap over zijn hoofd te krijgen.

'Hij wacht op je. Van hieruit is het een lange wandeling. Ik weet niet wie je bent of waar je vandaan komt, maar deze twee zullen je doden als je probeert iets uit te halen. Orders van Salim.'

Vier uur later bereikte Marchant de top van de heuvel. Hij keek over de toppen van de dichte vegetatie achterom naar Shanti Beach. Na de hete, zware klim was hij buiten adem; hij droop van het zweet. De twee vissers duwden hem verder. '*Chalo*,' spoorde de langste hem aan. Geen van beiden had de hele tocht iets tegen hem gezegd. Ze hadden geen aandacht besteed aan zijn pogingen om Hindi te spreken

Marchant liep over de top en genoot van het eerste stuk bergaf sinds ze bij het strand waren vertrokken. Hij vroeg zich af of hij deze mooie plaats ooit levend zou verlaten. Een paar brahmaanse vliegers stonden hoog boven hem en maakten gebruik van de thermiek. Waarom had Dhar ermee ingestemd hem te zien? En zou hij antwoorden hebben over zijn vader? Het Namaste Café moest door oom K als contactplaats zijn gebruikt toen hij probeerde Dhar te rekruteren. Hij zou intussen te horen hebben gekregen dat een blanke man naar 'broeder Salim' had gevraagd.

Bij het geluid van een geweerschot liet Marchant zich plat op de grond vallen en keek wanhopig om zich heen naar dekking. Voor het eerst sinds ze het Namaste Café hadden verlaten glimlachte de grotere visser, die door was blijven lopen alsof hij niets had gehoord, naar Marchant die in het rode stof lag. Het was een afschuwelijke glimlach, met tanden die bloedrood waren gekleurd door een betelpruim. Er klonk weer een schot. Deze keer luisterde Marchant nauwkeurig. Hij dacht dat het afkomstig was van een krachtig geweer dat op zo'n twintig meter afstand werd afgevuurd. Bij de vuurwapentraining op het Fort had hij uitgeblonken. Hij keek het pad voor hen af en zag een gestalte naderbij komen met een .315 buks over een schouder. Hij wist meteen dat het Salim Dhar was.

# 42

Leila luisterde naar Monk Johnson, die de reisbeschrijving van zijn nieuwe president tijdens diens achtenveertigurige bezoek aan Delhi afrondde. Er zaten meer dan tweehonderd mensen in de hal, ongeveer zoveel als erin konden. Het waren bijna allemaal mensen van de Geheime Dienst, die de afgelopen maand in India waren geweest als onderdeel van het presidentieel voorbereidingsteam en tevergeefs hadden geprobeerd hun onveranderlijke handleiding met veiligheidseisen op te leggen aan een erg veranderlijk land. Er waren ook een paar CIA-agenten aanwezig, onder wie Spiro, die op het podium naast Johnson zat te zweten van de hitte. De airconditioning van de Amerikaanse ambassade deed alle moeite om de temperatuur in bedwang te houden.

Achter Johnson werd een gedetailleerde satellietfoto van New Delhi geprojecteerd. Hier waren de belangrijke punten in rood aangegeven: het Rode Fort, Rajpath, de Lotustempel, de Amerikaanse ambassade en het Maurya Hotel, waar de president zou verblijven. Rechts hiervan stond een grotere, gedetailleerdere foto van het complex van de Lotustempel in het zuiden van de stad met een rood aangegeven route over een door bomen omzoomde laan naar de tempel. Bij verschillende punten langs de route waren eveneens in het rood tijden geschreven: 5.28 p.m., 5.30 p.m., 5.35 p.m.

Spiro wreef met een zakdoek over zijn voorhoofd en legde zijn aantekeningen klaar voordat hij ging spreken. Leila had hem in Londen goed leren kennen – te goed. Hij liet geen gelegenheid voorbijgaan om te flirten en deed geen moeite om de blikken op haar 'lekkere kontje' te verbloemen. Maar ze had geen andere keus dan zich zijn aandacht te laten welgevallen. Hij was haar Amerikaanse inlichtingenofficier, de man die haar na de marathon had ondervraagd. Hij was ook haar grootste bondgenoot, die de beschuldigingen van Fielding over een Iraanse connectie had verworpen toen William Straker, de directeur van de CIA, ze aan Spiro had voorgelegd, en de man die haar weer had verdedigd toen David Baldwin, hoofd van Station Delhi van de CIA, bezwaar had gemaakte tegen haar prominente rol tijdens het bezoek van de president.

Dus had ze meegejuicht, toen Spiro die ochtend recht van de luchthaven de ambassade was binnen komen lopen. Dat hij was teruggeroepen naar Langley was niet goed gevallen bij de mannen uit het veld, die zich gerustgesteld voelden door zijn krachtige aanpak. Johnson was ook blij geweest toen hij hem zag. Spiro scheen vooral de eer te hebben gekregen voor het redden van de Amerikaanse ambassadeur tijdens de marathon van Londen.

'Nog vragen over de dreigingenmatrix?' vroeg Johnson.

'Zou de president proberen om zich onder de mensen buiten de Lotustempel te mengen?' vroeg Baldwin. 'Het is mijn ervaring dat menigten in India ofwel te beleefd zijn of amok maken.'

Baldwin had dezelfde gespierde stijl als Spiro, maar hij was een van de weinigen die zijn komst niet had verwelkomd. Baldwin was een specialist voor Zuid-Azië en hij had het gevoel dat Spiro zich op zijn terrein begaf. Hij hield niet van India, maar hij begreep de mensen, voor wie hij een bijna beschermend gevoel koesterde. En in tegenstelling tot Spiro probeerde hij niet in Leila's broek te komen.

'Geen gelegenheid voor.' Johnson liep naar de geprojecteerde luchtfoto van de tempeltuinen. 'We moeten hem in beweging houden en deze tijden volgen.' Hij wees naar de met rood geschreven getallen langs de grote laan naar de tempel. 'In zeven minuten moet hij door de mooie tuinen en over de grote laan van vierhonderd meter wandelen. Ze wilden de auto's niet dichter naar de tempel laten rijden. Ik kan dit niet genoeg benadrukken: dit is het kwetsbaarste punt van zijn hele achtenveertigurige verblijf, dus moeten alle eenheden in opperste paraatheid zijn. Om 5.35 uur zal hij blijven staan om aan de voet van de trappen naar de tempel te worden begroet door een delegatie hooggeplaatste bahá'ís.

Ze zijn allemaal gescreend. Een van hen zal een bloemenslinger over het hoofd van de president doen en wij zullen allemaal achteruit stappen voor de foto's, die de hele wereld over zullen gaan. Het zal niet in goede aarde vallen als een paar lelijke agenten van de Geheime Dienst de opname bederven.'

'Kunnen we hem niet dichter in de buurt afzetten en de lange wandeling overslaan?' vroeg een jonge man met een gladgeschoren hoofd.

'Luister, ik zou de Marine One boven op dat stomme gebouw laten landen en de president aan de takel door een gat in de bloemen op de grond zetten als ik dat kon, maar het Witte Huis heeft die laan met de tempel op de achtergrond nodig als een symbool van wereldvrede. Deze reis gaat over hart en geest, vergeet dat niet. Nieuwe president, nieuw begin. Zodra hij die trap op loopt, zitten wij goed.' Johnson wees weer op de luchtfoto. 'Er zijn hoge muren aan weerszijden, hier en hier.' Vijf opeenvolgende trappen liepen omhoog door een smalle toegang met hoge zijkanten naar de hoofdingang van de tempel onder een van de zevenentwintig 'bloembladen' die het opvallende dak van het gebouw vormden.

'Binnen zal hij met een paar honderd bahá'ís een korte ceremonie bijwonen, met Marine One vanaf de zuidzijde, waarna hij zal vertrekken en regelrecht terugkeren naar luchtmachtbasis Palam. Ze wilden de tempel vol hebben, maar de Indiërs konden geen volledige veiligheidscontrole garanderen.'

'Hebben ze bij deze reis wel íéts gegarandeerd?' vroeg Spiro.

De zaal lachte beleefd.

'Deze tempel is van bahá'ís, nietwaar?' vroeg een andere agent van de beveiligingsdienst.

'Inderdaad,' zei Johnson.

'En omdat de bahá'ís uit Iran komen, zijn ze dan, eigenlijk, moslims?'

'Een soort,' antwoordde Johnson, die opzij naar Spiro keek.

'Niet precies,' kwam Baldwin tussenbeide, terwijl hij opstond van zijn stoel op de eerste rij. 'Hun oorsprong ligt in de sjia, maar dat was honderdvijftig jaar geleden. Tegenwoordig beschouwen sjiitische geestelijken hen als ketters, ongelovigen en een bedreiging voor de islam. De Republikeinse Garde zit nu de hele tijd achter ze aan. Het is de grootste minderheid van het land en ook de meest vervolgde. Leiders worden geëxecuteerd wegens geloofsverzaking, scholen worden gesloten, paspoorten geweigerd, overheidsbanen zijn niet toegankelijk en burgerrechten worden ingetrokken.'

'Om die reden gaat de president bij ze op bezoek,' zei Spiro, die zijn gezag over de vergadering weer deed gelden toen Baldwin ging zitten. 'Symbolische steun aan een verandering van regime. Leila, zou jij deze onwetende mensen nader willen voorlichten?'

Spiro wierp een blik op Baldwin toen Leila van haar plaats op de derde rij naar voren liep om zich bij Johnson en hem op het podium te voegen. Een ogenblik lang stond ze in de lichtstraal van de projector en speelde het beeld van de Lotustempel over haar gezicht. Ze stapte opzij en hield een hand beschermend boven haar ogen.

'Er zijn meer dan vijf miljoen bahá'ís op de wereld,' begon ze met duidelijk hoorbare emotie in haar stem. 'Mijn moeder is daar toevallig één van. De grootste populatie bevindt zich in India, de op een na grootste in Iran, waar het allemaal is begonnen.' Ze zweeg even om rustig te worden en keek naar Baldwin. 'Ze geloven dat Mozes, Boeddha, Krishna, Jezus, Mohammed en Bahá'u'lláh, de grondlegger van de religie, allemaal boodschappers waren van dezelfde universele God. Bahá'u'lláh werd geboren in het negentiende-eeuwse Perzië, dus is het een betrekkelijk nieuwe religie. Hij geloofde in spirituele eenheid, wereldvrede, verplichte scholing voor iedereen. Hij was ook tegen elke vorm van vooroordelen.' Leila stopte weer. 'Het spijt me,' zei ze. 'Het komt door de hitte.'

Maar iedereen wist dat het meer was.

'Jullie beginnen misschien te begrijpen waarom de president de tempel zo graag wil bezoeken,' zei Spiro, die naar voren stapte en naast haar kwam staan. 'Wil je even pauzeren, lieverd?' Hij had een arm om haar heen geslagen en gaf een kneepje in haar schouder.

'Het gaat goed, echt.' Leila schonk een glas water in uit een plastic fles op het tafeltje naast haar. 'Het bahá'í Huis van Aanbidding, beter bekend als de Lotustempel, werd ontworpen door een Iraanse architect. De opvallende vorm is gebaseerd op een gedeeltelijk open lotusbloem.'

'Het doet me een beetje denken aan het Opera House van Sydney,' zei Spiro.

'Ze zeggen dat dit het meest bezochte gebouw ter wereld is,' ging Leila verder. 'Iedereen is welkom: hindoes, joden, christenen, parsen, moslims, noem maar op. De president zal genieten van zijn bezoek. Het is een erg bijzondere plaats.'

Leila liep terug naar haar stoel, maar ze wilde het liefst weg uit deze stoffige zaal, weg uit Delhi, weg uit India. Ze wilde bij haar moeder zijn.

'Bedankt, Leila,' zei Spiro. 'We stellen het op prijs.'

De zaal applaudisseerde en verscheidene agenten van de Geheime Dienst draaiden zich op hun stoel om en keken naar haar.

Spiro wierp een blik op Baldwin toen hij verderging. 'Op grond van haar gespecialiseerde kennis is Leila gevraagd zich voor dit gedeelte van de reis bij de presidentiële ploeg te voegen als vertegenwoordigster van de CIA.'

'Met het grootste respect voor Leila, maar is dit niet een beetje onorthodox?' vroeg Baldwin. 'We waarderen allemaal wat ze in Londen heeft gedaan, maar...'

'Nee, David, het is niet onorthodox,' viel Spiro hem in de rede. 'Helemaal niet. Het is een grote eer voor de CIA, dat is het.'

'Het is een eer voor ons allemaal,' zei Johnson, die de spanning voelde. 'De president wil Leila persoonlijk bedanken voor haar goede werk in Londen en dat geldt voor ons allemaal in de Service.' Weer trok een golf van applaus door de zaal. 'Het is geen geheim dat we Langley dank verschuldigd zijn. En het is geen geheim dat we dat niet graag toegeven. Het is overbodig om te zeggen dat we deze keer niet verwachten op de heldendaden van Leila te moeten vertrouwen.'

# 43

Er was iets in het netwerk van grotachtige hutten op de helling wat Marchant deed denken aan Tora Bora. Hij was nooit in Afghanistan geweest, maar hij had de satellietbeelden gezien, de route die Osama Bin Laden had genomen toen hij de Amerikanen het nakijken had gegeven. Elk van de houten hutten was diep in de rode Konkan-helling gebouwd. De hut waarin hij nu zat was zes meter diep, hoewel hij van de buitenkant maar één kamertje leek te hebben. Binnen was er niemand anders dan Salim Dhar, die een rusteloze energie ademde, terwijl hij op een gaspitje in een steelpan een melkachtige kardamom-*chai* zette. Buiten de deur zat een man op een plastic stoel met een AK47 dwars over zijn knieën een sigaret te roken.

'Wij hebben zoveel gemeen, jij en ik,' zei Dhar in volmaakt Engels.

'Alleen gooi ik er achteraf melk in en laat jij het allemaal samen trekken met een paar kilo suiker.'

'En wie heeft de betere tanden?' vroeg Dhar. Hij draaide zich om en gaf Marchant een roestvrijstalen beker met thee aan die hij bij de rand vasthield. Zijn glimlach was volmaakt wit.

Marchant kon de hartelijke ontvangst door Dhar maar moeilijk begrijpen. Uit zijn tijd in Afrika kende hij de gastvrijheid van vijanden, dat beleefde uitstel van vijandelijkheden als de oorlogvoerende partijen samen brood braken voordat de slachting begon. Maar hier speelde iets anders en hij wist niet wat het was.

Vanaf het moment dat Dhar hem aan de voet van de heuvel had begroet met een brede glimlach en een hartelijke omhelzing, waren allerlei mogelijkheden door Marchants hoofd gegaan. De grootste van zijn twee begeleiders was de heuvel op gestuurd, waar Marchant verspreid over de rotskam een aantal mannen zag. De tweede visser had Marchant en Dhar begeleid door een diepe vallei met palmbosjes, een dichte jungle en aan de andere kant de verzameling hutten. Daar zaten minstens tien mannen, van wie sommigen rookten. Allemaal droegen ze wapens.

Marchant ontdekte een mengeling van nationaliteiten: Noord-Afrikanen, maar ook mannen uit het Midden-Oosten. Niemand scheen zich al te druk te maken over zijn komst. Hij vroeg zich af of Dhar een verhaal had verzonnen om ze gerust te stellen over zijn aanwezigheid. Wist Dhar echt wel wie hij was? Besefte hij wel dat zijn bezoeker tot een maand geleden elke dag en een groot deel van zijn nachten had gewerkt voor een organisatie die dit soort mensen en plaatsen juist wilde elimineren? Maar Dhar leek ontspannen, vroeg naar zijn reis, de westerlingen op het strand, hoe hij het klimaat vond – de standaard gesprekjes tussen toevallige kennissen.

Maar toen Dhar met zweetdruppels op zijn voorhoofd tegenover hem ging zitten aan de gammele tafel, wist Marchant dat het gesprek ging veranderen. Misschien zijn leven ook wel. Hij dacht aan zijn vader, die Dhar in de gevangenis had bezocht, en voelde zijn maag verstrakken. Was hij even hartelijk ontvangen? Hadden de Amerikanen gelijk dat ze twijfelden aan zijn vaders loyaliteit tegenover het Westen? Marchant riep zich in herinnering dat Dhar in koelen bloede twee Amerikaanse ambassades had aangevallen, wat vele levens had gekost.

'Jij lijkt wel wat op hem, weet je,' zei Dhar in het Engels. 'Er is een familiegelijkenis – het knappe uiterlijk.' Marchant nipte van zijn thee en was dankbaar voor de kruidige zoetheid. Dhar droeg een T-shirt waarvan de mouwen waren afgeknipt, er werden spieren zichtbaar die alleen maar in een sportschool ontwikkeld konden zijn. Hij was lang en zijn gezicht was lang en hoekig, met een huidtint die veel lichter was dan die van de plaatselijke inwoners van Karnataka. De neus was spits en de oogkassen waren diep, maar alles leek in verhouding, zonder verrassingen. Misschien was het gewoonte, maar Marchant bleef kijken naar Dhars lange en opvallende oorlellen. Dat waren de moeilijkste delen van een gezicht om te vermommen.

'Het is aardig van je om mij te willen ontvangen,' zei Marchant.

'Mijn strijd is niet zozeer gericht tegen de Britten, hoewel de steun van jouw regering voor de ongelovige moet worden afgekeurd.' Alsof er een schakelaar was omgezet, kreeg de stem van Dhar de bekende, harde intonatie van de jihadi. 'Ik had bericht gekregen dat je waarschijnlijk zou komen.'

'Van wie?'

'Een oude vriend van de familie.'

Marchant nam aan dat het oom K moest zijn geweest. 'Ik moet weten waarom mijn vader jou in Kerala heeft bezocht.'

Dhar glimlachte weer op een ontwapenende manier tegen Marchant. Hij had alle troeven in handen.

'Hij wilde een naam hebben. Iemand in Londen.'

Eindelijk, dacht Marchant. Hij had een lange weg afgelegd om dit te horen. 'Waarom dacht hij dat jij hem die zou geven?'

Dhar zweeg even en wierp een blik op de wachtpost buiten de deur. Zijn stem klonk gedempter.

'Omdat ik er ooit – stom genoeg – mee had ingestemd onze vriend van de familie te helpen.'

'En heb je mijn vader die naam gegeven?'

'Nee. Ik kon hem niet helpen.'

'Kon je dat niet?'

'Ik wist het echt niet. Hij zei dat iemand in Londen alles kapot aan het maken was waarvoor hij had gewerkt. Van binnenuit. Ik kon hem niet helpen.'

'Weet je de naam nu?'

'Nee. Deze dingen staan los van elkaar.'

Marchant voelde zich ineens erg moe. Zelfs na de marathon had hij zich niet zo moe gevoeld. De voettocht in de hitte had hij kunnen volhouden, omdat de kans – hoe klein dan ook – aanwezig was dat hij de reputatie van zijn vader kon herstellen. Maar nu zat hij hier eindelijk tegenover Salim Dhar, een van de meest gezochte mannen ter wereld, en was het allemaal tijdverspilling geweest. Dhar wist verdomme helemaal niets.

'Mijn vader verloor kort daarna zijn baan,' zei Marchant kwaad, 'en die schande heeft hij niet overleefd.'

'Sommigen zeggen dat het de ongelovige Amerikanen waren. Die hebben ons werk gedaan. Iemand in MI6, in de nabijheid van de chef.'

Marchant keek naar hem op. 'Maar je hebt geen naam.' Hij zweeg even. 'Waarom heb je ermee ingestemd mij te ontvangen?'

'Waarom?'

'Bij mijn vader had je geen keus. Je zat in de gevangenis toen hij je bezocht. Maar mij... Je had me kunnen doden.'

'Er is iets wat je moet weten. Iets wat Stephen me vertelde.'

Marchant verstrakte bij het horen van de voornaam van zijn vader en zijn mond werd droog. De donkerbruine ogen van Dhar waren gaan glinsteren.

'Hij was ook mijn vader.'

# 44

Fielding legde de telefoon neer en keek in de kamer om zich heen. Zijn brein werkte snel. Het leed geen twijfel dat Daniel de waarheid sprak. Alle stukjes vielen op hun plaats: de maandelijkse betalingen, op gezag van Stephen Marchant, aan Dhars vader. Zijn voorganger had niet geprobeerd iemand te rekruteren, het ging om een persoonlijke toelage die was ingegeven door een schuldgevoel en werd betaald door de Dienst.

De data klopten ook. Stephen Marchant had in het begin van 1980, het geboortejaar van Dhar, zes maanden lang tegelijk met Dhars vader op het Britse hoge commissariaat gewerkt. Hij moest Dhars moeder toen hebben ontmoet, in de maanden voordat hij voor de geboorte van Daniel en Sebastian naar Engeland was teruggekeerd en zonder vrouw in Delhi had gezeten.

Hij pakte de telefoon weer op, belde Anne Norman en vroeg om te worden doorverbonden met Ian Denton, die rustig luisterde naar wat Marchant over de telefoon aan Fielding had verteld.

'Vanwaar belde hij?' vroeg Denton.

'Dat wilde hij niet zeggen.'

'Maar hij was bij Salim Dhar.'

'Nee, die was net vertrokken.' Er viel een stilte die zelfs voor de zwijgzame Denton te lang duurde. 'Ian?'

'We hebben misschien niet veel tijd meer.'

'Kun je contact opnemen met Carter? Straker wil mijn telefoontjes niet meer aannemen.'

'De telefoon, Marcus. Als Daniel een besmet mobieltje gebruikte, zal Fort Meade het hebben opgepikt en al hebben doorgegeven.'

'Daarom moeten we met Carter spreken.'

'Hij is toch buitenspel gezet?'

'Nog niet. Hij zal begrijpen wat dit betekent.'

'En denk je dat hij onze zaak in Langley zal bepleiten?'

In de paar minuten na het telefoontje van Daniel had Fielding alleen maar opluchting gevoeld, omdat hij nu eindelijk wist waarom Stephen Marchant naar India was gereisd voor een clandestien bezoek, een reis die Fielding steeds had dwarsgezeten, omdat die zo helemaal buiten het normale patroon was gevallen. Er was geen naam genoemd, geen mol ontmaskerd, maar Fielding wist nu tenminste dat de reis om privéredenen was gemaakt en dat er geen nationale belangen waren. Het zou de reputatie van Stephen in de ogen van sommige mensen misschien beschadigen, maar voor Fielding betekende het de beroepsmatige vrijspraak van zijn voorganger. Denton had echter gelijk. Dat had hij altijd. De Amerikanen – Spiro en Straker – zouden het heel anders interpreteren: als een extra bewijs dat de loyaliteit van de voormalige chef van MI6 in twijfel moest worden getrokken.

'Carter zal het begrijpen,' herhaalde Fielding. 'Het is een verklaring voor Stephens bezoek, de reden waarom hij naar Kerala is gereisd. Dat zat hun toch de hele tijd dwars, nietwaar? Hij was een rokkenjager met een geweten, Ian, geen verrader. Is dit niet het bewijs?'

'Voor hen zal het maar één ding bewijzen: dat ze gelijk hadden toen ze achter hem aan gingen.'

Het kon Fielding niet meer schelen wat de Amerikanen dachten. Stephen Marchant had er altijd van gedroomd om iemand als Dhar te rekruteren. De laatste tijd had Fielding gemerkt dat het ook een van zijn eigen dromen was geworden. Was dat niet de reden waarom hij Daniel zijn gang had laten gaan bij zijn pogingen om hem te vinden? Nu ze wisten wie Dhar in werkelijkheid was, behoorde een infiltratie van Al-Qaida op hoog niveau eindelijk tot de mogelijkheden. Hij was niet van plan die kans door de Amerikanen te laten bederven. En wie kon Dhar beter rekruteren, dacht hij, dan Daniel Marchant?

'Hij is eigenlijk nooit over de dood van Sebbie heen gekomen,' zei Marchant nippend aan zijn tweede kop kardamom-*chai*. Hij wenste dat hij iets sterkers te drinken had. 'Dat gold voor ons allemaal.'

'Leek hij op jou?' vroeg Dhar.

'Sebbie? Hij was serieuzer dan ik. Had wel soms problemen. Maakte me wakker met zijn nachtmerries. Maar hij was verrekte goed in wiskunde. Ik werd er gek van. Op school was hij altijd beter dan ik.'

Dhar glimlachte. 'Stephen zei dat je op een dag zou komen.'

Marchant probeerde zich die twee samen voor te stellen. 'Denk je dat hij wilde dat jij het me zou vertellen?'

'Ik was kwaad toen hij het me vertelde, boos omdat hij er zo lang mee had gewacht.'

'Mijn moeder zou het niet hebben overleefd als hij het ooit bekend had gemaakt. Zij was erg kwetsbaar.'

'Mijn moeder ook. Daarom heb ik het hem vergeven. Hij vertelde me dat er geen dag in zijn leven voorbij was gegaan zonder dat hij aan me had gedacht en zich had afgevraagd hoe het met me ging. Maar mijn moeder had hem laten zweren me nooit te bezoeken, nooit te proberen contact te leggen en het nooit aan iemand te vertellen. Mijn vader weet het nog steeds niet. Hij dacht dat het geld van haar familie kwam. Hij klaagde altijd dat de bruidschat niet hoog genoeg was geweest. Stephen stemde in met haar wensen, maar zei dat hij altijd van plan was geweest me te komen zoeken als ik achttien was.'

'Wat heeft hem opgehouden?'

'Weet je waar ik mijn achttiende verjaardag vierde? In een trainingskamp met mijn broeders uit Kasjmir.'

'Hij had jouw reputatie kunnen beschadigen.'

'Ik had die van hem kunnen beschadigen. Maar hij heeft ons altijd geld gestuurd.'

'Geld?'

'Tot ik eenentwintig was. Ik neem aan dat hij het was. We waren niet rijk. Mijn ouders werkten in de ambassades. Mijn vader registreerde rekeningen van de ongelovigen, mijn moeder verdiende een schijntje door op de kinderen te passen als de ouders iets gingen drinken. Allebei werden ze behandeld als varkens. Maar we hadden nooit geld tekort. Mijn moeder zei dat het door de fooien kwam. Ze had een rol biljetten van vijfhonderd roepie verborgen achter de *puja*-kast.'

'Jouw moeder was hindoe?'

'Dat waren ze allebei. Toen ik van school kwam, ben ik overgegaan naar de islam. Ik heb al het mogelijke gedaan om afstand te nemen van mijn vader en zijn heidense wereld.'

'Jullie hadden dus geen goede band.'

Dhar lachte. 'Toen ik erachter kwam dat hij en ik niets gemeen hadden, klopte het ineens. De ruzies, het ontbreken van de band die ik bij andere vaders en zonen zag. Het was zo'n opluchting.'

'Misschien wist hij het?'

'Nee. Hij wilde altijd dat ik meer op hem leek. Tot mijn schande was zijn favoriete baan die op de Amerikaanse ambassade. Hij hield van alles wat Amerikaans was en ging zelfs met een cowboyhoed en cowboylaarzen naar het gekostumeerd bal van kantoor. Maar hij zag het niet. Hoe ze hem behandelden en achter zijn rug uitlachten. Ik zag het en ik wist dat hij er faliekant naast zat. Hij stuurde me naar de Amerikaanse school in Delhi – het vreselijkste jaar van mijn leven.'

Dhar stond op en zwaaide een kleine rugzak op zijn rug. 'Ik moet ervandoor. Jij moet hier een paar dagen blijven en dan zullen ze je terugbrengen naar Om Beach.'

'Zie ik je weer?'

'Probeer voor je eigen veiligheid nooit contact met me op te nemen. Ik ben in deze contreien jouw enige broeder.'

'En je kunt me geen naam geven?'

'Nee.' Hij zweeg even. 'Ik zal ernaar vragen.'

Dhar draaide zich in de deuropening om en glimlachte. 'Familieaangelegenheden. Insjallah.'

# 45

'Zonen doen soms de raarste dingen,' zei Carter. 'Mijn jongste zit in een verrekte metal band.' Carter zat achter in een zwart personenbusje en Fielding en Denton zaten tegenover hem aan een vouwtafeltje. Ze reden over de M4 naar het westen; links van hen landden vliegtuigen in een gestage stoet op Heathrow. Hij had de Dominee nog nooit zo rustig meegemaakt. 'Bovendien stuurde Marchant het gezin al geld lang voordat hij een jihadi werd.'

'Maar Straker wil er niet aan, hè?' vroeg Denton.

'Nee. En daarom moeten we naar Delhi. Ik ben niet van plan hier rustig te blijven zitten, terwijl het leven van onze nieuwe president op het spel staat. Verdorie, ik heb op hem gestemd. Jij bent nog steeds de chef, Marcus. Ik ben nog steeds het hoofd van Clandestiene Operaties. Laten we op onze strepen gaan staan zolang we allebei nog in het spel zitten.'

'Ik had de telefoon niet moeten aannemen,' zei Fielding. Door het getinte glas keek hij naar een volgend vliegtuig dat de landing inzette. Het was een aanblik die hem nog steeds nerveus maakte na wat er een paar jaar eerder bijna op Heathrow was gebeurd. 'Als Daniel gewoon de centrale had gebeld, had hij afgeserveerd kunnen worden als een overloper die probeerde terug te komen. Maar hij vroeg mij te spreken en ik nam het telefoontje aan.'

'Daarom zijn we op weg naar Fairford,' zei Carter. 'In mijn onopvallende wagen en niet in die van jou.'

De telefoon van Denton ging over. Hij nam op, luisterde en sloot het gesprek toen af. 'Dat was Anne. Ze zijn voor jou op kantoor geweest, Marcus.'

Marchant had ruim een uur op de *charpoy* liggen wachten op dit moment. De wachtpost stond op van zijn stoel, wierp een blik in zijn richting en liep de heuvel af naar een andere man die hem had geroepen. Ze moesten allebei om iets lachen.

Marchant had de oude Nokia-gsm al gezien toen hij met Dhar had zitten praten, maar aangenomen dat hij hem mee zou nemen. Hij lag gedeeltelijk verborgen onder een exemplaar van de Indiase krant *The Week* op de stoffige vloer. Had Dhar hem daar met opzet laten liggen in de wetenschap dat hij hem zou vinden? Bij wijze van afleidingsmanoeuvre, zodat Dhar meer tijd kreeg? Hij kwam met een zwaai van het bed, hield een oog op de deuropening gericht en pakte de telefoon. Hij drukte op de aan-uitknop en rolde het toestel in zijn hemd in de hoop de opstarttoon te dempen. De telefoon trilde even.

Hij wist dat het risico erg groot was dat het een besmet toestel was, maar hij moest het nieuws over Dhar en zijn vader doorgeven aan Fielding. Hij had dan misschien niet de naam van een mol bij MI6, maar hij kon hem minstens een verklaring geven voor de onorthodoxe reis naar Kerala die de Amerikanen zo had verontrust. Met trillende vingers toetste hij het bekende nummer in en bad dat de telefoon een abonnement met internationale toegang had. Toen hoorde hij de toon van een toestel in Londen dat overging en haalde diep adem, een geluid dat ruim drieduizend kilometer verder hoorbaar was in de koptelefoon van een jonge operator van het National Security Agency in Fort Meade, Maryland.

Denton maakte de veiligheidsriem vast en keek om zich heen in de kleine cabine van de Gulfstream v. Zes stoelen, allemaal van crèmekleurig leer en chroom, een enkele bank en een buffetkast met mahoniehouten panelen. Fielding klikte tegenover hem zijn riem vast en ving Dentons wrange glimlach op. De ironie van hoge inlichtingenofficieren die Groot-Brittannië ontvluchtten in een toestel dat was gebruikt voor het overbrengen van gevangenen, was geen van beiden ontgaan. Carter was de piloot aanwijzingen aan het geven voor de route. Hij haalde een koptelefoon van één oor om over zijn schouder met hen te praten.

'De piloot dient een paar namaakvluchtplannen in,' zei hij luider dan noodzakelijk was. 'We vliegen met een speciale status, maar hij zegt dat de Engelse verkeersleiding de laatste maanden wat strenger is geworden.'

'Als je dat maar weet,' fluisterde Denton tegen Fielding toen Carter zijn koptelefoon weer opzette en weer naar voren keek. 'Heb je gezien waar ze worden gestopt?'

'Ik wilde niet kijken.'

'Achter de buffetkast. Genoeg om je lunch compleet te bederven.' Denton had een blik door de deur geworpen die het achterste gedeelte van het vliegtuig scheidde van de hoofdcabine. Het contrast met het luxueuze interieur had niet groter kunnen zijn. Alle bekleding was verwijderd, waardoor alleen de kale ribben van de romp overbleven. Op de matte metalen vloer waren een meter van elkaar twee kleine stalen ringen aangebracht. Ertussenin zat een donkere vlek en Denton nam aan dat daar de menselijke lading had gezeten met geboeide handen en voeten. De vlek had bloed kunnen zijn of iets ergers, maar de sporen van de pijn waren achtergebleven. Had Daniel Marchant daar geboeid gelegen op zijn vlucht naar Polen? En voor hem Khaled Sheikh Mohammed?

'Welkom bij Air CIA,' zei Carter, die naast Denton ging zitten. 'Vermoedelijke landing in New Delhi over twaalf uur.'

Denton had hem niet gehoord. Hij keek naar de blauwe zwaailichten op de weg buiten het hekwerk van Fairford. Op hetzelfde moment riep de piloot Carter terug naar de cockpit. Denton trok Fieldings aandacht en knikte uit het raampje.

'Jij hebt nog steeds tijd om uit te stappen, Ian,' zei Fielding. 'Jij hoeft hier niet te zijn.'

Denton luisterde niet naar zijn chef. Hij wist dat ze gelijk hadden over Leila. Eerder had het de drie mannen weinig moeite gekost om de luchtmachtbasis op te komen. Voor de RAF was Fairford nu een reservebasis. De USAF beheerde de plaats en was erg gebrand op de veiligheid en geheimhouding van de B-2 Spirit Stealth bommenwerpers en af en toe de geheime vluchten met gevangenen. De wachtposten bij de ingang kenden Carter goed en hadden hem doorgezwaaid, maar Denton vreesde dat de telefoons in Whitehall en Washington rinkelden. Alles hing af van hoeveel gezag Carter nog had en of Straker één en één bij elkaar had opgeteld en tot de conclusie was gekomen dat hij samenwerkte met Fielding.

De twee turbojets gierden toen de piloot het toestel over het asfalt naar het begin van de drie kilometer lange startbaan stuurde. Denton maakte zijn riem los en liep naar Carter voor in het vliegtuig. Een ogenblik lang dacht Fielding dat hij gebruik wilde maken van het aanbod om alsnog uit te stappen.

'Alles in orde?' vroeg Denton.

'We zijn net met Langley aan het regelen dat ik een officiële vlucht voor de CIA maak,' zei Carter.

'Je bedoelt een vlucht met gevangenen?'

Carter lachte. 'Routine clandestien werk.'

'Heb je de politieactiviteit buiten het hek gezien?'

'Maak je niet druk. Dat heeft niets te betekenen. Gewoon een stelletje vliegtuigspotters. Ik denk dat de Spirit vandaag vliegt. We vragen de politie altijd om ze weg te jagen. Niemand weet dat de Dominee aan boord is, Ian. In deze vliegtuigen doen we niet aan paspoortcontroles.'

# 46

William Straker leunde achterover op zijn stoel in het directeurskantoor van de CIA in Langley, Virginia, en keek naar de foto's van zijn twee zonen op zijn bureau. Hij was enig kind geweest en benijdde zijn zonen om de kameraadschap die zij kenden. Hij had het niet gecontroleerd, maar vermoedde dat Harriet Armstrong in Londen ook enig kind was. Zij deelde zijn natuurlijke wantrouwen in anderen.

'Het licht staat definitief op groen, Harriet, we zijn op weg,' zei hij in de telefoon. 'Fort Meade heeft de telefoon eerder opgepikt. Het aanvalsdoel is doorgegeven aan de USS Independence.'

'De eerste minister heeft verzocht Daniel Marchant levend gevangen te nemen,' reageerde Armstrong.

'Ik was al bang dat je dat zou zeggen. De DNI wil dat alle bedreigingen in de regio worden uitgeschakeld. En Dhar staat op het moment boven aan de lijst.'

'Marchant zou nuttig kunnen zijn,' merkte Armstrong op.

'Je gaat toch niet weekhartig worden, hè Harriet?' Armstrong zei niets. 'India wil het gebruik van een Predator in hun luchtruim niet toestaan, dus sturen we Seals met de symbolische steun van een paar Black Cats om Delhi tevreden te houden. Ik weet zeker dat jouw eerste minister zal begrijpen dat we geen risico's kunnen nemen met een presidentieel bezoek. Die zijn er al te veel op deze reis. Monk Johnson is een wrak.'

'We hebben begrip voor de dreiging, uiteraard, maar Marchant is een Britse onderdaan en de eerste minister staat erop dat hij niet wordt gedood. We hebben op het moment een SAS-eenheid in Delhi paraat staan die graag wil assisteren.'

'Weet je, ik denk dat we dit alleen wel kunnen rooien, maar bedankt voor het aanbod. We zullen het volgende afspreken. Zodra we Marchant uit de jungle hebben gehaald, is hij jullie gevangene. Jullie krijgen misschien iets meer uit hem dan ons in Polen is gelukt. Hoe klinkt dat?'

Niet geweldig, dacht Armstrong. Lijkenzakken waren niet gemakkelijk te verhoren. 'Ik zal Cobra het aanbod overbrengen. Die is nu in vergadering.'

'Jouw medewerking wordt op prijs gesteld, Harriet. Jij en ik denken hetzelfde. Heb je het gedetailleerde transcript van het telefoontje gezien?'

'Ja, al eerder.'

'Jezus, we hadden gelijk over Stephen Marchant. Zo vader, zo zoon. Maar hoe staat het met Marcus? Daniel werd doorverbonden met zijn huis, maar de chef koos ervoor om het gesprek aan niemand te rapporteren. En nu is hij in rook opgegaan. Ik dacht dat die vent aan onze kant stond.'

'Het zit de eerste minister ook dwars.'

'Blij dat te horen,' zei Straker, die het antwoord van Armstrong niet echt oprecht vond klinken. 'Weet de eerste minister het ook van Chadwick?'

'David?'

'Sir David, ridder van het Britse Rijk.'

'Wat is er met hem?' Armstrong greep de telefoonhoorn steviger vast. Ze had Chadwick altijd gemogen en in haar eerste tijd in Whitehall zelfs een zwak voor hem gehad. Ze wilde geen kwaad woord over hem horen.

'Het lijkt erop dat hij zich hier heeft ingeschreven bij een paar illegale websites. De FBI heeft vanochtend de creditcardgegevens aan ons doorgegeven, omdat ze vonden dat wij het moesten weten.'

Armstrong, die haar wrevel sterker voelde worden, wilde dat er een eind kwam aan het gesprek. Ze geloofde er geen woord van. De Amerikanen waren nog steeds op het oorlogspad na het aan de kant schuiven van Stephen Marchant, maar dit was een nieuw gebied. Hierna zouden ze zich op de eerste minister richten.

'Hoe illegaal?'

'Ik hoop dat hij geen kinderen heeft.'

Marchant stopte de mobiele telefoon terug onder het tijdschrift en ging weer op zijn *charpoy* liggen. Hij keek naar de wachtpost die de heuvel op kwam en in zijn richting liep. Hij keek even bij Marchant naar binnen en ging toen tussen zijn tanden zitten peuteren. Het was fijn geweest om de stem van de receptioniste van Legoland te horen. De besten werkten bij het noodnummer. Haar hartelijke, geruststellende stem had een groot contrast gevormd met het bruuske optreden van Anne Norman.

Fielding had erg weinig gezegd. Ze wisten allebei dat hoe korter ze spraken, des te kleiner de kans was dat het telefoontje werd opgespoord. Maar het was moeilijk geweest om alles snel en cryptisch door te geven. Het belangrijkste was dat Fielding moest weten wat de echte reden voor de reis van zijn vader was geweest. Hij had hem ook willen laten weten dat Dhar misschien kon worden gerekruteerd. Dhar zou nooit voor Amerika werken, maar het idee dat hij voor Groot-Brittannië ging spioneren, was ineens niet meer zo vergezocht.

De implicaties van de onthulling over zijn vader waren nog niet helemaal doorgedrongen: de totaal verschillende levens die zijn zonen hadden geleid, elk met een eigen bestaan op een ander continent, onwetend van elkaar, ook al waren ze slechts enkele maanden na elkaar geboren. Marchant wist dat hij door Fielding te bellen en zich weer in zijn oude beroepsmatige wereld onder te dompelen, de persoonlijke consequenties ontliep. Zijn vader, die een heel leven had gewijd aan het ontdekken van de geheimen van anderen, had zelf het allergrootste geheim meegedragen. Dacht hij daarom slechter over hem? Hij vreesde dat de Amerikanen het misschien wel zouden doen.

Opschudding buiten onderbrak zijn gedachtegang. Een man kwam de heuvel op met een groot stuk karton dat in de vorm van een menselijke gedaante was geknipt. Hij praatte opgewonden en werd gevolgd door een groepje mannen dat naar de beeltenis keek. Marchant begreep niet wat hij zei, maar hij hoorde Salims naam en herkende de gedaante. Het was de vorige president van de Verenigde Staten, die een cowboyhoed en cowboylaarzen droeg.

Een van de mannen blafte een bevel tegen een andere, die een sigarettenaansteker tevoorschijn haalde en bij de beeltenis hield, die hij op de grond liet vallen toen het karton vlam vatte. Voordat de krullende vlammen het hoofd van de president hadden bereikt, zag Marchant heel duidelijk dat er een gaatje tussen de ogen zat dat was gemaakt door één enkele kogel.

Spiro boog zich naar Leila toe en raakte haar hand. 'Je hoeft dit niet te doen, weet je.' Hij liet het contact langer duren dan ze leuk vond. 'Het dreigingsniveau is hoog. Er zijn anderen die jouw plaats kunnen innemen.'

'Zoals Baldwin? Hij lijkt niet erg blij te zijn met mijn aanwezigheid hier.'

'De vent is een loser,' zei hij en hij keek door het restaurant. 'Een boer met een hoed, maar zonder vee.'

Spiro had de hele avond zitten drinken – hun laatste kans in de volgende achtenveertig uur, had hij gezegd – en ze begon zich bezorgd te maken.

'Het is belangrijk dat ik hier ben. Mijn moeder zal trots zijn dat haar dochter de president van de Verenigde Staten rondleidt in de grootste bahá'í-tempel ter wereld. Het is ook voor mij belangrijk. Ik moet een streep zetten onder wat er allemaal is gezegd en de twijfelaars geruststellen.'

'Wat maakt het uit wat Baldwin en de Britten denken?' Spiro schonk haar wijnglas nog eens vol. Ze had niet op Spiro's uitnodiging voor het diner moeten ingaan, maar ze was hem wat verschuldigd en had zijn blijvende steun nodig. Ze wierp een blik door het restaurant. Het lag op het dak van hun hotel. De lichtjes van New Delhi waren overal onder hen te zien en twee muzikanten uit Rajasthan zorgden voor de sfeer in het met kaarsen verlichte vertrek. Met een andere man had de entourage misschien romantisch kunnen zijn. Ze probeerde zich niet voor te stellen dat Marchant en zij hier samen zaten.

'Ze gaan de Dominee ook inrekenen,' zei Spiro. Hij deed opgefokt, was gespannen en zijn been was onder de tafel aan het wippen.

Leila wist alles over de beschuldigingen van Fielding dat ze voor Iran werkte, maar ze had nog niet gehoord dat hij was geschorst.

'Waarom?'

'Daniel, jouw oude vlam. Schijnbaar heeft hij met Londen getelefoneerd. Hij heeft Fielding gesproken met een gsm die ooit door Salim Dhar was gebruikt. Godzijdank waren ze in Fort Meade een keer wakker en hadden ze hun koptelefoon op.'

Leila voelde zich opgelucht toen ze hoorde dat Marchant nog leefde. Ze had het ergste gevreesd na de ontploffing in de Gymkhana Club. Wat er nog over was van het register in de receptie van de club had bevestigd dat een zekere 'David Marlowe' was ingeschreven als bezoeker, maar zijn lichaam was nooit gevonden. Ze hoopte hem op een dag te kunnen spreken om alles uit te leggen, maar er was niet veel tijd meer.

'Waar belde hij vandaan?' vroeg ze, terwijl ze moeite deed haar belangstelling te verbergen.

'Ergens ten zuiden van hier. We hadden gelijk dat we hem in Londen mandekking gaven, Leila. Je hebt goed werk geleverd. Het blijkt dat het hele zootje erbij betrokken was: Marchant, zijn vader en Fielding.'

'Was Daniel bij Dhar toen hij belde?' Haar stem klonk bezorgd.

'Dat hopen we heel erg. Maar je hoeft je over hem niet druk te maken. Wat zou je zeggen van een afzakkertje in mijn kamer?' Hij wrong zijn been onder tafel tussen die van haar.

'Ik moet nog wat meer lezen over de bahá'ís.' Ze duwde haar stoel naar achteren. 'Ik zou het niet leuk vinden als de president dacht dat mijn weg naar de top via het bed is gegaan.'

'Ik weet niet zeker of je me wel hebt gehoord.' Spiro klemde haar onderarm vast. Ze keek om zich heen in het restaurant, maar niemand had iets gemerkt. Spiro's adem rook zuur en zijn lippen waren vettig van de *biryani*-rijsttafel die ze eerder hadden gehad. 'Er zijn mij de laatste dagen een hoop vragen gesteld en ik heb een heleboel lui gezegd dat ze jou moesten vertrouwen. Mannen als Baldwin. Ik vind dat ik wel wat mag terugverwachten, vind je ook niet?'

# 47

Marchant hoorde hoe de mobiele telefoon begon te rinkelen. Meteen kwam de Sikorsky Seahawk laag over de boomtoppen aanvliegen. Hij rende erheen om hem op te pakken op het moment dat de wachtpost buiten op de grond viel met een enkel schot van een scherpschutter in zijn borst.

'Maak dat je daar wegkomt,' zei een bekende vrouwenstem dringend. Terwijl hij die probeerde te plaatsen, rukte een luide explosie het dak van de hut en smeet hem op de grond. Hij begon te kruipen, maar zijn ogen liepen vol met warm bloed uit een snee in zijn voorhoofd. Hij veegde over zijn gezicht en rolde over de stoffige grond naar de achterkant van de hut, waar hij door een gat in de gevlochten panelen naar buiten gleed. De lucht was zwaar van het geluid van geweerschoten, dringende kreten – Amerikaans, Indiaas, Arabisch – en het gekras van kraaien.

Marchant bleef aan de kraaien denken en aan wat die midden in een vuurgevecht te zoeken hadden, toen een groep Black Cats van de heuvel in zijn richting kwam. Zij moesten hebben gelopen en de lange route hebben genomen, dacht hij. Als zij er niet waren geweest, zou hij zijn ontsnapt. Twee van hen tilden hem op en sleepten hem half bewusteloos naar de lierkabel van de Seahawk, die nu boven de open plak zweefde.

'Geen Dhar,' hoorde Marchant een van de Black Cats in zijn helmmicrofoon zeggen, toen hij boven de toppen van de kokospalmen naar de azuurblauwe hemel werd gehesen.

Leila keek omhoog naar het hoogste punt van het tempeldak met het patroon van een bloeiende lotusbloem. Het zonlicht van de vroege ochtend stroomde door de ramen naar binnen, en het interieur baadde in een etherische gloed. Stoelen waren in keurige rijen in de grote open ruimte gezet. Leila ging aan het eind van een ervan zitten. De tempel was bijna verlaten, afgezien van een paar schoonmakers die de vloeren boenden en een groep Indiase politieagenten die bij de hoofdingang stonden. Het tempelcomplex was de laatste vierentwintig uur vier keer door de Geheime Dienst doorzocht en zou nog twee keer worden gecontroleerd voordat 's avonds het bezoek van de president begon.

Leila keek om zich heen, haalde een vel papier tevoorschijn en begon stil te lezen, terwijl tranen haar ogen vulden. *'O gij vergever van zonden, wilt gij de weg openen voor deze ontwakende ziel om uw koninkrijk te betreden en stel deze vogel, getraind door uw hand, in staat op te vliegen in de eeuwige rozentuin. Zij brandt van verlangen om in uw nabijheid te komen, om haar in staat te stellen uw aanwezigheid te verwerven.'*

Ze had het nieuws over haar moeder twee uur eerder gehoord. Er was iets waardoor ze Teheran had willen bellen vanaf het moment dat ze wakker was geworden. Haar geest was haar al aan het misleiden en veranderde de volgorde van de gebeurtenissen, zodat ze op de een of andere manier wist dat haar moeder dood was voordat de vrouw aan de telefoon het had bevestigd. De vrouw uit de buurt had de hele nacht bij haar moeder gezeten en haar getroost, terwijl ze langzaam weggleed. Ze had het eigenlijk niet tegen Leila mogen vertellen, maar ze moest kennelijk met iemand praten.

*'Zij brandt van verlangen om in uw nabijheid te komen,'* vervolgde Leila, terwijl de woorden voor haar wazig werden. *'Om haar in staat te stellen uw aanwezigheid te verwerven. Gescheiden van u raakt zij bevreesd en bedroefd. Bewerk dat zij wordt toegelaten in uw hemelse tehuis.'*

De afgelopen twaalf uur waren de ergste van haar leven geweest. Ze was laat opgebleven om te lezen over Fariborz Sahba, de Iraanse architect achter de tempel. Haar moeder had vaak met haar gesproken over hem en zijn fantastische Huis van Aanbidding, dat ze kort na de voltooiing in de jaren tachtig had bezocht. Sahba had de metafoor van een bloeiende lotusbloem gekozen in de hoop dat een nieuw tijdperk van vrede en religieuze verdraagzaamheid zou ontstaan uit de 'duistere wateren' van de menselijke geschiedenis van onwetendheid en geweld.

Spiro was onwetend van veel dingen, maar afgelopen nacht was hij voor het eerst gewelddadig tegen haar geweest. Ze had geprobeerd tegenstand te bieden en hem te overreden het niet te doen, maar hij had gedreigd Monk Johnson te vertellen dat ze zich labiel gedroeg. Niets mocht het presidentiële spektakel en de rol die haar was gevraagd erin te spelen, in gevaar brengen, dus was ze hem uit het restaurant naar zijn hotelkamer gevolgd.

Naderhand had ze in haar eigen kamer een douche genomen en zich snikkend schoon geboend met sandelhoutzeep. Toen waren de tranen opgedroogd en was ze aan het werk gegaan. Ze onderzocht online het bahá'í-geloof met de ijver van een stervende patiënt die op zoek is naar een behandeling: het eenvoudige proces van religieuze bekering waarvoor het invullen van een 'geschreven verklaring' nodig was, hoe de massa's op het platteland van India na Ghandi waren benaderd door bahá'í-missionarissen en velen vielen voor de aansprekende boodschap van een verenigde mensheid en sloten zich aan met één enkele duimafdruk. En de Britse overheidswetenschapper David Kelly, die vier jaar voor zijn mysterieuze dood was bekeerd tot het bahá'í-geloof.

Tegen het aanbreken van de dageraad had haar onderzoek haar beter voorbereid op het nieuws van haar moeders dood, dat in haar vermoeide geest slechts het geloof leek te bevestigen dat ze het al had geweten. Ze voelde zich dichter bij haar moeder, begreep haar leven beter en wist wat ze voor haar moest bidden nu ze dood was. Haar begrip van het bahá'í-geloof haalde het nog niet bij dat van haar moeder, maar het was de laatste maanden groter geworden en had haar op deze dag voorbereid.

Nu zat ze hier in de Lotustempel te wachten op de komst van haar collega's van de Geheime Dienst en moest ze proberen haar verdriet tijdelijk te onderdrukken. Als inlichtingenofficier was ze eraan gewend haar emoties voor zichzelf te houden, haar innerlijke leven af te schermen en een rol te spelen, maar ze wist dat haar bekwaamheid de komende uren tot het uiterste op de proef zou worden gesteld.

*'Met betraande ogen richtte ze haar blik op het koninkrijk van de Mysteriën. Menige nacht bracht zij in diepe verbondenheid met u door en menige nacht leefde zij in innige gedachtenis aan u.'*

Ze depte haar ogen met een tissue, keek om zich heen in de tempel en ontleende kracht aan de schoonheid ervan. Monk Johnson zou nog één keer de tocht van de president over de laan, de vijf trappen op, tot in de bescherming van Sahba's bloembladen willen doornemen. Leila voelde zich ook beschermd met haar eigen geschreven verklaring in de ene hand en een blad met gebeden in de andere. Ze stond op het punt zich te bekeren tot de religie van haar moeder en hoopte dat de keuzes die ze had gemaakt en alles wat ze ging doen, haar zouden worden vergeven.

# 48

Marchant hief zijn hoofd op naar de celdeur en luisterde naar de grendels die werden teruggeschoven. Allebei zijn ogen waren erg opgezwollen; hij kon beter horen dan zien. Voorzover hij wist, was hij in de kelder van de Amerikaanse ambassade in Delhi. Tijdens de vlucht in de Seahawk had hij een kap op gekregen, waren zijn handen geboeid en had hij klappen gekregen van twee mannen die volgens hem Seals waren.

Ze legden bij hun klappen een wraakzuchtige energie aan de dag, die bij Marchant de vraag deed rijzen of het dezelfde twee waren die hem in Polen op het waterboard hadden gelegd. Maar ze zeiden niets, niet tegen hem en niet tegen elkaar, dus was het moeilijk te zeggen. Misschien waren ze gewoon hun frustratie aan het botvieren omdat ze Dhar niet hadden gevonden en wisten dat ze zelf een douw zouden krijgen nu ze aan de vooravond van het presidentiële bezoek met lege handen terugkwamen.

Marchant gaf zoveel mogelijk met de klappen mee, maar het was een lafhartige aanval. Zijn woede maakte dat hij later bewusteloos raakte dan hem eigenlijk lief was. In plaats daarvan rolde hij heen en weer over de koude vloer van de helikopter, probeerde hij zich te beschermen door zijn knieën op te trekken en spuugde hij zoveel mogelijk bloed uit, opdat het niet in zijn keel zou stollen.

Hij lag nu weer op de vloer toen de celdeur openzwaaide en een koele lucht van de airconditioning in de gang naar binnen stroomde. Hij bereidde zich voor op een volgende aftuiging, maar de klappen kwamen niet.

'Daniel?' Dezelfde stem die hij uit Dhars mobieltje had gehoord: Harriet Armstrong.

Hij hoorde haar naar hem toe lopen, terwijl de zware celdeur achter haar werd gesloten en gegrendeld. Ze liep naar de plaats waar Marchant lag.

'Ik kwam vragen of het goed met je ging. Kan ik wat water voor je halen?'

Marchant wist niet wat hij moest zeggen of denken. Zij was de vrouw die had meegeholpen om zijn vader op straat te zetten en die als eerste had geroepen dat hij geschorst moest worden. Wat deed ze hier? En waarom had ze hem in de jungle gebeld?

'Ik had uw telefoontje niet verwacht,' kon hij uitbrengen. Armstrong gaf hem een plastic fles aan. Hij bracht die met beide handen naar zijn lippen. Ze waren nu aan de voorkant geboeid en niet meer achter zijn rug. Na een paar slokjes liet hij de fles vallen en Armstrong pakte die op en hield hem weer tegen zijn lippen. Toen zette ze hem op de vloer en hielp Marchant overeind tot hij met zijn rug tegen de muur van de cel zat.

'Bedankt,' zei hij.

Armstrong zei niets. Hij hoorde haar weglopen en op de celdeur kloppen. Na enkele ogenblikken werden de twee grendels teruggeschoven. Weer een koele luchtstroom.

'Haal wat warm zeepwater, een handdoek en een dokter voor me,' galmde haar stem door de gang. 'En als iemand vragen stelt, dan zeg je maar dat hij William Straker in Langley belt.'

'Meneer, ik heb Carter aan de lijn,' zei de onderofficier die als een piccolo in de deuropening van de presidentiële suite van het Maurya Hotel stond.

'Carter?' Spiro liep door het grote vertrek en was met zijn hoofd bij andere dingen – Leila's kontje en wanneer hij weer met haar samen kon zijn. 'Is hij terug in Langley of in Londen nog steeds de grote meneer aan het uithangen?'

Hij keek naar het bureau, de diepe armstoelen, het plasmascherm aan de muur en de grote glazen kom op het lage Rajasthani koffietafeltje. Op het water dreef een enkele lotusbloem. Monk Johnson had hem gevraagd een laatste blik op de suite te werpen. Alles leek in orde te zijn.

'Hij is hier, meneer, in Delhi.'

Spiro draaide zich met een ruk om. 'Hier? Wat doet hij hier verdomme?'

'Hij staat op de luchthaven, meneer. Is vanochtend met een Gulfstream geland. De Indiërs wachten op onze autorisatie voordat ze hem toestemming geven om uit te stappen.'

Het laatste waar Spiro behoefte aan had was Alan Carter in Delhi. Hij zou Straker bellen om te achterhalen wat er aan de hand was. Carter was van de zaak-Marchant gehaald toen hij een slappe houding aannam tegenover de Britse overloper. Dit was nu Spiro's zaak, een gelegenheid om zich na Polen te rehabiliteren. De directeur CIA had hem belast met de coördinatie van de rol van de CIA in het presidentiële bezoek – zijn laatste kans, had Straker gezegd. Hij was niet van plan zich nog eens door Carter in verlegenheid te laten brengen.

'Dat is het eerste verstandige ding dat ze in dagen hebben gedaan. Laat Carter maar in zijn sop gaarkoken. Zeg tegen de Indiërs dat er een probleem is met het papierwerk. Ik weet zeker dat ze het zullen begrijpen.'

Salim Dhar baande zich een weg door de drukke stegen van het oude Delhi en dacht aan zijn contactpersoon. Zou het een *farangi* zijn of een Indiër? Het enige wat Dhar wist, was dat hij op de ambassade van de ongelovigen in Delhi werkte. Hij stapte Kinari Bazaar binnen en ontweek een vrouw die een volle tenen mand met een wortelgroente op haar hoofd liet balanceren. Toen de steeg smaller werd, zag hij aan weerskanten schitterende huwelijkskleding: tulbanden voor bruidegoms, enkelbanden voor bruiden, geborduurde jasjes die glinsterden van het dikke zilverdraad, slingers van roepiebiljetten, kanten brokaat, reusachtige rozetten.

Hij voelde zich thuis hier in de doolhof van steegjes en Mongoolse poortjes, de roep van een *muezzin* uit een naburige minaret, de drukke menigte moslimbroeders. Hij sloeg Dariba Kalan in, ten tijde van Sjah Jahan de straat van parels en edelstenen en nu beroemd vanwege de goud- en zilversmeden. Links van hem schepte een *jalebi wallah* feloranje strengen van in stroop gedoopt beslag uit een pan met olie en schudde er suiker overheen. Op een normale dag zou Dhar zijn blijven staan om er een paar te kopen, maar vandaag was niet normaal. Hij keek op zijn horloge en liep door naar de Jama Masjid. Daar keek hij uit naar een fietsriksja.

De afspraak was gemaakt om optimaal gebruik te maken van de chaos op Chandni Chowk. Zijn contactpersoon zou rond het middaguur langs de hoofdingang van de moskee lopen. Belangrijker dan het exacte tijdstip was de persoon op de achterbank van de riksja die een zwarte baseballpet zou dragen. De riksja zou buiten de moskee stoppen, waar de passagier zou uitstappen en afrekenen. Dhar zou dan in de riksja stappen en vragen om naar de Gadodia-markt vlak bij Khari Baoli te worden gebracht. Voordat de riksja vertrok zou zijn contactpersoon echter aan komen lopen om te vragen of hij in de richting van het stadhuis ging. Dhar zou bevestigend antwoorden en samen zouden ze in de riksja vertrekken door de achterstraatjes van Chandni Chowk, terwijl hij informatie kreeg over de route die 's avonds zou worden gevolgd.

Dhar vond het een goed plan, omdat de rumoerige massa's zorgden voor een goede dekking en de opstoppingen het voor iemand bijna onmogelijk zouden maken om hen te volgen zonder opgemerkt te worden. Maar hij begon bezorgd te worden toen om kwart over twaalf nog geen enkele fietsriksja buiten de moskee was gestopt. Hij keek naar de mensen om hem heen. Eén van deze mensen moest zijn contactpersoon zijn. Om geen aandacht te trekken had hij ermee ingestemd zijn schoenen te laten poetsen, de 'semi-deluxe-behandeling'.

Toen zag hij in de verte een riksja aankomen te midden van de zee van mensen die over Dariba Kalan stroomde. Het tafereel deed hem denken aan de televisiebeelden van de marathon van Londen, met hoofden die op en neer wipten, allemaal geconcentreerd op de weg voor hen. Toen de riksja zigzaggend door de menigte dichterbij kwam, kon hij achterin iemand zien die een baseballpet droeg. Hij betaalde de schoenpoetser en wierp een blik om zich heen. Er was nog steeds niemand die hij kon thuisbrengen.

De riksja stond nu buiten de poort van de moskee. Dhar stapte eropaf en lette op een soortgelijke beweging in zijn buurt. De passagier stapte zonder op te kijken uit de riksja. Dhar knikte tegen de bestuurder om hem te laten weten dat hij zijn volgende vrachtje was en vroeg toen naar de Gadodia-markt. De bestuurder gebaarde hem in te stappen. Geen sprankje herkenning van wie dan ook. Dhar leunde tegen het dunne plastic kussen.

'*Chalo*,' zei hij tegen de bestuurder en hij bewonderde de koelbloedigheid van zijn ongeziene contactpersoon al. En toen verscheen er een gestalte uit het niets opzij van de riksja.

'Komt u in de buurt van het stadhuis?' De vraag werd in volmaakt Urdu gesteld.

Dhar glimlachte. 'Stap in,' zei hij en hij maakte ruimte naast hem. Hij had geen vrouw verwacht.

# 49

'De eerste minister stond erop dat jij niet werd gedood,' zei Armstrong, terwijl ze de laatste bloedsporen van Marchants gekneusde gezicht veegde. Ze legde de spons weer in de kom. Rode strepen kleurden het zeepwater. 'De Amerikanen waren niet zo geïnteresseerd. Ze hadden hun hoofd bij andere dingen. We hebben een compromis gesloten.'

'U bedoelt dat ze u hebben gevraagd te komen. Erg geruststellend.'

Maar Marchant was blij dat Armstrong was gekomen. Hij kon nu uit allebei zijn ogen kijken, de snee in zijn voorhoofd was keurig gehecht en hij droeg schone, zij het slecht passende kleren: een spijkerbroek en katoenen hemd. Toen de dokter hem onderzocht waren er twee stoelen de cel in gebracht. De vrouw die tegenover hem zat, was heel anders dan de truttige tante die hij zich uit Londen herinnerde: minder stijf, vrouwelijker. Misschien kwam het door de crèmekleurige *salwar kameez* met eenvoudig borduurwerk op het voorpand. Hij kende haar eigenlijk alleen in een donker broekpak.

'Daniel, er is iets waarover we moeten praten; en dat is Leila.' Marchant moest een schok onderdrukken. Het was vreemd om haar naam weer te horen. 'Marcus Fielding heeft na jouw vertrek een paar ernstige beschuldigingen tegen haar geuit.'

'Ze werkte voor hen, nietwaar?'

'Voor wie?

'Langley. Ze heeft mij erin geluisd bij de marathon. Dat is de enige verklaring. Zij had alles kunnen uitleggen en mijn naam kunnen zuiveren, maar ze deed het niet.'

Armstrong wachtte even. 'Heeft Leila ooit met jou over haar moeder gepraat?'

'Niet vaak.'

'Heb je haar wel eens ontmoet?'

Marchant vond het moeilijk om te bepalen waar Armstrong met haar vragen naartoe wilde. 'Ze heeft dat nooit aangemoedigd. Waarom?'

'Maar je wist waar haar moeder was?'

'In een tehuis. Hertfordshire, geloof ik. Leila schaamde zich voor haar.'

'Haar moeder is kort na het overlijden van haar vader teruggekeerd naar Iran. Ze heeft nooit een voet in een Brits verzorgingstehuis gezet.'

Marchant zei niets. Hij dacht terug aan de tranen van Leila, de telefoongesprekken, de onwil om te praten, haar bezorgdheid dat haar moeder slecht werd behandeld.

'De Amerikanen wisten het,' ging Armstrong verder. Ze had ervoor kunnen kiezen om triomfantelijk te klinken, maar ze scheen geen voldoening te halen uit wat ze onthulde. 'Ze hebben het gebruikt om Leila te rekruteren. Haar beoordelingsofficier dacht dat haar moeder nog steeds in Engeland woonde. Leila had hem nooit verteld dat ze was teruggekeerd naar Iran. De officier is geschorst.'

'Hebben de Amerikanen u verteld dat ze voor hen werkte?'

'Uiteindelijk wel. Chadwick hield zich groot en zei dat we het al wisten. Maar ze hebben ons nooit verteld hoe ze het hadden aangepakt. Ze wist dat haar carrière voorbij zou zijn als MI6 erachter kwam dat haar moeder niet meer in Hertfordshire woonde. De Amerikanen dreigden haar beoordelingsambtenaar in te lichten. Dat bond haar aan Langley.'

'Waarom vertelt u me dit?'

'Omdat Fielding iets anders zei.' Ze zweeg even. Haar toon was nu bijna moederlijk. 'Hij denkt dat Leila eigenlijk voor Iran werkt.'

'Iran?' zei Marchant rustig. Hij wist dat Fielding gelijk had toen hij het woord herhaalde. Het was de laatste sprong die hij nooit had kunnen maken, maar de Dominee wel, omdat zijn oordeel niet door liefde werd gekleurd.

Fielding wist dat de tijd drong. Het was bijna vijftig graden op het asfaltplatform waar het vliegtuig geparkeerd stond in een rustige hoek van Indira Gandhi Airport. De airco werkte niet en zelfs als de controletoren hun toestemming gaf om op te stijgen, wat niet waarschijnlijk was, had het toestel niet genoeg brandstof voor nog een vlucht.

Fielding hield het mobieltje van Carter in zijn hand en wachtte op het hoofd van station Delhi van MI6, dat hem zou terugbellen. Al het personeel van de Dienst zou zijn gealarmeerd om het meteen te rapporteren als ze iets hoorden over de verblijfplaats van Fielding. Maar het hoofd van het plaatselijke station had zijn promotie te danken aan de chef; en die had niets te verliezen.

De telefoon rinkelde in Fieldings vochtige hand. Hij keek onder het luisteren naar Denton en Carter, die allebei drijfnat van het zweet in hun hemd zaten met de knoopjes open. Denton was er het ergst aan toe. Hij had nooit goed tegen de hitte gekund en altijd de voorkeur gegeven aan het koelere klimaat van Noordoost-Europa. Na enkele ogenblikken gaf Fielding de telefoon terug aan Carter.

'Over tien minuten sturen ze een tankwagen met brandstof,' zei hij rustig.

'Goddank,' fluisterde de piloot met een stem die al het eerdere zelfvertrouwen miste.

'Ze zullen genoeg brandstof tanken om de Golf te bereiken. Jullie kunnen van daar op eigen kracht naar huis terugkeren.'

'En jij dan?' vroeg Carter. Hij wreef over zijn voorhoofd.

'Een van onze plaatselijke agenten is aan boord van de tankwagen,' zei Fielding. 'Ik ga met hem terug naar het depot en van daar verder om Leila te zoeken.'

'Fielding heeft altijd geloofd dat jouw aanwezigheid bij de marathon puur toeval was,' vervolgde Armstrong. 'Daarom ging hij ergens anders op zoek naar antwoorden. Leila's moeder is een bahá'í – een vervolgde religie in Iran. Het Iraanse ministerie van Inlichtingen en Veiligheid zag een mogelijkheid om Leila in Londen te chanteren zodra haar moeder in Teheran was geland. Als Leila er niet mee instemde om voor hen te werken, zouden ze haar moeder doden. Niemand zou het merken – bahá'ís worden aan de lopende band gedood en gevangengezet.'

'Waarom ging ze daar naartoe?' vroeg Marchant, maar hij wist het antwoord al.

'Haar vaderland. Dat schijnt altijd het luidst te roepen als er moeilijkheden zijn.'

Leila had ooit gezegd dat haar moeder er erg naar verlangde om op een dag naar haar geboorteplaats terug te keren. Ze moest uiteindelijk hebben besloten dat de tijd ging dringen. Haar man was overleden. Ondanks alle problemen betekende Iran, nu ze ouder werd, meer voor haar dan Engeland. Alleen haar dochter had haar daar gehouden, en zij kreeg een leven met buitenlandse standplaatsen.

'En de rest van jullie geloofde dat ik tijdens de marathon de Amerikaanse ambassadeur probeerde te doden?'

'Het bewijs van de TETRA-telefoon leek onweerlegbaar.'

'Het was Leila die me de telefoon gaf.'

Armstrong aarzelde weer even. 'We konden vaststellen dat hij was verbonden met de explosieven in de gordel van Pradeep. Er was een voorgeprogrammeerd verkort kiesnummer dat stond aangegeven als de hoofdcentrale van MI6. Als je dat had gekozen, zouden Pradeep en jij en vele anderen zijn gestorven.'

Marchant was er heel erg dichtbij geweest om Leila op dat nummer te bellen. Ze had er zelfs bij hem op aangedrongen om dat nummer te bellen. Hij kreeg een misselijk gevoel. *'Als je over een kwartier niets van me hebt gehoord, probeer dan het bureau te bellen. Verkort kiezen 1.'* Hij herinnerde zich de woorden letterlijk, zoals veel van wat er die dag was gezegd.

'U weet dat het niet mijn mobieltje was.' Hij slikte moeizaam bij de gedachte aan de blik in Leila's ogen toen ze hem het TETRA-toestel had overhandigd. 'Misschien was het mijn oude telefoon, maar Leila had hem meegenomen.'

'Dat is wat Fielding zei en wat je ons tijdens de ondervraging vertelde. Maar ik ben bang dat we allemaal Leila geloofden. Zij gaf heel andere antwoorden op onze vragen. MI5 mocht gisteren eindelijk Legoland in. We vonden de persoon die de gsm's uitgeeft en hebben de waarheid uit hem gewrongen.'

Marchant wist wat dat inhield, maar hij voelde niet met de man mee. Het enige waaraan hij kon denken, was dat Leila bereid was geweest hem te doden.

'Het lijkt erop dat zij haar charmes heeft gebruikt om jouw oude telefoon te krijgen zonder ervoor te tekenen. Ze vertelde hem dat het toestel een sentimentele waarde had.'

Voor het eerst klonk in de stem van Armstrong iets van een veroordeling, alsof ze verraad verteerbaar vond, maar seks niet. De reactie van Marchant was ook heel persoonlijk. De gevolgen voor zijn land zouden moeten wachten. Leila had hem verraden.

Hij was gaan aanvaarden dat ze hem na de wedstrijd niet had kunnen vrijpleiten vanwege iets wat gemakkelijk kon worden verklaard. Een complot met Amerika was zeer waarschijnlijk de reden geweest, maar nu wist hij dat het erger was. Veel erger. Hij probeerde zich vast te klampen aan het feit dat ze ervoor had gekozen Pradeep en hem niet in duizend stukken uiteen te laten spatten. *'Heb je geprobeerd mij te bellen? Moet je ook niet doen, goed? Alsjeblieft. Gewoon niet doen.'* Haar stem had dringend geklonken, maar dat gaf niet al te veel troost. Leila was de mol. Instinctief wapende hij zich innerlijk om hem te beschermen tegen de klap, maar hij wist dat het te laat was.

Hij herinnerde zich de nacht in het Fort toen zij bij dageraad naar zijn kamer was gekomen en hoe hij tegen haar had gezegd dat hij hun relatie ver wilde houden van het bedrog van hun beroep. Maar langzaam had hij toegegeven, omdat ze hem voor zich had gewonnen met haar lach en liefde. Nu bleek er voor haar geen verschil te zijn geweest. Het was allemaal werk geweest; één groot, smerig, dubbelhartig karwei.

Was dat de Leila die hij had gekend? Hij moest geloven dat een gedeelte van wat ze samen hadden gehad, ook voor haar iets betekende. Ze moesten haar hebben geconfronteerd met zo'n vreselijk alternatief, dat zij gedwongen was geweest met hun plan in te stemmen.

'Dus u en Fielding zijn weer de beste vrienden?' vroeg hij.

Armstrong besteedde geen aandacht aan het sarcasme. 'Hij is verdwenen. Wij denken dat hij hier in India is en probeert Leila te vinden.'

'Is zij hier ook?' Marchant kon zijn belangstelling niet verbergen.

'Ze vroeg om overplaatsing naar het CIA-station in Delhi voordat Fielding erachter kwam.'

'Waarom Delhi?'

'Ze wilde de president beschermen.'

Een ogenblik keken ze elkaar aan. Er flitste een beeld van Leila en Dhar samen door zijn hoofd. Hij moest hier weg.

'Bent u gekomen om me vrij te krijgen? We moeten haar vinden.'

'Dat ligt niet in mijn macht, ben ik bang. Wij zijn er niet in geslaagd Langley te overtuigen dat Leila hen net zo goed heeft verraden als ons. Ik weet niet zeker of het ons ooit zal lukken. Straker gaf me tenminste wel toestemming om jou te ondervragen over Salim Dhar. Hij herinnerde zich jouw koppigheid in Polen. Het is de bedoeling dat je mijn gevangene bent.' Ze keek naar de kom met bloederig water.

'U kunt hem vertellen dat Dhar twee uur voor de komst van de Seals naar het noorden is vertrokken.'

'Dank je.'

'En dat hij om te trainen graag op Amerikaanse presidenten schiet.'

# 50

Dhar keek naar de benen van de bestuurder van de riksja die door het verkeer op Chandni Chowk trapte. 'U krijgt maar één kans,' zei de vrouw naast hem. 'Om 5.35 uur vanmiddag zal de president stil blijven staan aan de voet van de vijf trappen die naar de ingang van de Lotustempel leiden. Hij zal worden begroet door een hoge delegatie van bahá'ís. Een van hen zal hem een bloemenkrans aanbieden. Op dit moment – en uitsluitend op dit moment – zal het detachement veiligheidsmensen een paar stappen terug zetten. U hebt dan een vrij zicht.'

'Ik zal niet missen,' zei Dhar. 'Insjallah.'

Ze zaten in stilte te kijken naar de zee van gezichten die aan weerszijden voorbijschoof. Ze hadden alle praktische zaken voor de middag doorgenomen en er was een gevoel dat er nu een eind moest komen aan hun ontmoeting.

'Het moet moeilijk zijn geweest zoveel tijd met de *kafir* door te brengen,' zei Dhar. Aan de overkant van de straat waren twee westerse toeristen met een heuptas onder hun dikke middel foto's aan het nemen van een man zonder benen die op een plank met wieltjes zat en zich vooruit duwde met ruwe knokkels.

'Wie met beesten werkt, raakt gewend aan de stank.'

Ze gingen nog behoedzaam met elkaar om en verscholen zich allebei achter het gespierde jargon van de jihadi. Geen van beiden had reden de ander na deze korte ontmoeting verder te vertrouwen. Maar de vrouw had iets wat Dhar intrigeerde. Haar hoofd was in een zwarte sjaal gewikkeld, waardoor bijna haar hele gezicht – met uitzondering van haar grote donkere ogen – verborgen bleef. Ze sprak volmaakt Urdu, maar met een licht accent dat Dhar niet helemaal thuis kon brengen.

'Sommige mensen zeggen dat de Amerikanen achter de jihad in

Groot-Brittannië zaten, dat de bekrompen kale kippen van de vijand ons werk voor ons deden.'

'Is dat wat ze zeggen?' vroeg ze.

'Er wordt over niets anders gesproken. De Amerikaanse ongelovigen hebben iemand gerekruteerd om hun bondgenoot van binnenuit te vernietigen.'

Dhar had een vraag voor zijn passagier voordat hij haar afzette bij het stadhuis: de naam van de insider in Londen. Zijn vader, die hij slechts één keer had ontmoet, was dood, maar hij moest het nog steeds weten, voor hemzelf, voor zijn broer.

'De vijand van binnenuit is geslaagd,' zei ze. 'De Britten zijn helemaal in beroering.'

'Insjallah.' De riksja ging sneller rijden, omdat het verkeer nu minder druk was. 'Uw werk is op de ambassade van de ongelovige. U moet weten wie deze persoon in Engeland is.'

'Waarom vraagt u dat?'

Omdat zijn jihadi wereld, die kort geleden op zijn kop was gezet, weer enigszins normaal zou worden als hij er zeker van kon zijn dat het een Amerikaan was die zijn vader had verraden. Maar hij zei niets.

'De ongelovigen denken dat het een van hen was,' ging ze verder, 'maar de verdienste moet ergens anders heen gaan. Niet naar Groot-Brittannië of Amerika, maar naar iemand, een vrouw, die ze allebei heeft misleid.'

'Een andere vrouw?' Dhar schoof heen en weer op zijn plaats. 'Het zou een eer zijn haar te ontmoeten,' zei hij rustig en zonder overtuiging.

'Een eer?' vroeg ze. 'Wat heeft eer daarmee te maken?'

'Het kan niet gemakkelijk zijn geweest. Net zoals u leefde ze tussen de ongelovigen, maar handelde uit naam van Allah.'

'Deed ze dat?'

Maar zelfs Dhar was daar niet zeker van.

# 51

Straker nam de telefoon aan in een van de privéhokjes in de opnieuw ingerichte Situation Room in het Witte Huis. Enkele ogenblikken eerder was hij uit de Telecommunications Room ernaast gekomen, waar de vicepresident, de directeur van *National Intelligence*, de chef-staf van het Witte Huis en een stoet andere veiligheidsadviseurs die allemaal op zijn baan uit waren, op hem hadden gewacht om een oordeel te geven over de bedreigingenmatrix in India. Het was een vergadering die hij steeds had uitgesteld sinds hij te horen had gekregen dat Salim Dhar niet gevangen was genomen in Karnataka.

'Harriet, ik hoop dat jij een fatsoenlijke CX voor mij hebt. Anders moet ik het hoofd van onze vriend Marchant in de Arabische Zee onderdompelen. Vertel me dat hij weet waar Dhar is.'

'Marchant zou mijn gevangene zijn.'

'Hij leefde toch nog? Dat was alles wat jouw eerste minister wilde.'

'Nauwelijks. Dhar is twee uur voordat jullie bij de schuilplaats kwamen, vertrokken in noordelijke richting.'

'Geweldig. Heeft Marchant je nog meer verteld?'

'Dhar was op Texanen aan het schieten voordat Daniel bij hem was.'

'Texanen?'

'Een doelwit in de vorm van jullie voormalige president.'

'Jezus, we moeten die kerel te pakken krijgen.'

'Leila ook. Ze werkt misschien samen met Dhar.'

Het was op dit soort momenten, als hij iemand een stomp wilde geven, dat Straker wenste dat hij een baseball mee naar kantoor had genomen. Van andere directeuren was bekend dat ze dat hadden gedaan, maar het was niet zijn stijl om ballen door de gangen van de macht te smijten.

'Ik ben geroerd door jouw belangstelling voor een werkneemster van de CIA, Harriet,' zei hij met onverhulde woede. 'Dat ben ik echt. Maar we hebben Leila vele keren onder een vergrootglas gelegd. Monk Johnson is de meest paranoïde man die ik ken en hij vindt het best als ze de president ontmoet. Ze heeft de Geheime Dienst in Londen uit de rotzooi gehaald, weet je nog? Spiro heeft zich in haar zaak verdiept. Elke verdomde analist in Langley heeft ernaar gekeken. Er is niets te vinden. Ze is schoon, ze heeft ons een dienst bewezen, ze heeft het leven van een van onze ambassadeurs gered. Ze is verdomme een heldin, om hemelswil.'

'Daniel Marchant denkt ook dat ze voor de Iraniërs werkte.'

'Marchant? We hebben die jongen net uit een schuilplaats van terroristen in de Indiase jungle gehaald. Doe me een lol, Harriet. Hij probeerde Munroe te vermoorden. Hij is een vijandelijke strijder, net als zijn vader, een andere Britse maat van Dhar. Moeten we hem naar Guantánamo overbrengen?'

Armstrong keek om zich heen in de kamer die ze op de Amerikaanse ambassade had gekregen. Het was begonnen met de botte poging van Straker om de reputatie van Chadwick kapot te maken, maar nu was haar teleurstelling in Amerika iets algemener geworden. Ze had genoeg van de manier van doen die ze ooit zo had bewonderd.

'Geef me nog wat meer tijd met hem,' zei ze.

'Doe wat je moet doen, Harriet. We moeten Dhar neutraliseren. Ik heb de ambassade verteld dat Marchant van jou is, maar we hebben niet veel tijd.'

Armstrong hing op en belde het wachtlokaal in de kelder waar Marchant opgesloten zat. Toen pakte ze haar mobieltje voor een versleuteld telefoontje naar het stationshoofd van MI6 in Delhi, een van Fieldings oude vrienden. Als de chef in de stad was, zou hij het weten.

# 52

Marchant kon niet uitmaken of het een goed of slechte ontwikkeling was dat zijn bewakers hem uit zijn cel haalden. De kap en handboeien hadden hem het ergste moeten laten vrezen, maar er was iets in hun manier van doen wat hem hoop gaf. Hun lichaamstaal duidde eerder op routine dan op bewuste ruwheid.

'Waar gaan we naartoe?' vroeg hij, zonder een antwoord te verwachten. Het felle daglicht van Delhi werkte zich door de kap heen, toen ze langzaam een paar trappen op liepen.

'Een ritje maken,' zei een van de bewakers. 'Met je nieuwe beste maatje.'

Het volgende moment voelde Marchant de hitte van de Indiase zomer hem als een haardroger vol in zijn gezicht treffen. Een van de bewakers duwde zijn hoofd naar beneden en hielp hem in een of ander voertuig met airconditioning. Het voelde eerder ruim dan krap toen hij op de achterbank ging zitten. Het geluid van een schuifdeur vertelde hem dat hij in een personenbusje zat.

Hij bleef zwijgend zitten toen ze wegreden en was zich bewust van een aantal andere mensen in het voertuig. Niemand praatte afgezien van de Indiase chauffeur die mopperde, terwijl hij stond te wachten om zich in het verkeer te voegen. Marchant kon jasmijnwierook ruiken.

'Goed, hoe oud was je toen hij overleed?' vroeg een stem op de plaats naast hem. Het was die van Armstrong.

'Wie?' Marchant werd in de war gebracht door haar toon. Hij vermoedde dat ze met zijn vijven in de auto zaten: de chauffeur, Armstrong, de twee mariniers die zijn twee bewakers waren, en hijzelf. Armstong leek voor een tribune te spreken en haar moederlijke manier van doen was een verre herinnering.

'Kom nou, Daniel. Sebastian, je broer. Degene die jij voor zoveel in je leven de schuld hebt gegeven. De dood die jij had kunnen voorkomen, de reden voor het schuldgevoel van de overlevende dat jou tot drinken aanzette.'

Marchant probeerde te beredeneren wat zich afspeelde. Sprak ze zo duidelijk ten behoeve van anderen? Haar benadering was onnatuurlijk, haar toon geforceerd.

'Hij was acht. Dat waren we allebei.'

'Tweeling. Natuurlijk. Vertel ons wat er is gebeurd.'

'Waar brengen jullie me naartoe?' vroeg Marchant, maar hij wist het al. Hij wist alleen niet zeker waarom.

'Naar waar het allemaal misliep voor Daniel Marchant,' zei ze. 'Ik dacht dat het misschien nuttig kon zijn als we terugkeerden naar het begin. Misschien helpt het ons om te achterhalen hoe het allemaal kon eindigen.'

Ze raakte zijn hand aan en zei toen kalmer, alsof ze het alleen tegen hem had: 'Hier, doe je gordel om. Je zult hem nodig hebben.'

'Ik heb een vraag voor u,' zei de vrouw toen ze uit de riksja stapte. 'Waarom heeft Stephen Marchant, de spionnenbaas van de ongelovigen, u in de gevangenis bezocht?'

Instinctief keek Dhar om zich heen en beheerste zich toen. 'Is dat algemeen bekend?'

'Het was een van de redenen waarom hij uit zijn kantoor in Londen werd gezet.'

'De *kafir* was wanhopig en probeerde me te rekruteren. Waarom is dat belangrijk?'

'Een paar van onze broeders maakten zich zorgen. Ze konden niet begrijpen wat hij van u wilde.'

'Hij zou zijn afgeslacht als ik niet geketend was geweest.'

'En de zoon, ze zeggen dat hij ook voor u kwam.'

Dhar was bezorgd en verontrust door alles wat deze vrouw wist. Gold dat ook voor anderen?

'Waarom zou de zoon me willen vinden?'

'Hij was spion voor de ongelovigen, net als zijn vader. Hij is zijn baan ook kwijtgeraakt.'

'Onze vrouwelijke kameraad in Londen heeft goed werk geleverd door het huis van Marchant uit te schakelen,' zei Dhar met een zwakke glimlach. Hij zag hier geen reactie op.

'Enkele broeders hebben geprobeerd de zoon in de Gymkhana Club te doden. Zij maakten zich zorgen om u.' Ze zweeg even. 'Maar hij is op de vlucht en leeft nog steeds.'

Een ogenblik lang dacht Dhar in haar stem een emotie te horen, die even gemaskeerd was als die van hem.

'Niet als hij me vindt.'

Ze keken elkaar aan, oog in oog, en toen was ze verdwenen.

'We reden van Chanakyapuri terug naar huis,' begon Marchant. 'Mijn moeder, Sebbie en ik.' Zijn kap smaakte naar vochtige kleren. 'Meestal reden we in onze Ambassador, maar die werd gemaakt door een garage, dus had mijn vader geregeld dat we een auto konden lenen van het hoge commissariaat. Hij werd ook gebruikt door de verkeerspolitie, een *desi*-versie van de Amerikaanse jeep.

'Mooie kar,' zei een van de bewakers voorin. 'Ik heb er thuis een in de garage staan.'

'Deze niet.' Marchant zweeg even. 'Levensgevaarlijk. Geen gordels in die dagen. Onze chauffeur, Ravi, was normaal heel voorzichtig, maar die dag was hij kwaad. De bediende van de benzinepomp had hem afgezet en ons te weinig geleverd. Ravi vond dat erger dan wat ook. Mijn moeder was ook ongerust, er zou een *ayah* komen voor een sollicitatiegesprek en we waren laat. Ze vond het vreselijk om te laat te komen. Dus reden we hard naar Saket over een hoofdweg.'

Marchant merkte dat de auto langzamer ging rijden. Toen hij stopte, werd de kap weggehaald door een van de bewakers. Hij knipperde tegen het felle zonlicht.

'Was dit de plek?' vroeg Armstrong.

Marchant keek naar al het verkeer om hem heen. Ze waren gestopt langs een drukke weg vlak bij een groot knooppunt. Hij wierp een blik op Armstrong die naast hem zat en probeerde erachter te komen wat er aan de hand was. Hij had het aantal mensen in de auto goed ingeschat. De twee mariniers zaten voorin bij de chauffeur, die nerveus op zijn stuur trommelde. Het was een gevaarlijke plaats om geparkeerd te staan. Armstrong moest hun hebben gevraagd om haar en Marchant alleen achterin te laten zitten.

'Ik kan het niet met zekerheid zeggen,' zei Marchant. 'Het is meer dan twintig jaar geleden.'

'Probeer het je te herinneren,' zei Armstrong rustig, 'want we gaan nergens naartoe tot het je is gelukt.'

Fielding stapte achter in de witte Ambassador en keek over zijn schouder naar de luchthaven die achter hem lag. De Gulfstream stond nog op het platform en trilde in het waas van hitte. Ze hadden nu tenminste brandstof en Denton en Carter zouden de ondragelijke zomerhitte van Delhi weldra achter zich hebben gelaten. Ze hadden hem om verschillende redenen niet graag alleen zien vertrekken, maar ze wisten dat het onmogelijk zou zijn geweest om drie mannen in de tankwagen naar buiten te smokkelen, ook al was de beveiliging op de luchthaven niet erg streng. 'Laat haar zelfs niet in de buurt van de president komen, al was het maar voor mij,' had Carter gezegd.

Toen de auto wegreed met Prasannan, de plaatselijke agent voorin, had Fielding zich afgevraagd wat hij zou doen als hij Leila vond. Hij wist dat hij haar moest tegenhouden. Weten dat hij gelijk had gehad en dat de Amerikanen het mis hadden, was niet genoeg. Maar hij was nu zelf een getekend man, en net als Daniel Marchant op de vlucht. Hij nam aan dat het Armstrong was geweest die zijn kantoor in Londen was binnengevallen. Zij zou het prachtig hebben gevonden om Legoland binnen te lopen met een huiszoekingsbevel, om het gebouw binnenstebuiten te keren en iedereen te ondervragen.

'Het verkeer is vandaag erg druk,' zei Prasannan. Hij draaide zich om naar Fielding. 'Het komt door het bezoek van de president.' De chauffeur knikte instemmend. Hij zat bijna schuin achter het stuur met zijn rug tegen het portier gedrukt. Eén been wipte op en neer. Fielding vond dat hij buitengewoon bezorgd keek, zelfs voor iemand die op het punt stond door Delhi te rijden.

'Hebben we al een routeschema?' vroeg hij.

'Ik heb hier een kopie, meneer. Gekregen van de stedelijke politie.' Prasannan zwaaide met een vel papier. Fielding vond dat hij ook nerveus oogde.

'Waar gaat de president vandaag naartoe?'

'Hij is begonnen bij het gedenkteken voor Gandhi en toen heeft hij een bezoek gebracht aan Lokh Sabha, het lagerhuis van het parlement. De lunch op de Amerikaanse ambassade werd gevolgd door de Lodhi Gardens en dan het Rode Fort.' Prasannan keek op zijn horloge en toen weer op het papier. 'Hij zou nu op weg moeten zijn naar de Lotustempel, vanavond is er een staatsbanket dat wordt aangeboden door de Indiase president in de Rashtrapati Bhavan.' Hij zweeg even. 'Meneer, er is...'

'Wat is de Lotustempel?' viel Fielding hem in de rede, omdat hij zich herinnerde ooit iets te hebben gelezen.

'Het bahá'í Huis van Aanbidding. Het gebouw lijkt op een reusachtige lotusbloem. U zult er foto's van hebben gezien. Een erg mooie plaats,' voegde Prasannan er trots knikkend aan toe.

'Bahá'í? Waarom gaat hij daar naartoe?' Maar Fielding kende het antwoord al.

'Om zijn solidariteit te tonen met de bahá'ís van Iran. Meneer...'

'We moeten nu naar de tempel.'

'Het spijt me, meneer, er is nog één ander ding. Ik heb een dringende boodschap van Harriet Armstrong. Eerst moeten we naar Saket.'

Prasannan klikte zijn gordel vast.

'De politie zei later dat de verkeerslichten niet goed werkten,' zei Marchant langzaam. De airconditioning stond aan, maar had het zwaar. 'Ik herinner me dat ik een verkeersagent zag – de dikke witte handschoenen – dus waren de lichten misschien kapot en moest hij het verkeer regelen. Ravi dacht dat hij mocht gaan rijden. Wij stonden vooraan in de file, maar tien meter voor de kruising in de schaduw. Het was heet in de jeep, we hadden natuurlijk geen airco. We trokken snel op, voor het geval iemand zou proberen ons in te halen. Daarna herinner ik me alleen maar dat vreselijke lawaai van scheurend metaal en het fluitje van de politieman, een wanhopig schril geluid dat maar door bleef gaan, alsof hij ongedaan probeerde te maken wat er was gebeurd. De bus, eentje van de overheid, was van links gekomen en niet gestopt op de kruising. Misschien reed hij te snel, of had de chauffeur gewoon geen aandacht besteed aan de politieagent. Hij sleurde onze jeep ruim vijfentwintig meter mee.'

'En jij was niet gewond?'

'Ik werd over de achterbank gesmeten, net als mijn moeder. Maar Sebbie...' Hij zweeg en dacht aan toen. 'Sebbie was aan de beurt om voorin naast Ravi te rijden. Hij hield van Sebbie, hij hield van ons allebei. Sebbie zat aan de linkerkant, bij het portier. Hij kreeg de volle klap van de botsing.'

Marchant keek net op toen de Ambassador van het Britse hoge commissariaat hen raakte en de trotse Morris-motorkap in een regen van glas zich diep in de passagierskant van het personenbusje boorde. Armstrong moest hem enkele ogenblikken voor de botsing hebben gezien, want zij had een beschermende arm om hem heen geslagen. De twee mariniers en de chauffeur hadden geen waarschuwing. In de traag verlopende paniekseconden die volgden nadat hun auto zijdelings over de kruising was geschoven, trok Armstrong het zijportier open en knikte tegen Marchant dat hij uit moest stappen. Een van de bewakers was bij bewustzijn en hing in zijn gordel naar voren, maar de andere leek dood. De chauffeur hing over het stuur en zijn borst drukte tegen de claxon.

'Veel meer kan ik niet doen, verdomme,' zei Armstrong. 'Vind haar en stop waar zij mee is begonnen.'

Marchant begreep dat Armstrong zich niet kon bewegen. Haar linkerbeen was bij de knie naar voren gebogen.

'Ik kan u niet zo achterlaten,' zei Marchant, die ongedeerd was.

'Ik kan beter samen met hen worden gevonden. Verdwijn. Vooruit. De chef wacht op je.'

'Daniel, hier!' riep een stem van de overkant van de straat. Marchant draaide zich om en zag Marcus Fielding achter in een riksja. De driewieler draaide de straat op, waar het verkeer plotseling tot stilstand was gekomen, pikte Marchant op en reed weg in de richting van de Lotustempel. Het schrille geluid van een politiefluitje stierf achter hen weg.

# 53

Salim Dhar stelde het telescoopvizier van zijn halfautomatische Russische geweer scherp op de Amerikaanse president. Hij leek kleiner dan op de verkiezingsavond, toen Dhar hem het bewonderende Amerikaanse publiek had zien bewerken. Een grote groep mannen van de Geheime Dienst dromde om hem heen toen hij tussen de bomen van de laan naar de Lotustempel wandelde. Ze keken scherp naar de menigte met de gespannen bezorgdheid van ouders die een kind zoeken dat ze kwijt zijn. Een zuiver schot was onmogelijk, doordat het hoofd van de president de hele tijd gedeeltelijk schuilging. Een ogenblik lang begon Dhar aan het plan te twijfelen.

Hij en de vrouw hadden in Old Delhi dicht bij Chandni Chowk, de grootste markt in klokken en horloges van Azië, hun horloges gelijkgezet. De meeste horloges daar waren vervalsingen, in tegenstelling tot zijn eigen Rolex Milgauss, die hij van Stephen Marchant had gekregen toen hij uit de gevangenis kwam. Het horloge was gemaakt in 1958 en ontworpen om sterke magnetische velden te weerstaan, had Marchant uitgelegd. Dhar had het niet gedragen toen hij Daniel ontmoette, omdat hij niet zeker wist hoe het gesprek zou verlopen, maar nu zat het om zijn pols. Hij moest precies gelijklopen met het Westen.

Het was 5.33 uur in de middag. De president liep rustig door, zwaaidend naar de menigte, maar zorgde er tegelijk voor dat de tv-camera's hem goed in beeld kregen. Dhar had soortgelijke zorgen. Hij bevond zich negenhonderd meter naar het noorden en lag op het platte dak van een gebouw van twee verdiepingen dat deel uitmaakte van een klein wooncomplex in de buurt van een grote school. De eigenaar, een broeder, werkte voor het ministerie van Bosbouw en Natuur. Hij was met verlof, maar voor zijn vertrek had hij het Dragunov scherpschuttersgeweer verborgen, precies zoals de vrouw had aangegeven. Het geweer was gebruikt tegen tijgerstropers en Dhar herkende het als een SVD59, een model dat het Indiase leger ook graag gebruikte. Twee broeders waren kort geleden in Kasjmir gedood door de kogels met stalen mantel van een Dragunov.

Het was heet op het witgekalkte dak, maar Dhar lag tenminste niet in het directe zonlicht. Hij was uit het zicht van de drie helikopters, twee Amerikaanse en een Indiase, die laag boven het tempelcomplex cirkelden. Ze hadden de hele dag in de lucht gehangen. Volgens de vrouw hadden politieagenten van Delhi in gezelschap van leden van de Geheime Dienst ook elk huis binnen een straal van twee kilometer van de tempel doorzocht.

Alle huizen van dit complex hadden een watertank op het dak, maar alleen die van de broeder lag bijna vijftig centimeter boven de vloer op gasbetonblokken. Het was ook de enige tank met een valse bodem, waarin het geweer verborgen had gezeten. Vanuit de lucht zag de tank er precies zo uit als alle andere. Het was onmogelijk om Dhar te zien, die in de ruimte tussen het dak en de bodem van de tank lag met het geweer dat op een driepoot rustte. Het enige gevaar kwam van de infraroodcamera's. Dhar vermoedde dat ze onder de helikopters hingen. Maar het water boven hem had de hele dag in de zon gestaan en hij hoopte dat het hitteprofiel ervan de warmte van zijn lichaam zou maskeren.

De president was ruim binnen het bereik van de Dragunov, een wapen waarmee Dhar op veertienhonderd meter nauwkeurig had geschoten, maar hij was nog steeds nerveus toen hij het vizier van zijn doelwit even opzij richtte. Een ogenblik lang werd hij afgeleid door wat beweging in de vipruimte achter de laan. Een man probeerde zich een weg door de menigte te banen. Dhar ging langs de rest van de laan en stopte bij de eerste tree om te wachten tot de president het beeldveld van het vizier in zou komen. Hij legde zijn vinger tegen de trekker. Het was 5.34 uur.

Fielding was nog honderd meter ver toen de president de voet van de eerste trap naar de Lotustempel naderde. De riksja had hem en Marchant afgezet bij de westelijke begrenzing van het tempelcomplex en zich een weg gebaand door een deel van de duizenden mensen die zich in de tuinen hadden verzameld om de nieuwe leider van de westerse wereld te zien.

Een gewapende Indiase politieman had hun bij een controlepost de weg versperd. Hij liet niemand door, ook niet toen Fielding hem zijn Britse veiligheidspas toonde. Fielding voelde een golf van opluchting toen hij tegen de hete metalen afzetting leunde. Het kwam nu op Marchant aan. Hij was de enige die Leila kon stoppen.

'Jij gaat alleen,' zei Fielding en hij schudde Marchant de hand. 'Veel succes.'

Het formele gebaar verraste Marchant tot hij de rol roepiebiljetten voelde die in zijn vochtige handpalm werd gedrukt. Hij liet het geld in zijn zak glijden en liep snel naar rechts langs de afzetting, tot er dertig meter verder weer een opening was, die werd bemand door een andere politieman, die jonger was dan de eerste. Marchant keek om zich heen en ontdekte een verkoper van souvenirs: houten slangen in de kleuren van de Amerikaanse vlag, speelgoedriksja's met de naam van de president op de plastic voorruit. Hij verkocht ook plastic wegwerpcamera's. Marchant liep naar hem toe en kocht een camera voor veel te veel geld. Het was niet het moment om af te dingen.

Achter de afzetting was de vipruimte waar goed geklede Indiërs, allemaal in sari en *sherwani*, zich mengden tussen hoge militairen met uniformen vol onderscheidingen. Marchant keek om zich heen en dacht snel na. De vipruimte lag aan de zuidzijde van de hoofdlaan, waar die uitkwam bij de trappen naar de tempel.

'Ik moet een goede foto hebben,' zei Marchant tegen de politieman en hij liet hem de camera zien. Een stapeltje biljetten van vijfhonderd roepie was duidelijk zichtbaar in zijn hand. 'Alstublieft.'

De politieman wierp links en rechts een blik langs de afzetting en keek toen weer naar Marchant. Zijn geschonden gezicht maakte hem wat bezorgd, maar niet genoeg. Hij pakte het geld met de vaardigheid van een zakkenroller, fouilleerde Marchant grondig en liet hem door. De afstand tot de tempeltrappen was nu nog maar nauwelijks vijftien meter. Hij zag Leila tussen een detachement nerveuze geheimagenten. Ze sprak tegen de president, die midden in de groep net zichtbaar was.

De president leek gespannen te luisteren met zijn hoofd schuin naar Leila. Ze liep rechts van hem. Een kort ogenblik voelde Marchant zich trots op haar. Een groep bahá'í-functionarissen stond geduldig te wachten tot de groep hen aan de voet van de trappen zou hebben bereikt. Toen ze dichterbij kwamen, trokken het beveiligingsdetachement en Leila zich even terug, waardoor de cameramensen en fotografen alleen de president en de bahá'ís konden vastleggen tegen de dramatische achtergrond van de Lotustempel en met de bomen van de laan als kader. Marchant keek op zijn horloge: 5.35 uur in de middag.

Hij moest dichter bij Leila komen, maar het was onmogelijk. Er stonden nu overal agenten van de Geheime Dienst met hun rug naar de president tegen mensen te schreeuwen om niet tegen de afzetting te duwen die hen scheidde van het presidentiële gevolg. De vips waren rumoerig van opwinding geworden, omdat de president voor hen was blijven staan. Marchant baande zich een weg door de menigte en kreeg te maken met nijdige mensen.

Hij dacht erover om Leila te roepen, maar ze zou hem niet horen met alle herrie. Wat er ook ging gebeuren, hij wist dat haar leven in gevaar was, ongeacht of de bedreiging van de president van haar of van elders kwam. Marchant zocht de menigte af naar iets, wat dan ook dat hem een paar seconden meer tijd zou geven.

Leila was nu weer naar de president gelopen. Wat was ze aan het doen? Wat had ze gedaan? Op hetzelfde moment draaide ze zich naar het noorden en staarde over de tuinen en het struikgewas. Marchant volgde haar blik naar een wooncomplex op enige afstand en verstarde.

'Leila!' gilde hij.

De sfeer rond de tafel in de Situation Room in het Witte Huis was gespannen en het lage plafond verhoogde de druk nog meer. Dhar was nog steeds niet gevonden en Straker wist dat zijn baan op het spel stond. De directeur van de Geheime Dienst, die rechts van hem zat, voelde de koortsige druk ook. Dat de video op het scherm af en toe stokte omdat de beelden te lijden hadden van hun tocht van bijna twaalfduizend kilometer via een militaire satelliet hoog boven het stoffige Delhi, droeg niet bij aan het verlichten van de spanning.

'Houd hem in beweging,' zei Straker tegen niemand in het bijzonder, terwijl hij zijn boord losmaakte. De president had aan het eind van de laan iets te lang stilgestaan voor de tv-camera's.

'We hebben deze beelden nodig voor de ochtendprogramma's,' zei de chef-staf links van Straker. 'Glimt zijn gezicht niet een beetje van de warmte?'

'Jij zou ook glimmen bij een temperatuur van vijfendertig graden,' zei Straker toen de president bleef staan aan de voet van de eerste trap. Kom op, dacht hij, zorg dat je in de veiligheid van de tempel komt.

Straker zou later tegen collega's, voor het Congres en voor zijn geweten vele malen herhalen wat hij dacht dat er daarna gebeurde. Toen de beveiligers van de president een stap terug deden voor de mooie foto, bekeek Leila de menigte. Ze zag iets wat haar verontrustte. Het was niet zeker, maar dankzij haar training dacht ze dat het misschien de lens van een telescoopvizier was die op een afstand van negenhonderd meter spiegelde in de laagstaande zon. Zonder aan haar eigen veiligheid te denken was ze naar voren gestapt om een schild te vormen voor de onbeschermde president... Tot het eind een Amerikaanse heldin.

Dhars gezichtsveld was ineens volmaakt. Hij vond de keus van de president voor een katoenen Nehru-kostuum nog stuitender dan de cowboylaarzen van zijn voorganger, maar een verdere stimulans had hij niet nodig. Insjallah, zijn werk zat er bijna op. De president was alleen, zijn gestalte vulde de lens toen Dhar het dradenkruis over zijn borst en hals omhoog bracht naar zijn voorhoofd, dat vol zweetdruppels stond.

Maar toen hij de trekker overhaalde en duizenden gedachten van woede liet vervliegen, van zijn eerste dag op de Amerikaanse school tot de dood van zijn vader, stapte een vrouw naar voren en keek hem door de lens strak aan. Dhar herkende de grote ogen toen de kogel ertussen terechtkwam, haar achterover deed klappen en een deel van haar schedel wegsloeg.

In die fractie van een seconde, waarin er geen tijd was voor geschoktheid of spijt, wist Dhar dat hij de persoon had gedood die zijn vader had verraden: haar baan bij de Amerikaanse ambassade, het Urdu met een Engels accent, haar schijnbare genegenheid voor Daniel Marchant. Alles kwam tegelijk naar boven om haar schuld uit te schreeuwen die het missen van de president draaglijker had moeten maken.

Een tweede schot was uitgesloten. De president was op de grond gegooid en werd bedekt door een deken van geheim agenten alsof hij in brand stond. Er zou in de toekomst een andere gelegenheid komen, zei Dhar tegen zichzelf, maar hij wist dat het onwaarschijnlijk was. Het leek ook eigenlijk niet meer uit te maken. Hij liet het geweer achter waar het lag, verborgen onder de watertank, glipte door een luik in het dak en liep naar beneden, waar op straat een riksja stond geparkeerd.

Marchant zag Leila met een pirouette tegen de grond slaan. Haar bloed maakte het witte kostuum van de president donker. Hij probeerde zich door de kolkende menigte te werken, maar zijn wereld vertraagde en viel stil. De vrouwen om hem heen slaakten geluidloze kreten en de mannen renden overal en nergens naartoe. Een vloedgolf van mensen droeg hem bij Leila vandaan naar de duistere diepten van de Arabische Zee, naar niveau drie. Daar was Sebbie, die op de bodem van het zwembad lag. Toen hoorde hij het geluid van een politiefluit en zag hij hem geknakt en bebloed op de weg liggen, alleen, met ogen die openstonden van angst en verbijstering.

Hij zag ook Leila, die verwaarloosd aan de voet van de trappen naar de tempel lag, terwijl de president weggevoerd werd naar de Marine One. De rotorbladen brachten de hete lucht van de late namiddag al in beroering. Hoe kon hij haar zomaar in de steek laten? Hij knielde naast haar, tilde haar natte hoofd op in zijn handen en beschutte haar tegen de rotorwind.

'Leila, ik ben het, Dan,' zei hij door zijn tranen heen. 'Ik ben het.'

Maar hij wist dat het te laat was. Hij boog zich met schokkende schouders over haar heen en kuste haar nog warme lippen vaarwel.

# 54

'Wat ons betreft, heeft zij de kogel opgevangen die voor onze president was bedoeld,' zei William Straker over de beveiligde videoverbinding. Daniel Marchant wendde zich af van het scherm en keek uit het raam. Een aak voer onder Fieldings kantoor de rivier op. 'Dat is bij ons iets heel bijzonders, een trouwe agent van de CIA die het uiterste offer brengt,' ging Straker verder. 'De president wil een volledige staatsbegrafenis.'

'En wij zullen daar natuurlijk bij aanwezig zijn,' zei Fielding. 'Leila was een buitengewone vrouw.'

Marchant zag dat Sir David Chadwick met opgetrokken wenkbrauwen naar Bruce Lockhart keek, de buitenlandadviseur van de eerste minister, die tegenover de chef zat.

'We stellen dat op prijs, Marcus, echt,' vervolgde Straker. 'In dit soort momenten moeten Engeland en Amerika één lijn trekken. Niemand hier is de avond van 9/11 vergeten, toen de chef van MI6 er op de een of andere manier in slaagde een vliegtuig naar Virginia te pakken om de directeur van de CIA bij te staan. Zo hoort het. Mevrouw, heren, dank u.'

Het scherm werd zwart en alle zes bleven ze stil zitten luisteren naar het geluid van een vliegtuig dat over Londen naar Heathrow vloog. Harriet Armstrong had haar krukken tegen haar stoel gezet. Ze wierp nu een blik op Chadwick, die een andere kant op keek. Het was Marchant die uiteindelijk sprak.

'Hebben ze al het bewijsmateriaal gezien?'

'Alles,' zei Armstrong.

'En ze geloven nog steeds dat ze voor hen werkte?'

'Nee. Maar ze moeten geloven dat ze dat wel deed,' zei Fielding. 'Het alternatief is ondenkbaar. En waarom niet? Zij heeft hun president gered. Je hebt Straker gehoord. Zij heeft "de kogel opgevangen". In de oorlog van het Westen tegen het terrorisme is zij een heldin. En op dit moment heeft Amerika behoefte aan helden. Verraders kunnen ze niet gebruiken.'

'Waarom hebben ze er dan mee ingestemd mij vrij te laten?' vroeg Marchant. Twee agenten van de Geheime Dienst waren vragen gaan stellen toen ze Leila's lichaam in een ambulance hadden meegenomen. Marchant had erop gestaan hen te vergezellen. Een uur later zat hij weer in de cel in de kelder van de Amerikaanse ambassade. Hij was eerder die ochtend eindelijk in Engeland teruggekeerd en geland op Fairford, de luchtmachtbasis vanwaar hij twee weken eerder met een kap over zijn hoofd was vertrokken.

'In ruil daarvoor zal Groot-Brittannië in het openbaar ook in Leila geloven.'

'En dat is voor hen genoeg om mij te laten gaan? Ze dachten dat ik betrokken was bij een complot om hun ambassadeur in Londen te vermoorden, dat ik een verrader was.'

Fielding schoof wat met zijn paperassen en keek door het vertrek. De aarzeling gaf Marchant een ongemakkelijk, buitengesloten gevoel. 'Is er meer? Wat dan? Vertel op.'

'Leila heeft me 's ochtends op de dag van haar overlijden een e-mail gestuurd,' zei Fielding, terwijl hij Marchant recht aankeek. 'Daarin gaf ze tijd en plaats door van de volgende geheime brievenbus die ze had afgesproken met haar Iraanse inlichtingenofficier. Het was hier in Londen, Hyde Park. We lieten de plek bewaken, ook al wist de hele wereld dat Leila was gedood. En inderdaad verscheen iemand van de Iraanse ambassade, voor het geval dat ze iets had achtergelaten voor haar vertrek naar India. We kenden deze man niet en hij stond niet op de lijst van diplomatieke personen. Harriet rekende hem in.'

'Het was een hoge VEVAK-officier. Hij heeft ons alles verteld en in ruil daarvoor mocht hij het land uit,' zei Armstrong. 'Wanneer Leila was gaan werken voor de Iraniërs, de manier waarop ze haar geen keus hadden gegeven vanwege haar moeder en hoe de Amerikanen haar hadden gerekruteerd. Maar blijkbaar was de overeenkomst die Leila met ze sloot, beter dan wij dachten. In sommige opzichten was het een heel dappere, onzelfzuchtige overeenkomst.

In ruil voor haar spionagewerk voor Iran zou VEVAK niet alleen haar moeder ongemoeid laten, ze zouden ook alle politieactiviteiten tegen de bahá'í-gemeenschap in Iran opschorten.'

Er viel een stilte in het vertrek. 'De laatste gegevens van mensenrechtenorganisaties blijken dit te bevestigen,' zei Denton rustig. 'Het aantal vervolgde bahá'ís is de laatste zes maanden het laagst sinds de revolutie van '79.'

'We hebben een transcript naar Langley gestuurd,' zei Fielding.

'En? Wat zeiden ze?' vroeg Marchant.

'Niets,' zei Fielding. 'En dat hadden we ook niet verwacht. Twee dagen later stemden ze in met een volledige rehabilitatie van jouw vader. Lord Bancroft zal binnenkort zijn rapport indienen. Daarin zal de conclusie worden getrokken dat er geen enkele reden is om te twijfelen aan zijn loyaliteit tegenover zijn land. Er zal een uitgebreide herdenkingsdienst in Westminster Abbey worden gehouden en die zal worden bijgewoond door de eerste minister en de Amerikaanse ambassadeur in Londen.'

'Alle verwijzingen naar Salim Dhar en zijn familie zijn zowel hier als in Langley uit de documenten over jouw vader verwijderd,' voegde Armstrong eraan toe. 'Onofficieel houden ze nog steeds vol dat wij een verrader eren. Onofficieel vinden wij dat zij hetzelfde doen. Maar de wereld zal het nooit weten.'

'Op een dag zal de waarheid over Leila bekend worden, daar staan wij op,' zei Chadwick. 'Over vijftig jaar zullen geschiedkundigen ontdekken hoe ze ons onderzoek naar een terroristische campagne in Groot-Brittannië heeft gesaboteerd. En dat niet alleen, ze blijkt ook het belangrijkste contact voor de terroristen in het Verenigd Koninkrijk te zijn geweest. Het was een Zuid-Indiase cel, jouw vader had daar gelijk in.' Chadwick keek Marchant voor het eerst recht aan. 'Wat Stephen niet wist, wat geen van ons wist, was dat die werd aangestuurd vanuit Teheran.'

'Stephen bracht een bezoek aan Dhar, een rijzende ster aan het jihadi firmament, omdat hij hoopte dat Dhar misschien iets over de cel wist,' zei Fielding.

'Hij wilde ook voor het eerst zijn zoon ontmoeten,' viel Marchant hem in de rede.

Het gezicht van Chadwick vertrok.

'Stephen was ervan overtuigd dat deze cel hulp kreeg vanuit de Dienst,' vervolgde Fielding alsof hij Marchant niet had gehoord. 'Ook daarin had hij gelijk. Maar de Iraniërs hadden Dhar buiten het circuit gehouden. Hij kon Stephen niet vertellen wie er achter de aanslagen in Engeland zat of wie de mol was, omdat hij het niet wist.'

'Zullen de Iraniërs in de toekomst gebruik van hem maken?' vroeg Lockhart. 'Hij is erin geslaagd Leila uit te schakelen, een van hun waardevolste agenten, iemand die was geïnfiltreerd in twee westerse inlichtingendiensten.'

'Hun belangen kunnen elkaar misschien weer overlappen,' zei Fielding. 'Maar het was een uitzonderlijke alliantie. Daarom had niemand het misschien door. Wij denken dat de toekomst van Dhar bij Al-Qaida ligt. De jihadi chatrooms zijn juichend en prijzen hem, omdat hij er zo dichtbij was.'

'Maar is hij van ons?' vroeg Lockhart. Marchant wist dat hij de enige was die de vraag kon beantwoorden. Vanaf het begin van de bijeenkomst had die bij iedereen door het hoofd gespeeld.

'Dhar is alleen van zichzelf,' reageerde Marchant.

'Maar zijn oorlog is gericht tegen anderen en niet tegen de Britten.'

'Tot dusver waren zijn doelen allemaal Amerikaans.'

'Zal hij ooit proberen contact te leggen?' vroeg Lockhart.

Marchant bleef zwijgen. Hij wist dat een deel van hem dat hoopte.

'We moeten dit aan Daniel overlaten,' zei Fielding. 'Wij denken dat de enige motivatie van Dhar een persoonlijke zal zijn. Een familieaangelegenheid,' voegde hij eraan toe met een blik naar Marchant.

'Maar als hij het doet?' hield Lockhart aan.

'Dan wordt deze hele operatie ontkend. Dhar is op het moment de meest gezochte man in de westerse wereld. Als er ooit contact zou worden gelegd tussen hem en Harer Majesteits regering, is dat duidelijk niet iets wat we van de daken zullen schreeuwen.'

'In het onwaarschijnlijke geval dat hij een Britse agent wordt, moet de eerste minister er helemaal buiten blijven, is dat duidelijk?' zei Lockhart, terwijl hij de tafel rond keek. 'Hij mag onder geen beding iets te horen krijgen. Alleen de zes mensen in deze kamer mogen het weten.'

Marchant stond buiten Legoland op het pad langs de Theems en keek over het water naar de Morpeth Arms. Daar waren Leila en hij in het begin, toen ze net waren afgestudeerd aan het Fort, soms naartoe gegaan. Hij had tijd gehad om na te denken over haar verraad, over het moment dat de misleiding moest zijn begonnen. Had hij duidelijke aanwijzingen gemist? Het was gemakkelijker om ervan uit te gaan dat haar verraad als iets kleins was begonnen, hier een beetje informatie, daar wat inlichtingen in ruil voor de veiligheid van haar moeder in Teheran, maar dat het langzamerhand een eigen, niet meer te stoppen vaart had gekregen en ermee was geëindigd dat de Amerikanen haar ook hadden gerekruteerd. Dat laatste had een volmaakte bescherming geboden tegen de jacht op de mol bij MI6.

Leila was terecht bang geweest voor de dreigementen van VEVAK dat ze haar moeder iets zouden aandoen. De dag voor het bezoek van de president aan de Lotustempel had een menigte in een arme buitenwijk van Teheran een oude bahá'í-vrouw uit haar huis gesleurd en gestenigd. Zij was 's nachts overleden. Was VEVAK gaan vermoeden dat Leila haar greep op de zaak begon te verliezen?

Marchant draaide de rivier de rug toe en keek afgeleid door een geluid achterom. Een gele London Duck kwam de helling af rijden. Het amfibievoertuig kwam rammelend tot stilstand naast Marchant, die Fielding op de voorste bank zag zitten.

'Spring erin,' riep hij omlaag naar Marchant.

Twee minuten later zat Marchant op de voorste rij van de Duck, die richting Westminster koerste en te laag op het water lag naar zijn zin. Maar hij had zijn eigen speciale redenen om bang te zijn voor water en probeerde zich te laten geruststellen door de andere passagiers, die verder naar achteren zaten en zich geen zorgen leken te maken.

'Ik heb altijd een tochtje met dit stomme ding willen maken,' zei Fielding, 'om te horen wat ze de passagiers over Legoland vertellen.'

'En?'

'De gebruikelijke onzin over Bond en het kantoor van M. Hoewel hij de juiste ramen aanwees. Ik moet na afloop een praatje maken. Alles goed met jou? Het was wel wat om vandaag naar huis te vliegen en dan in zo'n vergadering te belanden.'

'De Amerikanen blijven dus bij hun verhaal?'

'Het is voor iedereen de prettigste leugen. En wij konden daardoor wat druk uitoefenen op het punt van jouw vader.'

'Soms vraag ik me af of Dhar wist dat Leila de mol was.'

'En dat hij haar daarom heeft neergeschoten? Ik betwijfel het.'

'Er was een echte band tussen Dhar en mijn vader. Dhar sprak met erg veel genegenheid over hem, ook al hebben ze elkaar maar één keer ontmoet. Die aanslag op de Amerikaanse ambassade in Delhi – ik heb de datum nog eens gecontroleerd – het was vlak na het overlijden van mijn vader. Dhar was die dag erg kwaad.'

'De president van de Verenigde Staten neerschieten zou een veel grotere wraakactie zijn geweest dan Leila doden.'

Marchant was er niet zo zeker van, maar hij wist dat zijn eigen emoties nog te rauw en te verward waren om een helder oordeel te vormen over wat er was gebeurd en waarom. Leila had een vader verraden en nu was ze dood, gedood door een zoon. Er leken grotere krachten aan het werk te zijn geweest.

'Ik heb vanochtend een telefoontje van Paul Myers uit Cheltenham gehad. Hij had het jou zelf willen vertellen, maar durfde het niet goed buiten de officiële kanalen om te doen.'

De Duck passeerde het London Eye en kwam zelfs nog dieper in het water te liggen, toen hij draaide en weer stroomopwaarts begon te varen.

'Hoe gaat het met hem? Hij was behoorlijk gesteld op Leila.'

'Bont en blauw. De mannen van Armstrong hadden hem nogal stevig aangepakt. Hij heeft een e-mailadres ontdekt, waarvan hij denkt dat het van Leila is geweest.'

'Zat er iets in?' Een ogenblik lang hoopte Marchant dat ze voor hem een bericht had geschreven om alles uit te leggen, maar hij wist dat er geen eenvoudig antwoord was.

'Leeg postvak in, niets verstuurd. Maar hij vond dit in de conceptenmap als aanhangsel bij een lege e-mail die aan jou was geadresseerd.'

Fielding stak een hand in de binnenzak van zijn jasje en overhandigde Marchant een A4-afdruk van een gescande foto. Er stond een Indiaas jongetje op dat in de camera staarde en de hand van een vrouw vasthield. Beide figuren keken strak en maakten een nogal stijve indruk.

'De foto heeft een datum,' zei Fielding. 'In de benedenhoek. De jpeg had als naam "Pradeeps zoon veilig en wel".'

Marchant keek er even naar en was dankbaar dat de zoon van de aanslagpleger het had overleefd. VEVAK had kennelijk besloten dat Pradeep genoeg had gedaan door zo in het openbaar op de Tower Bridge te sterven. Hij was Leila ook dankbaar dat ze het hem had laten weten. Met haar VEVAK-contacten moest ze het gezin hebben opgespoord toen ze in Delhi was.

'Er is iets anders wat je moet weten,' zei Fielding. 'Armstrong heeft heel wat te horen gekregen van de Iraniër die we hadden opgepakt. Persoonlijke dingen die we niet in de vergadering bekend wilden maken. We hebben ons allemaal afgevraagd waarom Leila ons of de Amerikanen niet had verteld dat ze werd gechanteerd. Er zouden ons een heleboel problemen bespaard zijn gebleven, maar haar moeder blijkbaar niet. Vierentwintig uur per dag stond er iemand buiten haar huis klaar om haar te doden zodra Leila iemand vertelde dat ze voor hen werkte.'

'Ze had dus geen keus.'

'Ze had een erg nauwe band met haar moeder, dat weet je.'

'Wanneer hebben de Iraniërs het eerste contact gelegd?'

'Al voordat ze naar het Fort ging, ben ik bang. Daar wilde ik met jou over praten. Harriet heeft de Iraniër omwille van jou een heleboel vragen gesteld. Ze moet in Delhi iets voor je zijn gaan voelen.'

'Als een moeder,' zei Marchant met een zweem van een glimlach.

'In het begin, toen ze op de afdeling Golfregio in Londen werkte, vroegen de Iraniërs Leila alleen om algemene informatie. Pas op het eind vroegen ze haar om zich op jou persoonlijk te richten, toen ze begonnen te beseffen hoe intiem jullie twee waren geworden.'

'Heel opbeurend. Behalve dat de "algemene informatie" die ze doorgaf tot het vertrek van mijn vader leidde. Het is moeilijk om haar dat te vergeven.'

'Ze kon niet doorgaan met de aanslag op de marathon, dat weet je. Het was haar enige zwakke punt als verraadster en haar kracht in andere opzichten. We denken dat het haar bedoeling was om jou te doden of minstens om jou ervoor te laten opdraaien. Toen ze steeds meer begonnen te verlangen, eiste zij dat ze een eind maakten aan de aanvallen op alle bahá'ís en niet alleen op haar moeder. Een moedige eis.'

'En ze gingen ermee akkoord.'

'Tot ze in Delhi aan haar begonnen te twijfelen. De Amerikanen vonden een bahá'í-verklaring in haar kamer. Ze heeft zich bekeerd op de dag van haar dood. De Indiase pers is daarop ingegaan. De moeilijke situatie van de bahá'í in Iran krijgt over de hele wereld veel aandacht: "Dappere bahá'í-vrouw redt Amerikaanse president van boosaardige door Iran gesteunde sluipmoordenaar".'

Maar Marchant luisterde niet meer. Zijn bedrijfstelefoon – een nieuw TETRA-toestel, niet zijn oude – trilde in zijn zak. Nog niemand had zijn nummer, dus hij vermoedde een routinetest van Legoland, maar hij had het mis.

'Alles goed?' vroeg Fielding, terwijl Marchant een sms las.

'Prima,' zei Marchant. 'Het is fijn om weer in Londen te zijn.' Ze waren in de buurt van de Houses of Parliament en voeren langs de Embankment. 'Een kans om bij te praten met oude vrienden.'

'De kapitein zet me hier af,' zei Fielding. 'Ik heb in de Travellers een ontmoeting met het nieuwe hoofd van de afdeling Clandestiene Operaties Europa.'

'Wie is het?'

'James Spiro, god sta ons bij. Zijn voorganger Carter heeft ontslag genomen, omdat hij een baan heeft aangenomen in de particuliere sector. Luister, waarom blijf je niet aan boord om van de tocht te genieten? Je wordt vandaag niet terugverwacht achter je bureau.'

'Dat zal ik doen. Bedankt.'

Fielding stond op, legde zijn handen onder in zijn rug en hield zich toen vast aan de reling op het moment dat de Duck tegen de ponton botste. 'Het is goed dat je terug bent, Daniel. Je had nooit geschorst mogen worden.'

'En Armstrong is ook blij?'

'Harriet? Sinds het tot haar is doorgedrongen dat we gelijk hadden wat betreft Leila, is ze zo mak als een lammetje. Vijf en Zes zijn bondgenoten geworden. Bijna.' Hij zweeg even. 'Wanneer denk je dat Dhar zal proberen contact te leggen? Zes maanden. Een jaar? Je weet dat er geen haast bij is.'

Marchant keek weer op zijn mobieltje en liet het in zijn jaszak glijden. De twee mannen keken elkaar een ogenblik aan en zonder dat er iets werd gezegd, werd er kennis tussen hen uitgewisseld. Toen was Fielding verdwenen, opgegaan in de menigte toeristen. Marchant voer weer naar het midden van de rivier, waar de lage gele boeg door het snelstromende water sneed.